作家榜®经典名著

★ ★ ★ ★ ★ ★ ★ ★ ★

读 经 典 名 著，认 准 作 家 榜

本书根据

1925 年伽利玛出版社 *Les Faux-monnayeurs* 译出

伪币制造者

[法]安德烈·纪德 著　　张博 译

浙江文艺出版社
Zhejiang Literature & Art Publishing House

奥斯卡

奥利维耶

莎拉

贝尔纳

帕萨凡伯爵

劳拉

文森

父子

舅甥

朋友

伯乐

情人

旅伴

朋友

旧情人

■ 坡菲唐迪厄家族　　■ 拉佩鲁斯家族及相关人物　　■ 帕萨凡家族及相关人物

■ 莫利尼耶家族　　■ 维德尔-阿扎伊斯家族及相关人物

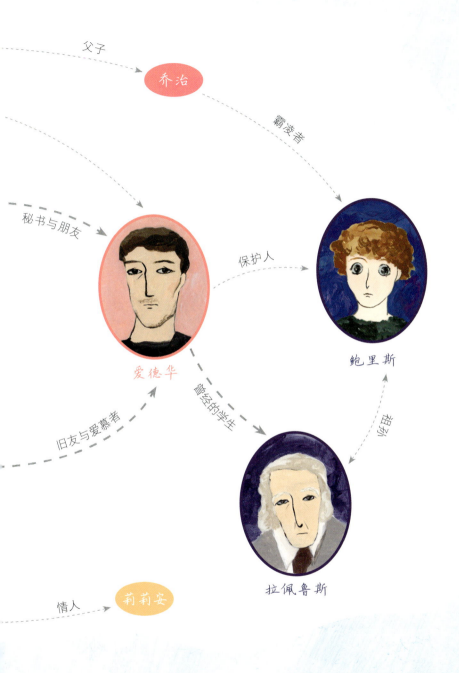

父子

乔治

霸凌者

秘书与朋友

保护人

爱德华

曾经的学生

鲍里斯

祖孙

旧友与爱慕者

拉佩鲁斯

情人

莉莉安

我不知道别人是否和我一样，不过我一旦醒来之后，就喜欢鄙夷那些正在沉睡的人。

多亏他仪表堂堂，风度翩翩，衣着雅致，他的微笑与目光也坦率真诚——总之就是一种我也说不清楚的仪态，让人感觉他出身优渥，什么都有，什么都不需要。

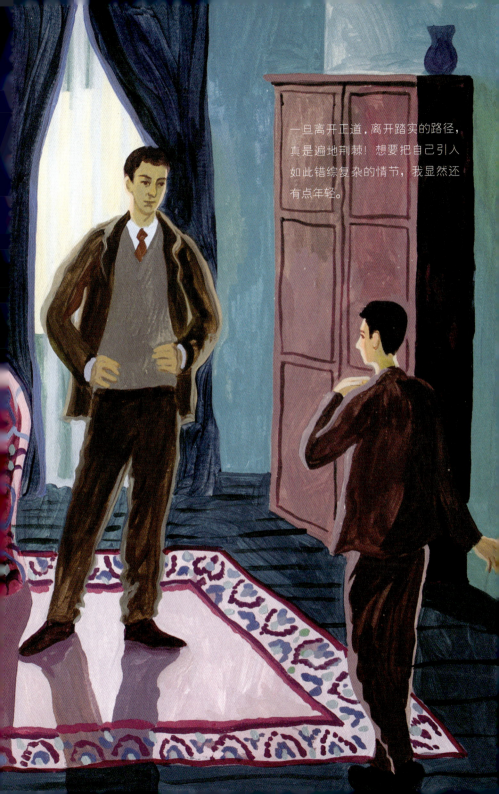

一旦离开正道，离开踏实的路径，
真是遍地荆棘！想要把自己引入
如此错综复杂的情节，我显然还
有点年轻。

你们还知道有任何作品比它们更加完美、所包含的人性更加深刻的吗？恰恰因为深刻才有人性。

我的羔羊们，如果你们不愿意，还是赶紧说出来为好。我去找几个比你们更有胆量的家伙并不麻烦。

出于强烈的共情之需，他本想跟他们打成一片，但他过于敏感的天性
抵触这样做，话到嘴边便卡住了。他恼恨自己的拘束，竭尽全力不流
露分毫，甚至为了避免受到嘲弄而努力露出笑容。

……哎！最可悲的贫乏是性格方面的贫乏，它藏得很深，只有处久了才会暴露。

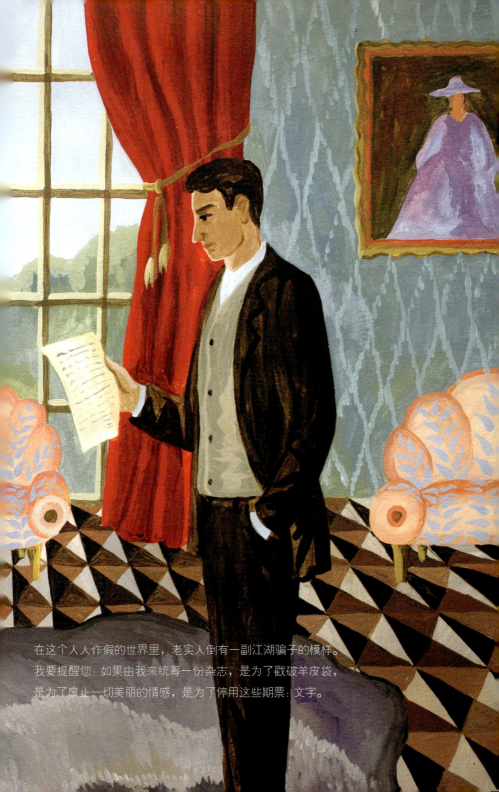

在这个人人作假的世界里，老实人倒有一副江湖骗子的模样。

我要提醒您：如果由我来统筹一份杂志，是为了戳破羊皮袋，是为了废止一切美丽的情感，是为了停用这些期票：文字。

反对有什么用呢？他知道自己已经完了。他没有做出任何举动捍卫自己，甚至就算抽到了别人，他也会主动提出代替对方，因为他实在深感绝望。

"喔！劳拉！我真希望，终此一生，
无论遭遇何种打击，
都能回报以纯洁、正直、真诚的声音。"

目 录

第一卷　巴黎

第二卷　萨斯费

第三卷　巴黎

在"伪币"的世界中追寻本真

以"故事"之名

在《伪币制造者》的扉页上，纪德留下了这样一段题词：

> 我把自己的第一本小说献给罗杰·马丁·杜·加尔，以此见证我们深厚的友谊。

纪德把 1925 年出版的《伪币制造者》称为自己的第一部"小说"（roman）。在此之前，他已经发表过《背德者》《窄门》《田园交响曲》《梵蒂冈地窖》等多部重量级作品。作为一位著作等身的大作家，在年近六旬时出版自己的第一部"小说"，这显然非同寻常，说明纪德本人对于"小说"自有一套独特的界定标准。事实上，纪德关于"小说"的看法确实与众不同，他把自己之前写下的那些作品统统称为"récit"，可以理解为"叙述、故事"，而"roman"唯有《伪币制造者》一部而已，其区分标准显然不是作品篇幅的长短。在一份为《伊莎贝拉》[1]准备的前言草稿中，纪德曾经这样写道：

> 为什么我特地把这本小书称为"故事"呢？单纯是因为它没有回应我对于小说的看法，《窄门》或者《背德者》也没有，而我不想大家混淆。小说，按照我的理解或者构想，包含着观点的多样性，服从于出场角色的多样性，它在本质上是一种分散的作品。

在纪德眼中，小说应该是一种分散的、复调的、包含各类不同观点的作品。这在《伪币制造者》中得到了充分体现。从小说的情节设置来说，在四十多个章节中，叙述视角发生了多次变更，有贝尔纳的角度，有奥利维耶的角度，有爱德华的角度，还有文森、劳拉、莉莉安、拉佩鲁

1《伊莎贝拉》：纪德所著小说，于1911年出版。

斯、阿扎伊斯、莫利尼耶、坡菲唐迪厄、帕萨凡等人的角度。同样一件事，每个人看到的内容、产生的观点都不尽相同，他们各自获得的认知也许并不符合事实，于是自然而然地发生碰撞，呈现出一种众声喧哗的整体效果，使得小说中的每一位过场人物都具有相对饱满的形象乃至于独立完整的故事。借助高超的技巧，纪德编织出一张精美的叙事之网，各种人物的淡入淡出都显得恰到好处。与此同时，纪德在作品中特意设置了作家爱德华的角色，他正在酝酿一部同样题名为《伪币制造者》的小说，于是他的诸多想法便很自然地与整部作品形成了呼应：

> 你们要理解我，我想要写的东西类似于《赋格的艺术》。我不明白为什么音乐中可行的东西到了文学里面就做不到……

《赋格的艺术》是德国著名作曲家约翰·塞巴斯蒂安·巴赫最后的音乐作品，对复调音乐的对位法进行了极其深入的探索，在一个单一主题及其对位法的基础上进行了一系列复调音乐的创作。复调和对位，构成了《赋格的艺术》的基础。而爱德华对于自己那本小说的构想，在纪德本人的作品中得到了实现：贝尔纳离家出走—劳拉有家不回—文森逃入林莽；贝尔纳与爱德华的瑞士之旅—奥利维耶与帕萨凡的科西嘉之行；贝尔纳对劳拉的精神之爱以及对莎拉的肉体之爱；爱德华先后四次探望拉佩鲁斯；还有小说中涉及的好几对夫妻、父子关系，这些都是同一主题的多声部对位。

小说以一种碎片化的方式来书写整体，借助一个个片段串联起完整的故事，多条线索在同一时间展开，有如电影画面般不断切换，最后综合各人的视角呈现众生百态。爱德华认为小说不能再像巴尔扎克的《人间喜剧》那样去跟"户籍"竞争，认为不能像自然主义者那样单纯从时间的长度方向对人生进行切片。这些关于小说创作的"元叙事"，都在纪德的创作中得到了实践。

事实上，整部《伪币制造者》中，对于文学本身的描述同样构成一重复调：爱德华的态度、帕萨凡的态度、斯特鲁维乌的态度、阿尔芒的态度、索弗洛妮丝卡的态度等。从中读者一方面可以发现法国文学史发展的某些现实脉络——比如二十世纪初达达主义的嘲讽与破坏欲，另一方面也可觉察到作者所营造的一种独特的知性空间，在小说中思考、陈述、辨析小说的价值，把文学创作与文学批评有机结合，并与整部作品形成隐性对照。

"伪币"的多面一体

下面来谈谈内容。小说的原标题："Les Faux-monnayeurs"，在法语里带有复数"s"。换言之，小说中涉及的不是一位"伪币制造者"，而是一群：制售假币的斯特鲁维乌，借一群年轻学生之手拿假币换取财货，破坏商业与社会秩序，这是制造伪币的基本含义，意味着经济交流基础的崩坏。罗贝尔·德·帕萨凡这种拾人牙慧的假文人（"Passavant"这个名字，在法语中可以理解成"pas savant"，即"没有学问、不学无术"），沉迷于趋附时尚、蝇营狗苟。他也在制造伪币，令文学变得矫揉造作，无法直击人心，导致文学丧失沟通和交流的能力，变成了一种包装精美的赝品。他隐于幕后，雇佣斯特鲁维乌代替奥利维耶出任杂志主编，使得这种双重作伪在暗中形成了合流。

以上这两种"伪币制造"，属于较为具象的层面。更进一步的，是某种道德层面的伪币。例如文森，他对劳拉摇摆不定的责任感背后，蕴藏着一种道德压力导致的迫不得已。而他在结识格里菲斯夫人之后，后者带给他一种更加"背德"的生活态度，就像她讲述的那段关于海难与砍手的经历一样，促使他斩断了自己与劳拉的联系，并从阿尔芒的哥哥亚历山大的来信中透露出他最终结果了格里菲斯夫人，整个人也随之陷入了迷狂。

此外，还有情感方面的伪币、人性方面的伪币。比如小说中出现的几对夫妻：面对贝尔纳私生子身份曝光后的离家出走，坡菲唐迪厄先生希望将情绪从痛苦引向救赎，曾经出轨的坡菲唐迪厄太太关心的却只是"他是怎么发现的呢？是谁跟他说的呢？"随后一走了之，毫无悔意，他们之间的交流是失效的；拈花惹草的奥斯卡·莫利尼耶在听天由命的宝琳娜面前百般遮掩、得过且过，心里记挂的只有那些偷情信件的下落，他们之间的交流也是失效的；拉佩鲁斯老爹跟他的太太完全是鸡同鸭讲，两人生活在无休止的相互指责之中，他们之间的交流同样是失效的。这些统统是伪币。至于盖里达尼索尔在学校里组织的强者协会，以友情为诱饵霸凌小鲍里斯，最终导致鲍里斯被害身亡，盖里达尼索尔却借助自己的少年身份逃脱了重罪处罚，这当然也是伪币。

这些各种各样的"伪币"可以引出多种多样的阐释。比如从社会学的角度可以说，纪德从这个生活切面写出了时代的虚伪与传统价值的崩解，影射出第一次世界大战之后法国社会的动荡不安。但笔者想在这里强调的，还是回归人与人之间的状态本身。比如爱德华与奥利维耶，他们互相欣赏：爱德华特意在寄给奥利维耶父母的明信片中标明自己回程的班次，期待奥利维耶能够发现这个隐藏线索；奥利维耶心心念念去火车站迎候，在前天夜里对贝尔纳大谈特谈，幻想向爱德华求取文学与人生的指导。但当他们在火车站碰面之后，互相给对方留下的印象却全是误解：

　　但是爱德华最浅淡的微笑便令他心伤，要不是担心表情会显得过于夸张，他就会透露出那些令其心神不宁的躁动情绪。他沉默不语，感到自己板着脸，真想投入爱德华怀中哭上一场。爱德华却误会了这种沉默，误会了这张苦脸上的表情。他太喜欢奥利维耶了，以至于完全失了从容。如果他敢看奥利维耶一眼，他就会把对方抱在怀里，像对待孩子一样加以呵护。当他与对方沮丧的目光相遇时：

　　"就是这样，"他心想，"我令他厌烦……令他疲倦困乏。可怜的小家伙！他就等我一句话以便脱身。"而这句话，出于怜悯，爱德华不由自主地说了出来：

　　"现在你该走了。你父母在等你吃中饭呢，我敢肯定。"

　　奥利维耶也有同样的想法，这下轮到他误会了。他赶紧站起身，伸出手掌。最起码他想对爱德华说："我什么时候能再见你呢？""我什么时候能再见您呢？"或是"我们什么时候再见面呢？"爱德华等着这句话，但听到的却只是一句平淡的"告辞"。

在这一句平淡的"告辞"中，纪德写出了一种深深的孤独感，一种近乎命运的隔阂。两个心系对方的人，为什么却收获了这样悲凉的结果？这恐怕比斯特鲁维乌或者帕萨凡的"伪币"更加令人心痛。但这恰恰是另一种意义上的伪币：如果说寻常的伪币是在玻璃上镀金，让人误以为是真金币，那这种伪币就是在金上镀玻璃，让人误以为只是廉价的玻璃。这种伪币不仅仅存在于奥利维耶与爱德华之间，还包括鲍里斯和拉佩鲁斯老爹之间，拉谢尔和她的父母之间……宝琳娜、劳拉、坡菲唐迪厄……小说里的一个个人物都在生命中的某些时刻遭遇过这种伪币。如何应对？办法当然是求真，或者说让真金从玻璃之下透露出来。就像奥利维耶在自杀未遂之后，终于向爱德华袒露心扉；坡菲唐迪厄在爱德华面前坦承自己对贝尔纳的关爱，最终促使贝尔纳回到家中。爱德华在日记中描述了这打动人心的一幕：

"主啊！"他又补充了几句，"千万别和他说这事儿！他的性子那么骄傲，那么多疑！……要是他感觉到，自从他出走之后，我就不断地想着他、盯着他……

不过您还是可以告诉他，您见到我了。（他每说完一句话都要费力地喘口气。）——只有您一个人可以跟他说的内容，就是我不怨他，（随后用更微弱的声音说道）说我从来没有停止爱他……像儿子一样。是的，我完全清楚您了解内情……您还可以对他说……（他的眼神没有看着我，在一种极度困窘的状态下艰难地说道）他母亲已经离开我了……是的，今年夏天一去不返了。如果他愿意回来的话，我……"

他没能把话说完。

一个魁梧健壮、积极向上、在人生中颇有建树、事业有成的男子，突然抛下全部礼节，在一个外人面前敞开心扉，真情流露，让我这个当事人看到了无比震撼的一幕。趁此机会，我得以再次确认，相比熟人的一诉衷肠，我更容易被陌生人的肺腑之言打动。改天我会争取把这一点解释清楚。

坡菲唐迪厄在爱德华面前关于贝尔纳的一番自白，说出了他本人在贝尔纳面前也许永远不会说出的话。所以爱德华的评述也许可以反过来看：为什么人们可以在外人面前敞开心扉，真情流露，却很难对熟人一诉衷肠呢？这种父母与子女，丈夫与妻子，或者泛言之，人与人之间的隔膜，无疑也是纪德着力描写的伪币之一。

在日记中，爱德华曾经提到一句《福音书》中的"绝妙箴言"："如果盐失去了它的味道，用什么让它恢复咸味呢？"表面上看，无论爱德华还是纪德似乎都没有正面回答这个问题，但如果换一种表述，这个问题其实就是：如何在充斥着伪币的世界中寻找本真？这可以被视为小说中一系列剧情的核心。我们甚至可以问：文森在寻找本真吗？他斩断萍水相逢的恋情离开劳拉，背弃了父母家人的期许放弃医学，如何理解他的行为？阿尔芒用嘲弄的方式摧毁他珍视的一切，如何判断他的立场？出走的贝尔纳可以归家，犯错的乔治可以扑进母亲怀中，但离世的鲍里斯却永远无法在拉佩鲁斯老爹怀中醒来。纪德并没有给出一劳永逸的答案，小说中的一个个人物，都像是多声部的探索，用他们各自的经历，展现某种可能。而这也许就是纪德的教导：

只有经历生活，才能学会应该如何生活。

张博

2023 年 10 月

我把自己的第一本小说¹献给罗杰·马丁·杜·加尔²，
以此见证我们深厚的友谊。

安·纪

---

1 《伪币制造者》出版于 1925 年。在此之前，纪德已经出版过《背德者》
《窄门》《田园交响曲》等多部作品，在汉语中通常把它们也称为"小说"。
但纪德将以上这些作品定义为"récit"（可以理解为"叙述、故事"），而
"roman"（小说）一词直到《伪币制造者》出版才首次使用。在纪德眼中，
小说应该是一种分散的、复调的、包含各类不同观点的作品。

2 罗杰·马丁·杜·加尔（1881—1958）：法国著名作家，纪德的好友，
1937 年诺贝尔文学奖得主。纪德在构思《伪币制造者》的过程中，与
杜·加尔多有通信，讨论了小说中的一系列问题，得到了重大启发。

第一卷　巴黎

Première partie Paris

一 卢森堡公园

"是时候听到走廊上的脚步声了。"贝尔纳自言自语道。他抬起头侧耳倾听，却没有。他的父亲与兄长都被困在法院，母亲去访友了，妹妹在听音乐会，至于最年幼的弟弟小卡鲁则在中学寄宿，不允许每天出校。贝尔纳·坡菲唐迪厄[1]待在家中准备毕业会考，他只剩三个星期了。家人尊重他的孤独，但魔鬼不答应。贝尔纳尽管把外套解开了，却依然透不过气。从那扇冲着街道敞开的窗户中涌入的，全是热气。他的额头汗水直流。一滴汗珠沿着鼻子淌下来，落在他手中

---

1 坡菲唐迪厄：贝尔纳的家族姓氏在法语中可以理解为"从上帝那里得到的好处"，不无反讽。

的信纸上。

"它在冒充眼泪,"他想道,"但流汗总比流泪强。"

是的,日期确凿,不容置疑,信中涉及的正是他自己——贝尔纳。信是写给他母亲的,一封十七年前的旧情书,没有署名。

"这个首写字母是什么意思?一个 V,也有可能是一个 N······去问母亲合适吗······要相信她的品味。我完全可以设想他是一位王子。要是我得知自己是一个乡巴佬儿的儿子,又有什么用呢!不知道自己的父亲是谁,正好治愈了自己害怕和他相像的恐惧。任何探索都是强求。除了解脱,什么都不必考虑。不要寻根问底。何况我知道的内容对于当下而言已经足够了。"

贝尔纳把信叠了起来。它和同一捆里的另外十二封信规格相当。一根玫红色的缎带把它们系在一起——他先前并未解开,此刻把信件悄悄塞了回去,以便把整捆信扎绑得和之前一样。他把这捆信件重新放回盒中,又把盒子重新放回书桌抽屉里。抽屉没被打开,他是从上方把这个属于他的秘密放进去的。贝尔纳重新固定住木制桌板拆散的铰链,还要重新盖上一块沉重的条纹大理石。他轻手轻脚、小心翼翼地放好大理石板,然后在台面上重新摆放了两盏水晶烛台以及他之前修理着玩的笨重钟摆。

钟摆敲了四下。他已经把时间校准了。

"预审法官先生和他做律师的儿子六点之前是回不来了。我还有时间，必须让法官先生到家后发现在他办公桌上的这封漂亮的信件，我将在信中向他宣告自己的离家出走。不过在下笔之前，我感到亟需让自己的思路稍稍透口气——还要去找到我亲爱的奥利维耶，确保自己起码暂时有个栖身之所。奥利维耶，我的朋友，考验你诚意的时候到了，对你而言也是时候向我展现你的价值了。我们友情的美妙之处，便是直到目前为止，我们从未为彼此效劳。啊！要求对方帮一个有意思的忙，当然不会令人厌烦。不便之处在于，奥利维耶并非独居。可惜！我会把他单独拉到一边的。我想用自己的镇静把他吓住。正是在离奇的境遇中我才感到最为自然。"

直到这天为止，贝尔纳·坡菲唐迪厄一直住在毗邻卢森堡公园的 T 街 [1]。在那里，美第奇喷泉 [2] 附近，每周三下午四点到六点，他的几个同学都习惯在那条俯瞰喷泉的小径上会面。大家谈论艺术、哲学、体育、政治和文学。贝尔纳走路

---

1 卢森堡公园的 T 街：位于巴黎市中心，紧邻卢森堡公园的一条街道。在纪德的一份手稿中，T 街被标明为"图尔农街"，纪德少年时期曾居住于此。

2 美第奇喷泉：位于巴黎卢森堡公园内，1630 年由法王亨利四世的遗孀玛丽·德·美第奇兴建，大革命后经历过一系列修缮、改造和扩建。

很快，但在经过公园栅栏的时候，他瞥见了奥利维耶·莫利尼耶，便立即放慢了脚步。

大概是因为天气晴朗，这天聚会的人数多于往常，有些新面孔贝尔纳甚至不认识。每个年轻人，一出现在别人面前，就在扮演某个角色，几乎完全丧失了自己的天性。

看见贝尔纳走过来，奥利维耶脸红了，相当突兀地离开了那位正和他一起聊天的年轻女性，远远躲开了。贝尔纳是他最亲密的友人，因此，奥利维耶下了大力气绝不显出自己要去找他，有时甚至装作没看见他。

与其会合之前，贝尔纳得迎上好几拨人，由于他也假装不在寻找奥利维耶，便停在了原地。

他的四个同学正围着一个戴夹鼻眼镜的小胡子，那人明显比他们年长，手里拿着一本书——他是杜梅尔。

"你想要什么？"他特地跟其中某一个人说话，但显然很乐意被所有人倾听，"我一直翻到三十页，却没有发现一种有颜色或一个着色的字眼。他在谈论一个女人，但我甚至连她的裙子是红色还是蓝色都不知道。对我而言，如果没有颜色，那么很简单，我什么都看不见。"出于夸大其词的需要，更因为感到别人不那么当真，他一口咬定："绝对什么都看不见。"

贝尔纳不再聆听这个高谈阔论的家伙。他觉得转头就走有些失礼，但已经在侧耳留意在他身后争论的另一些人：奥利维耶在离开那位年轻女子之后也加入了进来；其中一人坐在长椅上，正在阅读《法兰西行动报》[1]。

在所有这些人中间，奥利维耶·莫利尼耶显得多么严肃啊！而他却是其中年纪最小的人。他的目光与那稚气未脱的脸庞显露出他思想的早熟。他容易脸红，性情温顺。他徒劳地对所有人表现出一团和气——我不知道到底是哪种隐秘的矜持或者谨慎，令他的同学们都对他保持距离，他为此深感痛苦。要是少了贝尔纳，他的痛苦还会更多。

出于礼貌，莫利尼耶一度对团体中的每一个人都予以容忍，就像贝尔纳此刻的做法一样，但他听到的内容根本无法引起他的兴趣。

他靠在那个读报者的肩头。贝尔纳没有转身，却听到他在说：

"你不该读报，这会让你头部充血的。"

另一个人语气尖酸地反驳道：

"你啊，但凡有人提到莫拉斯[2]，你的脸就会变青了。"

1《法兰西行动报》：1899 年由夏尔·莫拉斯创办，最初的名称是《法兰西行动杂志》，1908 年改为日报，莫拉斯出任主编。该报的政治倾向极为保守。

2 夏尔·莫拉斯（1868 — 1952）：法国作家，致力于宣扬极右翼思想。

接着，又有第三个人用一种嘲弄的语气询问道：

"你觉得莫拉斯的文章有趣吗？"

先说话的那个人回应道：

"它令我无比厌烦，但又挺有道理。"

然后，第四个人加入进来，贝尔纳分辨不出他的嗓音：

"你啊，一切不让你感到烦闷的东西，你就认为不够高深。"

先说话的那个人回击道：

"要是你认为做个笨蛋就能变得风趣的话！"

"过来。"贝尔纳猛地抓住奥利维耶的胳膊低声说道。他把人带开了几步远。

"赶紧回答，我很忙。你之前跟我说过，你和父母不住同一层吧？"

"我指给你看过自己卧室的房门，它正对楼梯，在进我们家之前的一个夹层里。"

"你还跟我说过，你弟弟也睡在那里？"

"对，乔治。"

"就你们俩吗？"

"是的。"

"小家伙能守口如瓶吗？"

"如果有需要的话。怎么啦？"

"听着。我已经离家出走，或者最起码，今晚我将付诸行动。我还不知道自己到底要去哪儿。你能不能让我留宿一晚？"

奥利维耶的脸色变得非常苍白。他的情绪无比激动，以至于无法直视贝尔纳。

"可以，"他说道，"但不要在十一点钟之前过来。每天晚上妈妈都要下楼和我们说晚安，然后把我们的房门锁上。"

"那怎么办？"

奥利维耶微笑起来：

"我还有另一把钥匙。要是乔治睡了，你就轻轻敲门，免得把他吵醒，好吗？"

"门房会让我进去吗？"

"我会告诉他的。喔！我跟他关系非常好。我那把钥匙就是他给我的。一会儿见。"

他们没有握手便分开了。贝尔纳一边往远处走，一边琢磨着他打算撰写的信件——那封法官一回家就会发现的信件。至于奥利维耶，他不想被人看到自己只和贝尔纳单独待在一起，便去找被所有人略微疏远的吕西安·贝凯尔。要不是奥利维耶更欣赏贝尔纳，一定会很喜欢吕西安。贝尔纳有多大胆，吕西安就有多羞涩。大家都觉得他柔弱，似乎只凭心灵与头脑存活于世。他几乎不敢主动迈出一步，不过一看到奥利维耶向他走来便乐疯了。要是说吕西安在写诗，任何人都会表示怀疑，但我相信，吕西安的各种设想只会透露给奥利维耶。他们俩走到露台边上。

"我想要做的，"吕西安说道，"是叙述一个故事，不是关于某个人物，而是关于某个地点——嘿，打个比方，关于公园里的一条小路，就像这条路，叙述那里发生了什么，从早到晚。一开始来的是一群保姆，几个系着丝带的奶妈……不，不……最先来的是一群灰衣人，既不分性别也不辨年龄，他们在栅栏门打开之前过来打扫小径、浇灌草地、更换花卉，最后把整个舞台和布景都准备妥当，你明白吧？这时候，奶妈入场。娃娃们堆沙堆，吵吵闹闹；保姆则打他们的耳光。然后，小学生放学了，接着工人下班了。几个穷人坐在长椅上吃饭。晚些时候，一些年轻人在彼此寻觅，还有些人互相避之不及；另有些人在一旁独处，都是些幻想家。之后是一大群人，从散场的音乐会或者商店里涌出来。还有不少学生，就像现在这样。傍晚，几对情侣在拥抱亲吻，还有些人哭着离去。最后，随着白昼消逝，出现了一对老夫妻……突然之间，鼓声隆隆：公园要关门了。大家都走了，大戏收场。你明白吧？某种东西会呈现出万物终结的迹象、死亡的感觉……当然，不会直接谈论死亡。"

"是的，一目了然。"奥利维耶说道。他心里想着贝尔纳，一个字也没听进去。

"还没完，还没完！"吕西安热情洋溢地继续说道，"我还想在结尾部分展现这同一条小径，在夜色中，所有人都走光之后，荒凉萧瑟，却比白天美得多。在深旷的寂静中，是由一切自然界的声音组成的颂歌：喷泉的声响，风吹叶片的声响，夜鸟鸣唱的声响。一开始我打算让一些影子在小径上移动，也许是一些雕像……但我以为这样更加平庸，你觉得呢？"

"不，不要雕像，不要雕像。"奥利维耶心不在焉地反驳道，接着，在对方哀伤的目光下，他充满热情地高声说道，"好吧，老兄，如果你成功写出来了，那可真了不起。"

二　坡氏家族

在普桑[1]的诸多书信中，没有任何对其父母感恩戴德的痕迹。在他之后的人生里，也从未有过任何由于远离父母而产生的悔恨之情。主动移居罗马之后，他丧失了一切归国的欲望，甚至可以说丧失了全部回忆。

——保罗·德雅尔丹[2]《普桑》

---

1 尼古拉·普桑（1594 — 1665）：法国著名画家。曾被路易十三聘为宫廷画家，1624年移居意大利，后卒于罗马。作品有《酒神祭的狂欢》《阿卡迪亚的牧人》等。

2 保罗·德雅尔丹（1859 — 1940）：法国学者。1903年出版《普桑》。

坡菲唐迪厄先生急着回家，但他发现陪着他沿圣日耳曼大街同行的同事莫利尼耶走得很慢。阿尔贝里克·坡菲唐迪厄刚刚在法院度过了无比忙碌的一天，右侧胸口的某种坠痛令他忧心忡忡。在他身上，疲劳都积聚在略显娇弱的肝脏部位。他一心想着赶紧回家沐浴，没有什么比泡一个舒心的澡更能平息白日的操劳。考虑到这一点，这天他连下午茶都没喝，认为只有空腹泡澡才够谨慎，哪怕泡的是温水。归根结底，这也许仅仅是一种成见，但各种成见恰恰是文明的基石。

奥斯卡·莫利尼耶尽力加快步伐，努力跟上坡菲唐迪厄。但他的身材矮小得多，腿部尤其发育不良，再加上心脏有点脂肪淤积，容易喘不过气。坡菲唐迪厄，五十五岁依然精力充沛，呼吸有力，步履矫健，原本想着把莫利尼耶甩开，但他非常注意礼貌——他的同事更加年长，职场地位也比他高，理应予以尊重。再者，他为自己的财富感到惭愧，岳父母去世后留下了一笔可观的遗产；反观莫利尼耶先生，收入只有法院院长的一份薪金，那可笑的金额与他带着一种足以掩饰其无能的尊严所占据的高位完全不成比例。坡菲唐迪厄隐藏了内心的不耐烦，他朝莫利尼耶回身，看着对方在后面擦汗。驻足那会儿莫利尼耶所讲述的内容引起了他强烈的兴趣，但二人的观点互不相同，于是讨论愈发激烈起来。

"让人去监视那栋房子，"莫利尼耶说道，"收集门房与假女仆的口供，这一切都非常好。但要注意，万一您把这次调查推进得太远，事情就会脱离您的掌控……我想说的是，相比于您最开始的设想，它有可能把您引到深远得多的地方去。"

"这些顾虑与正义毫不相干。"

"得啦，得啦！我的朋友。你和我，我们都知道正义应该是什么以及它实际上又是什么。我们尽力做到最好，这理所当然，但无论怎么做，我们只能做到大差不差。今天你负责的这件案子尤为棘手：这十五位被告——或者说，只要你一句话他们明天就会统统变成被告——其中有九个未成年人。这之中有几个孩子还是体面人家的公子，您对此心知肚明。这就是为什么说，在这种情况下，我把开具最小规模的拘捕证也视为吃力不讨好的事。一些有派别的报纸会立刻抓住这个案件，而您却给他们打开了通向一切敲诈与诽谤的大门。您的所作所为全都白费了：不管您多么谨慎，您都无法阻止这些名字被公布出来……我没有资格给您提什么建议，而且您知道我其实更乐于接受您的意见，我始终认可和欣赏您视野的高度、您的清醒和正直……不过，站在您的立场，我会这么做：我会把四五个教唆者逮起来，想方设法给这个恶劣的丑闻画上句号……是的，我知道他们不容易抓，但是见鬼，这就是我们的工作。我会封锁那间公寓，那个寻欢场所，然后想方设法悄悄地、隐秘地通知这些放浪形骸的年轻人的父母，只为阻止他们一错再错。啊！比如说，把那些女人关进监狱！在这方面，我乐意接受您的想法。在我看来，我们打交道的是个别奸邪莫测的轻佻女性，应该在社会中予以肃清。不过，再说一遍，您不要逮那些孩子，恐吓一番就可以了，然后用'行动缺乏判断力'之类的名目掩盖过去。这些孩子只是担惊受怕了一番，会为此吃惊很久。您想想，他们中间有三个人还没到十四岁，他们的父母肯定把他们视为纯洁无辜的天使。不过，关于这件事，亲爱的朋友，你我私下说说，我们在那个年龄是不是已经在想女人了呢？"

他停了下来，他的雄辩比走路更令他喘不过气。他拉着坡菲唐迪厄的衣袖，迫使对方也停下了脚步。

"如果我们那时也想女人，"他继续说道，"我可以这么说，那是理性化的、充满神秘感的、带有宗教情绪的。如今这些孩子，您看，再也没什么理想了……对了，您的几个孩子怎么样？我刚才说的那些话肯定不是针对他们的。我知道，在您的监督之下，再加上您给他们提供的教育，根本不必担忧他们会出现类似的糊涂之举。"

的确，时至今日，坡菲唐迪厄对他的孩子们只有满意，不过他并没有产生任何幻想：世界上最好的教育也战胜不了恶劣的本性。感谢上帝，他的孩子们并没有这些劣根性，莫利尼耶的孩子们多半也没有。他们自己就会提防不良交友行为与有害书籍。去禁止那些无法阻拦的事情有什么用呢？禁止孩子阅读某些书籍，他就会偷偷看。坡菲唐迪厄的方法很简单：那些有害书籍，他并不禁止孩子们阅读，而是设法让他们失去任何阅读欲望。至于提到的这件案子，他还要再考虑考虑，并且保证，无论如何，在有任何后续动作前会先通知莫利尼耶。现在他们只是继续暗中监视，既然这件恶事已经持续了三个多月，那肯定还会持续几天或者几个星期。此外，假期会负责把这些年轻罪犯们分散开来的。再见。

坡菲唐迪厄终于可以加快步伐了。

刚一到家，他就跑进卫生间，把浴缸的水龙头打开了。安托万一直在等主人回来，却装成在过道上与他擦肩而过。

这位忠仆已经来家里十五年了，他看着孩子们长大。他可能见过许多事情，也猜测过很多别的事情，但对别人试图向他隐瞒之事，他都装作毫无察觉。贝尔纳对安托万确实怀有好感。他不想对安托万不辞而别。也许是出于对家人的恼怒，他乐得让一个仆人了解这个出走的秘密，亲人们反而一无所知——不过必须为贝尔纳辩护一句，当时家里一个亲属也没有。而且，如果贝尔纳跟他们告别，他们就会力图把他扣下。他怕解释。而对安托万，他就可以直爽地说一句："我走了。"但他向安托万伸手的方式无比郑重，以至于老仆人颇感惊讶。

"贝尔纳少爷不回来吃晚饭吗？"

"不，也不回来睡，安托万。"由于对方犹豫着不知道对这话作何理解，也不知道是否应该进一步追问，贝尔纳便更加刻意地重复了一遍："我走了。"接着又加了一句，"我留了一封信在办公桌上……"但他没法下决心说出"在爸爸的办公桌上"，于是他接着说道："……在书房的桌子上。告辞。"

握住安托万的手掌时，他感动得就像同时在和自己的过去诀别。他迅速重复了一声"告辞"，然后便走了——在涌上喉咙的剧烈哽咽爆发之前。

安托万犹豫着就这样让对方离去自己是否负有重责，但他又怎么拦得住呢？

贝尔纳的出走对整个家庭而言都意味着一件出乎意料、骇人听闻的大事，安托万感觉得到，但他作为完美仆人的角色让他不能表现出自己的惊奇。他不需要知道坡菲唐迪厄先生不知道的事情。他本可以直截了当地说："老爷知道贝尔纳少爷出走了吗？"但是这样做他就失去了所有优势，而且一点也不讨人喜欢。他之所以如此焦急地等待主人回来，是为了用一种中立而恭敬的语调向老爷悄悄传达一句排练许久的话，就好像是贝尔纳委托他代为传达的一个简单通告：

"在离开之前，贝尔纳少爷在书房里给老爷留了一封信。"

这句话如此简单，以至于有可能遭到忽略。他徒劳地寻找某种更加强烈却不失自然的语句，但一无所获。不过由于贝尔纳从来没有离过家，安托万从眼角观察到，坡菲唐迪厄先生不禁惊跳起来：

"什么！在……"

他立刻恢复了镇定。他无法在一个下人面前暴露自己的震惊，得始终保持着自己的优越感。他用一种非常冷静、威严的语气总结道：

"很好。"

抵达书房时他问：

"你说的那封信在哪儿？"

"在老爷的书桌上。"

刚一走进房间，坡菲唐迪厄就看见一封信用非常显眼的方式摆在他的靠椅对面，他平时习惯于坐在上面写作。不过安托万没有立即罢休，坡菲唐迪厄先生还没读上两行，就听到有人在敲门。

"忘了对老爷说，有两个人在小客厅里等您。"

"什么人？"

"我不知道。"

"他们是一块儿的吗？"

"看起来不像。"

"他们想要我干什么？"

"我不知道。他们想见老爷。"

坡菲唐迪厄感到耐心正在流逝。

"我早就说过，而且重复过很多遍，我不想让人来家里打扰我——尤其是在这个时间点，我在法院有专门的会客日期和时间段……你为什么让他们进来？"

"他们两个都说有急事要和老爷谈。"

"他们来很久了吗？"

"快一个小时了。"

坡菲唐迪厄在房间里踱了几步，一只手抵着前额，另一只手拿着贝尔纳的信件。安托万站在门边，庄重沉着。最终，他欣喜地看到法官失去了冷静，有生以来第一次听见他跺着脚嘟哝道：

"让我静静！让我静静！跟他们说我没空。让他们改天再来。"

安托万还没走出去，坡菲唐迪厄就跑到了门口：

"安托万！安托万！……去把浴缸的水龙头关上。"

还是洗澡的问题！他走到窗户边开始读信：

先生：

　　鉴于我在今天下午偶然得到的某种发现，我知道，应该停止把您视为我的父亲，这对我而言将是一种莫大的慰藉。我感觉自己对您爱意寥寥，很久以来就认为自己是一个反常的儿子，我更乐意得知自己根本不是您的儿子。也许您认为，您把我当成您的孩子之一加以对待，为此我应该向您表示感激。但是首先，我始终感觉，在他们和我之间，您考虑的问题大不相同；其次，我对您足够了解，知道您做这一切只是害怕家丑外扬，是为了掩饰一种让您并不十分体面的处境——最后，则是因为您除了这么做别无他法。

　　我宁愿对母亲不辞而别，因为我害怕向她最后诀别时，自己会心软，同样也因为，在我面前，她会感到身处某种不自然的处境——对我而言这并不愉快。我不相信她对我的眷恋有多强烈，由于我绝大部分时间都在学校寄宿，她并没有什么时间来好好了解我；又因为我的相貌会持续不断地提醒她某些她想要从生命中抹去的东西，我认为她看到我离家出走会感到快慰。请告诉她——如果您具备这份勇气的话——我并不怨她让我变成了私生子，相比搞清楚自己是您亲生的，我反而更喜欢这样。（请原谅我这样说话，我的本意并不是写信羞辱您，不过我说出来的这些内容将足以使您鄙视我，这会减轻您的痛苦。）

如果您希望我对导致自己从您家中离开的隐秘原因保持沉默，那么我请求您千万不要试图把我弄回来。我做出离开您的决定毫无转圜余地。我不知道，直到今天为止，您为了抚养我到底花了多少钱——我在不知情的情况下，当然可以同意靠您养活，不过毋庸讳言，将来我更愿意从您那里分文不取。一想到接受您的任何恩惠，我便难以忍受。我相信，要是能从头再来，我宁愿饿死也不会坐上您的餐桌。所幸我似乎听人说过，母亲嫁给您的时候比您富有。所以私以为：我过去的生活全靠她的开支。我感谢她，把剩下的一切都跟她结清了，但愿她忘了我。在有可能对我的出走表示震惊的人那儿，您总会找到好办法去解释的。我允许您把罪责推到我身上。（但我很清楚，您等不到我的允许也会这么做的。）

我签下这个属于您的可笑姓氏，希望能够原样奉还并且尽快将其败坏。

贝尔纳·坡菲唐迪厄

又及：我把自己的一切衣物都留在您家里，它们可以更加合理合法地供卡鲁使用，希望您用得上。

坡菲唐迪厄先生步履蹒跚地走到一把扶手椅旁边。他想理理思路，但脑中千头万绪。尤其是，他右胁的肋骨下面感到一阵细微的刺痛。这是肝病发作了，他止不住。家里还有维希矿泉水[1]吗？要是太太已经回来就好了！如何告诉她贝尔纳出逃的事情呢？应该把信拿给她看吗？这封信太不公道了，不公道之极。他理应愤慨。他想把自己的悲伤当成愤怒。他用力呼吸，每吐一口气就发出一声"啊！我的上帝！"，匆促而微弱，有如一声叹息。他胸口的疼痛感与心中的哀伤杂糅在一起，证实了这种悲伤并且确定了它的位置。他感觉悲痛似乎跑到了肝部。他倒在扶手椅中，又读了一遍贝尔纳的信件。他伤心地耸了耸肩。显然，这封信对他来说十分残酷，不过他从中察觉到了怨恨、挑衅还有狂妄。他的其他孩子——那些他亲生的孩子，任何一个都绝对写不出这样的信来。他对此心知肚明。他们身上的任何素质，他早就在自己身上认识清楚了。当然，对于他在贝尔纳身上感到的新颖、粗暴与桀骜，他总以为应该加以斥责。但这么想只是徒劳，他非常清楚，正是因为这些地方，他对贝尔纳的喜爱是他对其他孩子从来没有过的。

---

1 维希矿泉水：维希是法国中部城市，因温泉和水疗资源闻名。法国人普遍认为，维希矿泉水可以护肝并且治疗各类消化道疾病。

赛西尔从音乐会回来了，可以听到她在隔壁房间中弹了一阵钢琴，固执地重复着一首船歌 [1] 中的乐句。最后，阿尔贝里克·坡菲唐迪厄再也忍不住了。他稍稍推开客厅房门，操着一种近乎恳求的哀怨语调，因为肝部绞痛已经开始让他感到备受摧残（再加上他和女儿的相处始终有些腼腆）：

　　"我的小赛西尔，能去查看一下家里还有维希矿泉水吗？要是没了，就派人去弄。还有，你要是能把钢琴停下一会儿那就太乖了。"

　　"你不舒服吗？"

　　"不，不。我只是需要在晚饭前稍微想点事情，你的音乐打乱了我的思路。"

　　同时，疼痛让他变得温和，出于亲近，他又加了一句：

　　"你刚刚弹得真好听。是什么曲子呀？"

　　不过他没有听到回答就走出去了。他女儿很清楚，他对音乐根本一窍不通，常常把《来吧宝贝》[2] 和《唐豪瑟》[3] 里的进行曲混为一谈（至少她是这么说的），所以无意作答。不过

1　船歌：起源于意大利威尼斯，本来是撑贡多拉的船夫所唱的当地民歌，后来由作曲家改编为古典音乐的曲种之一。

2　《来吧宝贝》：法国歌手菲利克斯·梅约尔于1902年演唱的一首流行歌曲。

3　《唐豪瑟》：德国著名作曲家理查·瓦格纳创作的一部歌剧，1861年在巴黎首演。进行曲出自《唐豪瑟》第二幕。

他又把门推开了：

"你母亲还没回来吗？"

"不，还没有。"

这真荒唐。她这么晚回来，晚饭之前恐怕都没有和她谈话的时间了。他能编出什么话来暂且解释一下贝尔纳的缺席呢？但他没法说出真相，让孩子们得知他们的母亲一时失足的秘密。啊！一切原本都已经那么恰当地得到了原谅、忘却和修补。小儿子的出世巩固了他们的复合。而突然之间，出现了这团从往昔岁月中一跃而出的复仇之魂，这具由海浪带回的尸体……

哎呀！又有什么事？书房的门悄无声息地打开了。他赶紧把信件塞进上衣内部的口袋里。门帘被轻轻撩起——是卡鲁来了。

"爸爸，告诉我……这句拉丁文想表达什么呀？我完全看不懂……"

"我跟你说过，进房间要敲门。而且我不希望你这样动不动过来打扰我。你养成了找别人帮忙的习惯，总是依赖别人，而不是付出自己的努力。昨天是你的几何问题，今天又是……你这句拉丁语是谁说的？"

卡鲁把练习册递了过去：

"他没告诉我们。不过，拿着，你看，你肯定认得出来。

他让我们听写下来，也许我写错了。最起码我想知道这句话到底写得对不对……"

坡菲唐迪厄先生拿起练习册，但他实在太不舒服了。他轻轻地推开孩子：

"晚点再说。要吃晚饭了。夏尔回来了吗？"

"他又下楼去自己的办公室了。"（这位律师在底楼接待客户。）

"去告诉他，让他过来找我。快去。"

一声铃响！坡菲唐迪厄太太终于回来了。她为自己的晚归表示歉意。她之前不得不去拜访好几户人家。她伤心地发现丈夫病了。能为他做点什么呢？他的脸色真的太差了——他恐怕没法用餐了。那上桌吃饭就不带他了，不过饭后她会带着孩子们去找他。"贝尔纳呢？""啊！确实。他的朋友……你知道的，就是那个和他一起补习数学的朋友，带他出去吃饭了。"

坡菲唐迪厄感觉好了一点。最开始他害怕太过难受以至于无法说话。但他必须对贝尔纳的失踪作出解释。现在他知道自己该说什么了，尽管这么做痛苦万分。他感到自己坚决果断。他唯一的担忧，就是他的太太会用哭泣和尖叫打断他。他担忧她感到难受……

一小时之后，她带着三个孩子进来，走到他身边。他让她靠着他的扶手椅，坐在身边。

"尽量忍住，"他低声说道，语调却颇为专断，"一句话也别说，听我讲。之后我们再聊。"

他说话的时候，把她的一只手握在自己掌中。

"哎呀，我的孩子们，坐下吧。感觉到你们站在我面前就像应考一样，让我有些拘束。我要跟你们说一件非常悲伤的事情：贝尔纳已经离开了我们，最近一段时间……我们再也见不到他了。今天我必须告诉你们一些我最开始向你们隐瞒的内容，我希望看到你们像爱自己的亲兄弟一样爱贝尔纳，因为你们的母亲还有我都把他当成自己的孩子去疼爱，但他并不是我们的孩子……他真正的母亲在临终时把他托付给了我们，今天傍晚，他的一位舅舅过来把他领走了。"

说完这番话，随之而来的是一阵难堪的寂静，大家听到卡鲁在用鼻子吸气。每个人都在等待，以为他还要再说几句。不过他却做了一个手势：

"我的孩子们，现在都回去吧。我要和你们的母亲谈谈。"

他们离开之后，坡菲唐迪厄先生久久沉默不语。坡菲唐迪厄太太留在他掌中的那只手就和死人的一样。她用另一只手抓着手绢蒙住双眼，胳膊撑在大书桌上，扭头痛哭起来。断断续续的呜咽令她浑身颤抖。透过哭声，坡菲唐迪厄先生听到她低声抱怨道：

"喔！您 [1] 真残酷啊……喔！您把他赶走了……"

就在刚才，他已经决定不给她看贝尔纳的信件了；但是面对如此不公的指责，他还是把信递了过去：

"拿着，念念吧。"

"我做不到。"

"你非念不可。"

他不再去想自己的病痛了，注视着她逐行把信念完。刚才，在讲话的时候，他差点没忍住眼泪，现在，甚至连情绪也丧尽了。他注视着自己的妻子：她在想什么？透过同样的哭腔，带着同样的哀怨语调，她依然在低声抱怨：

"喔！你为什么跟他说呢……你不该告诉他的。"

"但你看得很清楚，我什么都没跟他说……好好看看他的信。"

"我好好看过了……可他是怎么发现的呢？是谁跟他说的呢？"

什么！她想的就是这些东西！她伤心的重点就落在这上面！这份哀痛本该让他们结为一体。哎！坡菲唐迪厄感

---

1 在坡菲唐迪厄夫妇之间，大多数时候用"你"（tu），但坡菲唐迪厄太太在这里用了"您"（vous），表示严肃，并且隐含指责和疏远的意味。

到困惑，他俩的思想南辕北辙。当她在抱怨、控诉和提出要求的时候，他则试图把这种倔强的思绪引向某些更为虔诚的情感。

"这是赎罪。"他说道。

他站起身，发自本能地需要占据主导地位；此刻他立得笔直，以至于忘了自己身体方面的疼痛，把手掌严肃、温情、专断地放在玛格丽特的肩头。他完全清楚，她从来没有对那件事完完全全感到懊悔，她总想把它当成一时的疏忽。现在他想对她说，这份悲伤、这种苦痛可以用来给她赎罪。但是他徒劳地寻找着某种措辞，既让他自己满意，又希冀对方能听进去。玛格丽特的肩膀抵抗着来自他手掌的温和的压力。玛格丽特心知，生活中的一点点琐事，在任何时候都会引发他讲出一些由他亲自发明的道德训诫，方式令人无法忍受。他总是根据自己的教条阐释和说明一切。他向她弯下腰。以下便是他想要对她讲述的内容：

"我可怜的朋友，你看，从罪恶中无法诞生任何良善。试图隐瞒你的过错根本毫无用处。哎！我为这个孩子已经竭尽所能，我对他视如己出。如今上帝向我们证明这是一种错误，硬要……"

但这句话刚开头他就停住了。

她多半能理解这几个意义丰富的词语——它们也许已然

深入她的内心，因为她不久之前已经止住泪水，这会儿又哭了起来，还比一开始哭得更加剧烈。她曲着身子，就像准备在他面前跪下一般，他弯腰把她扶住了。透过那些泪水，她到底在说些什么？他一直俯靠到她唇边，才听到她在说：

"你看得明白……你看得明白……啊！你为什么原谅我……啊！我就不该回来！"

他几乎不得不去猜测她的言外之意。然后她就收声了。她无法进一步表述了——她怎么能对他说，这种德行是他对她的苛求，身处其中让她感觉自己像在坐牢，说她感到窒息，说她如今后悔的并不是自己的过错，而是曾经对过错感到懊悔。坡菲唐迪厄重新直起身：

"我可怜的朋友，"他用一种庄重而严肃的口吻说道，"我担心今晚你有点固执。时间不早了。我们还是去睡觉吧。"

他扶着她站起来，陪她一路走到她的卧室，亲了亲她的额头，然后回到书房，躺倒在一把扶手椅上。他的肝病不适居然缓和下来了，真是怪事，但他感觉心碎。他把额头埋在双手之间，太过悲伤以致欲哭无泪。他没有听见有人敲门，但开门的声音让他抬起了头：是他的儿子夏尔。

"我来和你道声晚安。"

夏尔走到近旁。他全都明白——他想向父亲暗示这一点。他想对父亲表露他的怜悯、他的温情、他的忠心，但谁会以为他是一名律师呢——他如此的不善言辞，又或者，当他感情真挚的时候，恰好变得笨嘴拙舌。他拥抱了父亲，把头靠在父亲肩膀上停留了一段时间，态度坚决，让父亲相信他完全明白。他明白得如此透彻，以至于让他不禁稍稍抬起头，像他做任何事情时一样笨拙地询问道——他内心的痛楚是那么的强烈，以至于无法克制自己不问：

"那卡鲁呢？"

这个问题很荒诞，因为，就像贝尔纳与其他孩子大不相同一样，卡鲁身上坡菲唐迪厄家族的气质也非常明显。坡菲唐迪厄拍了拍夏尔的肩膀：

"不，不，放心吧，只有贝尔纳一个人。"

夏尔用说教的口吻提道：

"上帝驱逐不速之客是为了……"

坡菲唐迪厄打断了他，他何须别人对他这样说话呢？

"别说了。"

父子之间再也无话可说了。让我们离开他们吧。快要十一点了。坡菲唐迪厄太太还留在她的卧房里，坐在一张不怎么舒适的直背小椅子上。她没有哭，脑子里空空如也。她也想离家出逃，但她不会这么做。曾经，当她和她的情人——贝尔纳的父亲，我们无须认识——在一起时，她常常对自己说："算了，你的所作所为全是徒劳，你永远只是一个正派的女人。"她害怕自由，害怕罪责，害怕安逸，这使她在十天以后懊悔地回到家中。她父母对她作过的评价很正确："你永远不知道自己到底想要什么。"让我们离开她吧。赛西尔已经睡了。卡鲁绝望地盯着他的那根蜡烛——它烧不了多久了，不足以让他看完一本冒险小说。这本书分散了他对贝尔纳出走一事的关注。我原本颇为好奇地想要知道安托万会跟他的女厨朋友说些什么，但我们并不是什么都能听到的。现在这个时辰，贝尔纳应该去找奥利维耶了。我不太清楚他今晚在哪里用餐，也不知道他到底有没有吃晚饭。他毫无阻碍地经过门房，偷偷登上楼梯……

三 贝尔纳与奥利维耶

平安富足养出一群懦夫；困苦永远是坚强之母。

——莎士比亚 [1]

奥利维耶已经上床了，等着接受母亲的亲吻——她每天晚上都要下楼跟两个小儿子吻安。他本可以把衣服重新穿好等待贝尔纳，但他不确定贝尔纳到底来不来，又担心把小弟

---

1 威廉·莎士比亚（1564 — 1616）：英国戏剧大师。纪德在青年时代便仔细阅读过莎翁全集并且大为赞叹，后来甚至翻译过《哈姆雷特》等剧作。引文出自莎士比亚 1609 年创作的剧本《辛白林》第三幕。

吵醒。乔治通常睡得快、醒得迟，也许他根本不会注意到任何异常之处。

听到有人谨慎地扒门，奥利维耶跳下床，匆忙套上拖鞋跑去开门。根本不用开灯——月光足以把房间照亮。奥利维耶把贝尔纳抱在怀里。

"我一直在等你！我不能相信你真的会来。你爸妈知道你今晚不在家里睡觉吗？"

黑暗中，贝尔纳直勾勾地看着他，耸了耸肩膀。

"你觉得我需要请求他们的同意吗？"

他的话中带着反讽，语调近乎冷酷，以至于奥利维耶立马意识到自己的提问何其荒谬。他还没有领会到贝尔纳离家出走是"认真的"，以为对方只打算在外头过一夜而已，也说不清这种轻率举动的动机到底是什么。他追问贝尔纳打算何时回家。"永不！"奥利维耶明白了。他千方百计表现得不卑不亢，不让自己对任何事情感到意外。不过，一句"你做的事情真厉害！"却脱口而出。

朋友的些许惊愕并没有让贝尔纳感到不悦。他对这句感叹中流露的钦佩之情尤为敏感。他再次耸了耸肩。奥利维耶握住他的手，神情非常严肃，焦急地问道：

"可你……为什么要离开呢？"

"啊！老兄，这是家里的事情，我没法跟你说。"为了不让气氛过于严肃，他用鞋头踢落奥利维耶脚尖摇晃的拖鞋，以此作为消遣——他们此刻都坐在床沿上。

"那你去哪儿生活呢？"

"我不知道。再说吧。"

"你有钱吗？"

"够明天吃中饭。"

"之后呢？"

"之后就要去找了。嗯！我总会找到点什么的。你瞧着吧，到时候我再跟你说。"

奥利维耶无比敬佩他的朋友。他知道对方性格果断，不过他还是有所疑虑：如果财源断绝，出于之后生存所需的压力，他会不会试图回家呢？贝尔纳让他安心：与其回到亲人身边，他宁愿去尝试任何事情。由于他重复了好几遍"任何事情"，而且语气越来越粗野，一阵焦虑感扣住了奥利维耶的心。他想开口说话，但又不敢。最后，他低着头，用一种不太确定的语气说道：

"贝尔纳，无论如何，你没有打算去……"不过他住口了。他的朋友抬起眼睛，没有看清楚奥利维耶，却察觉出了对方的困惑。

"去做什么？"他问道，"你到底想说什么？说吧。偷东西吗？"

奥利维耶摇了摇头。不，并不是这事。突然他号啕大哭起来，抽搐着抱住贝尔纳：

"答应我，你不要……"

贝尔纳拥抱了他，随即笑着把他推开，心里已经明白了：

"我向你保证：不，我不会去拉皮条的。"然后他加了一句，"不过还是得承认，这是最简单的办法。"但奥利维耶感觉安心了，他非常清楚对方说出最后这句话只是装作玩世不恭罢了。

"那你的考试呢？"

"是啊，就是这件事让我心烦。我终归不想落榜。我觉得自己已经准备好了，主要问题是考试那天别累着就行。我必须尽快摆脱困境。这有点冒险，不过……我会解决的，你看着吧。"

他们一度保持沉默。第二只拖鞋也落下了。贝尔纳说道：

"你会受凉的。再去睡会儿吧。"

"不，该睡觉的人是你。"

"你开玩笑呢！去吧，赶紧。"他强迫奥利维耶回到凌乱的卧榻中。

"那你呢，你去哪儿睡？"

"随便。睡地上，睡角落。我必须让自己习惯如此。"

"不，听着。我想跟你说点事儿，但如果感觉不到你在身边，那我就说不出口。到我床上来吧。"等到贝尔纳花了点时间脱掉外衣与他会合之后，他说道："你知道，我之前跟你说过的那件事……成了，我已经是了。"

贝尔纳听了半句就懂了，他紧挨着自己的朋友，对方继续说道：

"好吧！老兄，这真令人作呕。太可怕了……事后我真想呕吐，真想撕掉我的皮囊，自我了断。"

"你太夸张了吧。"

"或者把她杀掉……"

"她是谁？至少你不会太不谨慎吧？"

"不，是一个杜梅尔很熟悉的女人，他介绍我认识的。主要是她的谈吐让我反胃。她说个不停。这样真是太蠢了！我不明白在那种时候为什么不闭嘴。我真想堵住她的嘴，把她绞死……"

"我可怜的老朋友！你早该想到，杜梅尔只会给你提供一个蠢妞……最起码她还算漂亮吧？"

"你以为我会正眼看她吗！"

"你是个傻子。你是个情种。睡觉吧……那么你是不是起码好好……"

"当然了！就是这一点最让我作呕，就是我依然能够……就好像我真的想上她一样。"

"好吧！老兄，这很了不起。"

"闭嘴吧你。如果这就是爱情，那我早就受够了。"

"你真孩子气！"

"我倒想看到你出现在那个场景里。"

"喔！我吗？你知道的，我不追女人。我跟你说过：我在等待奇遇。像那样冷冰冰的方式，对我来说毫无意义。尽管如此，如果我……"

"如果你？"

"如果她……没什么。睡觉吧。"他突然背转过去，对方身上的热气让他感到不舒服，于是稍稍分开了一点。不过奥利维耶停顿了片刻，又说道：

"你说，巴雷斯[1]能当选吗？"

"当然！……这让你大脑充血吗？"

"我才不在乎！喂……听我说两句……"他压在翻过身去的贝尔纳肩膀上，"我兄弟有个情人。"

"乔治吗？"

小家伙一直在装睡，他在黑暗中支着耳朵倾听一切。在听到自己名字的时候，他立马屏住了呼吸。

---

1 莫里斯·巴雷斯（1862—1923）：法国小说家、政论家。1906 年当选为法兰西学院院士，同年 6 月 1 日当选为国民议会议员。

"你傻啊！我跟你说的是文森。"（文森比奥利维耶年长，刚刚完成医学院本科学业。）

"他告诉你的吗？"

"不是。他对我得知此事毫无察觉。我父母也一无所知。"

"要是他们知道了会怎么说？"

"我不清楚。妈妈应该会非常痛心。爸爸一定会要求他断绝关系或者正式结婚。"

"当然了！那些正派的中产阶级们根本理解不了别人可以跟他们正派得不一样。那你是怎么知道的呢？"

"是这样：最近一段时间，父母睡下之后，文森总在夜里出去。他下楼时尽量不弄出声音，但我听得出他走在街上的脚步声。上周，我想大概是星期二，夜里实在太热，以至于我没办法一直躺在床上，就靠在窗边喘了口气。这时我听到楼下的房门打开又关上。我俯下身，当那人从路灯旁边经过时，我认出是文森。当时已经过了十二点。那是第一次——我的意思是：我第一次注意到他。自从有了经验，我就开始监视他——喔！不是有意的……几乎每天晚上我都听到他出门。他有自己的钥匙。我父母把乔治和我以前住的房间改成了诊察室，等有了客户就用上。他的房间在边上——门厅左手边，而其他房间都在右边。他可以随意进出，不让别人知道。通常我听不到他回来的动静，但是前天，也就是周一晚上，我不知道自己怎么了，我在思考杜梅尔的杂志草案……无法入睡。这时我听到楼梯上有说话声。我料想是文森。"

"那是几点钟？"贝尔纳问道——不是出于求知欲，而是为了表现出他的兴趣。

"凌晨三点，我想。于是我爬起床，把耳朵贴在门上。文森正在和一个女人讲话，或者不如说只有她一个人在说话。"

"那你怎么知道是他呢？每个房客都从你门口过。"

"有时候甚至极其难堪：这些房客回来得越晚，上楼时越是吵闹，他们根本不把睡觉的人放在眼里！但那次只能是他，我听到那个女人一直在重复他的名字。她对他说……喔！复述这些真令我作呕……"

"说吧。"

"她对他说：'文森，我的恋人，我的爱人，啊！您别离开我！'"

"她跟他用'您'？"

"是啊。这难道不奇怪吗？"

"继续说。"

"'现在您再也没有权利抛弃我了。您想要我怎么样？您想让我去哪儿？跟我说点什么吧。喔！和我谈谈吧。'然后她再次呼唤他的名字并且重复着'我的恋人，我的恋人'，声音越来越悲戚，越来越低沉。之后我听到一阵声响（他们应该是在楼梯台阶上），就像什么东西掉在地上的声音。我想是她双膝跪地了。”

"那他呢，一句话也不回复吗？"

"他应该已经走到楼梯顶上了，我听到房门关上的声音。然后她在附近待了很久，几乎就靠着我的门。我听到她在呜咽。"

"你本该给她开门的。"

"我不敢。文森要是知道我了解他的事情一定会怒不可遏。而且我也害怕她在哭泣的时候被人撞见会非常尴尬。我不知道自己到底能和她说些什么。"

贝尔纳朝奥利维耶转过身来：

"换作是我，我会开门的。"

"喔！当然了，你永远什么都敢做。只要出现在你脑海中的事情，你就会去实践。"

"你在责怪我吗？"

"不，我羡慕你。"

"你觉得这个女人会是谁呢？"

"我怎么知道？晚安。"

"喂……你确定乔治没听见我们说话吗？"贝尔纳在奥利维耶耳边小声说道。他们戒备了一阵。

"不，他睡了，"奥利维耶用正常的语调说道，"而且他听不懂的。你知道他有一天问爸爸什么吗？'为什么……'"

这一次，乔治再也忍不住了。他从床上半坐起来，打断了他哥哥的话头：

"傻瓜，"他喊道，"你看不出来我是故意的吗？……当然是了，你们刚才说的我全听见了。喔！犯不着吓到你们。文森的事情我早就知道了。只不过，我的小伙子们，现在尽量小点儿声说话吧，因为我困了。或者别说了。"

奥利维耶翻身朝着墙壁。贝尔纳没有入睡，默默盯着房间：月光使它显得更大了。事实上，他对这间屋子并不熟悉。白天，奥利维耶从不待在这里。偶尔几次他在家中接待贝尔纳，也是在楼上的寓所。此刻月光触及乔治的床脚，他终于睡着了。哥哥讲述的内容，他几乎都听见了。他拥有做梦的素材了。在乔治卧榻的另一侧，可以辨认出是一个双层小书架，上面放着一些教科书。在奥利维耶床边的一张桌子上，贝尔纳瞥见一册开本更大的书，他伸出胳膊抓住它，想要看看书名：《托克维尔[1]》。他把书放回桌上的时候，书掉在了地上，把奥利维耶惊醒了。

---

1 阿列克西·德·托克维尔（1805—1859）：法国历史学家、政治学家。著有《论美国的民主》《旧制度与大革命》等经典学术著作。

"最近在念《托克维尔》吗？"

"这是杜巴克借给我的。"

"你喜欢吗？"

"有点乏味。但有些东西写得非常好。"

"听着，明天你要做点什么？"

明天是周四，学校放假。贝尔纳想着也许还能碰到他的朋友。他打算不再回学校了，最后几节课也不想上了，准备独自备考。

"明天，"奥利维耶说道，"十一点半我要去圣拉扎尔火车站迎一辆从迪耶普¹开过来的火车，去接我舅舅爱德华。他从英国回来。下午三点，我要去卢浮宫找杜梅尔。剩下的时间我需要做功课。"

"你的舅舅爱德华？"

"对，是我母亲同父异母的兄弟。他已经离开半年了，我跟他不熟，但我很喜欢他。他不知道我要去接他，我担心自己认不出他。他和我家里其他人完全不一样，他是一个非常优秀的人。"

"他是做什么的？"

---

1 迪耶普：法国北部城市，毗邻英吉利海峡，与英国隔海相望，是英法两国之间的重要水陆码头。

"他是写作的。他的书我几乎都看过。不过他已经很久没有发表任何新作了。"

"小说吗？"

"是的，小说类的书。"

"为什么你从来没跟我提到过？"

"因为说了你就会想看，如果看完不喜欢……"

"好吧！把话说完。"

"那好，那就会让我觉得难受。就是这样。"

"是什么原因让你认为他是一个非常优秀的人呢？"

"我也说不太清楚。我跟你说过自己跟他很不熟。这更多是某种预感。我感觉他关心很多我父母不感兴趣的事情。有一天——那是在他出行前不久——他在我们家吃饭，和我父亲聊天，我却感觉他一直在关注我，这让我局促起来。我准备从房间里出去——那是餐厅，大家喝完咖啡之后都会留在那里——但他却开始向我父亲问起我来，这让我感到更加局促。突然，爸爸起身寻找一首我不久前写出来的诗——之前我傻乎乎地给他看过。"

"你写的诗？"

"对，你读过的。就是你觉得很像《阳台》[1]的那首。我知道它根本一文不值或者没什么大不了，爸爸把它拿出来真

1《阳台》：法国诗人夏尔·波德莱尔《恶之花》中的诗篇。

让我大为光火。不过在爸爸找那首诗的时候，有一小会儿，房间里只有爱德华舅舅和我两个人待在那里，我感到自己脸红得厉害，找不到任何话跟他说。我只好东张西望——他也一样。他一开始在卷烟，然后多半是为了让我自在一点——因为他肯定看到我脸红了——便站起身，透过窗户向外看去。他轻轻吹着口哨，然后猛地对我说道：'我比你更局促。'但我相信这是出于好意。最后爸爸回来了。他把我的诗递给爱德华舅舅，后者就开始读了起来。我无比烦躁，要是他对我恭维一番，我相信自己会对他破口大骂。当然，爸爸在等待着恭维话。由于舅舅一言不发，他便问道：'如何？你觉得怎么样？'舅舅笑着对他说道：'在你面前谈他的事情让我很尴尬。'于是爸爸也笑着走出去了。

等到房间里又一次只剩下我们两个人的时候，他告诉我，他觉得我的诗很糟糕。不过听到他这么说反而让我很满意。更让我高兴的是，他突然用手指戳着其中两行诗句——也是全诗中我唯一满意的两行诗句，一脸微笑地看着我说道：'这挺好。'难道这还不出彩吗？要是你知道他用什么口吻跟我说话就好了！我真想拥抱他。然后他告诉我，我的错误在于从观念出发，没有让词语来指引自己。我一开始没有完全理解，但我认为现如今自己知道他想说什么了——而且我相信他是对的。下次我再和你解释。"

"现在我知道你为什么要去接他了。"

"喔！刚才我跟你讲的都不算什么，我也不知道为什么要跟你说这些。我们还聊了很多别的内容。"

"你之前说是十一点半吗？你怎么知道他会乘坐这班火车呢？"

"因为他把班次写在了一张寄给妈妈的明信片上，然后我核对了火车时刻表。"

"你和他一起吃午饭吗？"

"喔！不，我必须十二点前到家。我只能和他握握手，但这对我来说已经足够了……啊！在我睡着之前，告诉我：我什么时候能再和你见面呢？"

"先过几天吧。等我摆脱困境之后。"

"但无论如何……要是我能帮上你的话。"

"要是你帮我？不，这么做游戏就不公平了，会让我觉得自己在作弊的。好好睡吧。"

四　帕萨凡伯爵家中

　　我父亲是个蠢人，但我母亲有头脑，她是个寂静主义[1]者。这个温柔的小女人常常对我说："我的儿子，你会下地狱的。"但这根本不令她难受。

——丰特奈尔[2]

---

1 寂静主义：一种神秘的灵修神学，起源于十七世纪，主张人无法依靠人为的努力来达到完美的境界，应该把自己交给上帝，通过祈祷才会达到善的境界。

2 贝尔纳·勒·博维耶·德·丰特奈尔（1657 — 1757）：法国作家、哲学家，著有《关于宇宙多样化的对话》。

不，文森·莫利尼耶每天晚上出门并不是上他情妇家去。尽管他走得很快，还是让我们跟上他吧。从他居住的田园圣母街顶头，文森一路走到延伸出去的圣普拉西德街，然后是渡船街，那里还有几个晚归的市侩之徒依旧在走来走去。他在巴比伦街的一扇能通行车辆的大门前停下，门打开了。这里是帕萨凡伯爵的住处。如果不是经常出入这里的话，他不会如此趾高气扬地走进这座奢华的府邸。为他开门的仆役非常清楚这种伪装出来的镇定中隐藏着羞怯。文森故意不把帽子递给他，而是远远丢在一把扶手椅上。不过，文森出入此地还是不久前的事情。罗贝尔·德·帕萨凡，如今自称是文森的朋友，其实是许多人的朋友。我不太清楚他和文森是怎么认识的，多半是在中学里，尽管罗贝尔·德·帕萨凡明显比文森年长。他们已经有好几年没见了，最近刚刚重逢。

　　某天晚上，奥利维耶难得陪他兄长去看戏。中场休息的时候，帕萨凡请他俩吃冰激凌。那天晚上，他才得知文森刚刚完成见习医生考试，但还没有打定主意是否应去竞争做住院实习医师。说实在话，对文森来说自然科学比医学更有吸引力，但他需要养活自己……总之，文森心甘情愿地接受了罗贝尔·德·帕萨凡不久之前给他做出的有偿提案：每天晚上过来照顾罗贝尔的老父亲——一场大手术导致其极其衰弱——涉及包扎换药、细心检查、注射打针……总之是一些需要专业手法的事情。

除此之外，伯爵接近文森还有其他隐秘的原因，文森接受他的提议也另有隐情。关于罗贝尔的隐秘原因，我们之后再去尽力发掘；至于文森的隐情，则是以下这一点：对于金钱的巨大需求迫使他这么做。当你是一个内心正派的人，同时从小受到健全的教育对你反复灌输责任的意义，那么如果你让一个女人怀了孩子，尤其是这个女人为了追随你抛弃了她的丈夫，你就不会不感到自己多少对她有点责任。在那之前，文森一直过着一种相当正派的生活。他和劳拉的艳遇，随着时间推移，让他感觉时而骇人听闻，时而无比自然。一些琐碎的小事情，单独拿出来十分简单寻常，一大堆加在一起便足以得出一个极其可怕的总数。

他刚才走路的时候，心里便在寻思这些，而这并不能让他摆脱困境。当然，他从来没有打算最终由自己负责收留这个女人——在她离婚之后娶她或者不结婚而一起生活。他不得不承认，他并不觉得自己对她怀有强烈的爱意，但他知道她在巴黎生活无着，正是自己造成了她的困境。至少，他应该给她提供一笔基本的临时援助，而他强烈地感觉到自己难以向她做出这方面的保证——今天比昨天难，比前几天更难。因为，上周，他还有五千法郎[1]，那是他母亲为了方便他的事业起步辛辛苦苦积攒起来的。这五千法郎原本足以应付他情妇的分娩、住院以及孩子出生以后的照料。他到底是听信了哪个魔鬼的建议呢？这笔款项早就为这个女人规划好了，他想把这笔钱全用在她身上，但凡稍有挪用都会让他觉得负罪感十足。那天晚上，到底是何方妖魔煽动他说，这笔钱多半不够用呢？不，不是罗贝尔·德·帕萨凡。罗贝尔从来没说过类似的话，但他提议带文森去赌博沙龙的时间恰好落在那天晚上，而文森当时接受了。

这类赌场的凶险之处在于，每一个过来玩的都是上流社会的人，且彼此都是朋友。罗贝尔把他的朋友文森介绍给了所有人。文森由于缺乏准备，第一天晚上没法下重注。他几乎身无分文，伯爵提出借给他几张钞票，他也拒绝了。但由于他赢了钱，他又后悔没多冒点儿险，就答应第二天再来。

"现在这里的人都认识您了，再也不需要由我陪您过来了。"罗贝尔对他说道。

这一切都发生在皮埃尔·德·布鲁维尔家里，大家通

---

1 二十世纪初的五千法郎大约相当于现在的两万欧元，也就是十五万人民币左右。

常更愿意喊他"佩德罗"。从第一晚开始，罗贝尔·德·帕萨凡就把自己的汽车交由他的新朋友使用。文森十一点左右到，和罗贝尔聊上一刻钟，同时抽根香烟，然后上二楼，根据老伯爵的心情、耐性还有身体状况的需求决定待久一点儿还是短一点儿。然后汽车便把他送到圣弗洛兰丹街的佩德罗家，一小时之后再把他接回来——不过并不把他送到自家门口，而是开到最近的十字路口，因为他害怕引人注目。

前天晚上，劳拉·杜维耶坐在通往莫利尼耶家的楼梯台阶上，等他到夜里三点——他直到那时候才回来。那天晚上，文森并没有去佩德罗家。他输光了。两天以来，他的五千法郎已经分文不剩了。他把这件事告知了劳拉。他写信告诉她，自己再也没办法为她做什么了，建议她回到她丈夫或者父亲身边去，对一切供认不讳。但对于劳拉而言，日后招供显然毫不可行，甚至她根本无法冷静思考。情人的呵斥仅仅激起了她的愤怒，而这种愤怒直到令她陷入绝望方才消退。文森遇到她的时候，她就处于这种绝望的状态。她想留住他，他却从她的双臂间挣脱了出来。当然，他必须狠下心来，因为他内心纤敏。不过于他而言感官欲望大于爱情，因此他很容易把冷酷当成一种义务。他完全不回应对方的诉求和抱怨，就像听到这一切的奥利维耶后来对贝尔纳所描述的那样。文森关上房门之后，她便瘫在楼梯上，在黑暗中哭了很久。

这一夜之后，又过去了四十个小时。前一晚，文森没有到罗贝尔·德·帕萨凡家里去，他父亲似乎有所好转；但今天晚上，一封电报把他叫了过去。罗贝尔想见他。文森走进那个被罗贝尔当成工作间与吸烟室的房间时（他大多数时间都待在这里，亲自布置并且按照自己的想法加以装饰），罗贝尔没有起身，漫不经心地从肩膀上方向他伸出手。

罗贝尔在写东西。他坐在一张堆满书籍的书桌面前。对面，正对花园的落地窗朝着月光完全敞开。他没有转身，开口说道：

"您知道我正在写什么吗？您不要告诉别人……嘿！您答应我……一份给杜梅尔的杂志开篇的宣言。当然了，我不会署名……更不会在文章里自吹自擂……再说，大家最后终究会发现，是我投资了这份杂志，我希望他们不要太早知道我还参与撰稿。所以，别声张！不过我在想，您不是跟我说过您的小弟也在写作吗？您怎么称呼他？"

"奥利维耶。"文森说道。

"奥利维耶，对，我忘了……别这么站着。弄把扶手椅坐吧。您不冷吧？要我把窗户关上吗？他写的是诗，对吗？他应该把作品拿给我。当然，我不保证一定会用……但最起码，他要是写得很糟我会挺吃惊。您的弟弟，他看起来非常聪明。而且，我感觉他非常懂行。我想和他谈谈。告诉他，过来见我。嗯？我靠你了。来跟香烟？"他把银制烟盒递了过去。

"乐意之至。"

"文森，现在听我说，我要和您非常严肃地谈一谈。那天晚上，您的举止就像一个孩子……我也一样。我不是说自己把您带到佩德罗家去是错的，但我感觉对您损失的那些钱多少负点责任。我寻思着是我让您把这些钱输掉的。我不知道这是不是人们所谓的'内疚'，但这件事开始干扰我的睡眠与消化了，我发誓！而且我还想到了那个可怜的女人，您跟我说起过……不过这就是另外一回事儿了。我们别碰，那是神圣的。我想跟您说的是，我希望，我愿意，是的，绝对愿意交给您处置一笔钱——等同于您输掉的数额。是五千法郎，对吧？您可以拿去再冒一次险。这笔钱，我再说一遍，我认为是我让您输掉的，是我欠您的。您不必感谢我。要是您赢了钱，就把它还我。如果输了，那就拉倒！我们两清。今晚回佩德罗那儿去吧，就当无事发生。汽车会把您送过去，然后来这里接我，把我带到格里菲斯夫人家去，请您之后去那里找我。说定了，好吧？汽车会回佩德罗家接您。"

他打开抽屉，取出五张大钞交给文森：

"快去吧。"

"但您父亲……"

"啊！我忘记跟您说了：他去世了，已经有……"他取出怀表，尖叫道，"哎呀！这么晚了！快到午夜了……快走吧……对，已经去世差不多四个小时了。"

这一切都说得有条不紊，还带着某种漫不经心。

"那您不待在那里……"

"守灵吗？"罗贝尔打断了他的话头，"不，我弟弟负责这些事情，他和老女仆都在上面。他比我跟死者更合得来……"

见文森没有动弹，他接着说道：

"听着，亲爱的朋友，我不想对您表现得玩世不恭，但我厌恶现成的情感。在我心里，我为父亲量身定做了一种孝心，但在第一时间就有点儿动摇，于是我不得不将它压缩。在我的人生中，老人家带给我的只有厌倦、冲突和尴尬。要是他心里还留存一点点温情，那肯定也不是让我感受的。我对他最开始的情感冲动，在我还不知收敛的时代，带来的只有粗暴的拒绝，这教育了我。您亲眼见过，当我们照顾他的时候……他可曾跟您道过一声谢？您可曾得到过他最低限度的注视，或是一闪而逝的微笑呢？他总以为一切都是他应得的。喔！这就是所谓的'性格'。我相信他让母亲受过很多苦，而他是爱她的——但凡他当真爱过的话。我认为他令身边的所有人受苦：他的手下、他的狗、他的马、他的情妇；他的朋友倒不苦，因为他一个朋友也没有。他的去世让大家都舒了口气。我相信，他就是那种'在自己的领域'拥有巨大价值的人，但我从来没有发现到底是哪个领域。他非常聪明，这一点毫无疑问。说到底，我曾经对他相当钦佩，至今也依然保持着这种心情。至于泪下沾襟……不，我已经不是小孩子了。好了！赶紧去吧，一小时之内来莉莉安家找我。

"——什么？没穿礼服让你尴尬？你真笨！为什么要穿？都是自己人。喏，我答应你也穿便装好了。说定了。走之前点支雪茄吧。尽快把车还我，之后它再去接你。"

他目送文森离去，耸了耸肩，然后走进卧室更衣，他的礼服已经完全平铺在沙发上等着他了。

二楼的一间卧室里，老伯爵躺在他离世时的床铺上。有人在他胸口放了一个十字架，却忘了把他的双掌合在上面。几天没刮的胡子让他倔强的下颌呈现的角度变得柔和了。横截额头的道道皱纹在他毛刷般的灰色卷发下面显得不那么深，仿佛舒展开了。眼珠凹陷在被一丛眉毛放大的眉弓之下。恰恰因为以后再也见不到他了，所以我长时间端详了他一番。老女仆塞拉芬妮坐在床头的扶手椅上。不过现在她站了起来，走到桌边。桌上放着一盏老式油灯，它没法充分照亮房间，需要挑灯芯了。一面灯罩把光线引向年轻的贡特朗正在阅读的书上……

"您累了，贡特朗少爷。您最好还是去躺会儿吧。"

贡特朗抬眼，用无比温柔的眼神望着塞拉芬妮。他把金发从额头拨开，飘扬在双鬓上。他今年十五岁，他那如女性般的面庞表现出的唯有温情与爱。

"好吧！那你呢？"他说道，"该去睡觉的人是你，我可怜的芬妮。昨天夜里你几乎一直站着。"

"喔！我习惯守夜了，而且我白天睡觉，但您却……"

"不，去吧。我不觉得累，而且我留在这里阅读和思考也有好处。我对爸爸的了解太少了，我怕要是现在不好好看看他，以后会把他彻底忘掉的。我要在他身边守到天亮。芬妮，你来我们家多久了？"

"在您出生前一年来的。您都快十六岁了。"

"你还记得清我妈妈吗？"

"我记不记得您的妈妈？这问题问的！这就像您问我记不记得自己叫什么名字一样。我当然记得您的妈妈。"

"我也记得一点儿，但记不太清了……她去世时我才五岁……告诉我……爸爸常跟她说话吗？"

"这得看日子。您的爸爸，他向来不太健谈。他也不太喜欢别人率先向他发话。不过，那时候他比最近这段时间话多一点儿。但目前，还是不要引起太多回忆的好，交给仁慈的上帝评判这一切吧。"

"你真的认为仁慈的上帝会留意这一切吗，我的好芬妮？"

"如果不是仁慈的上帝，那您还想要他是谁？"

贡特朗把双唇贴在塞拉芬妮发红的手掌上。

"你知道自己该做什么吗？去睡觉。我向你保证，天一亮就叫醒你。到时候就轮到我去睡觉了。求你了。"

等到塞拉芬妮把他独自留下之后，贡特朗在床脚跪下，将额头埋在床单里，但他哭不出来，心里没有涌起任何情感冲动。他的双眼绝望地保持干涩。于是他重新站起身，看着这副毫无表情的遗容。在这个庄严的瞬间，他想要体验不知何种崇高罕见的情绪，聆听来自彼岸的讯息，把他的思想抛向某些空灵的超感领域——但他的思想始终被羁留在地面上。他注视着死者苍白的双手，寻思着那些指甲还会继续生长多久。看着这两只分开的手掌，他感到震惊。他想把它们挪近一些，合在一起，让它们都握住十字架——这是个好主意。他想着，等塞拉芬妮之后看到死者双手合拢，一定会大吃一惊。他提前被她的那份惊讶逗乐了，又旋即为这种乐子鄙夷自己。他仍然前倾着俯靠在床上，抓着死者离他最远的那条手臂。手臂已然僵硬，抗拒被摆弄。他想强行把它弯起来，结果让整个身躯都移位了。他抓住另一条胳膊，这一条稍微柔软一点。贡特朗几乎把手掌挪到了它该待的位置。他拿起十字架，想要将其插入并固定在大拇指与其他几根手指之间。但接触到这具冰冷的身体令他无以为继。他觉得自己就要受不了了。他想呼叫塞拉芬妮。他彻底放弃了——十字架歪歪斜斜地掉在皱巴巴的床单上，手臂重新呆滞地落回了原位。在这阴森的无边寂静中，他突然听到一声粗暴的"见鬼"，令他毛骨悚然，好像有其他人在……他转过身——没有，他孤身一人。这声响亮的咒骂显然出自他本人口中，出自他这个从未亵渎神明之人的内心深处。然后，他又坐了下来，再次埋头读起书来。

五　文森在格里菲斯夫人家中与帕萨凡重逢

刺棒[1]从来插不进一颗灵魂与一具身躯。

——圣－伯夫[2]

莉莉安一边直起半截身子，一边用指尖抚摸罗贝尔的褐发。

"您开始脱发了，我的朋友。要注意啊！您才刚刚三十

---

1 刺棒：一种头部有尖刺的棍棒，是法国农夫用来赶牛的工具。
2 夏尔·奥古斯丁·圣－伯夫（1804—1869）：法国著名文学批评家。引文出自他的《星期一谈话》。

岁。秃顶和您很不搭。您把生活看得太严肃了。"

罗贝尔朝她抬起脸颊，面带微笑地注视着她：

"在您身边没有太严肃，我向您保证。"

"您跟莫利尼耶说了让他过来找我们吗？"

"是的，既然您要我这么做。"

"那……您把钱借给他了吗？"

"五千法郎，我跟您说过了——他将在佩德罗那里再次输光。"

"为什么您想让他输呢？"

"这是意料之中的事情。第一天晚上我就看出来了，他的玩法完全不对。"

"他有时间去学……您想打赌他今晚赢钱吗？"

"如果您想的话。"

"啊！不过我求您不要把这事当成某种惩罚。我喜欢大家心甘情愿地去做自己正在做的事情。"

"别生气。那就说定了。要是他赢了，那他的钱就还给您。如果他输了，就由您给我报销。您看如何？"

她按了一下电铃：

"给我们拿一瓶托卡伊¹和三只杯子来——那要是他只带

---

1 托卡伊：匈牙利出产的一种著名贵腐葡萄酒，色泽金黄，甜度极高。

回来五千法郎，我们就把钱留给他，是不是这样？要是他不输不赢……"

"绝无可能。您对他感兴趣，这件事真稀奇。"

"您不觉得他有意思才稀奇呢。"

"您觉得他有意思是因为您爱上他了。"

"的确如此，亲爱的！我可以跟您这么说。不过他让我感兴趣的原因并不是这一点。相反，每当有什么人让我失去理智的时候，我通常会感到扫兴。"

一名仆人重新露面，托盘上放着酒水和杯子。

"我们先为打赌喝一杯，然后再和赢家共饮。"

仆人在一旁倒酒，他们彼此碰杯。

"我觉得他挺招人讨厌的，您的那位文森。"罗贝尔继续说道。

"喔！'我的'文森！……好像不是您把他带过来的一样！还有，我劝您不要到处唠叨他令您厌倦。大家很快就会明白您为什么和他来往了。"

罗贝尔稍稍转过头去，把他的双唇印在莉莉安赤裸的脚面上。对方赶紧把脚缩了回去，藏在自己的扇子底下。

"我该脸红吗？"他说道。

"跟我在一起没必要尝试。您也不会脸红的。"

她饮尽杯中酒，然后说道：

"亲爱的，愿不愿意由我告诉您：您具有文人的一切资质：爱慕虚荣、巧言令色、野心勃勃、反复无常、自私自利……"

　　"您对我太满意了。"

　　"是的，这一切都很有魅力。不过您永远当不成优秀的小说家。"

　　"因为什么？"

　　"因为您不懂得倾听。"

　　"我觉得自己很善于倾听您说话。"

　　"哎！他，他不是搞文学的，但他更善于倾听。不过当我们在一块儿的时候，多半是我在倾听。"

　　"他几乎不善言辞。"

　　"那是因为您一直在高谈阔论。我了解您：您根本不给他留插话的余地。"

　　"我事先就知道他会说出些什么。"

　　"您这么认为吗？您知道他和那个女人的故事吗？"

　　"喔！情感问题，这是据我所知人世间最无聊的东西！"

　　"当他谈论博物学的时候我也非常喜欢。"

　　"博物学，这比情感问题更加乏味。所以说他给您上了堂课吗？"

　　"要是我能把他告诉我的东西跟您复述一遍就好了……亲爱的，内容引人入胜。他跟我说了一大堆海洋动物的事情。您知道，如今在美国，他们在建造一种船，为了在海底观测周围的一切，两舷都用上了玻璃。这听起来非常奇妙。可以在船里看到活生生的珊瑚，还有……还有……怎么称呼来着？还有石珊瑚、海绵、海藻、鱼群。文森说，有些鱼类到了更咸或者更淡的水中就会死掉，另一些则正好相反，可以适应各种咸度，它们就待在咸度变低的水流边上，当别的鱼支撑不住了，就把最先垮掉的吃掉。您真应该叫他跟您讲讲……我向您保证非常稀奇。当他谈论这些内容的时候，他就变得不同寻常。您再也认不出他来了……但您不知道怎么让他开口……就像当他谈起自己和劳拉·杜维耶的故事一样……对，这是那个女人的名字……您知道他怎么认识她的吗？"

"他告诉您了？"

"别人对我无话不说。您完全清楚这一点，坏家伙！"她用折扇上的羽毛抚过他的面颊，"您可猜得到，自从那天晚上您把他带到我这里之后，他每天都要过来看我吗？"

"每天！不，说真的，我没料到。"

"第四天，他就再也憋不住，全招了。不过之后每一天，他都会加上点细节。"

"这居然没让您厌烦！您真令人钦佩。"

"我跟你¹说过我爱他。"她夸张地抓住他的胳膊说道。

"那他呢……他爱那个女人吗？"

莉莉安笑了：

"他爱过。喔！一开始我必须装作对那个女人非常关心。我甚至不得不陪他一起流眼泪，但我心里嫉妒得可怕。现在不再嫉妒了。你听我说故事是怎么开始的。他们俩当时都在波城²，住在一所疗养院里——肺病疗养院。他们分别被人送了过去，因为被诊断得了肺结核——事实上，他们一个也没得病，但他们都以为自己病得很重。他们那时候还不认识，第一次见面是在花园的露台上，他们并排躺在两张长椅上，旁边还有许多病人——他们为了康复整天躺在户外。由于他们都以为自己死定了，他们便觉得，无论做什么事，都不会带来任何后果了。他每时每刻都在向她反复念叨，他们只剩一个月可活了。那是在春天。她在那里孤身一人。她的丈夫是一个地位低微的法语教师，在英国工作。她为了来波城，便和他分开了。她结婚才三个月。她丈夫为了把她送过来不得不倾其所有。他每天都给她写信。这个年轻女人来自一个

---

1 莉莉安在这里对罗贝尔短暂地使用了"你"这一称谓，表示亲昵。

2 波城：位于法国西南部的比利牛斯山区，空气清新，是一座著名疗养城市。

非常体面的家庭，很有教养，非常稳重，十分羞涩。但在那里，我不太清楚文森到底会跟她说些什么，但到了第三天她便向他承认，尽管自己和丈夫睡过，也被他占有了，但她根本不知道乐趣是什么。"

"那他呢，当时他说了什么？"

"他握住她悬在长椅边上的手掌，将其久久按在自己唇边。"

"那您呢，当他跟您讲述这些东西的时候，您说了什么？"

"我啊！场面很吓人……您想象一下，当时我竟然笑疯了。我忍不住，而且再也没法停下来……并不是他跟我说的内容让我发笑，而是那种既关心又沮丧的神色——我原以为必须摆出这副表情以鼓励他说下去。我担心自己显得高兴过头了。说到底，这件事既美好又凄恻。他跟我陈述的时候非常动情！他从来没有跟别人提过只言片语。他父母自然一无所知。"

"应该去写小说的人是您。"

"当然！亲爱的，但凡我搞清楚用什么语言来写……但是在俄语、英语和法语之间，我永远无法做出抉择。总之，第二天晚上，他就去对方的卧室里私会了他的新朋友，并且向她揭示了她丈夫未能教会她的一切，而且，我想，教得很用力。只不过，由于他们认定自己时日无多，当然没有使用任何避孕措施。而在爱情的助力下，没过多久，二人便很自然地开始康复了。当她意识到自己怀孕的时候，两个人都惊呆了。那是上个月的事情。天气开始变热了。夏天的波城待不了人，他们一起回了巴黎。她丈夫以为她回了娘家，她父母在卢森堡公园附近管理一所寄宿学校，但她根本不敢回去见他们。至于她的父母，他们以为她还在波城。但不久之后一切终究会暴露的。一开始，文森发誓不会抛弃她，他向她提议两人远走高飞，无论去哪儿，去美洲，去大洋洲。但他们需要钱。恰恰在这时候他遇见了您并且开始赌博。"

"所有这一切，他一个字都没有跟我提过。"

"尤其别去告诉他是我跟您说的！"她停下话头，竖起耳朵细听。

"我还以为是他来了……他告诉我，在从波城到巴黎的旅途中，他以为她疯了。她刚刚意识到自己怀孕。她坐在他对面，车厢里只有他们两个人。从一早开始，她就没有跟他说过一句话，他不得不操心出行的一切事务。她随他怎么做，仿佛对一切都失去了意识。他握着她的双手，但她却直勾勾地盯着前方，眼神惊恐，仿佛没有看见他，双唇颤动着。他向她俯下身去，她一直在说：'一个情人！一个情人！我有一个情人！'她用同样的语调反复唠叨，始终是这几个词，就好像她不知道还有什么别的词汇一样……我向您保证，亲爱的，当他跟我讲完这段故事时，我再也不想笑了。在我的人生中，还没有听过比这更悲怆的内容。不过随着他继续说下去，我意识到他正在摆脱这一切。可以这么说，他的感情和他的言论一起消散了。也可以这么说，他颇为感谢我的情感稍稍替代了他自己的情感。"

"我不知道您会怎么用俄文或者英文描述这些，但我向您保证，用法语表述会非常好。"

"谢谢，我知道。讲完这些之后，他才跟我谈起博物学。我努力规劝他，为了爱情牺牲自己的事业实在太残酷了。"

"换句话说，您建议他把爱情牺牲掉。然后您提出由您自己来接替这份爱吗？"

莉莉安什么都没有回答。

"这次我相信是他到了。"罗贝尔边说边站起身，"在他进来之前我赶紧插一句，我父亲刚刚去世了。"

"啊！"她只是简单地回了一声。

"成为帕萨凡伯爵夫人对您而言不值一提吗？"

莉莉安一下子向后仰倒大笑起来：

"但是，亲爱的……我现在似乎想起来自己之前忘了还有一个待在英国的丈夫呢。什么？我没跟您说过吗？"

"可能没有吧。"

"某位格里菲斯男爵存在于世间的某个角落。"

帕萨凡伯爵从不相信他朋友头衔的真实性，他微笑了起来。对方继续说道：

"告诉我，您向我提出这个建议，是为了给您的生活作遮掩吗？不，亲爱的，不要。让我们维持现状吧。做朋友，好吧？"她向他伸出那只被他吻过的手。

"果然，我就知道，"文森一边往里走一边喊道，"他穿了礼服，这个叛徒。"

"对，为了不让他对自己的穿着感到丢脸，我之前答应他也穿便装。"罗贝尔说道，"我向您郑重道歉，我的朋友，但我突然想起来自己正在服丧呢！"

文森高昂着头颅，整个人都洋溢着胜利与喜悦。他一进来，莉莉安便蹦了起来。她凝视了他一阵，然后欢快地冲向罗贝尔，一边一拳拳捶他的背部，一边跳着、舞着、叫着（当莉莉安像这样淘气的时候我会稍有些不快）：

"他打赌输了！他打赌输了！"

"打的什么赌？"文森问道。

"他赌您会再次输钱。行啦！快说说，赢了多少？"

"我拥有非凡的勇气，还有德行，赢到五万块钱就停下了，然后离开了那场赌局。"

莉莉安发出一声快乐的咆哮。

"好啊！好啊！好啊！"她叫嚷着，扑上去搂住文森的脖子。文森整个身子都能感觉到这具带着奇特檀香气味的火热躯体的柔软触感。莉莉安拥吻着他的额头、他的脸颊、他的双唇。文森跟跟跄跄地挣脱出来，从口袋里掏出一沓钞票。

"拿着，把您的预付款拿回去吧。"他说着把五张钞票递给罗贝尔。

"现在欠款的债主只有莉莉安夫人。"

她把罗贝尔递来的钞票扔在沙发上，然后气喘吁吁地，一路跑到露台上缓口气。那是夜色将尽的迷离时刻，魔鬼正在清点他的利润。室外听不见一点儿声息。文森在沙发上坐下。莉莉安朝他转过身，第一次用"你"称呼他：

"现在，你准备怎么办？"

他双手托着脑袋，哽咽着说道：

"我也不知道。"

莉莉安走到他身边，把手按在他抬起的额头上，他的双眼干涩而炽热。

"暂且让我们三个人一起干一杯吧。"她说着在三只杯子中倒满托卡伊。

喝完后，她说：

"现在，都走吧。很晚了，我撑不住了。"她陪他们走到门厅，趁罗贝尔走在前头，她把一个金属小物件悄悄塞进文森手里，耳语道：

"和他一起出去，一刻钟内再回来。"

有个仆人睡在门厅，她摇了摇他的胳膊。

"帮两位先生打个灯，送到楼下。"

楼梯昏暗，也许打开电灯不过举手之劳，但莉莉安始终坚持让仆人把客人送到门口。

仆人把一个大烛台上的几根蜡烛点亮，高举在自己前方，下楼梯时走在罗贝尔与文森前面。罗贝尔的汽车正在门口等候，仆人在他们身后把房门关上了。

当罗贝尔打开车门示意文森进去的时候，文森说："我想我得走路回家。我需要走上几步以便恢复心理平衡。"

"您真不想让我送送您吗？"突然，罗贝尔抓住文森紧握的左手，"把手摊开。来！让我看看您手里有什么。"

文森天真地担心罗贝尔嫉妒。他红着脸把五指张开。一把小钥匙掉在了人行道上。罗贝尔立刻把它捡起来，看了一眼，笑着交还给文森。

"果然！"他说道，耸了耸肩，随后上了车，向后俯身，对狼狈的文森说道：

"现在是星期四，跟您弟弟说，从今天下午四点开始我就等着他。"罗贝尔迅速关上了车门，没给文森留下回话的时间。

汽车开走了。文森沿着河堤走了几步，穿过塞纳河，走到杜伊勒里公园[1]铁栏杆之外的区域，来到一座小水池旁边，用水浸湿他的手绢，敷在前额与双鬓上。然后，他慢慢走回莉莉安的住处。让我们随他去吧，当魔鬼饶有兴致地看着他把小钥匙悄无声息地塞进门锁……

此时此刻，在旅馆凄凉的卧房中，劳拉——他昨日的情妇，痛哭许久之后，即将入睡。而在一艘返法的航船甲板上，爱德华在第一缕熹微的晨光中，正在重读他从劳拉那里收到的信件——一封向他求援的哀怨信件。祖国柔和的海岸已然隐隐在望，不过，需要一双训练有素的眼睛才能穿过薄雾，看得真切。长空中没有一丝云彩，苍穹处上帝的目光露出笑意。地平线绯红的眼睑已然扬起。巴黎的天气会很热吧！现在是时候去找贝尔纳了。他正从奥利维耶的床上醒来。

---

1 杜伊勒里公园：位于巴黎市中心，紧邻塞纳河。所谓"铁栏杆之外的区域"位于公园东侧，正对卢浮宫。

六　贝尔纳醒来

我们都是私生子；

那位曾被我称为"父亲"的最为可敬之人，

当我母亲怀我时根本不知道他在哪儿。[1]

——莎士比亚

　　贝尔纳做了一个荒唐的梦。他记不得自己到底梦见了什么。他并不力图去回忆他的梦境，而是想要从中解脱出来。他回到了现实世界，因为他感觉到奥利维耶的身躯沉

---

1 语出莎士比亚《辛白林》第二幕。

重地压着他。在他们熟睡的时候，或者起码是在贝尔纳睡着的时候，他的朋友靠了过来，何况这张狭窄的床铺也不允许他们间隔的距离太大。贝尔纳翻了个身，此刻侧躺着，他感觉到对方呼出的热气令自己的脖颈发痒。贝尔纳只披了一件白天穿的短衬衫，奥利维耶的一只胳膊横在他身上，冒失地压着他的躯体。贝尔纳一时怀疑自己的朋友到底有没有睡着。他轻轻地抽身而出，没把奥利维耶弄醒，起身重新穿好衣服，又回到床上躺下。现在出门还太早，才四点钟。夜色开始微微发白。还可以再休息一个小时，然后充满活力地勇敢开始新的一天。但睡是睡不着了。贝尔纳凝视着渐渐变青的玻璃、小房间中灰色的墙壁，还有在梦中翻来覆去的乔治身下的铁床。

他心想："不久之后，我就将奔向我的命运。'冒险'，多么美妙的词语！这一定会发生。一切出人意料之事都在等待着我。我不知道别人是否和我一样，不过我一旦醒来之后，就喜欢鄙夷那些正在沉睡的人。奥利维耶，我的朋友，我离去时将不会和你道别。赶快！起来，英勇的贝尔纳！是时候了。"

他用打湿的手绢一角擦了擦脸，重新理了理头发，穿上鞋子。他悄无声息地把门推开。出来了！

啊！尚未被人呼吸过的空气对于整个身心而言是多么

健康！贝尔纳沿着卢森堡公园的栅栏，从波拿巴街一路下坡，抵达塞纳河畔，走到对岸。他在思考自己全新的生活准则——他在不久之前刚刚想到如何表述："如果你不做，谁做？如果你不赶紧做，何时再做？"他遐想着："有些大事要做。"他觉得自己正在朝这个目标迈进。"有些大事。"他边走边重复道。要是他知道是哪些事就好了！在此期间，他心知自己饿了：他就在中央菜市场附近。他口袋里有十四苏[1]，一分钱都没得多。他走进一家餐吧，站在吧台前要了一杯牛奶咖啡和一个羊角面包，共计十个苏。他还剩四个苏。他逞强地把两个苏留在了柜台上做小费，又把另外两枚递给了一个翻垃圾桶的乞丐。仁慈？藐视？都无所谓。如今他觉得自己和国王一样幸福：他一无所有；一切都是他的！"我等待着来自天意的一切。"他憧憬着，"要是它同意中午前后在我面前端上一盘嫩烤牛排，我就会同它好好和解。"（因为昨晚他没吃饭。）太阳已经升起很久了。贝尔纳回到塞纳河边。他感到身体轻盈，要是他跑起来，他就觉得自己在飞。在他的脑海中，他的思想充满快意地跳跃着。他想道：

"生活中的难处，就在于长期认真对待同一件事。因此，我母亲对于那位被我称作父亲之人的爱——这份爱，

---

1 苏：法国原辅币单位，一个苏相当于二十分之一法郎。现已不用。

我信了十五年，昨天还依然相信——显然她也不行，她也无法长期认真对待她的爱情。我真想知道，她把自己的孩子弄成了私生子，我到底是应该轻视她，还是更加敬重她？此外，说到底，我并不是那么坚持一定要弄得水落石出。对于亲生父母到底怀有什么感情，最好不要探究得太清楚。至于那个戴绿帽的丈夫，很简单：从我记事起，就始终对他怀恨在心；如今我必须承认，当时其实没这个资格——这就是我的全部悔恨之处。

"如果没有用力弄开那只抽屉，那么我终此一生都会以为自己对一位父亲怀有各种反常的感情！得知真相真是莫大的慰藉！毕竟，我根本没有把抽屉强行撬开，我甚至没想过要打开它……这里面还有一些可以减轻罪行的情节：首先，那天我无聊得要命；其次，这种好奇心，这种费纳隆[1]所谓的'致命的好奇心'，我无比确定遗传自我的亲生父亲，因为在坡菲唐迪厄一家中根本没有这方面的痕迹。我从来没有遇到过任何人比我母亲的丈夫大人更缺乏好奇心——除了跟她生的几个孩子之外。等我吃晚饭的时候需要再把他们琢磨

---

1 弗朗索瓦·费纳隆（1651—1715）：法国作家、教育家。在其《忒勒马科斯历险记》中，提出过一种"致命的好奇心"。在古希腊神话中，忒勒马科斯是奥德修斯之子，他为了寻回父亲历经千辛万苦，这一主题与《伪币制造者》形成了内在对照。

琢磨。毕竟提起圆桌上的大理石板并且发觉抽屉没关紧，跟强行撬锁不是一回事——我不是小偷——把圆桌上的大理石板抬起来，这种事任何人都会遇到。忒修斯[1]在我这个年纪应该已经举起巨石了。挡着桌子的，通常是那座摆钟。要是我不想去修理摆钟，就不会想到把桌面的大理石板抬起来……而在桌面底下发现的几件武器或者几封书信记录着一段出轨的爱情，就不是任何人都会遇到的了！算了！重要的是我了解了实情。并不是所有人都能像哈姆雷特一样得到幽灵的启示[2]。哈姆雷特！根据我们是婚生还是非婚生育的后代，观点竟会大不相同，这真稀奇。等到我吃完晚饭再回头想想……我浏览那些信件是不是不好？要是不好……不，我会感到内疚。如果我不念这些信，那我就不得不继续生活在无知、谎言与臣服之中。

---

1 忒修斯：古希腊神话中的英雄人物。忒修斯的父亲埃勾斯在回雅典之前，将自己的武器埋在了一块巨石之下，他告诉妻子埃特拉，当孩子长大之后，让他移动巨石、取出武器。忒修斯十六岁那年举起了巨石，得到了父亲留下的宝剑。

2 在莎士比亚的悲剧《哈姆雷特》中，哈姆雷特遇到了父亲的亡魂，得知他死于谋杀，由此展开了复仇。

"让我们出去透口气。远走高飞吧！就像波舒哀 [1] 说的那样：'贝尔纳！贝尔纳，这碧绿的青春……'贝尔纳，把你的青春放在这张长椅上吧。这个早上真晴朗啊！有些日子阳光真像在爱抚着大地。要是我能稍稍走出自我，肯定能写出诗来。"

贝尔纳躺在长椅上，他如此出色地抛开了自我，以至于睡了过去。

---

1 雅克－贝尼涅·利涅尔·波舒哀（1627 — 1704）：法国大主教，神学家。他在致圣贝尔纳的一篇颂词中写道："贝尔纳，贝尔纳，这碧绿的青春并不会始终延续。"

七 格里菲斯夫人与文森

太阳已然高升，阳光穿过洞开的窗户，抚摸着文森的赤足，他躺在一张宽大的床铺上，莉莉安就在他的身旁。莉莉安不知道他已经睡醒，稍稍抬起身子，凝视着他，惊讶地发现他满脸忧色。

格里菲斯夫人也许喜欢文森，但她喜欢的是在他身上获得成功。文森高大、俊美、修长，但他站没站相、坐没坐相，也不知道怎么起立。他的面部表情丰富，但头发梳得很乱。她尤其欣赏他思想的大胆与坚定。他无疑学识丰富，但在她看来缺乏教养。她带着一种情人兼母亲的本能俯就这位她一心想要培养的大男孩，把他打造成自己的作品、自己的雕塑。她教会他如何修剪指甲，如何把他最初向后梳的头发改成中分——他的前额被头发半遮半掩，显得更加白皙高耸。最后，她把他佩戴的朴素成品小领结换成了合宜的领带。格里菲斯夫人显然喜欢文森，但她忍受不了他的寡言少语，或者用她的话说，他的"郁郁寡欢"。

她用手指轻柔地抚过文森的额头，就像是为了抹去一条皱纹。这双重褶皱起自眉梢，掘出两道看起来近乎痛楚的横纹。

"如果你非要把悔恨、忧虑和自责带到我这儿来，那还是不要再来为好。"她俯身对他低声说道。

文森闭上了眼睛，仿佛面对着一道过于强烈的光线。莉莉安目光中的欢喜令他眼花缭乱。

"这里就像清真寺一样，进来要脱鞋，以免把外界的污泥带进来。你以为我不知道你在想什么吗？"接着，由于文森想用手掌挡住她的嘴巴，她挣扎着说道：

"不，让我认真跟你谈谈。我仔细反思了你之前跟我说过的那些话。大家总以为女人不善于反思，不过你看，这取决于哪些女人……你之前跟我说的那些关于配种的内容，以及获取良种从来不是通过杂糅，而是通过优选……嘿！你的课程我记得不错吧？……那么，好！今天早上，我觉得你就在喂养一只怪物，喂养某种极其可笑的东西，而你却永远没法给它断奶：某种荡妇¹与圣灵的混合体。不对吗？……你厌恶自己抛弃了劳拉：我从你额头的皱纹里察觉到了。如果你想回到她身边去，立刻说出来，然后离开我。那就算我看错了人，我会毫无遗憾地任你离开。但是，如果你打算和我待在一起，那就丢掉这副愁眉苦脸样儿。你让我想起某些英国佬：他们的思想越是开明，就越是紧抓道德不放，以至于他们中间的一些自由思想者最像清教徒……你把我当成冷酷无情之辈吗？你弄错了。我完全理解你对劳拉的怜悯之情。但又如何呢，你如今在这里做什么？"

接着，由于文森背转过去，她又说道：

"听着，你去趟浴室，努力用淋浴洗去你的悔恨。我打铃让人准备茶水，嗯？等你重新露面的时候，我再和你解释一些你看起来似乎不太明白的事情。"

二十分钟之后，文森裹着一块开心果绿的丝绸长袍²再次现身。

"喔！等一下！等我给你打扮一下。"莉莉安喜出望外地叫出声来。她从一只中东风格的箱子里取出两条紫色围巾，

---

1 荡妇：原意是指古希腊酒神狄俄尼索斯的女祭司，由于经常饮酒发狂、行为不羁，故而在法语中也引申出"酗酒的女性"以及"荡妇"之意。
2 长袍：一种北非地区阿拉伯人所穿的带风帽长袍。因此，在下文中，莉莉安会从中东风格的箱子中拿出两条围巾。

把深色的围在文森腰间，另一条裹在他头上。

"我的思想始终和我服装的颜色保持一致（她那天穿着一身银绣的绯红睡衣）。那时候我还小，住在旧金山，记得有一天，有人想让我穿一身黑，理由是我的一位姨妈刚刚去世，是一位我从来没见过面的老姨妈。我哭了一整天，满心悲伤，以为自己十分悲痛，对姨妈感到无限惋惜……一切的原因其实都是那身黑。如今男人之所以比女人严肃，就是因为他们穿着打扮更加深沉。我打赌，你现在的想法跟刚才已经不一样了。坐这儿，坐床边上。等你喝了一杯伏特加，再饮上一盅茶，吃两三块三明治，我就给你讲个故事。告诉我什么时候可以开讲……"

她坐在床前的小地毯上，把自己夹在文森双腿之间，蜷成一团，下巴磕在膝盖上，好似一块埃及石碑。等她本人吃饱喝足之后，她便开口了：

"我当时在勃艮第号上面，你知道，就在它沉没那天。[1]那时候我十七岁——这透露了我现在的年龄。我是个游泳健将，为了证明我不是一个心地过于冷酷的人，我要告诉你，

---

1 纪德这里提及的是一件真实发生的历史事件。1898 年 7 月 4 日，勃艮第号远洋邮轮在浓雾中与一艘英国轮船发生碰撞，最终沉没，超过五百人遇难。

如果我的第一反应是自救，那么第二反应就是救人。我甚至不确定救人是不是第一反应，又或者，我感觉自己当时大脑一片空白。但在那一刻，没有什么比那些一心只想着自己的人更令我反胃了——倒还真有：那些大喊大叫的女人。第一艘救生艇上主要装的是妇女儿童，其中某些女人发出的嗥叫简直让人魂不守舍。由于操作严重失误，救生艇没有被平放在海面上，反而一头扎入海中，水还没灌进来，全体乘员就被倒出去了。

　　"这一切都发生在火炬、舷灯以及探照灯的光线之下。你想象不出有多凄凉。海潮汹涌，黑夜中，一切身处光照之外的人都在浪峰的另一侧消失了。我从未经历过比这更加紧张的人生时刻，但我估计自己只能像一条径直跳进水里的纽芬兰犬那样思考。我甚至也搞不明白到底会发生什么，我只知道，我注意到一个在救生艇中的五六岁的小女孩，一个小爱神。当小艇倾覆的时候，我立刻决定把她救出来。她一开始和她母亲在一起，但她母亲不擅游泳，就像通常的情形一样，她还受困于自己的长裙。至于我，我必然已经不自觉地把外衣都脱掉了。有人喊我坐到下一艘救生艇上去。我应该上艇了，然后多半是从艇上跳了下去。我只记得自己带着那个搂着我脖子的小女孩游了很久。她吓坏了，把我的喉咙扼得很紧，令我无法呼吸。幸好有人在小艇中看到了我们，在那里等着我们或是朝我们划了过来。但我跟你讲这个故事并不是为了表达这些。最鲜活的记忆——在我的大脑与心灵中永远无法被磨灭的记忆是：在这艘小艇上，收容了好几名绝望的汲水者——包括我本人——一共挤进去四十来人。海水几乎与船舷齐平了。我待在船尾，紧紧抱着那个刚被我救起来的小女孩，一方面是为了给她取暖，另一方面也是为了避免让她看到我自己不得不目睹的景象：两名水手，一人手执斧头，另一个拿着菜刀，你知道他们在干什么吗？……他们在砍那些依靠绳索努力往我们的小艇上攀爬的汲水者们的手指和腕口。我又冷又怕，牙齿直打颤，其中一名水手（另一名是个黑人）转过头来对我说道：'要是他们再上来一个人，我们都得完蛋。小船塞满了。'他还加了一句，说但凡遇上海难都不得不这么做，不过这些事情当然没人提。

"当时我估计自己昏过去了，总之，我什么都不记得了，就像一个人听到一阵轰然巨响之后会长时间耳聋一样。等到我苏醒过来，躺在另一艘搭救我们的轮船甲板上，我便意识到自己再也不是、再也不可能和曾经的自己是同一个人了——那个多愁善感的小姑娘。我意识到自己留下了一部分自我跟着勃艮第号一起沉没了。从此以后，面对一大堆纤敏的情感，我也会砍掉它们的手指和腕口，以阻止它们爬进我的内心，导致心灵沉沦。"

她用眼角瞄着文森，后仰着上半身说道：

"这是一种需要养成的习惯。"

之后，由于她随意扎上的头发散开了，披落在肩膀上，她便站起身，走到一面镜子旁边，一边整理她的秀发一边说道：

"不久之后，等到我离开美国时，我觉得自己就是金羊毛[1]，要出发去寻找一位征服者。有时候我会上当，会犯错……也许像我今天这样跟你说那些话就是在犯错。不过，你不要以为，我把身子给了你，你就把我征服了。请你相信这一点：我憎恨平庸之辈，只能爱上一位优胜者。你需要我，是为了帮助你去赢得胜利，但如果是为了让你被人怜惜、安慰、呵护……那我可以立刻跟你说：不，我的老文森，你需要的根本不是我，而是劳拉。"

她头也不回地讲完了这一切，一边继续整理她那些难以理顺的头发。不过，文森的目光在镜子里与她交会了。

"请允许我今晚再回复你。"他边说边站起身，脱下他那些中东风格的装束，重新披上自己过来做客时穿的衣服，

---

1 金羊毛：古希腊神话中的一件珍宝，英雄伊阿宋带着一群豪杰乘坐海船阿耳戈号，历经千辛万苦以及种种考验，最终得到了金羊毛。纪德在这里反用了这一典故，意为由金羊毛去寻找它的征服者。

"现在，我得赶紧回家，赶在我弟弟奥利维耶出去之前到。我有些要紧事跟他说。"

他用一种道歉的方式说着这些话，为他的离去略作粉饰。不过，当他靠近莉莉安的时候，后者微笑着转过身，美得令他踟蹰：

"除非我给他留个字条，他吃中饭的时候会看到。"他又说道。

"你们之间交流很多吗？"

"几乎没有交流。不，那是今晚的一个邀约，由我给他传个话。"

"罗贝尔的邀约……喔！我知道了[1]……"她一边说一边古怪地微笑起来，"关于这位老兄，我们以后还得再聊聊……那么快去吧。不过你要在六点钟前回来，因为七点钟他的汽车会接上我们去森林用晚餐。"

文森边走边在心里思索。他体会到，从欲望的满足之中，有可能产生某种绝望，与欢愉相伴，同时又仿佛隐匿在这种欢愉背后。

---

1 原文为英文"I see"。

八　爱德华返回巴黎及劳拉的信

必须选择去爱女人或者认识女人，二者没有折中。

——尚福尔[1]

在开往巴黎的快车中，爱德华正在阅读帕萨凡的著作《单杠》——新鲜出炉，是他刚刚在迪耶普火车站买的。这本书多半在巴黎等着他，但爱德华急于先睹为快。到处都在谈论这本书。爱德华自己的任何一部作品都未曾有幸在火车

---

1 尚福尔：即尼古拉斯·尚福尔（1741 — 1794），法国作家。引文出自其
　《箴言与随想》。

站的书架上出现过。有人曾详细告知他进行代售需要何种手续，但他并未放在心上。他反复告诉自己，他根本不怎么操心自己的书在不在火车站的书架上展示。不过看到帕萨凡的书放在那里，他就需要跟自己把这句话再重申一遍。帕萨凡所做的一切，以及围绕帕萨凡发生的一切，都令他不快：例如那些把他的著作捧上天的文章。是的，这真是令人恼火的巧合：在他刚下船时购买的三份报纸中，都收录了一篇夸赞《单杠》的文章；第四份报纸则刊登了一封帕萨凡的回信，对此前在这份报纸上发表的一篇略微没那么恭维的文章进行了驳斥。帕萨凡在信中捍卫了他的著作并且进行了一番解释。这封信比那些文章更令爱德华恼火。帕萨凡想要启发舆论，换句话说就是巧妙地引导舆论。爱德华的任何一本书都从未引出这么多文章，他也从来没有做过任何事情去博取批评家们的欢心。如果说这些人对他态度冷淡，他也并不在乎。但当他读到这些关于他对手著作的书评时，他还是需要对自己再说一遍：他不在乎。

这并不是因为他厌恶帕萨凡，有时候遇到还会觉得对方很有魅力。而且帕萨凡对他始终表现得极为友善。但帕萨凡的著作令他颇为不快。在他看来，帕萨凡与其说是艺术家，不如说是个匠人。想他想够了……

爱德华从上衣口袋里掏出劳拉的信，这封他在甲板上读了又读的信。他又重读了一遍：

我的朋友：

最后一次和您见面——您还记得吗？那是四月二日在圣詹姆斯公园[1]，我动身前往南方的前夕——您当时让我保证，如果我身陷困境，就给您写信。我信守诺言。除了您之外，我还能向谁呼救呢？那些我想要依靠的人，我却恰恰需要向他们隐瞒我的困境。我的朋友，我正身处巨大的困境之中。自从我离开菲利克斯之后具体的生活经历，也许有朝一日我会跟您讲述。他一路陪我抵达波城，由于还要教课，他便独自返回剑桥了。我在当地的境遇，孤身一人，随波逐流，在康复期，在春天里……我是否敢于向您供认自己没法对菲利克斯诉说的内容呢？我与他重聚的时刻本该已经到了。哎！但我再也不配和他重逢了。

不久之前我给他写的几封信无不谎话连篇，而我从他那里收到的来信中谈的全是他得知我日渐康复的喜悦之情。我为什么不还在生病呢！我为什么不死在那里呢！我的朋友，我不得不承认：我怀孕了，而我腹中的

---

1 圣詹姆斯公园：位于英国伦敦。

胎儿并不是他的。我离开菲利克斯已然三月有余，无论如何，至少我没法欺骗他。我不敢回到他身边。我不能，也不愿。他太善良了。他多半会原谅我，但我不配，我不希望他原谅我。我也不敢回到父母身边，他们以为我还待在波城。我父亲要是得知了、明白了这一切，他会诅咒我的，他会把我赶走的。我该如何直面他的德行，直面他对罪恶、谎言以及一切不洁之事的憎恶呢？我也害怕让母亲和姐妹伤心。至于那个人……我也不愿意谴责他。当他答应帮助我的时候，不幸沾上了赌博。他输掉了那笔本该用来给我维生和分娩的钱。他全输光了。我一开始想过跟他远走高飞，无论何方，起码和他生活一段时间，因为我不想让他难堪，不想变成他的负担。我最后一定可以找到办法谋生，但眼下确实做不到。我很清楚他抛弃我时内心的痛苦，但他别无他法，我也不谴责他，可他还是抛弃了我。

我在这里身无分文，在一家小旅馆里靠赊账度日，但这不是长久之计。我已经搞不清楚之后会怎样了。哎！那些无比美妙的道路只会通向深渊。我把这封信寄到您之前给我的伦敦住址，但何时它才会到您手上呢？而我那么期待当母亲！我终日以泪洗面。给我点建议吧，除了您我别无指望。救救我，如果您做得到的话，否则……哎，换个时间也许我更有勇气，但现如今死的就不再是我一个人了。如果您没来，如果您给我回信说"我无能为力"，我也不会对您有什么怨言。在我与您告别之际，我尽力不对人生感到过于遗憾，但我相信您从来都不太明白，您曾经对我的友谊始终是我今生最为宝贵之物——您也不太明白，我所谓的对您的"友情"，其实在我心中还有另一个名称。

劳拉·菲利克斯·杜维耶

又及：在把这封信投进邮箱之前，我会再去见他最后一面。今晚我将在他家等他。如果您收到了这封信，那就真的……告辞，告辞，我也不知道自己到底在写些什么。

爱德华在动身当天早上收到了这封信。换句话说，他在收到信件之后立即决定启程。无论如何，他之前就没打算在英国逗留太久。我绝对不打算暗示说他不能为了营救劳拉而专门赶回巴黎，我的意思是说，他很高兴回来。最近这段时间，他在英国被彻底剥夺了享乐。回到巴黎，他要做的第一件事，就是去个风月场所。由于不想把私人文件带到那里去，他便从车厢网兜里取出他的手提箱，打开，以便把劳拉的信塞进去。

这封信并没有被夹在上衣与几件衬衫之间。他从衣服底下摸出一个硬皮日记本，它已经被他的字迹填满了一半。他在日记的开头部分寻找一年之前写下的某几页内容，重新念了起来——劳拉的信件就准备夹在这里。

爱德华日记

十月十八日

劳拉似乎并没有意识到她的能力。对我而言，当我深入了解自己内心的秘密，我完全清楚，直到今天为止，我写下的每一行文句都间接受她的启发。在我身边，我依然感觉她像个孩子，而我的全部口才都要归功于我心中持久的欲望，去教育她、说服她、吸引她。我看到什么，听到什么，都会立刻想到：她怎么说？我抛开自己的情绪，只去体察她的感情。甚至在我看来，如果她不在那里让我明确地显现，我自己的个性就会消散成过于模糊的轮廓。只有在她周围我才能聚拢自己、定义自己。究竟是出于何种幻觉，使我直至今日竟会以为，是我把她锻造成了与我相似的模样呢？恰恰相反，是我在向她屈服，而我却未曾察觉！或者说：爱情的影响带来了一种奇异的交会，通过它，我们两个人的生命本质发生了变形。不由自主地、无意识地，两个相爱的生灵都在把自己打造成对方心中凝视的那位偶像……无论什么人真正去爱，都会把诚心抛在脑后。

　　她让我犯错就是因为如此。她的思想在任何地方都与我的观点相伴。我欣赏她的品味、她的好奇、她的修养，而我却不知道，她只是由于爱我，才会如此热情地关心她眼中我所钟情的一切。因为她不善于发现任何东西。她的每一次赞美，如今我明白了，对她而言只是一张休憩的床铺，她的思想依偎着我的思想并躺卧其中。这里面没有任何东西是出于她本性中深层的需要。她也许会说："我妆点自己、打扮自己都是为了你。"而我恰恰想要她这么做都是为了她自己，让她的做法顺从于个人内心的需求。但她为了我而加于自身的一切很快便荡然无存，连一点遗憾或者欠缺感都留不下来。终有一天，真正的生命本质会重新浮现，时间将缓慢地剥离它借来的一切外衣。如果对方迷恋的就是这些装饰，那么他贴在心头的就只剩一件无人问津的饰品，只剩一段回忆……只剩哀悼与绝望。

啊！我曾用过多少美德与优点去打扮她！

这个关于真诚的问题真令人恼火！真诚！但我谈论这个词语的时候，我仅仅想到她的真诚。如果我反求诸己，那么我就再也弄不明白这个词到底是什么意思了。我从来都是我所以为的那个人——他不断变化，因此，常常是，如果我不在边上协助他们彼此沟通，早上的我就会不认识晚上的我。只有在孤独中，本质偶尔会对我显现，抵达某种固有的连贯性。但在当时，我感觉自己的生命变得迟缓、停滞，感觉自己濒临死亡。我的心脏只出于同情而跳动，我只通过别人而活。我可以这么说：无论间接经由他人，还是与人携手一生，给我的感觉都从来没有比我为了变成随便什么人而逃离自己的时候活得更加紧张激烈。

这种与利己主义对立的分化力量无比强劲，以至于它在我身上蒸发掉了所有权的观念——因此也就是责任的观念。这样的人不是用来结婚的。如何让劳拉理解这些呢？

十月二十六日

除了诗艺（我赋予这个词它的完整意义），一切对我而言都不存在——从我自己开始算起。有时候在我看来自己并不真实存在，仅仅是我想象自己存在。我最难以相信的，就是我自身的真实性。我不断逃离自己。而我并不是非常理解，当我目击自己行动之时，那个在我眼中正行动着的和正在观察他的是同一个人，我震惊并且怀疑自己居然可以同时成为演员和观众。

有一天，当我察觉到，人类体验到的只是他想象中体验到的东西时，我就失去了所有对心理分析的兴致。由此推想，他想象中体验到的就是他体验到的……我借助自己的爱情清晰地看到了这一点：在爱劳拉与我相信自己爱她之间——在我想象自己不那么爱她和我确实不那么爱她之间，哪位神灵可以看出区别呢？在情感领域，无从区分真实和想象。如果说为了去爱，只需想象自己爱上即可，那么真正爱上的时候，只需要感觉到自己是依靠想象在爱，就会立刻爱得少一点，甚至与自己所爱之人稍微疏远一点——从对方身上拆解出一些爱的结晶。不过，为了产生了这样的感觉，不是必然已经爱得少一点了吗?

在我的书中，X就是通过这样一套推理去努力疏远Z的——尤其是努力让对方去疏远他自己。

十月二十八日

人们总在谈论爱情突如其来的结晶过程。而那种缓慢的"去结晶化"，我却从来没有听人提及，但这种心理现象却更令我感兴趣。我认为，在所有由恋爱而结合的婚姻中，经过一段相对长久的时间，都可以观察到这种现象。如果她嫁给菲利克斯·杜维耶，正如理性、她的家人以及我本人对她劝告的那样，当然（这样更好）就不需要为劳拉担心这一点。杜维耶是一位非常诚实的教师，有许多的优点，在自己的领域游刃有余（我记得他很受学生欢迎）——由于事先不抱多少幻想，劳拉将在相处过程中发现他身上的更多美德。当她谈到他时，我甚至发现，她即便夸赞也依然有所保留。杜维耶比她设想的更有价值。

多么奇妙的小说主题：经过十五年、二十年的婚姻生活，夫妻之间相互的、逐渐累积的去结晶化！当他陷入爱河并且希望被爱的时候，恋爱者不会表现出自己真实的模样，而且他也看不清对方——他眼中只有一个由他自己妆点、神化与创造的偶像作为替代。

因此我警告过劳拉小心她自己，小心我本人。我努力劝说她，我们的爱情无法确保我们中的任何一方长久幸福。但愿大抵把她说服了。

爱德华耸了耸肩，重新把日记合上，夹住信纸，把它们一起收进了手提箱。他从皮夹里取出一张百元大钞，然后把皮夹也塞了进去——他打算到站时把箱子寄存起来，在他重新取出箱子之前，这些钱肯定够他用了。麻烦之处在于箱子没法上锁，或者说他找不到上锁的钥匙。他总把手提箱钥匙弄丢。算了！行李寄存处的员工白天都很忙，从来不会一个人待着。他准备在下午四点钟左右把箱子取出来，带回家去，然后去安慰和援救劳拉，争取带她去吃个晚饭。

爱德华有些瞌睡，他的思绪不自觉地转向另一个方向。扪心自问，如果单靠阅读劳拉的信件，他能否猜出她拥有一头黑发呢？他寻思着，有些小说家把笔下人物描写得事无巨细，多半阻碍了读者想象力的运作。应该让每一位读者根据自己的喜好去呈现人物角色。他想到自己正在构思的小说，它注定和自己之前撰写的任何一部作品都毫无相似之处。他不确定《伪币制造者》是不是一个好书名。他不该提前公布的。为了吸引读者而预告一些"正在筹备之中的作品"，这种惯例简直荒唐。这么做其实谁也没吸引到，反而束缚了你……至于全书主题是否合适，他也还没有确定下来。很久以来他便不断思考，但至今一行也没有写成，反倒是在笔记本上记录了许多札记和随想。

他从手提箱中取出这本笔记，又从衣袋里掏出一支钢笔。他写道：

　　剥离小说中一切并非专属于小说的元素。就像不久之前，摄影术使绘画摆脱了对于某些准确性的苦思，留声机多半会在明日扫清小说中转述的对话，而写实主义者们常常以此为荣。外部事件，各类冒险、创伤，这些归电影所有，小说适合把这一切都抛弃掉。甚至人物描写在我看来也根本不属于这种体裁。的确，我不认为纯小说（在艺术领域，就像在其他地方一样，纯洁是唯一让我感兴趣的话题）需要过问这些内容。戏剧也不需要。绝不是说，戏剧家不描写笔下人物，而是由于观众被指定在舞台上得见它们活生生的形象。因为在剧场中，我们有太多次由于演员而感到不适，苦于他们与我们脑海中独自设想的精彩画面相差甚远。小说家通常没有给予读者的想象力足够的信用额度。

刚才一闪而过的是哪个车站？阿涅尔[1]。他把笔记重新放进箱子里。但关于帕萨凡的印象依旧折磨着他。他重新取出笔记，继续奋笔疾书：

对帕萨凡而言，艺术作品与其说是目的，不如说是手段。他卖弄的那些艺术信念，表达得那么强烈，恰恰是因为它们并不深刻。没有任何性格方面的隐秘诉求在支配它们，它们趋炎附势。它们的口号是：投机。

《单杠》。那些很快就会显得陈腐至极的东西，一开始都显得最为现代。每一次讨好，每一次造作，都注定造成一道涟漪。不过帕萨凡讨年轻人喜欢的地方正在于此。未来和他没什么关系，他面向的是当代人（这当然比面向昨日一代要好）。但正因为他面对的是当代人，他撰写的内容便有随之消逝的风险。他对此一清二楚，而且并不指望存续下去，他的行动便基于这一点。他无比顽强地捍卫自己，不仅针对别人的攻击，就连批评家的每一处保留意见他都要提出抗议。但凡他觉得自己的作品经久不衰，那他就会让作品本身去捍卫自己，而不

---

1 阿涅尔：全名塞纳河畔阿涅尔，位于巴黎西北部郊区，是巴黎近郊的一个重要卫星城。火车通过此处意味着即将到达巴黎的圣拉扎尔车站。

会试图持续不断地为作品辩护。或者说，他应该为不被理解和种种不公感到庆幸，这会让明天的批评家们吃上同样的苦头。

他看了看表，十一点三十五分。该到站了。奥利维耶是不是会在火车出口处等他呢？他对此毫不指望。他如何能假设奥利维耶会看到那张明信片呢？他在卡片上向其父母预告了自己的回归——表面上一带而过地、随随便便地、心不在焉地点明了日期与时刻——就仿佛躲在射击孔洞后以窥探为乐一样，对命运布下了一个陷阱。

火车停了。快点，来个挑夫！不，他的手提箱不重，寄存处也没那么远……假设他在那儿，他们在人流中能够相认吗？他们只见过寥寥数面。但愿他没变太多！啊！天哪！那是他吗？

九　爱德华与奥利维耶重逢

　　但凡爱德华与奥利维耶重逢时的喜悦之情能够更加外显，我们也无须哀叹之后发生的事了。但他们二人却拥有一个共同点，一种特殊的无能：没法在对方的心灵与头脑中确定自身的位置。正是这一点令他俩陷入僵局。因此，每个人都以为只有自己情绪激动，完全被自身的喜悦包裹，而在感受到这种无比强烈的心情时又似乎颇为局促，一心只想着不要让这种过度的情感表露太多。

　　奥利维耶便是这么做的。他不但没有跟爱德华诉说自己盼望见到他的热切心情以增进对方的喜悦，反而自以为适宜地提到自己今天早上要到附近街区买点东西，就像是自己过来的借口一样。他的灵魂顾虑重重，总有办法让自己相信也许爱德华会觉得他的到场令人厌烦。他刚一撒谎脸就红了。爱德华最开始带着一种热烈的压迫感握住了奥利维耶的胳膊，突然发觉对方脸红，出于同样的顾虑，以为是自己的动作导致的。

他先开口说道：

"我之前努力让自己以为你不会过来，但在心底里又认定你会来。"

他会以为奥利维耶从这句话里听出了冒昧，当看到对方用一种轻快的神色回答"我恰好到附近街区买点东西"时，他便放开奥利维耶的手臂，昂扬的情绪也立即消沉了。他原本想问奥利维耶，有没有明白寄给其父母的明信片其实是为他写的，但就要问出口的时候，内心却抗拒了。奥利维耶默不作声，担心谈论自己会让爱德华厌烦或者看低。他看着爱德华，惊异于对方嘴唇的颤动，然后立即垂下了眼眸。爱德华一方面期待着这道目光，另一方面又担心奥利维耶认为自己太老。他神经质地把一张纸条在指间卷来卷去——这是行李处刚刚给他的收据，但他没注意到。

"如果这是他行李处的收据，"看到对方把纸条揉得那么皱，然后漫不经心地扔掉，奥利维耶寻思着，"他不会就这么扔掉的。"他只回头了一瞬，看见风把这张纸片远远吹到了他们身后的人行道上。要是他观察得久一点，就会目睹一个年轻人把它捡了起来。那个人是贝尔纳。自从二人走出车站开始，他就跟在后面……在此期间，由于和爱德华找不到任何话说，奥利维耶深感懊丧，二人之间的沉默对他而言变得难以忍受。

"等我们走到孔多塞中学 [1] 门口，"他在心里反复思量着，"我就对他说：'现在我该回去了，再见。'"等过了中学门口，他们又一路走到普罗旺斯街转角。这份沉默同样压在爱德华心头，他无法接受二人就此分别。他把自己的同伴带进了一间咖啡馆，也许一杯甜酒会帮助他们克服拘束。

他们彼此碰杯。

"祝你成功。"爱德华举起酒杯说道，"什么时候考试？"

"十天之内。"

"你觉得自己准备好了吗？"

奥利维耶耸了耸肩：

"谁也不能打包票，要是那天正好状态不佳就糟了。"

他不敢回答"准备好了"，生怕表现得过于自信。同样让他感到为难的是，他想要对爱德华以亲密的"你"相称，但又有所顾虑。他乐于迂回地表述每一句话，这样最起码能把尊称所用的"您"字也排除掉。爱德华原本希望对方以"你"

---

1 孔多塞中学：距离巴黎圣拉扎尔火车站约二百米。

来称呼自己，但这样一来，机会也就错过了。爱德华还记得，在上次动身前几天，他已经得到这种称谓了。

"你好好用功了吗？"

"还不错。但没有我原本能够做到的那么好。"

"优秀的劳动者总觉得自己还能做得更多。"爱德华用说教的口吻说道。

他不由自主地把话说了出来，随即感到这句话颇为可笑。

"你一直在写诗吗？"

"时不时……我非常需要指导。"他朝爱德华抬起眼睛。他其实想说"您的指导"，虽然话未出口，但眼神已然表达得明明白白。爱德华相信对方这么说是出于恭敬或者亲切。但他何须这样回答，还这么生硬：

"哦！指导，那就应该知道如何在自己身上或者在同学身边寻找，至于那些长者的都毫无价值。"

奥利维耶心想："我又没有求他，他为什么抗议呢？"

两人各自都为说出口的全是冷淡局促的内容而气恼，他们感觉到对方的尴尬与不快，都以为自己才是原因所在。这样的谈话不会带来任何好结果，除非能有解围的机遇出现。但没有任何事情发生。

奥利维耶今早起床就很难过。他醒来时心情悲伤，不见身旁的贝尔纳。未曾道别便任其离去，这份悲伤一度被重逢爱德华的喜悦压住，此时却像阴沉的波涛般涌上心头，淹没了他全部的所思所想。他想谈谈贝尔纳，想对爱德华诉说一切，让对方对自己的朋友产生兴趣。

　　但是爱德华最浅淡的微笑便令他心伤，要不是担心表情会显得过于夸张，他就会透露出那些令其心神不宁的躁动情绪。他沉默不语，感到自己板着脸，真想投入爱德华怀中哭上一场。爱德华却误会了这种沉默，误会了这张苦脸上的表情。他太喜欢奥利维耶了，以至于完全失了从容。如果他敢看奥利维耶一眼，他就会把对方抱在怀里，像对待孩子一样加以呵护。当他与对方沮丧的目光相遇时：

　　"就是这样，"他心想，"我令他厌烦……令他疲倦困乏。可怜的小家伙！他就等我一句话以便脱身。"而这句话，出于怜悯，爱德华不由自主地说了出来：

　　"现在你该走了。你父母在等你吃中饭呢，我敢肯定。"

　　奥利维耶也有同样的想法，这下轮到他误会了。他赶紧站起身，伸出手掌。最起码他想对爱德华说："我什么时候能再见你呢？""我什么时候能再见您呢？"或是"我们什么时候再见面呢？"爱德华等着这句话，但听到的却只是一句平淡的"告辞"。

十　贝尔纳与手提箱

　　阳光把贝尔纳晒醒了。他头痛欲裂地从长凳上坐起身。清晨那股崇高的勇气已经离他而去了。他感到极度孤独。他拒绝把充斥心间的苦楚称为悲伤，这反而让眼中泪水涟涟。该做什么？到哪儿去？……他之所以朝圣拉扎尔火车站走，并没有明确的意图，只是知道这个时间点可以在那里遇见奥利维耶。他只想和自己的朋友重逢。他责怪自己一大早匆匆离去，奥利维耶会难受的。他难道不是贝尔纳在人世间偏爱之人吗？……当他看到奥利维耶被爱德华搂住的时候，一种奇特的情绪造成他一边跟上二人，一边又克制自己露面。尽管他很想加入他们，却又痛苦地感到自己纯属多余。爱德华在他眼里颇有魅力，比奥利维耶略高一点，步履稍稍没那么年轻。贝尔纳决定去和爱德华搭讪，他在等奥利维耶离开。可是用什么借口呢？

此时此刻，他看到那张揉皱的小纸条从爱德华的手掌中漫不经心地掉落下来。他把纸条捡起来，发现是行李寄存处的收据……好嘛，这就是他要找的借口！

他看到这两个朋友走进了咖啡馆，瞬间有些不知所措，然后继续自己的内心独白：

"一个肥胖的普通人只会赶紧把这张纸条送还给他。"他想道，"我听哈姆雷特说过：

> 世间的一切利益在我看来
>
> 都那么令人厌倦、陈腐、平淡和毫无收效！[1]

"贝尔纳，贝尔纳，什么想法从你脑海中掠过？昨天你已经翻了一个抽屉，现在你又要走那条路吗？上点心吧，我的小伙子……好好关注一下，到了中午，爱德华打过交道的

---

[1] 原文为英语："How weary, stale, flat, and unprofitable seem to me all the uses of this world！"出自莎士比亚名剧《哈姆雷特》第一幕，纪德本人曾将这出戏翻译成法语。

那位寄存处职员会去吃饭，由另一个人代替。你不是答应过你的朋友什么都敢做吗？"

不过他倒是想到，做得过于仓促恐怕会坏大事。要是做得唐突了，工作人员也许会对这份仓促起疑，查阅一下存储记录就会发现情况很不正常：一件正午之前几分钟存进来的行李没过一会儿就被取出来了。总之，要是有个过路人或者找麻烦的人看到他捡起纸条的话……贝尔纳竭力克制自己不慌不忙地走向协和广场，挨过一顿饭的时间。在吃饭时间把手提箱寄存起来，饭后再去取，这不是很寻常的事情吗？他再也不觉得头痛了。在经过一家餐馆的露天座位时，他随手抓来一根牙签（它们一小捆一小捆地摆在餐桌上），准备叼在嘴里，然后出现在行李寄存处前，摆出一副吃饱的样子。多亏他仪表堂堂，风度翩翩，衣着雅致，他的微笑与目光也坦率真诚——总之就是一种我也说不清楚的仪态，让人感觉他出身优渥，什么都有，什么都不需要。

当工作人员跟他讨要十生丁[1]保管费时，他一度颇为恐慌。他连一个苏都没有了。怎么办？手提箱就放在柜台上。缺少一点点自信都会引起对方警觉，缺钱也同样如此。但魔鬼不允许他失败。当贝尔纳绝望地假装翻找一个又一个口袋

---

1 生丁：法国辅币单位，相当于一百分之一法郎，五分之一苏。

时，魔鬼把一枚不知何时被遗忘在背心口袋里的十苏硬币悄悄塞进了他焦躁的指间。贝尔纳把硬币递给工作人员，丝毫没有显露出自己的慌乱。他抓住箱子，动作朴实诚恳地把找回的零钱放进口袋。哎哟！真热啊。现在去哪儿呢？他的双腿有些发软，箱子对他来说显得很重。怎么处置呢？他突然想到自己没有钥匙。不，不，不，他绝不撬锁，他又不是小偷，见鬼……要是起码知道箱子里有些什么就好了。箱子的重量都压在了手臂上。他浑身是汗，歇了一会儿，把重负放在人行道上。当然，他肯定是打算把箱子还回去的，但他想要先查看一番。他随手按了一下锁扣。喔！奇迹！锁芯竟然开了，让人隐约瞥见一颗"珍珠"：那是一只皮夹，其中还能大致看出有一沓钞票。贝尔纳取出"珍珠"，随即把"蚌壳"重新合了起来。

现在他拥有生活所需了，赶紧去找间旅馆！他知道附近的阿姆斯特丹街就有一家。他快饿死了，但在入席之前，他想先把箱子收好。一个服务生提着箱子在楼梯前引路。三层楼，一条过道，一扇门，他把自己的宝藏锁了进去……重新下楼。

贝尔纳坐在一块牛排面前，他不敢把皮夹从口袋里掏出来（谁知道有什么人在窥探呢）。不过，在这个口袋的内兜底部，他的左手正在充满爱意地抚摸着它。

"要让爱德华明白我不是小偷，这就是关键所在。"他心想着，"爱德华究竟属于哪一种人呢？手提箱也许可以给我提供一些情报。他很有吸引力，这是既定事实。但是有一大堆充满吸引力的人相当不理解什么叫作玩笑。要是他以为自己的箱子被偷了，那么他失而复得的时候多半还会感到高兴。他会感谢我把箱子给他捎了回来，不然他就只是个没教养的家伙。我会让他对我感兴趣的。赶紧吃甜品，然后上楼仔细研究具体情况。买单，再给服务生留一笔令他激动的小费。"

　　不久之后，他重新走进房间。

　　"现在，手提箱，让我们一决雌雄吧[1]！……一整套备用西服，给我穿刚好有点大，多半是这样。用料得体，品味出众。还有内衣和洗漱用品。我不太确定自己会不会把这些都还给他。但这些稿纸比那堆东西更令我上心，这就证明我不是小偷。先看看这些吧。"

　　贝尔纳说的就是那本日记，爱德华把劳拉悲惨的信夹在了里面。我们已经了解了开头几页，以下便是后续部分：

----

1 纪德在这里借用了巴尔扎克《高老头》的结尾：拉斯蒂涅在目睹高老头的惨剧并为他送葬之后，从郊区向灯火通明的巴黎城走去，然后对巴黎城喊了一句："现在让我们一决雌雄吧！"

十一　爱德华日记：乔治·莫利尼耶

爱德华日记

十一月一日

十五天前……没有把这件事立刻记录下来真是我的错。倒不是因为我缺少时间，而是我的心里依旧装满了劳拉，或者更确切地说：我根本不愿意让自己的思绪从她身上离开。我也不喜欢在这里记下任何偶然的、次要的事情。那时候，我即将讲述的内容在我看来还不会产生什么下文，或者像大家说的那样"得出结果"。最起码，当时我拒不承认这一点，所以，我避免在日记里谈论这些内容，就是为了向自己证明这一点。不过，现在我清晰地感觉到，我的辩白全是徒劳，奥利维耶的形象如今正在磁化我的思想，正在引导我思想的走向。如果不考虑他，我就没有办法彻底阐明自我，也无法完全认清自己。

那天早上，我从佩兰出版社[1]回来，去那里是为一本旧书再版监督赠阅样书。由于天气晴朗，我便沿着河堤闲逛，等待午餐时间到来。

在快要走到瓦尼耶[2]书店门口的时候，我在一个二手书货架旁边停下了脚步。那些书籍完全不能引起我的兴趣，而一个十三岁左右的年轻中学生正在露天书架上翻找，书店门口有个看守坐在藤椅里温和地望着他。我假装盯着货架，其实余光也在瞄着那个小家伙。他穿着一件磨到脱线的大衣，过短的袖筒露出了里衣的袖子。侧边的大口袋敞着，可以看到其中空空如也。口袋一角的布料已经破损了。我心想，这件大衣一定已经服务过他的好几位兄长了，而他和他的哥哥们都习惯于把口袋

---

1 佩兰出版社：位于巴黎，创建于 1827 年。纪德本人的处女作《安德烈·瓦尔特手记》便由佩兰出版社出版。

2 莱昂·瓦尼耶（1847 — 1896）：法国出版商，1872 年在巴黎开设瓦尼耶书店，曾经出版过大量颓废派与象征派的作品，尤以出版魏尔伦的诗集闻名。

塞得太满。我还想到，他们的母亲肯定非常粗心或者十分忙碌，因此才没有修补一番。不过就在此刻，小家伙稍稍转过身来，我看到另一个口袋已经用一根结实的黑色粗线草草补上了。随即，我便听见了来自他母亲的训斥："不要把两本书同时塞进你口袋里，你会把大衣弄坏的。你的口袋又被撕破了。我警告你，下次我不补了。看看你像什么样子……"就是我可怜的母亲同样对我讲过的那一套，而我也同样没当回事。大衣敞开着，可以看到里面的衣服，而一个小小的装饰品——他系在纽扣上的一根丝带或者说一个黄丝结——吸引了我的目光。我记下这一切都是为了锻炼自己，恰恰因为记录这些内容让我感到厌烦。

在某一刻，看守被叫到店里去了，他在里头待了一会儿，然后又回到椅子上坐下，但这短短一瞬已经足够让那个孩子把手中的书塞到大衣口袋里去。随即，他又继续在书架上翻找起来，仿佛无事发生一般。不过他还是有些忐忑。他抬起头，注意到我的目光，知道我已经把一切尽收眼底。最起码，他心里以为我会看到这些。多半他也不是完全确定，但由于心中存疑，他失去了全部自信，满脸通红，开始摆弄一个小伎俩，试图表现得自在从容，却突显出一种极度的慌乱。我的目光没有离开过他。他把那本偷来的书从口袋里掏出来，然后又塞了回去，走开几步，从上衣内搭里取出一个破旧的小钱包，假装在找钱，其实心知肚明里面空空如也。他做了一个意味深长的鬼脸，装腔作势地撇了撇嘴，当然是冲我来的，意思是想说："该死！我没辙了。"同时还带着这种微妙的意思："真稀奇，我以为有钱呢。"一切都有点夸张，有点粗笨，就像一个害怕不被别人理解的演员。最后，我几乎可以这么说：在我目光的压迫下，他重新走到货架旁边，把那本书从口袋里拿出来，一下子把它放回了原位。这一切都干得十分自然，以至于看守毫无察觉。不，我始终目不转睛，就像该隐[1]的眼珠一样，只不过我的眼神在微笑。我想跟他谈谈，等他离开店铺就去跟他搭讪。但他一动不动，一直待在那些书面前。于是我明白了，要是我这么盯着他，他是不会动的。于是，就像玩"抢四角游戏[2]"一样，为了引诱假想

---

1 该隐：《圣经·旧约·创世纪》中亚当与夏娃的长子。该隐和亚伯都向上帝贡献各自的祭品，但上帝喜欢亚伯的，不喜欢该隐的，结果该隐出于嫉妒杀死了亚伯。纪德的意思是，该隐在暗杀亚伯之前一定也曾目不转睛地窥视过对方。

2 抢四角游戏：一种传统多人游戏。由四人在正方形区域的四角来回奔跑，第五个人站在中间，在某个角落空出来的时候去占据它。

中的猎物更换位置，我要离开几步，仿佛我已经看够了一样。他从他占的那一角离开了，但还没等他逃开我就追上了。

"那是本什么书？"我直截了当地问道，不过还是在语气和表情中尽量表现得和善。

他直视着我，我感到他的怀疑消失了。他也许长得不帅，但他的眼神真漂亮！我在他的眼睛里看到种种情感像溪流中的水草一样摇曳着。

"那是一本阿尔及利亚旅行指南，但价格太贵，我没那么多钱。"

"多少钱？"

"两法郎五十生丁。"

"尽管如此，如果你没有发现我在看着你，你会把书装在口袋里就跑了。"

小家伙产生了一种抗争情绪，他用非常粗鲁的声调反驳说：

"不，不过……您这是把我当成贼了吗？"他的声音中带着一股信念，想要让我怀疑自己看到的一切。我感觉再坚持下去场面就要失控了。我从口袋里掏出三法郎硬币：

"去吧！去买吧。我等着你。"

两分钟之后，他从书店里出来了，手中翻阅着他之前垂涎的对象。我把书从他手中接了过来。那是一本乔安[1]编写的旧指南，还是1871年的。

"你想拿它做什么？"我一边把书还给他一边问道，"这太旧了，没法再用了。"

他抗议说这书有用，而且新版指南价格贵得多，认为"对于他要做的事情"来说，这本书里的地图完全够用了。我并不试图把他的原话记录下来，因为会丢掉它们的特色。剥离了他奇特的乡音，那种声调比他那些不失优雅的语句更令我感兴趣。

有必要把这段插曲大幅缩减。精确不应该通过细节描写来获取，而是通过恰到好处的两三笔勾勒在读者的想象之中。而且我认为，由那个孩子来叙述这一切会很有意思，他的观点比的想法更能说明问题。面对我的关注，小家伙既感到窘迫，又受宠若惊。不过我目光的重量稍稍扭曲了他的方向。某种过于温柔和不自觉的个性依然在自我防卫，依然躲藏在某种姿态后面。没有什

---

1 阿道尔夫－洛朗·乔安（1813－1881）：法国地理作家，他编写和出版了著名的法国旅游系列指南《乔安指南》。

么事情比观察那些成长中的生灵更有难度，我们必须有能力从旁边、从侧面去看待他们。

小家伙突然表示"他最喜欢的"是"地理"。我怀疑这种爱好背后潜藏着某种流浪本能。

"你想去那边吗？"我问他。

"当然了！"他稍稍耸了耸肩回答道。

一个念头从我脑中闪过：他在家人身边并不幸福。我问他是不是和父母同住。

——是的。

——你不喜欢和他们待在一起吗？

他有气无力地表示反对。他刚刚暴露了太多自己的想法，显得有些不安。他加了一句：

"您为什么问我这些？"

我脱口而出："不为什么。"接着，我用指尖摸了摸他纽扣上的黄丝带，问道：

"这是什么？"

"一根丝带，您看得很清楚。"

我的这些问题显然令他心烦。他猛地朝我转过身，用一种嘲弄而放肆的语气充满敌意地说道：

"喂……你经常觊觎中学生吗？"我从没有想过他能说出这种话来，确实令我大惊失色。

之后，当我含糊其词、结结巴巴地勉强作答时，他打开夹在胳膊底下的书包，把买来的新书塞了进去。包里都是些教材，还有些作业本，一律包着蓝纸。我拿出一本，那是历史课作业。小家伙用粗大的字体在本子上写下了自己的名字。当我认出这是我外甥的姓名时，我的心狂跳起来：

乔治·莫利尼耶

（读到这几行文字时，贝尔纳的心也同样狂跳起来，整个故事逐渐让他来了兴致。）

如果把我在这里扮演的角色放进《伪币制造者》，那就很难让人接受：这个人一方面会和自己的姐姐维持着良好的关系，另一方面又完全不认识对方的孩子。篡改现实始终是我最难以做到的事情，哪怕改换一下头发的颜色，都让我感觉是在弄虚作假，对我而言会让真实变得不那么像真的。万事万物彼此关联，我感到，在人生赋予我的一切经历之间，存在着无比微妙的相互依存，以至于让我感觉总是牵一发而动全身。但我又没法跟他讲述，孩子的母亲是我同父异母的姐姐，是在我父亲第一段婚姻中出生的。在我父母健在时我一直没见过她，直到一系列遗产继承问题迫使我们进行联络……但这一切都是推卸不了的，我也看不出为了避免泄露内幕自己可以臆造其他内容。

我知道姐姐生了三个儿子，我只认识老大——那个医学院的学生——而且也只有一面之缘，因为他得了肺结核，不得不中断学业去南方疗养。我去看望宝琳娜的时候，另外两个孩子都不在家，我面前这位肯定是最小的那个。我没有流露出丝毫惊讶之情，不过在得知他要回家吃午饭之后，我突然丢下小乔治，跳上一辆出租车，准备先他一步赶到田园圣母街。我心想，这个时间到访，宝琳娜应该会留我吃午饭。我从佩兰出版社带回来一本样书，我可以把书送给她，当成这次冒昧拜访的借口。

这是我第一次在宝琳娜家吃饭。我以前不该对姐夫心存疑虑。我不确定他到底是不是个出色的法官，不过当我们待在一起的时候，我们都对各自的本行避而不谈，因此相处得十分融洽。

那天上午，当抵达他们家时，我自然对自己刚才的遭遇只字不提。等到宝琳娜留我吃午饭的时候，我说道：

"我希望有机会认识我的几个外甥。因为您知道，其中有两位我还没见过呢。"

她对我说："奥利维耶回来得稍微迟一点，因为他在补课。不过我刚刚听到乔治回来了，我去叫他。"她跑到隔壁房间门口：

"乔治！过来和你舅舅问好。"

小家伙走了过来，和我握了手，我拥抱了他……我真佩服孩子们掩饰的本事：他没有显出一点点惊奇，让人以为他从来没有遇见过我；只不过他的脸涨得通红，但他母亲多半会觉得这是由于害羞。我想，他又碰到了刚刚遇见的密探，也许有些拘束，因为他几乎立刻就离开我们回隔壁房间去了。那里是餐厅——我意识到在两餐之间这儿被当成了孩子们的书房。不过，不久之后，当他的父亲走进客厅时，他便再次现身了，利用大伙儿进餐厅的片刻，走到我身边，趁父母没注意到，攥住了我的手。我最开始以为这是一个展示义气的标志，把我逗乐了，但并非如此。他掰开我合在他手上的手掌，塞进一张小纸条——肯定是他刚刚写的——然后用我的手指把它拢住，连手带纸条一起用力一握。我当然由他摆布。我把那张小纸条藏在口袋里，直到饭后才拿出来。

以下就是我看到的内容：

"如果您跟我父母讲到那本书的事情，我（他划掉了'会记恨您'几个字）就说是您的提议。"

然后在纸条下方写着：

"我每天十点放学。"

昨天 X 君的访问打断了我的思路。他的谈话使我陷入了一种心烦意乱的状态。

我对 X 跟我说过的话进行了大量思考。他对我的生活一无所知，但我曾对他详细陈述过《伪币制造者》的大纲。他的建议总是对我颇为有益，因为他看问题的立场和我大不相同。他担心我陷入矫揉造作的状态，担心我放弃了真正的主题而去追求这个主题在我脑中留下的影子。令我担心的，则是感到生活（我的生活）在这里和我的作品分开了，我的作品背离了我的生活。但这一点我却没法跟他讲。直到目前为止，我的品味、我的情感、我的个人经验以适宜的方式孕育了我全部的作品。在那些我构造得最漂亮的语句中，我依然可以感觉到自己的心在跳动。从此以后，在我思考的内容和我感受的内容之间，联系中断了。而我的疑虑恰恰在于：莫非是因为我欲使自己直抒胸臆时受阻，这才让我的作品突然陷入抽象和做作？想到这里，阿波罗与达芙妮[1]的寓言中包含的用意猛然对我显现出来：我想到，那个人是幸福的，他可以用一次拥抱便同时搂住月桂[2]与自己心爱的对象。

我如此详尽地叙述了自己与乔治的相遇，以至于不得不在奥利维耶出场时停笔。原本我开始这段叙述完全是为了他，结果却只知道谈论乔治。不过，当我想谈到奥利维耶的时候，我意识到自己的迟缓拖沓是因为想要推迟这一刻的到来。初次见面那天，从我看见他的那一刻起，从他在家里的餐桌边坐下的那一刻起，从我投出第一缕目光，或者更确切地说，从他投出第一缕目光的那一刻起，我就感到这道目光征服了我，而我再也支配不了自己的生活了。

宝琳娜坚持让我多去看她。她恳请我稍微照顾照顾她的孩子们。她向我暗示他们的父亲不太了解他们。我和她交谈得越多，就越觉得她可爱。我真不明白自

---

1 在古希腊神话中，太阳神阿波罗爱上了河神的女儿达芙妮，当阿波罗求爱时，达芙妮拒绝了，但阿波罗紧追不舍。达芙妮向她的父亲求救，在阿波罗即将抓住达芙妮的时候，达芙妮被父亲用法力变成了一棵月桂树。但阿波罗依然爱着达芙妮，把月桂树的叶片做成了自己的桂冠。

2 月桂：在欧洲文化中象征着荣誉和成功。

己之前怎么会耽搁了那么久不去联系她。孩子们都是在天主教氛围中长大的，但她还记得自己早年接受的新教教育。尽管我们共同的父亲把我母亲娶进门时她就离开了那个家，但我还是在她和我之间发现了许多相似之处。她把她的孩子们都送去了劳拉父母开办的寄宿学校，我在那里也住过很久。阿扎伊斯寄宿学校一向以没有任何特定教派色彩自居（我在那儿的时候，甚至能见到土耳其人），尽管这所学校的创办者与至今为止的管理者——我父亲的老朋友阿扎伊斯老爹——早年当过牧师。

宝琳娜从疗养院收到的消息都相当好，文森已经痊愈了。她跟我说，她在写给儿子的信里提到了我，希望我多熟悉他，因为我跟他只有一面之缘。她在长子身上寄予厚望。为了让他能够不久之后事业有所起步，全家倾其所有——我的意思是说，拥有一间独立的住所接待病人。在此期间，她已经想方设法为他留出了他们小公寓的一部分，把奥利维耶和乔治安置到了公寓楼下一个单独的空房间里。主要问题是要搞清楚，出于健康原因，文森是否应该放弃住院实习。

说真的，文森并不太让我感兴趣，我之所以和他母亲谈到很多他的事情，完全是出于对她的善意，是为了能够紧接着多花些时间关心奥利维耶。至于乔治，他对我态度冷淡，我跟他说话时鲜有回应，跟我错身而过时总向我投来一道难以形容的猜疑目光。他似乎怨我没去他学校门口等他——或是怪自己不该主动接近我。

我和奥利维耶见的也不多。当我去他母亲家时，我知道他在隔壁房间用功，但我不敢去那里找他。偶然遇到他的时候，我也非常笨拙慌乱，以至于跟他找不到任何话说，这让我感到非常难受。结果我宁可在明知他不在家的时候去看他母亲。

十二　爱德华日记：劳拉的婚姻

爱德华日记

（续）

十一月二日

　　与杜维耶长谈，然后他和我一起从劳拉父母家出来，陪我穿过卢森堡公园一直走到奥德翁剧院[1]。他在筹备一篇关于华兹华斯[2]的博士论文，但从他对我提及的

1　奥德翁剧院：巴黎最著名的剧院之一，位于卢森堡公园北侧。
2　威廉·华兹华斯（1770—1850）：英国著名诗人，湖畔派代表。代表作有长诗《序曲》，组诗《不朽颂》《露西》，抒情诗《孤独的割麦人》等。

只言片语中，我清楚地感觉到，华兹华斯诗歌中最独特的品质被他遗漏了。他还不如选择丁尼生[1]。我在杜维耶身上感到一种不可名状的贫乏、抽象和痴愚。他待人接物总是执着于表象，这也许是因为他自己也总是把他表现出来的样子当成自身的本质。

"我知道，"他对我说道，"您是劳拉最好的朋友。我多半应该对您产生一点妒意，但我做不到。相反，她跟我谈到您的每一个字都让我更加了解她，让我希望自己能够成为您的朋友。有一天我问她，我要是娶了她，您不会太嫉恨我吧？她回答我说，恰恰相反，正是您建议她这么做的。（我确信他跟我讲这些话的时候就是这么平淡。）我想向您致谢。"接着又补充了一句："希望您不觉得这话可笑，因为我这么说是非常诚恳的。"他努力挤出微笑，但声音在颤抖，眼中泪光闪闪。

我不知道对他说些什么，因为自己远没有体会到那份应有的感动，而且完全无法唤起情绪的共鸣。我多半显得对他有点冷淡，但他实在令我不快。不过我还是尽可能用热烈的方式握住他伸来的手。一个人献出的真心超出了他人的需求，这样的场面总是令人难堪。他大概

---

1 阿尔弗雷德·丁尼生（1809－1892）：维多利亚时代的英国诗人。

是想强行获取我的同情。要是他再敏锐一点，他一定会大失所望，不过我已经看出他对自己的举动心满意足，以为在我心中捕捉到了回音。鉴于我一言不发，也许我的沉默令他感到局促，旋即他又加了一句：

"我现在就指望着她搬到剑桥以后的新环境会阻止她进行各种对我不利的比较。"

他说这句话是什么意思？我对此竭力装聋作哑。也许他希望我提出异议，但这只会让我们陷得更深。他属于这样一类人：过于羞怯以至于无法承受缄默的场面，便以为一定要用夸张的表达去加以填充。这样的人会立刻对你说："我对您始终坦坦荡荡。"呃！好吧，重点并不在于你坦荡与否，而是让别人也能做到心口如一。他本该意识到，恰恰是他的坦诚阻碍了我也这样做。

但就算我不能成为他的朋友，最起码我相信他会成为劳拉的好丈夫，因为归根结底，我在这里指责的都是他的一些优点。之后，我们谈到了剑桥，我答应以后去那里看望他们。

劳拉到底是出于何种荒谬的心理需求才会跟他谈到我的呢？

在女性身上，存在一种令人敬佩的献身倾向。对她而言，她喜爱的男性常常只是一个挂衣钩，用来悬挂她的爱情。劳拉更换人选时的简单直接何其真诚！我理解她为何嫁给杜维耶，我正是最早劝她这么做的人之一。不过我有理由希冀她能感到一点点悲痛。婚礼将在三天内举行。

几篇关于我著作的书评。他们最乐意从我笔下认出的那些品质，恰恰是我最深恶痛绝的……我到底有没有理由让这些陈年旧货再版呢？它们再也无法对我当下热爱之物做出任何回应了。但直到现在我才察觉这一点。在我看来并不一定是我自己变了，而是直到今天我才认清我自己，在此之前我都不知道自己到底是谁。可能我一直需要另一个人来为我充当启示者吧！这本书是因劳拉而生成的结晶，这就是为什么我再也不愿从中认出我自己。

这份由同情铸就的洞察力，让我们能够走在时代前方。它对我们而言是否已经被禁止了呢？明天究竟有哪些问题会让那些后来者关注呢？我想要为他们写作，为那些依旧朦胧的好奇心提供食粮，满足那些尚不明确的需求。由此让那些今天还仅仅是孩童的人，明日惊讶于与我在路上相逢。

我多么喜爱在奥利维耶身上体会到他拥有如此之大的好奇心，以及对于往昔焦躁的不满……

有时候在我看来，诗歌是他唯一感兴趣的东西。透过他的眼睛重新了解我们那些诗人，我感到，相比心灵或头脑，任由自己在更大程度上被艺术感受力指引的，实在寥寥无几。奇怪之处在于，当奥斯卡·莫利尼耶把奥利维耶写的诗句拿给我看时，我给后者的建议是多多争取让自己被词语指引，而不是去驯服它们。而现在，在我看来似乎是他间接地教育了我。

自己之前写下的一切，如今在我看来简直理性到可悲、可厌、可笑的地步！

十一月五日

仪式举行了，在夫人街[1]的小教堂里——我已经很久没有去过那里了。维德尔－阿扎伊斯全家到场：劳拉的外祖父、双亲，两个姐妹和幼弟，以及一大群叔舅、姑妈、姨妈。杜维耶家则由三位身穿孝服的姑妈代表——天主教教义应该把她们变成三位修女才对，听别人跟我说，她们三个住在一起，杜维耶在父母过世之后

---

1 夫人街：位于卢森堡公园西侧。

也和她们一起生活。看台上都是寄宿学校的学生。阿扎伊斯家的其他友朋则把大厅装得满满当当，我也待在人群后排。离我不远处，我看到我姐姐和奥利维耶，乔治大概跟那些与他年龄相仿的同学一起待在看台上。拉佩鲁斯老爹在簧风琴边上就座，他面容苍老，比往日更加帅气，更加高贵，不过他的眼神里再也没有当年他在钢琴课上向我传达其热诚心绪的奇妙火焰了。我们的目光交错而过，我从他向我投来的微笑中感到无尽的悲伤，这让我决定在散场时去找他。一群人动了动，宝琳娜旁边的位置空了出来。奥利维耶立刻向我示意，并且推了推他母亲，好让我能够在他身边坐下，接着抓住我的手掌，久久握着不放。这是他第一次如此亲昵地和我互动。在牧师无休止的演说期间，他几乎始终闭着双眼，这让我得以长久凝视他。他很像那不勒斯博物馆浅浮雕上熟睡的牧人——在我的书桌上有那张照片。要是他的手指没有轻轻颤抖，我会以为他睡着了。他的手掌就像小鸟一样在我掌中颤动。

　　老牧师以为应该追述整个家族的历史，从外祖父阿扎伊斯开始。他们是战争[1]之前斯特拉斯堡的同班同

---

1 这里指的应该是1870年的普法战争。由于法军战败，法国东部的阿尔萨斯和洛林被割让给了德国，法国东部重镇斯特拉斯堡也包括在内。

学，之后成为神学院的同窗。我以为他不会把一个复杂的长句推进到底——他试图在句中解释，虽然在管理一所寄宿学校，致力于少年儿童的教育工作，但他的朋友并不能被认为脱离了牧师的职责。然后就轮到下一代了。他也同样谈到了杜维耶家族的建立过程，不过显得所知有限。情感的充沛遮掩了演说内容的欠缺，可以听到观众中擤鼻涕的大有人在。我很想知道奥利维耶在想些什么。我想到，他在天主教氛围中成长起来，新教仪式对他来说肯定颇为新颖，而且他多半是第一次到这间教堂来。

我有一种独特的能力，可以消解自身的个性，这让我得以如同亲身经历般去体验他人的情绪，迫使自己几乎与奥利维耶的种种感受吻合，吻合于那些在我的想象中他理应产生的感受。尽管他双眼紧闭，又或者恰恰是因为这一点，我感觉自己似乎站在他的位置上观看。而这些光秃秃的墙壁，这片把听众浸没的苍白抽象的光线，大厅深处白壁前布道台残忍的冷漠，线条的笔直，支撑看台的立柱之刻板，还有这座充满棱角的褪色建筑蕴藏的精神本身……这一切都第一次让我感到一种失调、客啬与可憎的粗俗。之所以没有在更早之前产生这样的感受，准是因为我从童年时代起便对此习以为常……我突然重新回想起自己的宗教觉醒与最初的虔诚心绪，想起劳拉以及我们欢聚一堂的周日宗教学校：我们都是课代表，满怀热忱，在那种焚尽我们心中一切不洁的炽烈之中，我们难以分辨究竟有什么属于对方，又有什么归于上帝。我立刻遗憾地感到奥利维耶根本不会了解这种早年间肉欲的匮乏，它充满危险地把灵魂远远抛向表象之外，以至于他和我的记忆毫无相同之处。不过，感到他和这一切格格不入，倒帮助我自己从中脱身了。我热情地握住这只始终留在我掌中的小手，但此时此刻，他突然把手抽了回去。牧师恰好提到一切基督徒的职责，向这对新人慷慨地给出建议、告诫并虔诚的恳求。奥利维耶重新睁开眼瞧着我，带着一种充满童真的淘气微笑，这冲淡了他额头上不同寻常的庄重。他向我俯靠过来，低声耳语道：

"至于我，我才不在乎，我是天主教徒。"

他身上的一切都吸引着我，都对我保持着神秘感。

在圣器室门口，我找到了拉佩鲁斯老爹。他跟我说话时有些惆怅，但语调里并没有任何指责的意思：

"您有点把我忘了，我估计。"

我随口找了些事情当借口，为自己这么长时间没去看望他请求原谅，并且许诺后天去他家中拜访。我试图带他一起去阿扎伊斯家，因为他们婚礼结束后还要办一场茶会，我自己也是受邀嘉宾。但他跟我说他觉得心情过于阴郁，而且担心遇到太多非聊不可但又无话可说的人。

宝琳娜带走了乔治，把奥利维耶留给了我。

"我把他托付给您。"她笑着对我说道，这似乎让奥利维耶有些不快，他把脸转了过去。他拉着我走到街道上：

"我一直不知道，您和阿扎伊斯一家这么熟吗？"

我告诉他自己曾在他们那里寄宿过两年，这让他大为惊讶：

"相比于其他独立生活规划，您怎么会更喜欢这种寄宿呢？"

"我觉得不乏某些便利之处。"我笼统地回答道，无法跟他讲明当时劳拉占据了我的全部心神，在她身边我连最恶劣的生存状态都能心甘情愿地忍受。

"您待在这盒子般的氛围里没有窒息吗？"

然后，由于我一个字也没有回答，他接着说道．

"其实，我也不太清楚自己是怎么忍下来的，也不知道他们是怎么把我弄过去的……不过毕竟只是吃顿中饭，但已经受够了。"

我不得不跟他解释，他外公与这个"盒子"的负责人有过交情，这段回忆决定了他母亲日后的选择。

"另外，"他又补充了几句，"我缺少对比，这些'暖气房'多半一个样。根据别人对我讲述的内容，我甚至发自内心地认为，其他地方多数还要更糟。尽管如此，离开那里还是会让我高兴。要不是因为需要弥补生病损失的时间，我根本不会到那里去。而且很久以来，我回那儿去只是出于对阿尔芒的友谊。"

于是我得知劳拉的幼弟是他同学。我对奥利维耶说自己几乎不认识阿尔芒。

"但他是一家人里最聪明也最有意思的一个。"

"只是你觉得最有意思的那一个。"

"不，不。我向您保证他非常特别。如果您愿意的话，我们可以去他房间和他稍微聊几句。我希望他在您面前有胆量开口。"

我们走到寄宿学校门口。

维德尔－阿扎伊斯一家用一场花费更少的简单茶会代替了传统的婚宴。维德尔牧师的会客室与办公室向众多来宾敞开了大门。只有寥寥几位知己至交才可以进入牧师夫人特别预备的小客厅。不过，为了避免一拥而入，会客室与小客厅之间的门被关上了。于是当有人问阿尔芒去哪里可以和他母亲碰面时，他这样回道：

"从烟囱走。"

人头攒动，大家都热得要命。除了杜维耶的几个同事——那些"教育界同行"之外，一群人几乎都是新教徒。非常特殊的清教徒味道。在天主教徒或者犹太人的集会中，一旦他们彼此之间举止随意，那么这股气息也会变得同样强烈，甚至更加令人窒息。不过在天主教徒身上，我们更经常发现的是某种自我赏识，而在犹太人身上则是某种自我贬低；在我看来，新教徒有能力这么做则极其稀罕。如果说犹太人的鼻子太长，那么新教徒的鼻子就是堵的，这是一个事实。至于我自己，当长久沉浸其中时，我完全没有察觉出这种氛围有任何特殊之处，而是一种无可名状的高山仰止、天国极乐与愚蠢幼稚。

客厅深处放着一张桌子，被搭成了冷餐台。劳拉的姐姐拉谢尔还有妹妹莎拉，在几位待嫁的年轻姑娘还有闺蜜的帮助下，正在向客人们提供茶饮……

劳拉一看见我，就把我引到她父亲的办公室，那里已经在召开宗教大会了。我们躲在窗洞里面，终于得以相互交谈而不被别人听见。在窗户的边框上，我们曾经刻下我俩的名字。

"来看啊，它们一直在这里。"她对我说道，"我坚信没人注意过。您当时多大啊？"

名字上方还刻了一个日期。我算了算：

"二十八岁。"

"我十六岁。十年过去了。"

在这一刻重温旧梦不是个好选择。我竭力转移话题，她却带着一种焦躁的坚持把我往回引。然后，像是担心自己的情绪受到感染似的，她突然问我是否还记得斯特鲁维乌。

斯特鲁维乌是个自由出入的寄宿生，在那段时间曾令劳拉的父母备受折磨。他理应跟班上课，但每当有人问他上了哪些课程，或者在准备哪几门考试的时候，他总是漫不经心地回答说：

"我一直在变。"

一开始，大家都假装把他的傲慢当玩笑，就像是为了磨钝刀口一样，他自己则报以一阵大笑；不过这种笑声很快就变得讽刺挖苦起来，他的那些粗话也越发咄咄逼人了。我不太明白牧师为什么要容忍这样的寄宿生，他又是如何做到的？如果不是出于经济原因，那就是因为他对斯特鲁维乌怀有某种混杂着怜悯的好意，也许是一种缥缈的希望，以为自己最终可以感化他——我想说的是：令他皈依。我也同样不理解斯特鲁维乌为何继续留在寄宿学校，原本他完全可以去别的地方，因为他看起来并不像我一样被感情方面的原因困住了手脚。也许正是由于他在和可怜的牧师的一番较量中明显获得了乐趣，牧师拙于自卫，总把占上风的角色留给对方。

"您还记得吗？有一天他问爸爸，布道的时候是不是在袍子底下留着西装。"

"当然！他提问时那么文静，以至于您那可怜的父亲没有看出其中的坏心思。那是在饭桌上，整个场景我都历历在目……"

"爸爸坦率地回答他说，袍子不是太厚，不穿西装他担心自己受凉。"

"斯特鲁维乌当时的神情是多么痛心啊！仿佛非要催促他一番才能让他最终表态'这当然无关紧要'。只不过，他接着说，当您父亲手势幅度较大的时候，西装袖口就从袍子底下露出来了，这对某些信徒来说会产生不适宜的影响。"

"这次谈话之后，可怜的爸爸在布道时双臂始终贴着身子，他那些雄辩的言辞效果全毁了。"

"下一个礼拜天，由于脱了西装，他带着重感冒回了家。喔！还有关于《福音书》中贫瘠的无花果树与不结果的果树的探讨[1]……'至于我，我不是一棵果树。我身上穿的是阴影，牧师先生，我用阴影把您覆盖。'"

"这依旧是在饭桌上说的。"

"当然是这样，我们只有在吃饭的时候才能看见他。"

"他说那些话的语调多不好惹啊。当时外公让他站到门口去。您还记得吧？外公通常总是埋头吃饭，他当时突然站起身，伸出胳膊喊道：'出去！'"

"外公显得身形巨大，骇人之极。他生气了。我真的以为斯特鲁维乌也怕了。"

"他把餐巾往桌上一丢就消失了，没付我们钱就走掉了。之后再也没见过他。"

"真想知道他后来会变成什么样。"

"可怜的外公，"劳拉略带悲戚地继续说道，"他那天在我眼里显得真帅。您知道，他很喜欢您。您应该上

---

1 参见《圣经·新约·路加福音》第十三章第六至九节："于是用比喻说，一个人有一棵无花果树，栽在葡萄园里。他来到树前找果子，却找不着。就对管园的说：'看哪，我这三年，来到这无花果树前找果子，竟找不着，把它砍了吧。何必白占地土呢？'管园的说：'主啊，今年且留着，等我周围掘开土，加上粪。以后若结果子便罢，不然再把它砍了。'"

楼去他办公室见他一面，待上一小会儿。我确信您会带给他很多乐趣的。"

我立刻把这些对话记录了下来，深感等到事后再去寻找对话的精确语气实在困难。不过从这一刻开始，我在听劳拉讲话的时候就变得心不在焉了。我刚刚瞥见了奥利维耶，他站的地方确实离我相当远。自从劳拉把我拉到她父亲办公室之后，他就从我的视线中消失了。他的两眼放光，脸部线条异常活跃。后来我才知道，莎拉捉弄他，让他喝了六杯香槟酒。阿尔芒也和他在一起，两人穿过人堆追逐着莎拉以及一位和莎拉同龄的年轻英国女孩，后者已经在阿扎伊斯家里寄宿一年多了。最后莎拉和她朋友从洞开的大门逃出了房间，我看到两个男孩也一路追踪冲上了楼梯。顺从劳拉的指令，我也准备出去，不过她又朝我做了一个手势：

"听着，爱德华，我还想告诉您……"突然，她的声调变得非常严肃，"也许我们会有很长时间无法相见了。我希望您能再跟我说一次……我希望知道自己是否依然可以信赖您……就像信赖一个朋友那样。"

我从来没有比这一刻更想拥抱她，但我仅仅满足于温柔而冲动地亲吻她的手掌，同时小声呢喃道：

"无论发生什么。"我感到泪水涌上眼眶，为了不被她看到，我赶紧溜出去找奥利维耶。

他和阿尔芒并坐在一级楼梯上，专门守着我出来。他肯定有点醉了。他站起身，抓住我的胳膊对我说道：

"来吧，我们去莎拉的房间抽根烟，她在等我们。"

"等一下，我要先去看望一下阿扎伊斯。不过我可能永远找不到她那间房。"

"好啦，您知道得一清二楚，就是劳拉以前住过的那间。"阿尔芒叫嚷起来，"那是家里最好的房间之一，我们就让寄宿生睡在里面，但由于她付的钱不够，就和莎拉合住了。我们给她们放了两张床充充样子，其实相当没用……"

"别听他的，"奥利维耶一边笑一边推了他一把，"他醉了。"

"我建议你好好说话。"阿尔芒接过话头，"那您会过来的，对吧？我们等着您。"

我答应去那里找他们。

自从阿扎伊斯老爹留了平头以后，他就再也不像惠特曼[1]了。他把住房的第二层和第三层留给了女婿一家。

---

1 沃尔特·惠特曼（1819—1892）：美国著名诗人，须发浓密。

他站在高处，从他办公室的窗口（由红木、棱纹布、人造革打造）俯瞰着庭院，监视着学生们来来往往。

"您看，大家把我宠坏了。"他一边说，一边指了指桌上的一大束菊花，这是某位学生的母亲、全家人的老朋友刚刚留下的。房间里的氛围无比肃穆，以至于这些花朵似乎也会迅速干枯。"我把那群人丢下了片刻。我老了，嘈杂的谈话让我身心俱疲。不过这些花会始终陪伴着我。它们用属于它们自己的方式说话，比人类更善于描绘上帝的荣光。"（或者诸如此类的内容。）

这位威严的人物，他想象不出这类话题会让学生们多么厌烦。在他口中这些话说得如此真诚，足以让他们打消反讽的念头。对我来说，要理解像阿扎伊斯一样单纯的灵魂的确最为困难。但凡我们自己稍微复杂一点，我们就不得不在他们面前表演一出喜剧，弄虚作假。但还能怎么办呢？大家没法探讨或者澄清什么，只能被迫表示同意。但凡跟他信仰不一致，阿扎伊斯就会把伪善强加在他周围的人身上。最开始和这家人来往时，看到他的孙辈们对他撒谎，我曾颇为气愤，但后来自己也不得不照此办理。

普罗斯佩·维德尔牧师实在太忙，维德尔太太则有点糊涂，沉陷在诗与宗教的梦境里，完全丧失了现实感。是外祖父一手抓起了孩子们的教育与训诫工作。住在他们那儿的时候，我每个月都要旁听一次言辞激烈的训话，结尾部分总是一系列悲怆的情感抒发：

"从此以后大家都有话直说吧。我们正在进入一个坦率与真诚的新时代（他喜欢用好几个词来表达同样的意思，这是他做牧师时留下的习惯）。我们不留私心，不会保留这些藏在脑中的可耻念头。我们要面对面、眼对眼地直视对方。不是吗？那就说定了。"

讲完之后，大家都陷得更深了一点。他沉溺于轻信，孩子们则落入了谎言之网。

上面这番话是特地对劳拉的一个弟弟说的，他比劳拉小一岁，当时正被一身精力折磨，想要试试爱情的滋味。（他后来去殖民地做生意去了，我就和他失去了联系。）有天晚上，老人又把这番话重复了一遍，我就去他的办公室找到他，试图让他明白，他要求外孙做到的那种真诚，恰恰由于他毫不妥协的态度而变得不可能实现。阿扎伊斯当时几乎动气了：

"他只要没做任何于心有愧的事情就行了。"他叫嚷道，语气不容任何人反驳。

其实他是一个极好的人，不止如此，他还是德行的典范，有大家常说的那种"金子般的善良心地"，不过他的各种判断却总是相当幼稚。他对我的看重来自他知道我没有情妇。他希望看到我娶劳拉为妻，对此，他从不隐瞒。他怀疑杜维耶对劳拉来说到底是不是一位合适的丈夫。他跟我说过好几遍："她的选择令我吃惊。"接着又加上一句："总之，我相信他是一个诚实的孩子……您觉得如何？"对此，我的回答是：

"毫无疑问。"

随着一个灵魂沉迷于虔诚的信仰，它就会失去对于现实的感知、见解、需求与爱好。在维德尔身上我也同样发现了这样的情形，尽管和他交谈的次数寥寥无几。信仰的炫光蒙蔽了围绕在他们身边的世界，也蒙蔽了他们自己。对我来说，最大的愿望就是看得真切。厚重的谎言可以讨好一个虔信者，但在它面前我始终感到目瞪口呆。

我想让阿扎伊斯谈谈奥利维耶，但他感兴趣的主要是小乔治。

"别让他发觉您知道我接下来要讲的事情，"他开始说道，"何况，这完全是他的荣誉……请设想一下，您年轻的外甥和他的几个同学创建了一个小小的协会——某种互竞会，只收录他们认为配得上的人员，而且要经受品德方面的考验——是一种孩子们的荣誉军团[1]。您不觉得这很有魅力吗？他们每个人都在纽扣上挂一条小绶带——的确很不显眼，但我还是注意到了。我把孩子叫到办公室来，当我让他解释一下这种标记的意义时，起初他心慌了。可爱的小家伙以为要被斥责了。接着，他满脸通红并极其窘迫地向我讲述了这个小团体的成立经过。

"您看，这些事情不该一笑置之，这会挫伤某些非常纤敏的感情……我问他，他和他的同学们为什么不把这件事公开？我告诉他，从这种宣传与布道中他们可以获得怎样无与伦比的力量，他们可以扮演何其高尚的角色……不过在那个年龄人们总喜欢神神秘秘……为了提振他的信心，我告诉他，我那会儿，也就是像他那么大的时候，也曾加入过一个类似的组织，其中的成员们都拥有一个漂亮的头衔：责任骑士。我们每个人都从会长那里领取一本小册子，在其中用绝对诚实的态度记录下各自的弱点与过失。他笑了起来，我明显看出这个小册子的故事给他带来了某种思路。我没有坚持，不过如果他在他的追随者中引进这种小册子制度，那么我不会感到惊讶。您看，对这些孩子，必须弄清楚怎么笼络他

---

1 荣誉军团：法国政府颁发的最高荣誉勋位，1802 年由拿破仑设立。

们：首先要向他们表明我们理解他们。我向他保证，决不向他父母泄露一个字，同时我也鼓励他把这件事告诉他母亲，这会让她非常高兴。不过，他的同学们似乎都曾立誓守口如瓶。我不应该再坚持。不过，在临走前，我们一同向上帝祈祷，求他祝福他们的协会。"

可怜的阿扎伊斯亲老爹！我确信小家伙把他给骗了，这里面一句真话也没有。但乔治还能怎么回答呢？……我们以后再试着把这件事弄清吧。

一开始我没有认出劳拉的房间，室内重新贴了墙纸，氛围完全变了。甚至我也认不出莎拉的样子了，而我总以为自己跟她很熟。她一直显得十分信任我，无论何时，我对她来说总是可以无话不谈。不过我已经有几个月时间没有回维德尔家了。她露出手臂和脖颈，显得更挺拔、更大胆了。她坐在床头，紧贴着奥利维耶，后者随意地平躺着，似乎睡着了。他肯定是喝醉了，看到他这副模样我当然很难受，但此刻他在我眼里却比任何时候都更加英俊帅气。他们四个多多少少都有点醉了。那个英国小姑娘冲着阿尔芒最荒诞的言论放声大笑，那种尖锐的笑声令我耳朵生疼。阿尔芒想到哪儿说到哪儿，他被这种笑声刺激、恭维，在愚蠢和粗鲁方面与对方一较高下。他装作想要在他姐姐绯红的脸颊或者奥利维耶同样炽热的脸蛋上点他的烟卷，或者用一个放肆的动作把他们两人的脑门靠拢然后强行按在一起，假装自己被烫伤了手指。奥利维耶和莎拉也就顺应了这场游戏，这让我感到极度痛苦。不过我预料到了……

奥利维耶还在装睡，阿尔芒则突然问起我对杜维耶的看法。我坐在一把低矮的扶手椅上，对他们的沉醉与肆意感到好笑、兴奋又困窘。毕竟，他们邀请我过来，让我受宠若惊，但偏偏看起来在他们身边根本就没有我的位置。

由于我找不出任何话回复他，只好满足于用殷勤的微笑代为作答，他继续说道："此刻在场的几位小姐……"此时此刻，那个英国女孩想要阻止他把话说出来，追过来用手堵他的嘴。他一边挣扎一边叫嚷道："这几位小姐一想到劳拉要和杜维耶睡觉就来气。"

英国女孩把他放开，装作发怒的样子：

"喔！不要相信他的话，他是个骗子。"

"我尽力让她们明白，"阿尔芒愈发沉静地继续说道，"总共两万法郎嫁妆，几乎没法期望更好的人选了。而且，作为一个真正的基督徒，她尤其应该注重灵魂中的诸多品质，就像我们的牧师爸爸嘴上说的那样。是的，我的孩子们。要是所有那些不是阿多尼斯[1]的人，或者举个时代更近一点的例子，所有那些不是奥利维耶的人，都必须被判处单身，那人口还怎么继续增长呢？"

"太蠢了！"莎拉喃喃自语道，"别听他的，他根本不知道自己在说什么。"

"我说的是真理。"

我从来没有听过阿尔芒这样讲话。我以前总以为，现在也依然以为他的天性细腻敏感。他的粗俗在我看来完全是装出来的，一部分是由于醉意，更主要的则是为了讨好那个英国女孩。不可否认后者长得很漂亮，但是喜欢这种不当言论，就说明她也相当愚蠢。奥利维耶又能从中找出什么乐趣呢？我决心，一旦重新跟他单独相处，决不对他隐瞒我心中的厌恶。

"但是您呢，"阿尔芒突然冲我转过身说道，"您不在乎钱，而且您拥有足够的钱去为自己谋求高贵的感情。您是否愿意告诉我们，您为什么不娶劳拉呢？看起来您曾经爱过她。众所周知，她还为您生过相思病呢！"

奥利维耶一直在装睡，直到此刻才睁开双眼。我们目光相交，我之所以没有脸红，是因为剩下几个人都没

---

1 阿多尼斯：古希腊神话中的俊美少年。

有留意我的举动。

"阿尔芒，你真让人受不了。"莎拉说道，意在替我解围，因为我实在无言以对。接着，她整个人直挺挺地平躺在最开始盘坐的那张床上，紧贴着奥利维耶，两个人的脑袋靠在一起。阿尔芒立即跳起来，抢来一扇靠墙叠在床脚的大屏风，像个小丑似的，把屏风打开以便遮挡这对男女。他总是那么油腔滑调，向我靠过来，高声说道：

"也许您还不知道我姐姐是个婊子吧？"

这实在太过分了。我站起身，把屏风推倒，屏风后面的奥利维耶和莎拉立马坐了起来。莎拉头发散乱。奥利维耶站起来，走到盥洗台用清水冲了冲脸。

"跟我来，我给您看点儿东西。"莎拉一边说一边挽住我的胳膊。

她推开房门，把我拉到楼梯口。

"我想这东西会让小说家感兴趣的。这是我偶然发现的一本小册子，是爸爸的一本日记。我不明白他怎么会随便乱放。不管什么人都可以读。我拿走是为了不让阿尔芒看到。别告诉他。内容不算太长，您花十分钟就可以看完，走之前还我。"

"但是莎拉，"我双眼凝视着她说道，"这实在太不谨慎了。"

她耸了耸肩。

"喔！要是您这样想的话，您会很失望的。只有一个地方挺有意思……不过也不一定。拿着，我指给您看。"

她从贴身上衣里掏出一本非常小巧的记事本，还是四年前的旧物。她翻找了一阵，然后打开本子指着其中一段递给我。

"快念。"

在日期下面，引号中间，我首先看到一段《福音书》中的引文：

"人在最小的事上忠心，在大事上也忠心。[1]"接下来写道："为什么我总是把戒烟的决定推到明天呢，即便这只是为了不让梅拉妮（牧师夫人）伤心。我的上帝，赐予我力量摆脱这可耻奴役的桎梏吧。"（我相信自己的引文一字不差。）——随后记录的都是挣扎、祈求、祷告和努力，当然全是徒劳，因为一天天总在重复。再往后翻一页，突然之间涉及的已经是别的事情了。

"相当感人，不是吗？"等我看完之后，莎拉带着讥讽难以察觉地噘了噘嘴。

---

1 语出《圣经·新约·路加福音》第十六章第十节。

"这比您设想的更加稀奇。"我没法克制自己不告诉她，跟她说了却又感到自责，"您设想一下，不到十天之前，我问过您父亲，他有没有试着戒过烟。我当时感觉自己烟抽得太凶了……总之，您知道他怎么回答我的吗？他最开始说，他认为大家对烟草的危害言过其实了，对他而言，他从来没有在自己身上感受到这方面的影响。鉴于我一直在坚持追问，他终于对我说：'是的，我下过两三次决心暂时停下一段时间。''您成功了吗？'他理直气壮地对我说道：'那当然，既然我这样决定了。'这简直不可思议！"我不想在莎拉面前透露自己从中揣测出的虚伪，于是又加了一句："毕竟也许他记不得了吧。"

"或者，"莎拉接着说道，"也许这可以证明所谓的'吸烟'另有所指。"

说这话的真的是莎拉吗？我震惊了。我看着她，简直不敢弄明白她的意思……这时，奥利维耶从房间里走出来，他已经梳好了头发，衣服也收拾得整整齐齐，显得愈发沉静。

"我们走吧？"他在莎拉面前随性地说道，"时候不早了。"

我们走下楼梯，在路边刚把烟点上，他就对我说道：

"我怕您误会。您可能以为我爱莎拉，但并不是这样……喔！我也不讨厌她……但我不爱她。"

我握着他的胳膊，一言不发。

"您也不应该根据阿尔芒今天跟您说过的话来判断他这个人。"他继续说道，"他只是在身不由己地扮演一个角色，他骨子里其实大不相同……我没法跟您解释。他总想把自己最珍爱的一切都毁掉。他变成这样还是不久之前的事情。我认为他非常不幸，而且他表现得毫不在乎就是为了掩饰这一点。他非常傲气。他的父母完全不理解他，他们总想把他培养成一个牧师。"

用作《伪币制造者》某一章的卷首语：

家庭……这个社会细胞[1]。

——保罗·布尔热[2]（泛引）

章节标题：隔离制度

---

1 细胞：该词在法语中还有"单人牢房"的意思，在此一语双关：家庭既是社会的最基本单位，也是个人的牢笼。
2 保罗·布尔热（1852—1935）：法国作家。著有《弟子》《残酷的谜》等。

诚然，没有任何牢狱（精神牢狱）是一个强有力的头脑逃不开的，也没有任何引发反抗之物是绝对危险的——尽管反抗有可能使个性发生扭曲（会令人收敛、性情大变、愤怒并提出某种大逆不道的诡计）。而一个没有屈服于家庭影响的孩子，为了从中解脱出来，耗尽了他的青春活力。不过，对孩子造成阻碍的教育，在束缚他的时候，也强化了他。最可悲的受害者就是那些阿谀奉承的牺牲品。为了克服那些奉承话，哪种性格力量是不被需要的呢？我见过许多父母（尤其是母亲），沾沾自喜地在他们的孩子身上认出他们自己最愚蠢的抵触、最不公正的偏见，还有他们的不解和憎恶，而且还加以鼓励……饭桌上："别碰这个，你明明看到这是肥肉。把皮去掉。这还没煮熟……"晚间，在室外："喔！一只蝙蝠……快躲起来，它会跑到你头发里去的。"等等。对他们来说，金龟子会咬人，蚱蜢会刺人，蚯蚓会让人起疹子。这些在包括智力与道德在内的各个方面，都同样荒谬。

前天，在把我带回欧特伊[1]的环线火车上，我听到一个年轻母亲在哄一个十岁小女孩。那位母亲在她耳边

---

1 欧特伊：巴黎北郊市镇。

窃窃私语：

"你和我，我和你，其他人，我们不在乎。"

（喔！我很清楚这些人都是平民百姓，不过老百姓也同样有权令我们愤怒。那位丈夫坐在车厢角落里看报，安静而顺从，也许并没有被戴绿帽。）

还能想象出比这更凶险的毒素吗？

未来属于私生子。"自然之子[1]"一词的涵义何其丰富！唯有私生子拥有自然的权利。

家庭的自私……其丑恶几乎不下于个体的自私。

十一月六日

我从来无法虚构任何东西，不过，在现实面前，我就像站在模特身边的画家一样，对模特发号施令：给我摆这个姿势，用我中意的那个表情。由社会提供给我的那些模特，如果我认识清楚他们的原动力，就可以让他们顺着我的心意行动，或者最起码我可以趁他们六神无

---

1 自然之子：即"私生子、非婚生子"，字面上也可以理解成"自然的孩子"。

主时提出某些问题，让他们用自己的方式去解决，这样他们的反应就可以教导我。正是小说家的身份才让我有了干涉与操弄人物命运的需要。如果我的想象力更加丰富，那我就会安排各种情节，一一引动，去观察那些角色，然后在他们的授意下写作。

十一月七日

昨天我写下的一切，一句真话也没有。只剩一点：现实之所以让我感兴趣，是因为它就像是一种塑形材料。而我对于未来可能存在之物的关注，远超对于曾经存在之物。我极度关切每一个生灵的各种可能性，为习俗的封印所打压的一切而痛惜。

贝尔纳不得不暂时中断阅读。他的目光浑浊了，上气不接下气，仿佛刚刚阅读时由于注意力高度集中全程忘记了呼吸。他推开窗户，在重新投入阅读之前，大口吸气把肺叶填满。

他对奥利维耶的友情当然最热切不过。他没有更好的朋友了，在人世间也没有这么喜欢的人了——因为他没法爱他的父母，他的心以一种近乎极端的方式暂时维系在奥利维耶身上。但他俩对于这份友谊的理解并不相同。随着阅读的深入，贝尔纳愈发惊奇，愈发赞叹，但也带着一点痛苦。他以为自己无比熟悉的朋友，居然能够表现出这么丰富的多面性。关于这本日记里讲述的内容，奥利维耶一个字也没对他提过。关于阿尔芒和莎拉，他几乎料想不到这两个人的存在。相比和自己的相处，奥利维耶在他们面前的表现简直判若两人！在莎拉的房间里，在那张卧榻上，贝尔纳能把他的朋友认出来吗？当他怀着无比的好奇心迫不及待地往下看时，心中也掺杂着某种慌乱的不适感：某种厌恶或者恼恨。这种恼恨有点像不久之前他看到奥利维耶投入爱德华怀中的感觉：恼恨自己没有身临其境。这种恼恨有可能引发严重的后果，导致很多蠢事，就像所有的怨气一样。

　　都过去了。我在上文中提及的这一切只是为了在这本日记的页码之间送进一点空气罢了。现在贝尔纳已经呼吸顺畅了，让我们回归正题吧。他又一次投入到阅读之中。

十三 爱德华日记：初访拉佩鲁斯

少找老年人帮忙。

——沃夫纳格[1]

爱德华日记

（续）

十一月八日

---

1 沃夫纳格：吕克·德·克拉皮耶（1715—1747），法国作家，又称沃夫纳格侯爵。引文出自其 1747 年的著作《人类精神认知绪论》。

拉佩鲁斯老夫妇又搬家了。他们的新寓所我还没去过，是一个底楼与二楼之间的隔层，位于圣奥诺雷郊区街横穿奥斯曼大道之前形成的一个小角落里。我按响门铃，拉佩鲁斯过来给我开门。他只穿了一件衬衫，头上戴着一顶米色的类似睡帽的东西——最后我认出来是一只旧长筒袜（多半是拉佩鲁斯夫人的），足部打了结，就像软帽上的流苏一样在他脸上摇来晃去。他手里拿着一把钩状火钳。很显然，我撞见他正在收拾炉灶。由于他看起来有点局促，我就对他说道：

　　"您想要我晚点过来吗？"

　　"不，不……进来吧！"他把我推进了一个狭长的房间，两扇窗户朝街上开着，刚好和路灯平齐，"我这个时间点刚好在等一个学生（当时是下午六点），但她给我发电报说不过来了。见到您让我非常高兴。"

　　他把火钳放在一张独脚小圆桌上，然后仿佛是为了对自己的穿着进行辩解一样：

　　"拉佩鲁斯夫人的女仆之前让炉子灭了，她早上才来，我不得不自己清理一下……"

　　"您想要我帮您重新把火点起来吗？"

　　"不，不……容易脏……不过请容我先去穿件外套。"

　　他一路小跑出去，然后几乎立刻就回来了，披了一件驼绒薄外套——纽扣已经掉了，衣袖也磨损了，破旧得都没人敢拿去施舍给穷人。我们双双坐下。

"您觉得我变了，不是吗？"

我本想否认，却找不出任何话对他说。这张我曾觉得无比俊朗的面容，如今的表情如此疲惫，让我备感心痛。他接着说道：

"是啊，最近这段时间我老了很多。我渐渐有点失忆了。当我重新弹奏巴赫的赋格曲时，我非得用上乐谱不可……"

"多少年轻人要是有您现在的记性，他们就心满意足了。"

他摇了摇头继续说道：

"喔！衰退的不只是记忆力。您瞧，我走路的时候，我以为自己依然走得很快，但是到了街上，现在所有人都把我甩开了。"

"那是因为现如今大家走路都快了很多。"我对他说道。

"啊！可不是吗……就像我教的那些课：学生都觉得我的教法拖累了他们。他们都想冲得比我快。他们把我抛下了……现如今所有人都匆匆忙忙。我几乎再也招不到学生了。"

他用无比低沉的嗓音加上了最后一句，以至于我几乎没听见。

我体会到他心中的惨痛，不敢妄加询问。他接着说道：

"拉佩鲁斯夫人不愿意理解这些。她总跟我说是我没把该做的做好，说我没有竭尽所能把学生留住，在招新生方面更是鲜有作为。"

"您刚刚在等的那位学生……"我笨拙地问道。

"啊！那一位，我在帮她备考音乐学院，她每天都来这里练习。"

"也就是说她不付您钱。"

"拉佩鲁斯夫人为这件事责备我够多了！她不明白我感兴趣的只是这些课程而已——是的，那些我真正乐意教授的课程。最近这段时间我想了很多。对了……正好有些事情我想向您请教：为什么书里很少提到老年人呢？我以为，这是由于老年人已经没法动笔了，而年轻人又不关心他们——一个老人家再也不会让任何人提起兴致了……不过关于他们却有不少非常稀奇的事情可谈。您瞧：过往生活中我的某些举动，直到现在我才开始领会。是的，直到现在我才开始领会，这些举动完全不具备我曾经践行时以为的那种意义……直到现在我才明白，我这一辈子都被骗了。拉佩鲁斯夫人欺骗我，我儿子欺骗我，所有人都欺骗我，仁慈的上帝也欺骗我……"

　　夜幕降临了。我几乎再也分辨不出昔日导师的面部线条了。不过忽然间，临窗的路灯放射光芒，为我照亮了他闪烁泪光的脸庞。最开始，他鬓角处一个怪异的斑点让我有些担心，既像一个凹陷的坑，又像一个洞。不过他稍一转动，斑点就移位了，我才明白这只不过是栏杆上的花饰图案映出的影子而已。我把手按在他瘦骨嶙峋的胳膊上，他颤抖起来。

　　"您会着凉的。"我对他说道，"您真不想让我们把火重新点起来吗？来吧。"

　　"不了……应该受点磨砺。"

　　"什么！这是斯多葛主义[1]吗？"

　　"有一点。因为我喉部太敏感，所以我不愿意戴围巾。我一直在和自己搏斗。"

　　"获胜就好，但要是身体撑不住的话……"

　　他握住我的手，仿佛要告诉我什么秘密似的，用一种非常严肃的语气说道：

――――――――――

1 斯多葛主义：古希腊罗马时期的哲学思想流派之一，强调淡泊坚忍。

"那才是真正的胜利。"

他的手松开了我的手，继续说道：

"我之前担心您动身前不过来看我。"

"动身去哪儿？"我问道。

"我不知道。您出行非常频繁。有些事情我想跟您说……不久之后我也打算动身[1]了。"

"什么！您想要去旅行吗？"我笨拙地问道，假装没听懂他的意思，尽管他严肃的语气神秘而郑重。他摇了摇头：

"您完全清楚我的意思……是的，是的，我知道时候快到了。我已经开始入不敷出了，这对我来说实在难以忍受。我下过决心，某个临界点是绝对不能超过的。"

他说话的语气有些狂热，这让我感到不安。

"您也觉得这样不好吗？我从来都没法理解，宗教为什么严禁我们这样做。最近这段时间我想了很多。年轻时，我过着一种非常质朴的生活，每当我拒斥某种诱惑的时候，我都对自己的毅力感到高兴。那时候我不明白，当我自以为得到解放时，我其实愈发变成了自身傲气的奴隶。我所得的每一次胜利，都给我的黑牢大门上

———————————

1 这里的"动身"暗含"自杀离世"之意。

了一把锁。这就是我刚才想要表达的意思——当我说上帝欺骗我的时候。他让我把自身的傲气当成了美德。上帝嘲弄了我，他自得其乐，我认为他就像猫捉老鼠一样玩弄我们。他给我们送来种种诱惑，而他明知道我们无力抗拒，当我们抗拒之时，他又变本加厉地报复我们。他为什么对我们怀恨在心呢？到底为什么呢……这些老人家的问题肯定让您厌烦了。"

他双手托着头，就像一个赌气的孩子，久久沉默不语，以至于我开始怀疑他是不是忘了我还在场。我生怕打扰他沉思，在他面前一动不动。尽管临街有噪声传来，但这间房里的宁静在我眼中却无与伦比。虽然路灯的光线像剧场里的脚灯一样从下到上迷离地照亮了我们，但在窗户两侧，阴影在墙面上蔓延开来，我们身边的暗夜也凝结了，就像被严寒凝结的静水一样，一直凝结到我心头。我想要摆脱自身的焦虑，便大声呼吸起来，同时动了走人的念头，便准备告辞。出于礼貌，也是为了破除这种魔咒，我问道：

"拉佩鲁斯夫人还好吗？"

老人似乎醒了过来。他重复了一遍：

"拉佩鲁斯夫人……"语气充满疑问，似乎这些音节对他而言已然丧失了任何意义。然后，他突然朝我靠过来说道：

"拉佩鲁斯夫人正在经历一场可怕的疾病……这让我非常痛苦。"

"什么病？"我问道。

"喔！没什么，"他耸了耸肩，仿佛理所当然，"她疯了，她再也不能胡编乱造了。"

很久以来我就怀疑这对老夫妻分歧很深，但又对获得更多详情不抱希望。

"我可怜的朋友，"我充满同情地问道，"这有多长时间了？"

他思考了一阵，仿佛没有完全听明白我的问题。

"喔！很久了……从我跟她认识时开始。"不过他又立刻改口了，"不，说真的，是随着我儿子的教育问题才开始恶化的。"

我做出了一个惊讶的手势，因为我一直以为拉佩鲁斯夫妇没有孩子。他从双手间抬起头，用一种更加平和的语气说道：

"我从来没和您提过我儿子吗？……听着，我想把一切都告诉您。今天您必须把一切都弄清楚。接下来我和您谈的内容，我没法对其他人说……是的，那是随着我儿子的教育问题开始的，您看确实已经过去很久了。

我们新婚燕尔的日子很融洽。当我迎娶拉佩鲁斯夫人的时候，我还非常纯真。我天真地爱着她……是的，这是最确切的词汇，当时我不愿意承认她身上的任何缺点。不过关于教育孩子，我们的观念并不相同。每次我想要训斥儿子的时候，拉佩鲁斯夫人就和我对着干。按她的意思，必须全都由着他。他们联手对付我。她还教他撒谎……不到二十岁，他就有了情妇，是我的一个学生，一个年轻的俄国姑娘，音乐方面的造诣很高，我曾对她寄予厚望。拉佩鲁斯夫人知道详情，但他们对我隐瞒了一切，就像他们一贯的做法那样。自然，我没有注意到她怀孕了——我跟您说，我完全没有丝毫察觉，完全没有。有一天，他们告诉我这个学生不舒服，她这段时间不来上课。我说要去看看她，他们又说她换了住址，说她正在旅行……很久之后我才得知她为了生孩子去了一趟波兰[1]。我儿子也去跟她会合了……他们一起同居了几年，但他在结婚前去世了。"

"那……她呢，您还见过面吗？"

他看起来就像用额头撞上了什么障碍物一样：

---

1 从 1795 年开始直至 1919 年，波兰遭到俄国、普鲁士等国瓜分，成了它们的领土。因此这里的波兰仅有地理意义，当时属于俄国的一部分。

"我不能原谅她欺骗我。拉佩鲁斯夫人跟她一直保持着通信。当我得知她生活极度困苦的时候，我给她寄过钱……因为孩子。不过，关于这件事，拉佩鲁斯夫人毫不知情。就连当事者本人也不知道这笔钱是我寄过去的。"

　　"那您孙子呢？"

　　一阵奇异的微笑在他脸上浮现，他站起身。

　　"等我一会儿，我去把他的照片给您拿来看看。"他再次埋头一路小跑出去。回来时，他的手指颤抖着在一个厚厚的活页夹里搜寻那张照片。他朝我靠过来，把照片递给我，低声说道：

　　"这是我从拉佩鲁斯夫人那里弄来的，没让她觉察到，她还以为照片丢了。"

　　"他几岁了？"我问道。

　　"十三岁。看起来年纪更大一点，不是吗？他非常娇弱。"

　　他的眼中再次充满了泪水。他把手伸向那张照片，似乎想要赶紧把它拿回去。我朝路灯昏暗的光源俯过身：我觉得孩子跟他长得很像，我认出了隆起的宽额头，还有拉佩鲁斯老爹充满梦幻的眼神。我以为跟他说这些话会让他高兴，但他却表示反对：

"不，不，他长得像我兄弟，像一位已经去世的兄弟……"

孩子穿着一件俄式绣花罩衫，很是古怪。

"他在哪儿生活？"

"您让我如何搞得清楚呢？"拉佩鲁斯绝望地叫嚷起来，"我跟您说了，他们什么都瞒着我。"

他拿回照片，端详了一会儿，然后把它收进活页夹，塞进口袋。

"当他母亲来巴黎的时候，只见拉佩鲁斯夫人。要是我询问，后者就回答我说：'您直接去问她好了。'她嘴上这么说，其实心里根本不乐意我见到人。她总是心怀醋意。但凡我喜欢的东西，她总想着要从我手中抢走……小鲍里斯在波兰接受教育，我估计是在华沙的一所中学里。不过他经常跟他母亲一起旅行。"接着，他情绪无比激动地说道："您说！您认为我们有可能爱上一个自己从未谋面的孩子吗？……好吧！现如今这个小家伙就是我在世界上最珍爱的人了……而他对此一无所知！"

他的语句被强烈的呜咽一再打断。他从座椅上起身，投向我怀中，几乎瘫倒进来。我本想做些什么，给他的痛苦带来一点安慰，但我又能如何呢？我站起身，因为我感到他瘦弱的身躯正在贴着我下滑，我感觉他就快双膝跪地了。我托着他，抱住他，像对孩子一样摇着他。他心情平复了。拉佩鲁斯夫人在相邻的房间里叫唤。

"她要过来了……您不想见到她，不是吗？何况她已经完全聋掉了，赶紧走吧。"他陪我走到楼梯口，"别太长时间不来看我（他的嗓音中带着哀求）。告辞，告辞。"

十一月九日

在我看来，时至今日，某种悲剧性几乎已然被文学遗漏了。小说关注命运的诸多挫折，好运或者厄运，关注各类社会关系、情感冲突以及人物性格，却对生存的本质不闻不问。

把一个故事移至道德领域，这偏偏是基督教的着力之处。但从严格意义上来说，根本不存在基督教小说。有些小说提出了一些教化方面的目的，但这和我想说的意思毫不相干。道德悲剧——例如《福音书》里那句绝妙箴言："如果盐失去了它的味道，用什么让它恢复成味呢？"正是这种悲剧，对我来说至关重要。

十一月十日

奥利维耶快要考试了。宝琳娜希望他之后报考师范学院。他的职业生涯已经全都被规划好了……要是他无父无母、无依无靠就好了，那我就会让他当我的秘书。但他并不关心我，甚至没有察觉到我对他的关注，我要是提醒他注意，反倒会令他难堪。正是为了不让他觉得尴尬，我才在他面前装出一副冷漠的样子——一种冷嘲热讽的疏离。只有当他没看到我的时候，我才有胆量从容不迫地注视着他。有时候，我会在街上跟踪他，而他对此毫不知情。昨天，我就这样跟在他后面走，他突然回转脚步，我躲闪不及。

"你这么急着去哪儿？"我问他。

"喔！哪儿也不去。只有当我无所事事的时候才显得这么匆忙。"

我们一起走了几步，却没有找到任何共同话题。他肯定是因为遇见我而感到厌烦了。

十一月十二日

"他有父母、兄长、同学……"我一天到晚就这么反复念叨，而我自己却毫无发挥余地。无论他缺少什么，我多半都可以为他补上，但他什么也不缺。他什么都不需要。如果他的亲切令我着迷，这其中却没有任何东西能够让我误会……啊！荒唐的句子，我情不自禁地把它写下来，这出卖了我的口是心非……我明天坐船去伦敦。我突然决定离开，是时候了。

离开是因为太想留下……某种对于艰难险阻的爱，以及对于沾沾自喜的厌恶（我是指对我自己）。在我早年接受的清教徒教育中，这也许是我最难以扫清的内容。

我昨天在史密斯那里买了一册英伦风十足的笔记本，用来接替手头这本。我再也不想在这上面写任何东西了。一个新本子……

啊！要是我能不把自己带去就好了！

十四　贝尔纳与劳拉

> 有时候生活中会发生一些意外，为了幸免于难必须带点疯狂才行。

——拉罗什富科[1]

劳拉那封夹在爱德华日记本里的信，是贝尔纳最后读到的内容。他一阵眩晕：他无法怀疑，这位在信中悲痛哀号的女士，正是奥利维耶前一天晚上和他谈起的那位哭哭啼啼

---

1 弗朗索瓦·德·拉罗什富科（1613 — 1680）：法国箴言作家。引文出自其《道德箴言录》。

的恋人——那个被文森·莫利尼耶抛弃的情妇。贝尔纳顿时感到,有赖于他的朋友以及爱德华日记透露的双重隐情,他甚至成了唯一了解两方面情节的人。不过这个优势他保持不了太久,必须赶快行动,而且要做得严密。他立刻打定了主意:他没有忘记自己一开始读到的任何内容,但把注意力全都放到了劳拉身上。

"今天早上,对我而言自己到底应该做什么还显得很不确定,现在再无疑虑了。"他喃喃自语着冲出房间,"就像那一位所说的,命令不容置疑[1]:拯救劳拉。我的任务也许并不是强占那个手提箱,不过,既然拿到手了,很显然我从箱子里收获了一份迫切的责任感。重点在于,在爱德华和劳拉重逢之前先和她碰面,把自己介绍给她,用某种办法自荐,不能让她把我当成一个无赖。剩下的都好办。现在我皮夹里拥有的,是与最慷慨也最富有同情心的爱德华们同样的,能周到地接济那位不幸者所需要的一切。唯一令我为难的,就是方式和方法。因为,出身维德尔家族,尽管在法律保护之外怀了身孕,劳拉必定高尚正直。我乐得设想这样的女人:别人出于好心给她们送钱,却由于包装得不够委婉,结果被她

---

1 此处影射了德国哲学家艾曼纽埃尔·康德的道德哲学,他认为道德是一种不容置疑的命令。

们一拒了之，当面鄙视一番，并把钞票撕得粉碎。如何把这些钱送给她呢？如何自我介绍呢？这就是难点所在。一旦离开正道，离开踏实的路径，真是遍地荆棘！想要把自己引入如此错综复杂的情节，我显然还有点年轻。不过，当然了，年轻会帮助我的！我可以编造一段淳朴的自白，一个让她同情我并且对我产生兴趣的故事。难处在于，这个故事对爱德华也必须适用，必须是同一个故事，绝对不能自相矛盾。啊！总能找到办法的。就指望到时候灵机一动了……"

他已经抵达伯纳街——劳拉在信中给出的地址。旅馆非常朴素，不过干净整洁，看起来挺体面。根据门卫的指点，他跑上了三楼，在十六号门前停下，想要为进门做点准备，找几句话说，脑中却空空如也。于是，他突然鼓起勇气，敲响了房门。一声修女般温柔的嗓音传了出来，在他听来还带着一丝胆怯：

"请进。"

劳拉穿着非常简朴，一身黑，简直可以说是在戴孝。自从她回到巴黎，这几天以来，她一直在隐隐约约地等待着某件事或者某个人来把她拉出死胡同。她已经走上了绝路，这一点毫无疑问。她感觉自己入了歧途。她有一种可悲的习惯，总是指望外部发生什么事情胜过相信她自己。她并非无德，却感觉遭到了抛弃，没有任何力气。贝尔纳进门时，她朝自己的脸举起一只手，动作就像一个忍住惊呼或者在强光前想要把眼睛遮住的人一样。她站在那里，往后退了一步，紧靠在窗边，用另一只手抓住窗帘。

贝尔纳等着她问话，但她一言不发，在等他开口。他看着她，徒劳地竭力微笑，心脏狂跳不止。

"请原谅，女士，"他终于开口说道，"请原谅我这样来打扰您。某位爱德华先生——我知道您认识他——今早已经抵达巴黎。我有些要紧事需要和他联系，我想到您可以告诉我他的住址，还有……请原谅我这么冒昧地跑来问您。"

要是贝尔纳没那么年轻，劳拉多半就被吓坏了。但他还是个孩子，如此诚实的目光，如此光洁的额头，如此胆怯的举止，如此不自信的语气，以至于在他面前，劳拉的不安已然消失，取而代之的是好奇、关切以及由一个天真俊美的生灵所唤起的不可抗拒的同情。在说话过程中，贝尔纳的嗓音稍稍镇定了一点。

"但是我也不知道他的住址。"劳拉说道，"如果他已经到巴黎了，他会刻不容缓地跑来看我，但愿如此。告诉我您是谁，我会转告他的。"

是时候放手一搏了，贝尔纳想道。某种疯狂的情绪从他眼前闪过。他直视劳拉：

"我是谁？奥利维耶·莫利尼耶的朋友……"他犹豫了一下，依然有些迟疑，但看到她听见这个名字后脸色发白，便斗胆说道："奥利维耶，那位可耻地把您抛弃的情人文森的弟弟……"

他不得不住口：劳拉摇摇欲坠。她背在身后的双手焦虑地寻找着倚靠。不过令贝尔纳整个人感到惊慌的，是她发出的哀鸣，一种几乎不似人声的呻吟，更像受伤的猎物发出的叫喊（突然之间猎人羞耻地感到自己像个刽子手）。那种叫声如此怪异，与贝尔纳所能预料到的一切都大不相同，令他浑身战栗。他猛然间领悟到，这才是真正的人生，才是名副其实的痛苦，而他自己迄今为止感受到的一切在他眼里只不过是滑稽表演和游戏而已。一种前所未有的情绪在他心中翻涌，以至于无从克制，一路升到喉头……什么！他在哭？这可能吗？他，贝尔纳！他冲上去把她搀住，跪倒在她面前，在哽咽的间隙小声说道：

"啊！对不起……对不起，我伤害了您……我知道您生活无着……我本想帮您。"

劳拉气喘吁吁，感觉自己就要支撑不住了。她用目光寻找一处可以坐下的地方。贝尔纳抬眼望着她，领会了她眼神中的意思。他跳向床脚的一把小扶手椅，动作粗暴地搬来放在她身边，后者不由自主地重重跌坐进去。

这时发生了一个滑稽的插曲，我犹豫着要不要讲。但这件事情决定了贝尔纳与劳拉的关系，并出乎意料地让他们摆脱了困境。所以我并不力图把这个场景人为渲染得有多高贵。

按照劳拉支付的住宿费价格（我想说的是，按照旅店老板要求她支付的数额），当然不能指望房间里的家具有多优雅考究，但起码有权期待它们坚固耐用。然而，这张贝尔纳给劳拉搬来的低矮小扶手椅却有点晃——也就是说它有一种强烈的倾向，会收起一只脚，就像鸟类一样把脚藏在翅膀下面，这对鸟类来说十分自然，但对一把扶手椅而言就变得不同寻常而又不幸。它极尽所能地把这种缺陷隐藏在厚厚的流苏之下。劳拉熟悉这把座椅，知道使用起来必须极其小心，但此时她慌乱不安，再也顾不上其他了，感觉到它在身子底下晃动才回想起来。她突然轻轻叫唤了一声——和刚才那种长长的哀鸣完全不同，然后朝一边滑了下去，片刻之后发现自己瘫坐在地毯上，刚好落在赶去搀扶她的贝尔纳怀中。她很窘迫，却又觉得好笑。他不得不单膝跪地。两个人的脸靠得很近，他看到她脸红了。她努力站起身，贝尔纳从旁协助。

"您没摔伤吧？"

"没有，谢谢，多亏了您。这椅子真可笑，都修了两次了……我以为把脚摆正就立住了。"

"我来处理。"贝尔纳说道，"好了！您想试试吗？"接着，他又说道："对不起……还是先让我试一下更谨慎一些。您看，它现在立得很稳。我还能晃腿呢。"他边晃边笑了起来。接着，他站起身："您再试一下吧，如果您允许我再多待片刻，我就去端把椅子过来。我坐在您旁边，护着您别摔下去，别怕……我还想为您做点别的事情呢。"

　　他的言辞充满热情，态度无比审慎，举止风度翩翩，让劳拉不禁微笑起来：

　　"您还没有告诉我您叫什么名字呢。"

　　"贝尔纳。"

　　"是的，那您的家族姓氏呢？"

　　"我没有家族。"

　　"总之就是您父母的姓氏。"

　　"我没有父母。也就是说，我和您正翘首以盼的那个孩子一样，是个私生子。"

　　猛然间，微笑从劳拉脸上消失了。这份参与其生活隐私以及揭露其底细的不懈坚持把她激怒了：

　　"但说到底，您是怎么知道的？……谁跟您说的？……您无权了解……"

　　贝尔纳被引动了话头，此刻他说话的音调高亢果敢：

　　"我的朋友奥利维耶与您的朋友爱德华各自了解的内容

我全都知道。他们两个都只清楚您的一半底细。而我和您大概是熟悉全局的仅有的两个人……"接着，他用更温柔的语气加了一句，"您看得很清楚，我必须成为您的朋友。"

"男人们真不谨慎啊。"劳拉悲伤地啜嚅着，"不过，要是您没见过爱德华，他就不可能跟您谈起。所以他给您写过信？……是他把您派来的吗？"

贝尔纳被打断了，他刚才说得太快，沉湎于夸夸其谈的乐趣之中。他否定地摇了摇头。劳拉的脸色愈发阴沉。正在这时，他们听到有人敲门。

无论他们愿不愿意，一种共通的情绪在二人之间创造出了联系。贝尔纳感觉自己中了圈套，劳拉则愤恨于被人组团抓个正着。他们彼此对视了一眼，就像两个同谋在交换眼神。敲门声又响了。两个人齐声说道：

"请进。"

爱德华已在门外偷听了一阵子，在劳拉的房间里听到谈话声令他感到惊奇。贝尔纳的最后几句话让他心中有数了。话的涵义不容置疑，他不能不相信，那个说话的人就是窃取他手提箱的小偷。他立马打定了主意——因为爱德华正是这样一种人，他的才能在循规蹈矩的生活常规中颇为迟钝，但在突发事件面前却会立刻活跃、紧绷起来。他推开门，站在门口，微笑着依次看向贝尔纳与劳拉。他们两个都已经站了起来。

"对不起，亲爱的朋友，"他对劳拉说道，并且示意她稍微过一会儿再抒发感情，"我有几句话想和这位先生先谈一谈，如果他愿意到走廊上来一下的话。"

等到贝尔纳跟过来了，他脸上的笑容就变得更加讽刺了。

"我早就想到会在这里找到您的。"

贝尔纳知道自己被抓住了。他能够付出的唯有勇气，他就是这么做的，并且感到了自己的孤注一掷：

"我希望在这里遇见您。"

"首先，如果您还没有做那件事（因为我愿意相信您就是为此而来的），您就下一趟楼，去柜台上把杜维耶夫人的账目结清——就用您在我手提箱里找到的钱，您应该随身带着吧。十分钟以后再上来。"

这一切都说得相当严肃，不过语调里并没有任何威胁的意味。在此期间贝尔纳恢复了镇定：

"其实我正是为此而来。您没有弄错。而我也开始相信自己同样没有弄错。"

"您这话什么意思？"

"意思是您正是我期待的人。"

爱德华徒劳地试图摆出一副严厉的神情，他乐坏了。他嘲弄地略加致意：

"我向您致谢。逆命题还有待检验。我想，既然您人在这里，那么您肯定念过我那几张纸片了吧？"

贝尔纳泰然自若，经受住了爱德华的目光，大胆、开怀、放肆地报以微笑，同时深鞠一躬：

"请不要怀疑。我为您效劳而来。"

接着，他就像一个小精灵一样，冲下楼梯去了。

等到爱德华回到房间里的时候，劳拉正在哭泣。她把额头靠在他肩膀上。这份情感流露令他感到局促，几乎让他无法忍受。他意识到自己无意间正轻柔地拍着她的后背，就像对待一个咳嗽的孩子一样。

"我可怜的劳拉，"他说道，"好啦，好啦……理智一点。"

"喔！让我哭一会儿吧，这样我会好过一些。"

"还是得搞清楚现如今您打算做些什么才行。"

"但是您想让我怎么做？您想让我去哪儿？您想让我跟谁谈？"

"您的父母……"

"但是您了解他们……这只会让他们身陷绝望。他们为了我的幸福已经什么都做了。"

"杜维耶？"

"我再也不敢跟他见面了。他那么善良，别以为我不爱他……如果您知道……如果您知道……喔！告诉我，您没有太瞧不起我。"

"恰恰相反，我的小劳拉，恰恰相反。您怎么会这么想呢？"他又开始拍她的后背。

"的确，在您身边我再也不觉得羞愧了。"

"您在这里待了几天了？"

"我不知道。我活着只为等您过来。有时候，我再也活不下去了。现在我觉得这里一天都待不下去了。"

她的哭声加重了，几乎嚎叫起来，但声音却完全哽咽了。

"带我走！带我走！"

爱德华愈发感到局促不安。

"听着，劳拉……冷静下来。另……另一位……我甚至不知道怎么称呼他……"

"贝尔纳。"劳拉小声说道。

"贝尔纳过会儿就上来了。好了，起来吧。不该让他看到您这副样子。勇敢一点。我向您保证，我们总能想出办法的。瞧着吧！把眼泪擦干。哭泣无济于事。对着镜子看看您自己。您整张脸都充血了。洒点水到脸上。看到您流眼泪，我就六神无主了……喂！他来了，我听见了。"

他走到门口，把门打开，好让贝尔纳进来。这时劳拉背对着这个场景，在梳妆台前让面部表情恢复平静。

"现在，先生，可否问下，何时可以取回我的个人物品？"

他说话时直视着贝尔纳，唇边始终挂着同样的纹路，笑意中充斥着嘲讽。

"先生，只要您乐意，随时奉还。不过我必须向您坦白，少了的那些东西，您肯定不像我这么急需。但凡您知道我的故事，您就不难理解了，对此我深信不疑。您只需要知道，从今早开始，我就没了住处，没了家，没了家人，如果没有遇见您，我就准备去跳河了。今天早上，当您和我的朋友奥利维耶交谈时，我跟在您后面走了很久。他之前和我谈到许多关于您的事情！我原本就想和您攀谈一番。我在找一个借口，一种方式……当您把行李处的收据扔掉时，我简直要感谢上苍。喔！别把我当成小偷。我之所以取走您的手提箱，主要是为了和您取得联系。"

贝尔纳几乎一口气讲出了这番话。一股非凡的火焰在他的言辞与面部表情中闪烁，可谓充满善意。爱德华的微笑中也透露出他觉得贝尔纳很可爱。

"那现在呢？"他问道。

贝尔纳明白他争到了得寸进尺的机会：

"您现在不是需要一个秘书吗？我不认为自己难以胜任这项职务，何况做起来充满了乐趣。"

这下爱德华笑起来了。劳拉兴致勃勃地看着他俩。

"哟！再看吧，我们好好想想。明天——如果杜维耶夫人允许的话，同一时间，还是到这儿来找我……因为我和她也有好些事情需要解决。我猜您住在某个旅馆吧？喔！我并不是非要搞清楚它在哪儿。这无所谓。明天见。"

他把手伸向对方。

"先生，"贝尔纳说道，"在离开您之前，也许您能允许我提醒您一句：在圣奥诺雷郊区街，住着一位可怜的钢琴老教师，我确信他名叫拉佩鲁斯，如果您去看望他一下，一定会让他大感欣慰的。"

"当然！这个开局不错，您对未来职务的理解恰如其分。"

"那么……您真的同意吗？"

"我们明天再谈。告辞。"

爱德华在劳拉身边耽搁了一阵，然后就动身前往莫利尼耶家去了。他希望和奥利维耶再见一面，打算和他谈谈贝尔纳。但他只见到了宝琳娜，尽管他拼命延长了拜访时间。

当天傍晚，奥利维耶服从了他哥哥之前向他转达的迫切邀约，前往《单杠》的作者帕萨凡伯爵家中。

十五　奥利维耶在帕萨凡家中

"我之前还担心您的兄长没把口信带给您。"看到奥利维耶进来，罗贝尔·德·帕萨凡说道。

"我迟到了吗？"奥利维耶说道，腼腆地走上前，几乎只用脚尖着地。他手里握着自己的帽子，罗贝尔把它接了过来。

"放那儿吧。您随意一些。来吧！坐这把扶手椅上，我相信您不会坐得太不舒服。要是按照挂钟判断，您完全没迟到，不过我想和您见面的欲望却比挂钟跑得快。您抽烟吗？"

"谢谢。"奥利维耶一边说，一边把帕萨凡伯爵递来的烟盒推开。他出于胆怯拒绝了，尽管他很想尝尝这些带龙涎香的上等烟卷——多半是俄国货，他看到它们都整齐地码放在烟盒里。

"是的，我很高兴您能过来。我之前还担心您会因为备考分不开身呢。哪天考试？"

"笔试在十天之内。不过我现在的复习量没那么大了。我感觉自己已经准备好了，主要是担心到了考场上太疲劳。"

"那从现在开始您会拒绝干点别的事情吗？"

"不会……要是约束性不太强的话。"

"我正要告诉您为什么请您过来。首先是出于与您重逢的欣喜。那天晚上，在中场休息的时候，剧院的休息室里，我们粗略地聊过几句……您当时跟我说的那些话让我非常感兴趣。您多半不记得了吧？"

"记得，记得。"奥利维耶说道，他以为自己当时只说了一些蠢话。

"不过今天，我有一些具体的事情要跟您说说……我想您应该认识一个叫作杜梅尔的犹太人吧？他不是您的同学吗？"

"我刚和他分开。"

"啊！你们经常见面吗？"

"是的，我们会在卢浮宫再碰头一次，谈论一本杂志，他应该是主编。"

罗贝尔不自然地大笑起来：

"啊！啊！啊！主编……他真行！动作真快……他真是

这么和您说的吗？"

"很久以前他就跟我谈过了。"

"是啊，这件事我确实想了挺长时间。有一天我偶然间问他，愿不愿意和我一起看稿子，他立马就自称当上主编了。我随他去说，然后……他就是这样的，您不觉得吗？什么人啊！他需要被人稍微教训教训……您真的不抽一根吗？"

"还是抽吧，"这次奥利维耶接受了，"谢谢。"

"请允许我告诉您，奥利维耶……您愿意让我称呼您奥利维耶吗？我没法把您当成'先生'对待，您实在太年轻了，而我和您兄长文森的关系又太过于密切，没法用莫利尼耶这个姓氏称呼您。好吧，奥利维耶，请允许我告诉您，我对您品味的信任要比对杜梅尔阁下[1]的高得多。您愿意担任文学方面的负责人吗？当然会稍稍接受一点我的监督，最起码在刚开始的时候。不过我倾向于自己的名字不要出现在杂志封面上。理由以后再跟您解释……您也许想来一杯波特酒[2]，嗯？我有特别棒的。"

他伸手从一个小餐柜里拿出一瓶酒和两只酒杯，一一

---

1 原文此处在北非阿拉伯语中是对男性的尊称，但在二十世纪初的法语中带有贬义。
2 波特酒：产自葡萄牙北部的甜葡萄酒。

倒满。

"那么，您觉得如何？"

"的确好极了。"

"我跟您说的不是波特酒，"罗贝尔笑着抗议道，"是我刚才跟您说的那件事。"

奥利维耶之前装作没听懂，他担心答应得太快，把内心的喜悦暴露得太多。他的脸有点红，结结巴巴含糊地说道：

"我的考试不允许我……"

"您刚才还跟我说考试方面的事情已经不太让您操心了，"罗贝尔打断了他的话头，"而且杂志也不是立刻面世。我甚至在想是不是把创刊号推迟到开学时出版更好一些。不管怎么说，您必须早做打算。十月份之前必须把最初几期的稿件全部备齐。这个夏天我们需要经常见面，讨论这些内容。您这个假期打算做点什么？"

"喔！我也不太清楚。我父母大概会去诺曼底，就像往年夏天一样。"

"您非得陪着他们吗？他们会同意让您稍微脱开点身吗？"

"我母亲不会同意的。"

"今天晚上我要和您哥哥共进晚餐，您允许我跟他谈谈这件事吗？"

"喔！文森，他不跟我们一起去。"接着，意识到这句话答非所问，他又加了一句，"而且这根本毫无用处。"

"不过，要是找到一些合适的理由应付你母亲呢？"

奥利维耶没有回话。他温柔地爱着他的母亲，罗贝尔话里话外的嘲讽语调令他不快。罗贝尔明白自己有点交浅言深了。

"嗨，您欣赏我的波特酒，"他岔开了话题，"想要再来一杯吗？"

"不，不，谢谢……但确实棒极了。"

"是的，那天晚上，您的判断之成熟稳妥就让我大为惊奇。您不打算从事批评工作吗？"

"不。"

"写诗？我知道您写诗。"

奥利维耶的脸又红了。

"是的，您的兄长把您出卖了。您多半认识不少可以随时合作的年轻人……这本杂志必须成为年轻人重整旗鼓的平台。这就是它存在的理由。我想让您帮我起草一份传单兼宣言，在其中指出一些新趋势，不必过于详细——我们以后再商量——需要挑选两三个形容词，不必用生造的新词，一些用了很久的旧词也可以，我们赋予其全新的涵义，强制加以规定。福楼拜[1]之后，就有了'匀称和谐的、带节奏的'；勒孔特·德·利尔[2]之后，就有了'古板庄重的、决定性的'……瞧瞧，您觉得'生机勃勃的'怎么样，嗯？……'无意识的、生机勃勃的'……不好吗？'基础的、坚固的、生机勃勃的'怎么样？[3]"

"我相信我们还可以找到更恰当的词汇。"奥利维耶鼓起勇气说道。他微笑着，看上去并不十分赞同。

"来吧，再喝一杯波特酒……"

"别倒太满，我求您了。"

"您看，象征派[4]的巨大弱点，就是仅仅带来了一种美学观念。所有的重要流派，除了带来某种新风格，还会带来某种新伦理、新规则、新菜品，以及全新的观察方式，理解爱

---

1 居斯塔夫·福楼拜（1821 — 1880）：法国著名作家，写作时字斟句酌，对词句语音语调方面产生的文学效果极其看重。

2 勒孔特·德·利尔（1818 — 1894）：十九世纪法国著名诗人，巴那斯派代表人物之一，诗作词句严整，强调无我的中立与崇高。

3 纪德在这里借帕萨凡的话影射了二十世纪头二十年在法国文学界流行的达达主义与超现实主义，它们都对文学中的无意识与生命力提出了本质性的要求。纪德本人曾经在超现实主义杂志《文学》创刊号上发表《新的食粮》片段，可以视为一种"基础的、坚固的、生机勃勃的"艺术。

4 法国象征派：盛行于十九世纪末，最初是一个诗歌流派，继而延伸到了绘画、音乐等领域，强调神秘而不可言喻的美学感受，大力探索生命中的朦胧隐晦。

情的方式和为人处世的方式。至于象征派，简单明了：它在生活中完全无所作为，它不试图理解生活，它否认生活，对生活不理不睬。这简直荒唐，不觉得吗？这是一群没有食欲的人，甚至都不贪食。不像我们这些人……嗯？"

奥利维耶已经喝完了他的第二杯波特酒，抽完了他的第二根香烟。他半闭着眼睛，半躺在舒适的扶手椅中，一声不吭，轻轻点头以示赞同。这时候，门铃响了，一位男仆几乎立刻走了进来，递给罗贝尔一张名片。罗贝尔接过名片，扫了一眼，把它放在书桌上靠近手边的地方。

"很好。请他等一会儿。"男仆出去了。"听着，我的小奥利维耶，我很喜欢您，我相信我们可以相处得非常融洽。不过现在有个人我必须去接待一下，他非要跟我单独会面。"

奥利维耶站起身。

"我带您从花园出去，如果您允许的话……啊！趁我还想得起来，您愿意拿一本我的新书吗？我这里刚好有一本用荷兰纸印刷的样书……"

"我并没有等到您送给我才去读。"奥利维耶说道。他并不是非常喜欢帕萨凡的著作，所以尽量既不谄媚又讨人喜欢地蒙混过关。帕萨凡是否无意间从这句话的语调中发觉了某种微妙的鄙夷呢？他迅速接上了话头：

"喔！不必绞尽脑汁跟我谈这些。要是您告诉我您喜欢这本书，我就不得不怀疑您的品味或者诚意了。不，我比任何人都更清楚这本书的缺点。我写得太快了。说真的，我写这本书的时候，从头到尾都在想着我的下一本书。啊！那本书我倒是挺看重，非常看重。您等着瞧，等着瞧……抱歉了，现在我非得请您离开我不可了……除非……不行，不行，我们之间的互相了解还不够深，而且您的父母肯定在等您吃晚饭。好了，再见吧！不久后再会……我会把您的名字写在书上的。抱歉了。"

他站起身，走到书桌边上。当他弯腰提笔时，奥利维耶往前跨了一步，用余光扫了一眼男仆刚刚送来的名片：

维克托·斯特鲁维乌

这个名字对他毫无意义。

帕萨凡把《单杠》的样书递给奥利维耶，当奥利维耶准备念赠言的时候，他说：

"您晚点再看吧。"

帕萨凡一边说话，一边把书塞到对方腋下。

一直走到街上，奥利维耶方才得以了解，这段手写题词是从书里摘录的，被帕萨凡伯爵当成赠言的替代品抄写了下来：

行行好，奥兰多 [1]，再走几步。

我还不是非常确定自己胆敢完全理解您的意思。

他在下面加了一句：

致奥利维耶·莫利尼耶

他预定的友人

罗贝尔·德·帕萨凡伯爵

这段模棱两可的题词让奥利维耶陷入了沉思。不过归根到底，他想怎么阐释都是他的自由。

奥利维耶到家时，爱德华刚刚从那里离开，他等得不耐烦了。

---

1 奥兰多：出自两部文学作品。其一是莎士比亚的喜剧《皆大欢喜》。在剧中，奥兰多是已故罗兰爵士的幼子，他的长兄奥利弗（Oliver，对应法语中的"奥利维耶"）没有遵守父亲的遗嘱好好照顾奥兰多，而且为了不让后者继承遗产，安排他进行比武，引发了诸多变故。在经历了一系列事件之后，兄弟二人冰释前嫌。第二部作品则是意大利诗人阿里奥斯托的代表作《疯狂的奥兰多》，描写了查理曼大帝率军抵抗入侵的故事。在书中，奥兰多有一位战友名叫"奥利维耶罗"（Oliviero，亦对应法语中的"奥利维耶"）。

十六　文森与格里菲斯夫人

文森的实证修养阻止他相信超现实现象，这为魔鬼带来了巨大的好处。他并不从正面攻击文森，而是以迂回鬼祟的方式加以挑衅。他的技巧之一，就在于哄骗我们把自身的弱点当成胜利。由于天性善良，文森不得不强迫自己硬挺着对劳拉表现得冷酷无情。这么做促使文森认为，他对待劳拉的方式意味着自己的意志战胜了诸多情感本能。

为了仔细观察文森的性格在这段插曲中的演变过程，我将其分成了几个不同阶段。我打算将其一一点明，以方便读者理解：

一、动机善良期。意识到自己需要弥补过错。就花钱来说，在道德方面有义务把双亲好不容易节省下来供其事业起步的钱财用到劳拉身上。这难道不是自我牺牲吗？这种动机难道不得体、不慷慨、不仁慈吗？

二、焦虑期。顾虑重重，怀疑这笔钱到底够不够用。当魔鬼用赢钱的可能性引诱文森之时，他不是已经准备屈服了吗？

三、灵魂的坚贞与毅力。在把那笔钱输光之后，需要感觉到自己"超越逆境"。正是这种"灵魂的毅力"让他向劳拉承认自己赌博失利，并且趁此时机与劳拉决裂。

四、放弃善良的动机。为了让他的行为合理化，文森认为必须发明一种全新的伦理，在其闪烁的微光下把昔日的善良动机视为骗局。因为他依旧是一个道德生物，魔鬼要战胜他，只能向他提供一系列令其信服的理由。内在性理论、瞬间整体性理论，以及关于快乐无动机、无延迟、无理由的理论。

五、赢家的陶醉。蔑视审慎。称王称霸。

从此刻开始，魔鬼已经赢下一局。

从此刻开始，自以为最自由洒脱的生灵，已经变成了为魔鬼服务的工具。而在文森把自己的弟弟交到帕萨凡这个魔鬼的走狗手中之前，魔鬼是不会消停的。

但是，文森并不是坏人。无论如何，这一切并不称他的心意，令他局促不安。还可以再补充几句：

我相信，人们把摩耶[1]五光十色的全部奥秘称作"异域风情"，在它面前我们的灵魂感到独在异乡，被剥夺了种种依凭。有时某种德行会加以抗拒，于是魔鬼在发起进攻之前，便先换个新环境。若非他们身处全新的天空之下，远离他们的父母，远离他们往昔的回忆，远离那些一直支撑着他们为人处世的信念，劳拉多半不会以身相许，文森也不会试图偷香窃玉。大概当时在他们看来，波城发生的这场爱恋，再也无关大局了……可说的还有很多，不过上述内容已经足以让我们对文森做出更准确的解读了。

在莉莉安身边，他同样因为环境改变而感觉不自在。

"别笑我，莉莉安。"同一天晚上他对她说道，"我知道你不会理解我，但我却需要把你当成理解我的样子来跟你说话，因为从今以后我已经不可能把你从我的脑海中摘出去了。"

莉莉安躺在一张低矮的长沙发上，文森半倚在她脚边，充满爱意地把脑袋靠在他情妇的膝头，并由她深情款款地抚摸着。

"今天早上令我感到担心的……对，也许那种感觉是

---

1 摩耶：源自梵语，意为"幻"，在印度哲学中被解释为在真实现象世界中创造宇宙幻景的强大力量。

恐惧。你能暂且保持严肃吗？为了理解我，您能否暂时忘掉——不是忘掉你相信的内容，因为你什么也不信，而恰恰是忘掉你不相信的一切呢？我也一样，我什么都不信，你对此心知肚明。我相信自己再也不信任何东西了，再也不信任何东西了——除了我们俩，除了你，除了我，除了让我能够待在你身边，除了多亏你让我成为……"

"罗贝尔七点钟过来。"莉莉安打断了他的话头，"这不是为了催你，不过要是你不能说快点，那么等到你开始说得'渐入佳境'时，刚好会被他打断。因为我猜想你在他面前宁愿闭嘴。你今天居然觉得必须这么小心翼翼，这真令人好奇。你看起来就像个盲人，想往什么地方伸脚，都要先用拐杖碰一下。你看我一直保持严肃。你为什么没信心呢？"

"自从认识你以来，我就信心十足，"文森接过话来，"我觉得自己能做很多事情，而且你看，我无往不利。但恰恰是这一点让我感到惊恐。不，你别说话……我想了一整天你今早跟我讲的勃艮第号沉没的事情，还有那些想要爬上救生艇的人被砍掉的一只只手。在我看来，有什么东西想要爬进我坐的救生艇——为了让你理解我的意思，我就借用一下你的意象——而我想阻止它上来……"

"你想让我帮你把它淹死，老懦夫！"

他没有看她，继续说道：

"我把它推开，但我听见了它的声音……一种你从来没听过的声音，而我童年时代听到过……"

"这种声音在说什么？你没胆子复述。这不令我惊讶。我打赌那里面有不少教理问答吧，嗯？"

"但是莉莉安，理解我吧！对我来说摆脱这些念头的唯一办法，就是把它们告诉你。如果你为此发笑，那我只能一个人存在心里，这迟早会把我毒死。"

"那就说吧。"莉莉安一脸迁就地说道。随后，由于他一言不发，而且稚气地把额头藏在莉莉安裙底，她又说道："快点！你在等什么？"

她揪住他的头发，逼他抬头：

"他还真把这当真了，好家伙！他的脸全白了。听着，我的小家伙，你要是想当小孩，在我这里完全行不通，应该去向往一些自己想要的东西。还有，你知道，我不喜欢那些弄虚作假的人。你想要把人拉上你的救生艇，你偷偷摸摸地干，那就是在做手脚。我很愿意陪你赌，但要赌得坦荡。我提醒你：这是为了让你成功。我相信你可以出人头地。我在你身上感觉到了一种巨大的智慧与力量。我想帮你。有很多女人只会搞砸她们心爱之人的前程，而我想要反过来。你已经跟我谈到过，你想放弃行医，去从事自然科学方面的工作。你当时为自己没有足够的金钱感到懊恼……首先，你刚刚赢了钱，五万法郎，这已经挺算回事了。不过你要答应我以后再也不赌钱才行。我把该用的款项全都交给你处置，条件是如果有人说你被包养了，你有能力对此不屑一顾。"

文森站了起来，走到窗户边上。莉莉安继续说道：

"首先，为了跟劳拉彻底了断，我觉得可以把你之前答应下来的五千法郎给她送过去。现在你有钱了，为什么不信守诺言呢？难道要让你感觉自己对她犯下的过错罪加一等吗？这我完全欣赏不来。我痛恨卑鄙下流。你不知道怎么干净利落地把手砍断。等这件事做完了，我们就去最有利于你工作的地方消夏。你跟我说起过罗斯科夫[1]，但我更喜欢摩纳哥[2]，因为我认得亲王[3]，他可以把我们带去海上旅行并且让你去他的研究所工作。"

文森一言不发。他不乐意告诉莉莉安，在和她重聚之前，他去过劳拉无比绝望地等待他的那间旅馆，许久之后他才把这件事跟莉莉安描述了一遍。他关心的是终于感觉自己偿清了情债，便提前在一个信封里塞进劳拉已经不再指望拿

---

1 罗斯科夫：法国西北部滨海城市，为法国重要港口。1872 年当地建成了世界上最早的海洋生物研究所。
2 摩纳哥：濒临地中海的微型城邦国家。
3 亲王：指摩纳哥亲王阿尔贝一世（1848 — 1922），1889 年至 1922 年在位，知名海洋生物学家，1906 年在巴黎出资设立海洋科学研究所。

到的五千法郎。他把信封交给一个服务生，自己在门厅等候，认定服务生一定会空手而归。没过多久，服务生从楼上下来，将其原封退回——劳拉在信封上写道："太迟了。"

莉莉安按了按铃，让人把她的大衣取来，等女仆出去之后说道：

"啊！在他没来之前，我想告诉你：如果罗贝尔建议你用五万法郎做一笔投资，别信他的。他非常富有，但总缺钱花。你瞧，我感觉听到他的汽车喇叭声了。他提前了半个小时来，这样更好……关于我们刚才说的……"

"我来早了，"罗贝尔边往房间里走边说道，"因为我想到去凡尔赛 [1] 用晚餐挺有意思的。合你们的意吗？"

"不，"格里菲斯夫人说道，"那些蓄水池令我厌烦。还是去朗布依埃 [2] 吧。时间来得及。我们在那里吃得差一点，但可以聊得更痛快。我想让文森跟你讲点关于鱼类的故事。他在这方面了解不少令人惊奇的事情。我不知道他说的是真是假，却比世界上最好看的小说更加有趣。"

"这也许并不是小说家的意见。"文森说道。

---

1 凡尔赛：位于巴黎城西南约二十公里，以凡尔赛宫闻名。
2 朗布依埃：位于凡尔赛西南约三十公里，是一个森林环绕的小镇。

罗贝尔·德·帕萨凡手里拿着一张晚报:

"你们知道布吕涅尔刚刚被任命为司法部办公室主任了吗?这对您父亲来说是授勋的好机会。"他边说边向文森转过身,后者耸了耸肩。

"我亲爱的文森,"帕萨凡继续说道,"请允许我告诉您,如果您不求他帮这个小忙——他会非常快乐地拒绝您——那您就大大得罪他了。"

"何不从您求他为您自己授勋开始呢?"文森反驳道。

罗贝尔不自然地撇了撇嘴。

"不,至于我嘛,我没什么好为献殷勤而脸红的,哪怕是把系带系在扣眼上[1]。"接着,他转向莉莉安,"您知道,现如今,到了四十岁既没有梅毒又没有勋章的人实在少有!"

莉莉安微笑着耸了耸肩:

"为了说句漂亮话,他倒是愿意老上几岁!说吧,这是您下一本大作中的引文吗?夜里凉……你们下楼吧,我穿上大衣就去跟你们会合。"

"我之前还以为您再也不愿意见到他了。"文森在楼梯上

---

1 法国政府颁发的荣誉军团勋章的系带是红色的,佩戴时系在扣眼处。此处指授勋仪式。

问罗贝尔。

"谁？布吕涅尔？"

"您觉得他那么蠢……"

"亲爱的朋友，"帕萨凡看到格里菲斯夫人过来了，希望她也听到，便在一级台阶上停了下来，挡住文森抬起的脚步，不慌不忙地回复道，"您要知道，我有不少朋友，只要交谈时间稍微长一点，就会给我留下愚蠢的明证。他只是其中之一。我向您保证，布吕涅尔经受住考验的时间比很多人长。"

"也许比我长吧？"文森说道。

"这并不妨碍我依旧是您最好的朋友，您看得很清楚。"

"在巴黎人们就把这种话称作'机智'。"跟他们会合的莉莉安说道，"注意了，罗贝尔，没有任何东西比它凋谢得更快。"

"亲爱的，放心吧，文字只有印刷出来才会枯萎褪色。"

他们在车里找位置坐下，然后扬长而去。他们的对话间依旧充斥着敏捷才思，在此我也无须赘述了。他们在一家旅馆的露台上开席，正对着一座夜幕中遍布阴影的花园。趁着夜色，他们的谈话渐渐沉重起来，在莉莉安与罗贝尔的推动下，最终只剩文森在讲话。

十七　朗布依埃夜话

罗贝尔说："如果我对人类没那么感兴趣的话，我就会对动物更感兴趣。"

文森回应道："也许您以为人和动物的差别过大。其实动物饲养学领域的伟大发现都会在关于人类的认知方面产生反响。这一切都是相辅相成的。我认为，一个以心理学者自居的小说家，如果对自然界的景象视若无睹，对自然规律一无所知，那就一定会吞下苦果。您借我看过龚古尔兄弟[1]的《日记》，我偶然间在其中读到了一段关于参观巴黎植物园自

---

1 龚古尔兄弟：爱德蒙·德·龚古尔（1822 — 1896）与朱尔·德·龚古尔（1830 — 1870），法国小说家，著有二十余卷《龚古尔兄弟日记》传世。

然史陈列室的叙述，您那两位不讨喜的作者哀叹大自然或者仁慈的上帝缺乏想象力。这种可怜的亵渎显示出他们自身微末才智的愚蠢与理解力的匮乏。恰恰相反，自然界的变化何其丰富！大自然似乎逐一尝试过生存和移动的各种方式，运用过物质及其法则许可的一切。在古生物学的某些演化过程中逐渐抛弃不合理、不雅观的部分，这蕴含着多大的教益啊！某些形态得以存续又是多么精简啊！注视着它们，便为我解释了其他形态何以遭到抛弃。甚至植物学也可以给予我们教导。

"当我观察一根树枝时，我注意到，在每一片树叶与枝条的夹角处，都庇护着一棵嫩芽，让它有能力在来年生长出来。而当我发现，在那么多嫩芽中，最多只有两棵发育起来，而且正是由于它们的成长，其余的嫩芽全都萎缩了，我就不由自主地想到，对于人类而言也同样如此。自然发育起来的嫩芽永远是顶芽——也就是与家族主干距离最远的那些。只有靠修剪或者把枝条弓形弯曲，令浆液倒流，才能激活那些在主干附近沉睡的胚芽。人们就用这样的手段让出芽最缓慢的芽种结出果实——要是任其随意生长，多半只会光长树叶。啊！一个果园、一座花园是多么卓越的学堂啊！做一名园艺师常常会成为多么优秀的教育家啊！只要稍稍学会观察，那么，相信我，从一个家禽饲养场，一间犬舍，一个鱼缸，一片养兔子的林地或者一个畜栏里学到的东西，要比从书本甚至人类社会中学到的更多，人类社会的一切或多或少带有矫饰。"

然后文森谈到了选种。他陈述了育种者获取最佳苗种的传统手段：挑选最茁壮的样品，以及一个大胆的育种者异想天开的实验。他由于痛恨常规，甚至几乎可以说是出于挑衅，反而无所顾忌地挑选出最虚弱的个体，结果得到了无与伦比的繁花。

罗贝尔原本预计内容很无聊，一开始只用一只耳朵在听，这时候却聚精会神起来。他的专注令莉莉安欣喜，仿佛是对她情人的一份敬意。

她对文森说道："你应该和我们说说你那天跟我描述的那些鱼类，以及它们对于海水盐度的适应过程……是这样没错吧？"

"除了某些区域，"文森接过话头，"盐度几乎是恒定的。海洋生物通常只能承受非常微弱的浓度变化。而我当时提到的那些区域也不是生命禁区。这些区域受制于强烈的蒸发，含水量减少了，而有些区域则正好相反，不断注入的淡水稀释了盐分，也就是说把海水冲淡了——它们往往毗邻大江大河的入海口，或者接近那种被称作'湾流'的庞大海流。在这些区域，那些所谓的'狭盐性'生物就变得萎靡不振、奄奄一息。由于它们那时已经无力抵抗各种'广盐性'生物，就不可避免地变成了后者的战利品。'广盐性'生物更喜欢生活在洋流边缘，在那里，由于海水浓度的变化，'狭盐性'生物会跑过来送死。你们已经听明白了对吧，狭盐的始终只能承受同样的盐度，而广盐的……"

"都是些百无禁忌[1]的。"罗贝尔插话道。他总是把一切观点都和自己联系起来，而且在某种理论中只考虑自己用得上的内容。

"它们中的大多数都很凶残。"文森严肃地补充了一句。

"我就跟你说这可以和任何小说相媲美。"莉莉安兴奋地嚷道。

文森仿佛变了个人，对自己的成功无动于衷。他异常严肃，自言自语般用一种更低沉的语调说道：

"最近这段时间最惊人的发现——至少是让我获益最大的发现——则是深海动物的发光器官。"

"喔！跟我们讲讲。"莉莉安说道，任由她的烟卷熄灭，刚刚端上来的冰激凌也化掉了。

"你们多半都知道，日光无法穿透海水太深。海底深处

---

[1] 百无禁忌：本意是"脱盐的"，与"广盐性"有一些联系，这里引申为"放肆、毫无顾忌"，一语双关。

一片黢黑……很久以来人们都以为那无边的深渊是生命禁区。后来，有人尝试进行捕捞作业，从这片冥府中带回来一大堆奇怪的生物。当时人们都以为这些生物是瞎的，在黑暗中它要视觉何用呢？很显然，它们根本没长眼睛，也不会长，不该长。然而经过一番观察和验证之后，人们惊愕地发现其中某些生物是长眼睛的，而且几乎都长了眼睛，甚至有一部分在眼睛之外还长了极其敏感的触须。人们还想提出质疑，为此惊叹不已：既然什么都看不见，为什么要长眼睛？这么敏感的眼睛，到底对什么敏感呢？……最终人们发现，这些被人最初硬说成是一团漆黑的生物，其实每一个都在头顶或者身体周围放送并投射自身的光芒。它们中的每一个都在发光，在点亮，在照射。夜间，把它们从海底带回来，倒在甲板上的时候，夜色完全被它们闪得炫目缭乱。那是游移的、颤抖的、五光十色的火焰，是旋转的灯塔，是闪烁的星辰，是珠光宝气——那些亲眼见识过的人都说那种光华无与伦比。"

文森住口了。他们很长时间都没有说话。

"回去吧，我冷了。"莉莉安突然说道。

莉莉安夫人坐在副驾，借窗玻璃稍稍挡挡风。在敞篷车后座上，两位男士在继续聊着天。罗贝尔几乎在整个晚餐期间都保持沉默，听文森高谈阔论，现在轮到他了。

"我的老文森，像我们这种鱼，到了平静的水域就会奄奄一息。"他拍着朋友的肩膀说道。他允许自己对文森不拘小节，却受不了对方这样对待他。不过文森并没有这种倾向。"您要知道，我觉得您令人吃惊！您这个演讲人做得真到位！说真的，您应该放弃从医。我实在看不出您开泻药、陪病人的样子。一个比较生物学方面的教职或者诸如此类的工作，才是您应该做的……"

"我已经想过了。"文森说道。

"莉莉安应该能在这方面帮到您，让她的朋友摩纳哥亲王对您的研究产生兴趣。我相信，他是内行……我必须跟她谈谈这件事。"

"她已经跟我提过了。"

"那很显然我没办法帮上您的忙了吗？"他装出苦恼的神色，"我倒是恰好有一件事需要请您帮忙。"

"那就轮到我报答您了。您以为我健忘吧？"

"什么！您还在想那五千法郎吗？亲爱的，您已经还清了！您对我什么都不欠了……也许除了一点友情。"他把一只手搭在文森肩头，用近乎温柔的语气加了一句，"正是为此我才提出了请求。"

"我洗耳恭听。"文森说道。

不过帕萨凡立刻惊叫起来，硬是把他自己的焦躁推到文森身上。

"您真急啊！从这里到巴黎，我估计我们还有时间。"

帕萨凡尤其擅长让别人来承受他自己的恶劣情绪以及他宁可否认的一切。接着，他假装离题万里，就像那些钓鳟鱼的人一样，由于担心吓跑了猎物，就把饵料抛得很远，然后不易察觉地拖拽回来：

"对了，我要感谢您为我引荐您的弟弟。我之前还担心您忘记了。"

文森做了一个手势。罗贝尔继续说道：

"之后您还见过他吗？……没时间，嗯？……而您甚至连会面内容都不问问我，这倒是挺稀奇。说到底，这对您来说根本无所谓。您对您弟弟毫无兴趣。奥利维耶的思考和感受，他的现状和理想，您对这些事情从来都不关心……"

"这是责备吗？"

"当然是了。我对您的这份麻木既不理解，也不接受。当您在波城生病时，还说得过去，您只有义务考虑您自己，私心本就是治疗的一部分。但是现在……什么！您在自己身边拥有这个激情四射的年轻人，这个正在觉醒的聪明人，他前程远大，就盼着一个建议，一个倚靠……"

在这一刻，帕萨凡忘记了自己同样有一个弟弟。

不过文森根本不傻，这种宣泄之夸张提醒他其实质并不真诚，这份怒火其实别有用心。他一言不发，等待下文。但罗贝尔干脆地闭嘴了。文森抽着烟，微光下，罗贝尔无意中发觉对方嘴角有奇怪的皱纹，他以为从中看出了反讽，而他对嘲讽的畏惧甚于世间的一切。是这个原因让他改变了语调吗？我扪心自问，在他和文森之间，是不是更像突然产生了某种默契的直觉……于是他装作无比自然地继续说下去，摆出了一副"对您根本不需要伪装"的样子：

"好吧！我和年轻的奥利维耶谈得无比投机。这个小伙子实在让我欢喜。"

帕萨凡尽力捕捉文森的目光（夜色不算太深），但后者一动不动地凝视着前方。

"我亲爱的莫利尼耶，我想请您帮的就是这点小忙……"

不过，话说到这里，他又觉得需要来点停顿，以此表明暂时脱离他的角色，就像一个善于掌控观众的演员一样，想对自己和观众证明这一点。于是他把身子朝前靠向莉莉安，仿佛是为了突出他前言后语中的隐秘一样，用非常高亢的嗓音说道：

"亲爱的朋友，您确定自己没着凉吧？我们这里有一条毛毯完全用不上……"

不等对方回答，他便缩到汽车后座上，紧挨着文森，重新换成低沉的语气说道：

"是这样，今年夏天我想把你弟弟带走。是的，我直截了当地告诉您这件事。我们之间有什么好绕弯子的呢？我并未有幸结识您的双亲，如果您不去积极斡旋，他们当然不会放奥利维耶跟我走。您多半能够找出办法让他们合我的意。我估计您对他们了如指掌，必然懂得如何加以笼络。这件事您愿意为我做吗？"

他静候了片刻，然后，由于文森一声不吭，他又继续说道：

"听着，文森……不久后我就要离开巴黎了……去哪里我还没想好。我绝对需要带上一位秘书同行……您知道我创办了一份杂志。我和奥利维耶谈起过。他在我眼中拥有一切必要的素养……不过我不想让自己仅仅从自私自利的角度看问题，我认为，他身上的全部才能对我来说都可以在这里找到用武之地。我建议他担任主编一职……以他的年纪，担任一份杂志的主编！您得承认这非同寻常。"

"这太不寻常了，我担心这会有点吓到我父母。"文森终于把目光转了过来，直勾勾地盯着对方说道。

"是的，您应该是对的。也许不提这件事更好。您可以仅仅着重指出我带他出去旅行的好处和益处，嗯？您的父母应该明白，以他的年纪，正需要饱览大好河山。总之，您和他们谈得拢，对吧？"

他吸了口气，新点了一支香烟，然后继续用之前的语气说道：

"既然您乐意示好，那我也尽力为您做点事情。有人建议我参与一笔绝对少有的生意，我相信可以给您带来一些收益……我的一个朋友，银行高层，把它预留给了几个特权人物。不过我恳请您，这件事你知我知，一个字都不要和莉莉安提。无论如何，我持有的股份非常有限，我没法提供给你们两位同时认购……您昨晚的五万法郎？"

"我已经有安排了。"文森略有些冷淡地说道，因为他想起了莉莉安的警告。

"也好，也好……"罗贝尔立刻接上话头，仿佛有点生气，"我并不坚持。"接着他又用"我不会怪您"的神情说道："如果您改变主意了，赶紧告诉我……因为，过了明天五点，就太迟了。"

自从文森不把帕萨凡伯爵当回事儿之后，对方就愈发欣赏他了。

十八 爱德华日记：再访拉佩鲁斯

爱德华日记

两点

我的手提箱丢了。这样也好。除了日记，箱子里的任何东西我都不在意。不过我实在太看重那本日记了。说到底，这个意外引起了我的兴致。在此期间，我很想把稿件弄回来。到底谁会念呢？……也许，自从丢失之后，我就把它们的重要性夸大了。那本日记写到我出发前往英国为止。到那里之后我把一切都记在了另一本册子里。现在我已经回到法国了，就把英国用的那本丢开了。至于我现在使用的这个新本子，我会把它放在口袋里须臾不离。它是我随身携带的一面镜子。无论遇到什么事情，如果我没有看到它映在镜子里，它对我来说就没有真正存在过。但自从我回来以后，我感觉自己一直在梦境中摇摆。和奥利维耶进行的那场谈话真令人难堪！在我预想中它本应是那么快乐……他可能也和我一样不满意吧——对他自己、对我都同样不满意。我再也不知道该怎么说话了，哎！也不知道怎么让对方开口。啊！当最简短的字句牵动整个人五体投地的赞同时，表达起来是多么困难！心灵一旦参与其中，就会让头脑麻痹并瘫痪。

七点

我的手提箱找到了，或者至少找到了那个把它取走的人。他是奥利维耶最亲密的朋友。这在我们之间编织出一张大网，如何收口完全取决于我。危险之处在于，任何意外之事都会让我觉得妙趣横生，导致我忽视原本想要达到的目的。

与劳拉重逢。我想要予人恩惠的欲望一旦夹杂一点困难，一旦必须对惯例、庸常、习俗加以反抗，就会随之剧增。

拜访拉佩鲁斯老爹。给我开门的是拉佩鲁斯夫人。我已经有两年多没见过她了，她却立刻把我认了出来（我不认为他们接待的访客很多）。而且，她的变化很小，不过（是不是因为我对她有了成见），她的脸部线条显得更加冷酷，目光更加刻薄，微笑也比任何时候更加虚伪。

"我担心拉佩鲁斯先生不方便接待您。"她当即对我说道，很显然想要独占我。然后，她利用自己的耳聋，不等我提问便回答说：

"不，不，您完全没打扰我。进来吧。"

她把我带进拉佩鲁斯平时授课的那个房间，屋内的两扇窗户对着庭院开着。我刚走进去，她便说道：

"能跟您单独谈一会儿让我特别高兴。我了解您对拉佩鲁斯先生年深日久的忠实友情，他的状态让我非常担心。他听您的话，您能否劝他珍重呢？至于我，跟他唠叨任何东西，都像是在对牛弹琴。"

然后她就开始了无休止的责难：老头子拒绝好好保养，单纯就是为了折磨她。不该做的事情他统统都做；该做的一件都不做。一年四季他都要出门，却从来不同意戴条围巾。开饭的时候他拒绝进食，"先生不饿"，她也不知道到底应该发明什么去刺激他的食欲；但到了夜里，他又重新从床上爬起来，把厨房弄得乱七八糟，不知道到底要弄什么吃的。

这一切必然不是老太太编出来的。透过她的叙述，我明白了，这些细小而无辜的举动，经过阐释却偏偏带有一种咄咄逼人的意味，而现实投射在这颗狭隘大脑的内壁上的阴影何其深重。而在老头这方面，他难道没有曲解老太太的种种关心和照顾吗？她以为自己是个殉难者，却被他当成了刽子手。我拒绝去评判他们、理解他们，或者说，就像通常发生的情况那样，我越理解他们，对他们的判断就越克制。只剩下这样一个事实：两个曾经在生活中彼此依恋的人，现在却给对方造成了极其强烈的痛苦。我常常发现，夫妻之间，某一个人性格方面最微小的凸起也会在对方身上酿出不可容忍的怒火，因为"共同生活"使得这个凸起处始终摩擦同一个位置。如果这种摩擦是彼此相互的，那么婚姻生活就会成为一片地狱。

在她系着黑色束带的假发下面，她苍白的面部线条愈发冷峻，瘦小的手指像爪子一样从黑色长款露指手套里伸出来——拉佩鲁斯夫人长得就像个鹰身女妖[1]。

"他总指责我窥探他。"她继续说道,"他整天都要睡很久,但到了夜里,他装模作样地躺下,等到我以为他完全睡着的时候,又重新爬起来,在故纸堆里乱翻,有时候一边哭,一边念他兄弟当年情绪激昂的信件直至天明。他想让我忍受这一切,一个字也别说!"

然后她又抱怨老头子想把她送进养老院,还补充了一句:更让她难堪的是,他根本没法独立生活,根本少不了她的照顾。这一切都是用一种怜悯的语调说出来的,散发着虚伪的味道。

当她继续诉苦时,客厅的门在她身后悄悄打开了,拉佩鲁斯走了进来,而她对此毫无察觉。在他配偶说出最后几句话的时候,他一边看着我,一边嘲讽地微笑起来,用一只手撑住前额,意思是她已经疯了。然后,带着一股子急躁甚至粗暴——我以前根本不相信他会这样,这似乎坐实了老太太的指责(但这同样是因为他必须起个调门让她听见):

"够了,夫人!您必须明白您的喋喋不休令这位先

---

1 鹰身女妖:古希腊神话中的妖怪,长着女性的头颅,秃鹫的身体、翅膀和利爪。

生厌烦。我朋友过来拜访的可不是您。让我们单独待会儿吧。"

于是老太太抗议说她坐的扶手椅是属于她的，她不会离开它。

"既然如此，"拉佩鲁斯冷笑着说道，"如果您允许的话，就由我们离开好了。"接着他朝我转过身，用一种无比温和的语气说道：

"来吧，让她自己待在那儿。"

我尴尬地打了个招呼，跟着他走进了隔壁房间，就是上次他接待我的那一间。

"我很高兴您可以听听她的话。"他对我说道，"好嘛！她一天到晚都像这样。"

他走过去把窗户关上。

"伴着街上的喧嚣声，什么都听不见。我总是花时间去关这些窗子，而拉佩鲁斯夫人就花时间去把它们重新打开。她非要说自己呼吸困难，总是夸大其词。她拒不承认室外比室内更热。可我在那里挂了一个小温度计，每当我指给她看的时候，她就跟我说数字什么都证明不了。她明知道自己错了却还想占着理。对她而言最重要的事情就是妨碍我。"

在他说话期间，他自己的心态在我看来也不是非常平和。他滔滔不绝，神色愈发激动：

"她在生活里干的所有错事全都怨我。她的判断全是错的。所以，您瞧，我会让您想明白的：您知道，外界的图像传递到我们大脑中的时候都是反过来的，某种神经器官会把它们重新摆正。好吧，拉佩鲁斯夫人没有这种矫正器官。在她脑子里，一切依然是反的。您判断一下这是不是很难忍受。"

他显然通过这番表述得到了某种宽慰，所以我避免打断他。他继续说道：

"拉佩鲁斯夫人总是吃得太多。好吧，她非要说吃得太多的人是我。刚才，要是她看到我拿着一块巧克力（那是我的主食），她就会嘀咕：'整天都在啃！'她在监视我。她指责我夜里起床偷吃东西，因为有一天她发现我正在厨房里煮一杯朱古力……您想让我怎么办呢？在餐桌上看到她坐在我对面，整个人钻进一盘盘菜里的样子，我的食欲就被完全夺走了。结果她非说是我难以相处，想要折磨她。"

他停顿了一下，陷入了某种抒情冲动：

"我真敬佩她对我的那些谴责！比如，当她坐骨神经痛的时候，我对她表示同情。她耸耸肩让我打住：'别装好心！'不管我做什么、说什么，都是为了让她受苦。"

　　我们原本都坐着。但他站起身，旋即又坐下，被某种病态的不安折磨着：

　　"您能想象吗，在每个房间里面，有些家具是她的，有些家具是我的？刚才您已经看见她和她那把扶手椅了。钟点工做家务的时候，她会跟对方说：'不，这件是先生的，别碰。'有一天，我不小心把一本乐谱放在了一张属于她的小圆桌上，夫人就把它往地上扔。四角都摔坏了……喔！这种事再也不会延续多久了……不过，您听着……"

　　他抓住我的胳膊，把声音放低：

　　"我主意已定。她不断恐吓我：'要是你继续如何如何，我就去养老院避难。'我已经单独留出了一笔钱，应该足以支付她在圣佩林医院[1]的食宿费用——大家都说那里条件最好。我现在依然在教的那几门课也几乎带来不了什么进项，过不了多久我的收入就要见底了。到时候我就不得不动用这笔钱了，我不想这样做。于是我下定决心……就在三个多月后执行。是的，我已经把日期标好了。一想到之后的每一个小时都让我更加靠近那一刻，

_____

1 圣佩林医院：位于巴黎十六区的公立医院，以诊断老年病闻名。

我就能体会到巨大的安慰。您要是能感同身受就好了。"

他之前就朝我靠过来，这会儿靠得更近了：

"我还另外安排了一笔年金。喔！不是什么大钱，但我没法弄来更多了。拉佩鲁斯夫人对此一无所知。它被我放在了写字台的文件格中，一个写着您名字的信封里，里面还有一些必要的说明文件。我能够指望您帮帮我吗？我对这些事务一窍不通。不过有个曾经跟我交流过的公证人告诉我，这笔年金可以直接汇给我孙子直到他成年，到时候他就可以开始合法支配这笔钱了。我想请您督促落实这件事，这对您的友情要求应该不算太过分吧。我实在不信任那些公证人！……甚至，如果您想让我安心的话，就答应过会儿把这个信封带走吧……对，就这样吧？我去给您找来。"

他习惯性地迈着碎步跑了出去，回来的时候手里拿着一个大信封。

"请您原谅我之前把它粘上了，这是为了走个形式。拿着。"

我瞥了一眼，在我的姓名下方看到一行花体字：在我死后开启。

"赶紧把它放到您口袋里，这样我就知道它彻底安全了。谢谢！啊！我等您好久了！"

在这样庄严的瞬间，我常常体会到，在我身上，一切人类情绪都会让位于某种近乎神秘的灵魂附体，某种让自己整个人都感觉崇高起来的狂喜，或者更确切地说，超脱各种自私的联系，就像是把自己剥离出来，去除个性。没有体会过这种感觉的人必定很难理解我的意思。但我感到拉佩鲁斯对此心知肚明。我的任何保证都是多余的，在我眼里都显得不合时宜，于是我仅仅满足于用力握住他留在我手中的手掌。他的双眼闪烁着奇异的光芒。在另一只刚才握着信封的手中，他还留着一张纸条：

　　"我在这里写了他的住址，因为现在我已经知道他在哪儿了。萨斯费[1]，您认识这个地方吗？在瑞士。我查了地图，但没有找到。"

　　"我认识，"我说道，"是马特洪峰[2]附近的一个小村庄。"

　　"那地方很远吗？"

　　"也许还没远到我没法过去。"

　　"什么！您准备去一趟？喔！您真是个好人。"他

---

1 萨斯费：瑞士南部山间村落。

2 马特洪峰：阿尔卑斯山脉最著名的山峰之一，位于瑞士南部与意大利交界处。马特洪峰是德语的叫法，法语中为"Cervin"。

说道，"我实在太老了。而且由于他母亲的缘故我也没法过去……不过我感觉自己……"他犹豫了，寻找着合适的词句，接着继续说道，"感觉自己但凡能看他一眼，就能走得更轻松吧。"

"我可怜的朋友……为了把他带到您面前，一切力所能及的事情，我都会去做……您会见到小鲍里斯的，我向您保证。"

"谢谢……谢谢……"

他抽搐着把我抱在怀中。

"不过请答应我不要再去想……"

"喔！那是另一回事。"他粗暴地打断了我。为了阻止我继续往下说，他立即转移我的注意力：

"您试想一下，有一天，一个老学生的母亲想要带我去剧院看戏！大概有一个月了。那是法兰西大剧院的下午场。我已经二十多年没有踏进演出大厅了。上演的是维克多·雨果[1]的《艾那尼》[2]。您了解吗？看起来演得

---

1 维克多·雨果（1802－1885）：法国著名诗人、剧作家、小说家，法国浪漫主义文学代表人物。
2《艾那尼》：雨果创作的著名戏剧，1830年在法兰西大剧院首演，引发了古典主义者与浪漫派之间的激烈冲突，文学史上将其称为"艾那尼之战"。《艾那尼》的上演标志着浪漫主义文学在戏剧领域的亮相。

非常好。所有人都入迷了。对我而言，我受的苦难以言喻。要不是受礼节约束，我根本待不下去……我们当时坐在包厢里。我的朋友们努力让我平静下来。我真想质问那些观众：喔！怎么能这样？怎么能这样？"

一开始我没有搞清楚他指的是什么，便问道：

"您觉得那些演员非常可恨吗？"

"当然。他们怎么敢把这么无耻的东西搬上舞台呢？而观众们都在鼓掌！大厅里还有许多孩子，父母明明知道是这个剧本还把他们带过来……简直骇人听闻。而它竟然出现在国家资助的剧院里！"

这位卓越之士的怒火令我忍俊不禁。此时我几乎要笑出来了。我提出异议说，戏剧艺术不能少了情欲描写。他便反驳道，情欲描写必然是一个不适当的例子。争论就这样持续了一段时间。由于我把这种哀婉动人之事比作交响乐团中铜管乐器的爆发：

"比如，在贝多芬[1]的某部交响曲中引入长号，您就很赞赏……"

---

1 路德维希·凡·贝多芬（1770 — 1827）：德国著名作曲家。他在《第五交响曲》（命运）、《第六交响曲》（田园）和《第九交响曲》（合唱）中引入了长号。

"我根本不赞赏引入长号。"他情绪无比激动地叫嚷起来，"为什么您想让我去赞赏那种让我心神不宁的东西呢？"

他全身都在颤抖。语气怒火中烧，几乎带着敌意。这令我大吃一惊，似乎也令他自己感到诧异，因为他再次开口时换了一种更加平静的语气：

"您注意到了吗，现代音乐的全部努力，就是把某些我们最开始认为不协调的和弦变得可堪忍受甚至讨人喜欢？"

"正是如此，"我回应道，"一切最终都应该通向并归于和谐。"

"和谐？"他耸了耸肩重复了一遍，"我在这其中仅仅看到对恶与罪孽上了瘾。感性迟钝了，纯洁褪色了，反应衰弱了，大家只管容忍、接受……"

"按您的说法，大家甚至再也不敢给孩子断奶了。"

但他不理会我，继续往下说：

"要是我们能够恢复青年时代的不妥协，那么最让我们愤怒的就是现在已经变成的样子。"

时间太晚了，没法让我们展开一场神学论争了。我试着把他重新引回正题：

"不过您不打算把音乐缩减为怡然心态的唯一表达

方式吗？在这种情况下，单单一个和弦就足够了——一个不间断的完美和弦。"

他握住我的双手，仿佛出神一般，眼神迷失在某种礼赞之中，一连重复了好几遍：

"一个不间断的完美和弦，对，这是它，一个不间断的完美和弦……"然后悲伤地加了一句，"但是我们的整个宇宙都在受不协调折磨。"

我向他道别。他陪我走到门口，在拥抱我的时候嘴里依然喃喃自语：

"啊！好好等到和弦解决[1]吧！"

---

1 和弦解决：音乐术语，指将不协和和弦变为协和和弦。

第二卷　萨斯费

Deuxième partie Saas-Fée

一　贝尔纳写给奥利维耶的信

贝尔纳致奥利维耶

星期一

亲爱的老友：

　　首先我要告诉你，我不参加会考了。等到你在考场上没见到我的时候多半也会明白的。我准备十月份再考。一个独一无二的出行机会摆在了我面前，我扑了上去，对此毫无悔意。当时必须立刻做出决定，我没时间多想，甚至连和你道别的时间都没有。关于这一点，我有责任向你转达我的旅伴由于出发前没能和你再会而感到的种种遗憾。你知道是谁把我带走的吗？你已经猜到了……是爱德华，你大名鼎鼎的舅舅，我在他抵达巴黎那天晚上遇到了他，时机相当奇特、相当惊人，以后我会详细跟你讲。不过这次历险涉及的方方面面都不同寻常，回想起来头就发晕。甚至今天我都没法相信这是真的，还不敢相信现在给你写这些话的人就是我自己，正和爱德华一起待在瑞士……好吧，还是应该把前因后果都告诉你，不过看完一定要把信撕了，把一切都留在你心里。

试想一下，那个被你的哥哥文森抛弃的可怜女性，就是某天夜里你听见她在你房间门口哭泣的那位（你当时没有为她开门真是傻透了，请允许我这么跟你说），碰巧是爱德华的一位挚友，维德尔的亲女儿，你的朋友阿尔芒的姐姐。我本不该把这一切告诉你，因为这涉及一名女性的名誉，但如果我不跟任何人说，又闷得要死……我再强调一遍：把这一切都留在你心里。你已经知道，她当时刚刚结婚；你也许知道，她婚后没多久就病倒了，于是去南方疗养。就是在那里，在波城，她结识了文森。这些事情可能你都知道了。不过你不知道的是，这次艳遇还有不少下文。是的，老兄！你那位该死的笨拙的兄长跟她造了个孩子。她怀着身孕回到巴黎，不敢在她父母面前重新露面，更没胆子回到丈夫家里去。然而，你哥哥却抛弃了她，个中情况你已经知道了。我避免跟你评头论足，但有一点可以告诉你，劳拉·杜维耶没有对他指责或者抱怨一个字。相反，为了给他的行为找借口，她编造出她能够想到的一切理由。总之，这是个极好的女人，天性十分高尚。还有一个显然同样非常好的人，就是爱德华。由于她既不知道自己该做什么，也不清楚可以去哪儿，他便提议把她带到瑞士去。同时他建议我一路相陪，因为考虑到他对她只有一腔友情，与她单独出行也让爱德华感到颇为拘束。所以我们就三个人一起上路了。这一切都是在片刻间决定的，时间刚好够他收拾并且帮我置办行装（你知道我两手空空地离开了家）。你简直没法想象当时在那种情况下爱德华的体贴。还有，他自始至终都在不断向我声明，是我帮了他的忙。是的，老兄，你没骗我：你舅舅真是个了不起的人物。

旅行相当辛苦，因为劳拉非常疲劳，她的身体状况（她已经怀胎三月了）需要无微不至的关怀，而我们最终决定前往的地点（具体原因跟你解释起来实在太占篇幅）通行相当不易。何况劳拉拒绝谨慎行事，经常把事情复杂化，非得由别人强迫她不可。她总是把这种话挂在嘴边：要是遇上了事故就是最幸运的事情。你想象得出我们如何对她细心照料。啊！我的朋友，这个女人真令人钦佩！我感觉自己和认识她以前相比已经判若两人，我再也不敢表达某些念头，而是约束心中的某些冲动，因为我会为自己配不上她而感到羞愧。是的，真是这样，在她身边，就好像被强迫着高尚地思考一样。这并不妨碍我们三人之间谈笑自如，因为劳拉一点也不假正经——我们无话不谈，不过我向你保证，在她面前，有一大堆东西我再也不想拿来开玩笑了，它们如今在我眼中显得非常严肃。

你一定以为我爱上她了。好吧！老兄，你没有弄错。这简直疯了，不是吗？你看，我爱上了一个怀着身孕的女人，而且我当然很尊重她，连用指尖碰她一下都不敢。你看我并没有变成浪荡子……

当我们历经千辛万苦抵达萨斯费（由于汽车无法直达，我们便为劳拉弄了一顶轿子），旅馆却只能给我们提供两个房间：一间双床大房和一个小间。我们在老板面前商定由我住那个小间——因为为了隐瞒身份，劳拉冒充爱德华的妻子。不过每天夜里劳拉都睡小房间，而我则去爱德华那间找他。每天早上为了骗过那些用人都要挪移一番。所幸两个房间是连通的，这让事情变得简单了一些。

我们在这里已经待了六天。我没有早点给你写信，是因为最开始我实在晕头转向，必须先把自己安顿好。直到现在我才开始镇定下来。

爱德华和我已经在山里进行了几次小小的远足，非常有意思。但说实在话，这地方并不是很让我喜欢，爱德华也有同感。他觉得这里的风景"过于浮夸"，这个评价一针见血。

这地方最让人感到心旷神怡的就是我们每天呼吸的空气——一种纯净的空气，净化你的肺叶。我们不愿让劳拉一个人待太长时间，因为毋庸讳言她没法陪我们同行。旅馆里的社交圈子相当有趣。各国人都有。我们尤其和一位波兰女医生多有来往，她带着女儿还有一个别人托付给她的小男孩在这里度假。我们一路来到此地就是为了找到这个男孩。他患有某种神经疾病，那位女医生正在使用一种全新的方法对他进行治疗。这实在是个非常讨喜的小家伙，但对他最有益的，是他疯狂迷恋着医生的女儿。后者比他年长几岁，是我生平所见最漂亮的女孩。他们从早到晚形影不离。他们待在一起乖巧无比，以至于没有任何人想要打趣他们。

我没干多少正事，自从动身以来连一本书都没翻过，不过想了很多。爱德华的谈吐引人注目。他很少和我直接交流，尽管表面上他把我当成秘书看待。但我经常听他跟别人闲聊，尤其是劳拉，他喜欢跟她讲述他的种种计划。你无法意识到这对我究竟有多少好处。有些日子我思量着应该做些笔记，但我相信自己全都牢记在心了。有些日子我会热切地企盼你也在，我心想应该待在这里的人是你才对。不过对于发生在我身上的这些事情，我既不会感到遗憾，也不期望发生丝毫改变。最起码，请你记住，我没有忘记幸亏有你我才得以结识爱德华，没有忘记我的幸福归功于你。等到你我重逢之日，我相信你会发现我变了，但我始终是你的朋友，这份友谊不会变浅，只会比任何时候更加深切。

星期三

又及：我们刚刚长途跋涉回来，攀登了阿拉兰山峰[1]——向导和我们绑在同一条安全绳上，冰川、绝壁、雪崩等。我们睡在一间高山小屋里，四周白雪皑皑，和其他游客挤成一团，不用说，我们一夜未曾合眼。第二

---

1 阿拉兰山峰：位于瑞士南部，毗邻萨斯费。

天，在黎明前启程……好吧！老兄，我再也不跟你说瑞士的坏话了：当我们站在山巅，视线中失去了一切耕地、一切植被、一切令人回想起人类之贪婪与愚蠢的事物时，就很想高歌、大笑、哭泣、飞翔，想要一头扎进长空或者双膝跪倒。我拥抱你。

贝尔纳

　　贝尔纳太憨厚、太淳朴、太纯洁，他对奥利维耶的认识太不充分，料想不到这封信将在后者身上掀起种种丑恶情感的波澜：一场混杂着怨恨、绝望与愤怒的海啸。奥利维耶感到自己同时在贝尔纳和爱德华心中被人取代了。他这两位朋友之间的友谊把他的友情排挤了出去。贝尔纳信中的一句话尤其令他痛苦——要是贝尔纳预料到奥利维耶有可能从中读出的内容，他就绝对不会把它写上了："睡在同一间房里。"他反复念叨着——可憎的嫉妒之蛇在他心中伸展、扭动。"他们睡在同一间房里！"有什么画面是他没有立刻想到的呢？他的脑海中充斥着龌龊的念头，而他甚至没有试图把它们驱逐出去。他并不格外嫉妒爱德华或贝尔纳，他嫉妒他们俩。他轮流或者同时想到这两个人，对他们一并感到艳羡。他在中午收到了这封信件。"啊！原来如此……"整个下午他一直在反复念叨这句话。这天晚上，地狱中的魔鬼盘踞在他心头。第二天早上他便冲向了罗贝尔家。帕萨凡伯爵正在等他。

二 爱德华日记：小鲍里斯

爱德华日记

　　我不费吹灰之力便找到了小鲍里斯。在我们抵达第二天，他就被人带到了旅馆的露台上，开始用一台安装在主轴上的望远镜眺望远山，那是专门为游客架设的。我立刻把他认了出来。一个比他稍高些的小女孩不久后便跟鲍里斯会合。我就坐在旁边，坐在落地窗敞开的客厅里，没有错过他们对话的一字一句。我很想跟他谈谈，但我相信先和小姑娘的母亲进行接触更加谨慎。她是一位波兰女医生，鲍里斯就被托付给她照顾，由她近距离看护。小布洛妮娅可爱之极，她十五岁左右，金色的浓发梳成辫子，一直垂到腰间，目光与嗓音更像天使而非人类。我记下这两个孩子之间的对话：

"鲍里斯，妈妈希望我们最好别碰望远镜。你不想过来散散步吗？"

"是的，我很愿意。不，我不愿意。"

两句彼此矛盾的话被一口气说了出来。布洛妮娅只记住了第二句，便问道：

"为什么？"

"天气太热，天气太冷。"（他已经离开了望远镜。）

"好啦，鲍里斯，听话。你知道我们一块儿出门会让妈妈高兴的。你把帽子放哪儿了？"

"Vibroskomenopatof. Blaf blaf."

"这话什么意思？"

"什么意思都没有。"

"那你为什么说啊？"

"为了让你听不懂。"

"要是这话根本不表达任何意思，那我听不懂也就无所谓了。"

"但要是它旨在表达点什么，你还是听不懂。"

"说话就是为了让别人理解自己。"

"你想不想我们自己埋头造几个词，只有我们两个人懂它们的意思？"

"你得先努力把法语说好。"

"我妈妈，她会说法语、英语、罗马语[1]、俄语、土耳其语、波兰语、意大利语[2]、西班牙语、秘鲁语[3]、西西图语[4]。"

像处于一种充满激情的狂热状态中，这一切从鲍里斯嘴里脱口而出。

布洛妮娅笑了起来：

"鲍里斯，为什么你总是在讲一些虚假的事情呢？"

"为什么你从来都不相信我跟你讲的事情呢？"

"当你跟我讲的话是真的，我就信。"

"你怎么知道什么时候是真的？有一天你跟我谈到天使，我就深信不疑。你说，布洛妮娅，如果我非常努力地祈祷，你觉得我也能看见天使吗？"

---

1 此处原文为"romain"，意为"古罗马人"，鲍里斯在这里有可能想说的是"罗马尼亚语"（roumain）。

2 此处原文为"italoscope"，是鲍里斯想当然生造出的新词，从词根"italo"判断他想表达的应该是"意大利语"。

3 此处原文为"perruquoi"，是鲍里斯想当然生造出的新词。其词根应该与南美国家秘鲁（pérou）有关，但秘鲁人使用的是其实是秘鲁西班牙语。

4 此处原文为"xixitou"，是鲍里斯想当然生造出的新词，应该是一种臆想出来的语言，表现出鲍里斯充满幻想的精神状态。

"要是你改掉说谎的习惯并且上帝确实愿意给你展示的话，也许就能看到了。不过如果你只是为了看见天使而祈祷，那么上帝是不会给你展示的。如果我们没那么坏，我们就会看到很多非常美好的东西。"

"布洛妮娅，你不坏，所以你能看见天使。而我永远是个坏人。"

"为什么你不努力争取不再做坏人呢？你愿意一起去（这里提到了一个我不认识的地名）吗？在那里，我们俩一起向上帝和圣母祷告，求他们帮助你不再做坏人。"

"是的，不是。听着：我们去弄一根棍子，你抓一头，我抓另一头。我会把眼睛闭上，我答应你等我们到了那里我再把眼睛睁开。"

他们跑远了一点。当他们走下露台的层层台阶时，我还能听见鲍里斯的声音：

"是的，不是，别拿那一头。等我把它擦干净。"

"为什么？"

"我碰过了。"

索弗洛妮丝卡女士朝我走了过来，当时我刚刚独自吃完早餐，恰好在找办法跟她搭讪。我惊讶地看到她在手中握着我的新作，她一边用最和气的方式微笑，一边问我，她此刻有幸交谈的是否就是这本书的作者，然后立刻对我的著作大加赞许了一番。她的判断、夸奖与批评，在我看来比我一贯听到的内容更加高明，尽管她的观点完全与文学无关。她告诉我，她几乎只对心理学问题以及有朝一日可以照亮人类全新灵魂的话题感兴趣。不过她加了一句："那些深知绝不能满足于某种现成心理的诗人、剧作家或者小说家实在太少了。"（而我对她说，唯一能让读者满意的就是这种现成的心理。）

小鲍里斯被他母亲托付给她过暑假。我尽量避免透露自己对他感兴趣的真实原因。"他非常柔弱，"索弗洛妮丝卡女士对我说道，"他母亲的社交圈对他毫无益处。她先前说要和我们一起来萨斯费，但我不同意照顾这个孩子，除非她把孩子完全交给我，否则我的疗法无法生效。"

"您想想，先生，"她继续说道，"她令这个小家伙保持一种持续不断的亢奋状态，这只会促使他身上出现最糟糕的神经错乱。自从孩子的父亲去世之后，这位女士就必须挣钱养家。她仅仅是个钢琴家而已——我必须说她是一位无与伦比的演奏者，但她过于精妙的演奏难以取悦粗俗的观众。她终于决定在音乐会和赌场中献艺，登台演出。她把鲍里斯带进了她的化妆间。我认为，这种剧院里的做作氛围大大助长了孩子的精神失常。他母亲很爱他，但是说真的，要是他再也不跟她生活在一起，反倒比较合适。"

"他到底得了什么病？"我问道。

她笑了起来：

"您想要知道的是疾病名称吗？啊！等我告诉您一个漂亮的学名，您就大功告成了。"

"只要告诉我他在忍受哪种病痛就行了。"

"他在忍受一大堆抽搐、躁狂和小紊乱之苦，这就意味着他是一个神经质的孩子。通常的治疗手段就是在室外休养并且注意卫生。可以肯定，一个健壮的机体是不会放纵这些紊乱滋生的。不过，即使体质虚弱有助于此，也不是根本原因。我认为，诱发这些病症的根源始终可以在一个人由于某个事件而受到的初次打击中找到，重要的便是发现这一事件。当病人意识到这个原因时，他就好了一半了。不过绝大多数时候这个原因都从他的记忆中溜走了，可谓隐藏在疾病的阴影之中，而我就在这个掩体背后寻找它，把它带回朗朗天光之下——我的意思是置于视域之内。我相信一道明澈的目光会把意识打扫干净，就像一缕阳光可以净化污水一样。"

我跟索弗洛妮丝卡讲述了昨天晚上偶然听到的谈话，根据其中的内容，我认为鲍里斯离痊愈还远着呢。

　　"这也是因为，对于鲍里斯过往的生活，我还远远没有认识到自己需要了解的一切。我的这种疗法不久之前才刚刚开始。"

　　"具体包括哪些方面？"

　　"喔！就是单纯让他开口说话。每天我都在他身边待上一两个小时。我问他问题，不过问得很少。重点在于赢得他的信赖。我已经知道了挺多东西，正在揣测很多别的事情。不过小家伙依然在抵抗，他怕羞。要是我太急切、太咄咄逼人，要是我想粗暴地对待他的信任，那么结果一定会和我原本期望得到的那种言听计从背道而驰。他会抗拒的。但凡我未能战胜他的谨慎和腼腆……"

　　她和我谈到的这种调查方式在我看来实在有害，以至于我难以忍住奋起抗议的冲动。不过我的好奇心占了上风：

　　"这是否意味着，您在等这个小家伙透露一些不道德的事情？"

　　"不道德？这里头再也没有什么不道德之事了，只有诊疗而已。我需要把一切都弄清楚，尤其是那些最想隐瞒下来的内容。我必须引导鲍里斯坦承一切。在此之前我没法治好他。"

"所以您猜测他有事情要向您坦白吗？请原谅我的冒昧，您是否确定，没有对他暗示您想让他承认的内容？"

"这种担忧必须常怀在心，正是它教导我要慢慢来。我见过一些笨拙的预审法官无意中向某个孩子提到一份子虚乌有的证据，结果孩子在审讯压力之下，无比真诚地撒起谎来，令各种虚构的罪行都变得可信了。我的职责是让一切自然地发生，尤其是不做任何暗示。这需要非凡的耐心。"

"我认为，方法在这里的价值完全取决于实施者的价值。"

"我不敢说这话。我向您保证，在实践一段时间之后，就可以掌握某种惊人的技巧、某种预见——您更喜欢的话也可以称之为直觉。再说有时候我们也会误入歧途，重点在于不要固执己见。您瞧，您知道我们的每一次谈话都是如何开头的吗？鲍里斯一开始总会跟我讲述他夜里的梦。"

"谁告诉您他没有瞎编呢？"

"就算他瞎编又怎么样呢？病态想象力臆造的一切都可以说明问题。"

　　她沉默了一会儿，接着继续说道：

　　"臆造，病态想象力……不！不是这样的。词语歪曲了我们的意思。在我面前，鲍里斯总是一边做梦一边大声说话。他同意每天早上花上一小时时间处在那种半睡半醒的状态，此刻大脑中提供给我们的种种意象逃脱了我们理性的支配。它们相互汇聚、结合，不再根据通常的逻辑，而是依照出乎意料的相似性。尤其是它们回应了一种神秘的内在需求，而这正是我必须揭露的内容。所以一个孩子的这些胡言乱语教给我的东西远远多于对这些话题最关注的人做出的最聪明的分析。有许多东西都逃脱了理性。如果有人想要理解生活，却仅仅动用他的理性，那就像一个人想用火钳抓住火焰，在他面前只会留下一截木炭，旋即便停止燃烧。"

　　她又一次住口了，开始翻阅我那本书。

　　"你们对人类灵魂的了解真浅薄啊！"她叫了起来，接着突然笑着加了一句，"喔！我不是特意指您，当我说'你们'[1]的时候，我的意思是'小说家们'。你们笔

---

1 "您"和"你们"在法语中都是"vous"。

下的大多数人物看起来都建在木桩上，他们既没有地基，也没有地下层。我真心认为在诗人笔下能够找到更多真理。一切仅凭智力创造出来的东西都是假货。不过我在这里谈论的都是和我自己无关的内容……您知道鲍里斯身上令我迷失方向的是什么吗？就是我相信他非常纯洁。"

"您为什么说这令您迷失方向呢？"

"因为这样我就再也不知道去哪里寻找疾病的来源了。十有八九我们都会在根源处发现某种紊乱，类似某种可耻的重大秘密。"

"也许在每个人身上都找得到，"我说道，"不过它没有让我们所有人都得病。感谢上帝。"

就在这时，索弗洛妮丝卡女士站了起来，她刚刚看到布洛妮娅从窗前经过。她指着女儿对我说道：

"瞧，这才是鲍里斯真正的医生。她在找我，我得离开您了。不过我还会和您再见的，不是吗？"

我充分理解索弗洛妮丝卡指责小说没有给她带来任何收获，但这其中，有某些艺术方面的理由，某些至高的理由被她遗漏了。这让我想到，一个优秀的博物学者并不能成为一个好小说家。

我把劳拉介绍给了索弗洛妮丝卡女士。她们看起来颇为投缘，对此我很高兴。当我知道她们在一起闲谈时，孤身离去也就没那么多顾虑了。我感到遗憾的是贝尔纳在这里找不到任何同龄玩伴，不过最起码他要准备会考，这每天都要占据他好几个小时。于是我得以继续投入到自己的小说创作之中。

三 爱德华阐述其小说理念

虽然最开始看上去挺好的，爱德华与贝尔纳像人们说的那样"已经尽力了"，两人之间的关系却始终不温不火。劳拉同样感觉不太满意。她怎么会满意呢？种种境遇逼迫她接受一个与其天性相悖的角色，她的诚实正直令她难堪。就像那些温顺深情的女性一样，她们将会成为最忠贞的配偶，但也需要各种礼仪习俗作为支撑，一旦它们被打破便感到力气全失。在她看来她在爱德华面前的处境日益变得虚假。尤其令她感到痛苦的，令她的思想只要在这件事上稍作停留就变得难以忍受的，就是自己在靠这位保护人养活，或者更确切地说，自己无以为报；或者再精准一点：爱德华没有对她要求任何回报，而她感觉自己已经准备好向他献出一切了。蒙田[1]曾经引用塔西佗[2]的话说："只有在有能力偿清的情况下，恩惠才讨人喜欢。"这话多半只对那些灵魂高贵者有效，而劳拉当然属于这类人。她愿意给予，却在不断接受，这就让她对爱德华生气。

还有，当她回忆往事时，她觉得爱德华欺骗了自己，一边唤醒她至今依然感到难以消除的爱意，一边又避之不及，令这份爱失去了用武之地。她犯下的种种过错：顺从爱德华的建议与杜维耶结婚，紧接着放纵自己受春情煽动，这一切的隐秘动机难道不都源自于此吗？因为，她必须承认，在文森怀中，她寻找的依然是爱德华。由于无法理解所爱之人的冷漠，她就自以为需要为此负责，心想要是自己更漂亮或者更果断，就有可能把他拿下。由于对他恨不起来，她就指责自己、贬损自己，否定自身的一切价值，消灭自身存在的理由，再也不承认自己有什么德行。

还要加上一点，这种东歇西宿的生活是由于房间的安排而被强加进来的，可能对她的同伴而言颇为有趣，却大大损

---

1 米歇尔·德·蒙田（1533 — 1592）：法国作家，有名作《随笔集》存世。他曾在《随笔集》第三卷第八章中引用过塔西佗的这段话。

2 普布利乌斯·科尔奈利乌斯·塔西佗（约 55 — 约 120）：罗马帝国执政官、历史学家。这段引文出自其《编年史》第四卷第十八章。

伤了她的羞耻心。她看不到这种处境有任何出路，但又难以为继。

只有在面对贝尔纳时臆想出一些教母或者长姐的新职责，劳拉才能感到一丝慰藉和愉悦。她灵敏地感觉到了这位翩翩少年对她抱有的崇拜之情。这份爱慕以她为对象，抑制了她自轻自贱的倾向——这种恶感有可能把最优柔寡断之人引向使用极端的解决手段[1]。每天早晨，当贝尔纳没有在黎明前去山间徒步时（因为他喜欢早起），他就在她身边待上整整两个小时念英语。十月份需要参加会考成了一个便利的借口。

他的秘书职务实在谈不上占据了他多少时间。他的工作内容很不明确。当贝尔纳先前接受这个职位时，他已经幻想自己坐在一张工作台前，在爱德华口授下提笔疾书，誊清手稿。现实情况是爱德华什么也不口述；至于手稿，就算有，也始终锁在箱子里。一天中的任何时间，贝尔纳都可以自由行动。但由于他一心只想爱德华能多加利用自己尽力而为的工作热情，因此根本不太关心自己的假期，也完全不争取爱德华出于慷慨所带来的这种相当宽松的生活。他下定决心不要任由自己被种种顾虑束缚手脚。我不敢说他相信天意，但

---

1 暗指自杀。

最起码相信他的守护星，相信某种幸福是他应得的，就像空气之于呼吸它的肺叶一样。爱德华便是幸福的施予者，就像波舒哀眼中传递神性智慧的布道者一样。此外，贝尔纳认为现状只是一时的，他估量出自己具备满腹的才华，一旦兑现出来，有朝一日足以偿清对方的恩情。真正令他愤懑的，主要是爱德华根本没有求助于他的某些禀赋，他感到自己具有的这些才能，在爱德华身上却找不到。"他不知道如何善用我，"贝尔纳这样想道，他把自尊心强压下去，然后立刻冷静地加了一句，"算了。"

　　不过，爱德华和贝尔纳之间的隔阂从何而起呢？在我看来，贝尔纳是属于那种处于对立状态才能找到自信的人。他受不了爱德华对他产生的巨大影响力，于是在屈服之前奋起反击。而爱德华根本没想过让他服从，他感到对方脾气倔强，随时准备自卫或者做最起码的自我保护，所以也渐渐生了火气并觉得痛心。他终于怀疑起来，把这两个人带在身边是不是做了一件错事——在他看来，他们会聚一堂就是为了联手对付自己。他没有能力洞悉劳拉隐秘的情感，把对方的退缩和迟疑当成了冷淡。就算他看清楚了也会非常尴尬，劳拉对此心知肚明，所以她只会尽力去隐藏和保密那份受到轻视的爱情。

　　下午茶时间三个人通常都集中到那个大房间里。在他们的邀请下，索弗洛妮丝卡女士也常常加入进来，尤其是在鲍里斯与布洛妮娅出门散步的日子里。她任由孩子们自由行动，尽管他们年龄尚幼。她完全信任布洛妮娅，知道女孩非常谨慎，尤其是和鲍里斯在一起的时候。鲍里斯跟着她时也表现得特别听话。场地很安全，因为他们显然不会去山里冒险，甚至不会攀爬旅馆附近的峭壁。某天，两个孩子得到允许一路前往冰川脚下——只要不离开大路就行——索弗洛妮丝卡女士受邀参与茶会，并在贝尔纳与劳拉的怂恿下鼓起勇气请求爱德华跟他们谈谈自己未来的小说——如果这个话题没让他不舒服的话。

"完全不会，不过我没法跟你们细说。"

不过当劳拉问他"这本书像什么"（这个问题显然颇为笨拙）的时候，他看起来几乎动怒了。

"什么也不像！"他叫嚷起来，然后，他好像本就等着这种挑衅似的，立刻说道，"为什么要把别人在我之前做过的，或者我自己已经做过的，或者别人和我一样都能做出来的东西再做一遍呢？"

爱德华话一出口，就感到了言语的失礼、过分和荒谬——最起码，这些话在他看来失礼而荒谬，或者说至少他担心在贝尔纳的判断中会显得如此。

爱德华非常易怒。一旦有人跟他谈起他的工作，尤其是当有人让他讲讲自己的工作时，他就会被惹恼。

他一向十分蔑视作家惯有的自负，尽全力鞭策自己。不过他很乐意从他人的敬意中寻找自身谦逊品格的援军。少了这份敬意，谦逊便随即破产了。贝尔纳的尊重对他而言重要至极。爱德华出现在他面前任由自己的珀伽索斯[1]尥蹶子，是不是为了赢得这份尊重呢？这其实是失去它的最佳手段，爱德华对此一清二楚。他心里是这么想的，而且反复告诫自己。但是，无论下过何种决心，一站在贝尔纳面前，他的行为就和他原本想做的大相径庭，说话方式在他看来也立马荒谬起来（事实上的确如此）。这会让人想到他喜爱贝尔纳吗？不，我不认为。为了从我们脸上得到虚假的客套，和澎湃的爱意一样，一点点虚荣心足矣。

"难道因为在一切文学类型中，"爱德华侃侃而谈道，"小说依然最自由、最无法无天……也许就因为这个缘故，由于害怕这种自由（因为那些跟在自由后面叹气最频繁的艺术家，一旦得到自由，往往最惊慌失措），小说才总是如此胆怯地紧紧缠着现实吗？我并不单指法国小说。英国小说、俄国小说也一样，无论怎样逃脱约束，最后都会屈服于相似性。它面对的唯一进展，就是更加接近自然。小说从来不懂

---

1 珀伽索斯：古希腊神话中的带翼天马，后来成为诗歌灵感的象征。

得尼采[1]口中'绝妙的边缘侵蚀',不懂得与生活主动拉开距离,而正是这些东西促成了古希腊剧作家的作品或者十七世纪的法国悲剧风格。你们还知道有任何作品比它们更加完美、所包含的人性更加深刻的吗?恰恰因为深刻才有人性。它没有为表现出这一点或者最起码表现得真实而自鸣得意。它始终是一件艺术品。"

爱德华已经站了起来,由于严重担心自己像在讲课,便边倒茶边说,然后来回走动,又往茶杯里挤了点柠檬,不过还在滔滔不绝:

"因为巴尔扎克[2]是天才,又因为任何天才似乎都为自己的艺术提供某种决定性的唯一解答,大家便宣称,小说的本质就是'与户籍竞争'[3]。巴尔扎克构建了他的作品,却从来没有声称对小说进行了系统化处理。他那篇关于司汤达[4]的文

---

1 弗里德里希·尼采(1844 — 1900):德国著名哲学家。尼采在《偶像的黄昏》中提道:"我们在这里要摆脱一种成见——理想化并非如通常所认为的,在于抽掉或排除细枝末节。"尼采强调突出主干,爱德华的表述似乎与尼采的原意相反。

2 奥诺雷·德·巴尔扎克(1799 — 1850):法国著名小说家,被称为"现代法国小说之父"。著有《驴皮记》《人间喜剧》等。

3 语出巴尔扎克《人间喜剧》前言。

4 司汤达(1783 — 1842):本名亨利·贝尔,法国著名小说家。著有《红与黑》《阿尔芒斯》等。

章[1]就是明证。与户籍竞争！就好像人世间不曾有过足够多的丑男人和自大狂一样！我跟户籍有什么交道可打呢！身份就是我[2]，艺术家。不管是不是公民，我的作品都拒绝与任何事物竞争。"

爱德华激动起来，也许稍微做作了一点，于是又坐下了。他假装不去关注贝尔纳，其实每句话都是对他讲的。单独和他待在一起，自己什么话也说不出来，所以他颇为感谢两位女士的推动。

"有时候我觉得，在文学领域，没有任何东西像——比如说拉辛[3]笔下米特里达特和他儿子们的对话[4]——那样令我赞叹，而我们都完全清楚一位父亲永远不可能这样和儿子们讲话，但是（我本该说：正因如此）任何父子都可以从中认

---

1 这里指代的是巴尔扎克 1840 年发表的文章《关于贝尔先生的研究》。巴尔扎克在文中认为司汤达的长篇小说《巴马修道院》是"一部观念文学的杰作"，但也参考了"艺术的真正原理"。

2 法语中的"户籍"（état civil）可以直译为"公民身份"。爱德华将"户籍"拆成了"公民"（civil）和"身份"（état）两个词分别进行了论述。同时"état"一词还有"国家"的意思。法工路易十四曾经说过一句名言："朕即国家！"（L'état c'est moi，直译为"国家就是我"），爱德华在这里对这句名言进行了戏仿。

3 让－巴普蒂斯特·拉辛（1639—1699）：法国戏剧大师，与高乃依和莫里哀合称十七世纪最伟大的三位法国剧作家。

4 出自拉辛戏剧《米特里达特》。

出自己。在具体定位和详述之时再作限定。没有什么心理真相不是特殊的——这话很对，但没有什么艺术不是普遍的。整个问题恰恰都在这里，用特殊表达普遍，通过特殊令普遍得以表现出来。你们允许我把烟斗点上吗？"

"请便，请便。"索弗洛妮丝卡说道。

"好吧！我希望一本小说能像《阿达利》《伪君子》或者《西拿》[1]一样，既真切又远离现实，既特殊又普遍，既合乎人情又充满虚构。"

"那么……这部小说的主题是？"

"它没有主题，"爱德华粗暴地反驳道，"也许最令人震惊之处就在于此。我的小说没有主题。是的，我很清楚，我说的话听起来挺蠢。如果你们愿意的话，我们就说其中没有唯一的主题……'人生的一个切片'，自然主义者们这样说过。这个流派的重大缺陷，就在于他们始终从同一方向进行切片——从时间的长度方向。为什么不从宽度或者高度进行切向呢？对我来说，我根本不想切割。请你们理解我的意思：我想把一切都放进去，放进这本小说里，不在任何地方裁剪它的内容。一年多以来，我一直在推敲，自己遭遇的任

1《阿达利》《伪君子》《西拿》均为十七世纪的法国名剧，分别出自拉辛、莫里哀和高乃依（三人并称法国古典戏剧三杰）。

何事情，我都倒进去，都想装进去：我看见的、熟知的，还有从别人和自己的人生中习得的一切……"

"这一切都风格化了吗？"索弗洛妮丝卡装作极度关心的样子说道，语气中多半带了点讽刺。劳拉忍不住微笑起来。爱德华轻轻耸了耸肩，继续说道：

"但这依然不是我想写的。我想要的，是一方面描绘现实，另一方面呈现我刚刚跟你们提到的那种将现实风格化的努力。"

"我可怜的朋友，您会让您的读者们无聊死的。"劳拉说道。她再也无法隐藏自己的微笑了，便索性真的笑了起来。

"完全不会。你们要领会我的意思，为了达到这种效果，我虚构了一个小说家的角色，把他定为小说的中心人物。而这本书的主题，如果你们非得要一个的话，恰恰是现实提供给他的内容与他意图对现实进行的改造之间的搏斗。"

"对，对，我有点明白了，"索弗洛妮丝卡客气地说道，她快被劳拉的笑声感染了，"这本书有可能相当奇异。不过，您知道，在小说中呈现一些知识分子总是相当危险的。他们令公众厌烦。我们只会让他们说出一堆蠢话，他们会把某种抽象的氛围传染给任何与他们发生接触的事物。"

"而且之后会发生什么我看得非常清楚。"劳拉叫了起来，"在这位小说家身上，您除了描绘您自己外，什么也干不了。"

最近一段时间以来，每当与爱德华交谈时，她便会采用一种嘲弄的语调，连她自己都感到惊讶。而令爱德华更加无言以对的是，他在贝尔纳狡黠的目光中突然发现了某种回应。爱德华抗议道：

"不，我会注意把他写得非常不讨喜。"

劳拉的话被引出来了：

"就是这样！所有人都会从他身上把您认出来。"她说着便大笑起来，笑声如此坦率，把其他三个人也逗笑了。

"这本书的大纲已经拟好了吗？"索弗洛妮丝卡问道，同时竭力恢复严肃。

"当然没有。"

"什么！当然没有？"

"您得明白，对于一本这种类型的书来说，本质上根本不容许存在什么大纲。但凡我预先做出任何决定，书中的一切都会歪曲走样。我在等待现实给我指点。"

"但我原以为您想远离现实。"

"我笔下的小说家想要远离现实，而我则会把他不断重新引向现实。说真的，这就是全书的主题：在现实所提供的诸多事件与理想的现实之间发生的争斗。"

爱德华前言后语的不合逻辑显而易见，它们以一种令人难以忍受的方式出现。看起来似乎很清楚：在他的脑袋里，爱德华收容了两种无法调和的要求，殚精竭虑地想要协调二者。

索弗洛妮丝卡客气地问道："已经快写完了吧？"

"这取决于您对此怎么理解。说真的，关于这本书本身，我还一行没写。但我已经推敲了很多东西。我每天都在不断思考。我的工作方式非常特别，现在就告诉你们：每天我都在一本小册子上记录这部小说在我头脑中的状态——是的，这是我掌握的一种日记，就像为孩子记的日记一样……换句话说，我并不满足于解决问题，随着问题的提出，每一种困难（任何一件艺术品都只不过是一大堆接二连三的细微困难的解决办法之总和或者产物罢了）——这些困难中的每一种，我都加以揭露和研究。你们也可以这么想，这本小册子包含了对我这部小说的批评，或者更准确地说，对于普遍意义上的小说的批评。试想一下，如果狄更斯[1]或者巴尔扎克也拿着一本类似的小册子，会让我们多么感兴趣；要是我们拥有《情感教育》[2]或者《卡拉马佐夫兄弟》[3]的日记该多好！作

---

1 查尔斯·狄更斯（1812—1870）：英国著名小说家。著有《雾都孤儿》《双城记》《远大前程》等。
2《情感教育》：法国著名作家居斯塔夫·福楼拜1869年发表的小说名作。
3《卡拉马佐夫兄弟》：俄国著名作家费奥多尔·陀思妥耶夫斯基1880年发表的小说名作。

品的萌生过程及其创作经过！这一定引人入胜……比作品本身更加有趣……"

爱德华隐隐约约地期望有人请求他朗读这些笔记。但另外三个人却都没有表露出最起码的好奇心。取而代之的是劳拉用悲伤的语气说的话：

"我可怜的朋友，这部小说，我分明看出您永远写不出来。"

"好吧！我要对您说一件事，"爱德华狂躁地叫嚷起来，"我不在乎。是的，如果我写不出这本书，那就是因为书写经历比这书本身更令我感兴趣。这段经历将会占有属于它的一席之地，这样更好。"

"您难道不担心，当您脱离现实，您会迷失在一些极度抽象的领域，写出来的小说不是由活生生的人组成的，而是由一系列观念组成的吗？"索弗洛妮丝卡忧心忡忡地问道。

"那又怎么样！"爱德华用加倍的力气叫嚷道，"就因为几个笨蛋误入歧途，我们就非要谴责观念小说不可吗？以观念小说之名，别人至今为止只给我们提供了一些糟糕透顶的论文小说。但你们好好想想，这完全不是一回事。观念……我承认，观念比人更让我感兴趣，比任何东西都更让我感兴趣。观念是鲜活的，它在战斗，也会和人类一样奄奄一息。当然可以说，我们只有通过人类才能认识观念，就像去认识风的存在只能通过被它吹弯的芦苇一样。但无论如何，风比芦苇更加重要。"

"风的存在独立于芦苇。"贝尔纳冒昧地说道。

贝尔纳的发言让爱德华重新活跃起来，他已经等对方很久了。

"是的，我知道，观念只有通过人方可存在。不过，悲怆之处便在于：观念的存在以人为代价。"

贝尔纳全神贯注地听完了这一切。他是个怀疑主义者，而爱德华在他眼里几乎就是一个空想家。不过在最后的瞬间，爱德华的雄辩令他感动。在这种口才的冲击之下，他感觉自己的思想屈服了。不过贝尔纳心想，就像芦苇一样，轻风拂过很快便会重新挺立。他回想起课堂中教授过的内容：支配人类的是激情，而非观念。其间爱德华继续说道：

"你们要理解我，我想要写的东西类似于《赋格的艺术》[1]。我不明白为什么音乐中可行的东西到了文学里面就做不到……"

索弗洛妮丝卡对此提出反驳，认为音乐是一种数学般精

---

[1]《赋格的艺术》：巴赫最后的音乐作品，对复调音乐的对位法进行了极其深入的探索，在一个单一主题及其对位法的基础上进行了一系列复调音乐的创作。

确的艺术，而且，巴赫异乎寻常地独独针对音律进行思考，摈弃情感与人性，成功写出了一部充斥着无聊的抽象杰作，类似一座过于庞大的神殿，只有极少数熟悉内情之人能够深入其中。爱德华立即抗议说，他认为这座神殿令人惊叹，他在其中看到了巴赫毕生的成就高峰。

"在那之后，"劳拉补充了一句，"人们花了很长时间纠正赋格曲。人类的情感再也无法栖居其中之后，便另觅归宿了。"

争论退化为诡辩。贝尔纳在此之前一直保持沉默，却开始在座椅上焦躁起来，最后再也忍不住了，便像他每次对爱德华讲话那样，带着一种甚至有些夸张的极度恭敬，却又混杂着某种诙谐，似乎把这份恭敬变成了一场游戏。

"先生，"他说道，"请原谅我得知了您著作的标题，因为这是由于一时冒失，但我相信您会让它一笔勾销的。不过这个标题似乎预示着一桩故事……"

"喔！把这个题目告诉我。"劳拉说道。

"我亲爱的朋友，如您所愿……但我要提醒您，我有可能会改。我担心它有点迷惑性……好了，告诉他们吧，贝尔纳。"

"您允许吗？《伪币制造者》。"贝尔纳说道，"不过现在轮到您了，告诉我们：这些伪币制造者……都是谁？"

"好吧！我一无所知。"爱德华说道。

贝尔纳和劳拉互相对视了一眼，然后一起看向索弗洛妮丝卡。这时有一声长长的叹息，我相信是劳拉发出的。

说实话，爱德华在思考伪币制造者的时候，最开始想到的是他的某些同行，尤其是帕萨凡伯爵。不过对象很快便显著扩大了。随着精神之风从罗马或者别处吹来，他笔下的主人公们逐渐成为神甫或者共济会士。他的头脑，如果任其为所欲为，很快便会一头扎进抽象之中，无比惬意地在里面打滚。兑换、贬值、通胀等概念逐渐侵入他的作品，就像卡莱尔[1]的《旧衣新裁》那样，关于服装的种种理论侵占了人物的位置。爱德华没法议论这事，只能用最笨拙的方式闭口不谈，而他的沉默就像承认腹中空空一样，开始令剩下三位感到非常不舒服。

"你们亲手摸过假币吗？"最后他问道。

贝尔纳说"是"，但两位女士的"不"压过了他的声音。

"好吧！你们想象一下，一枚十法郎的假金币，实际上只值两个苏，但如果你意识不到它是假币，那就值十法郎。所以如果我从这个观念出发……"

---

1 托马斯·卡莱尔（1795 — 1881）：英国作家、历史学家。著有《法国革命史》《过去与现在》等。

"但是为什么要从某种观念出发呢？"贝尔纳焦急地打断了他的话，"如果从一个被细致呈现的事实出发，观念自然就会寓于其中。如果由我来写《伪币制造者》，我就从描绘假币入手，就是那枚您刚刚谈到的小硬币……就像这枚。"

他边说边从裤袋里掏出一枚十法郎的小硬币抛在桌上。

"你们听它的声音多好！几乎和其他硬币一模一样。我们可以打赌说它是金的。今天早上我就被它骗了，把它付给我的杂货店主跟我说，他自己之前也被骗了。我相信分量有点出入，但它具有真币的光泽和几乎相同的音色。它的外层镀了金，所以倒是比两个苏稍微值钱一点。但里头是水晶玻璃的，用久了就会变得透明。不，别擦，您会把它弄坏的。几乎就要被看穿了。"

爱德华把它拿起来，带着最专注的好奇心细细端详。

"杂货店主又是从什么人那里得来的呢？"

"他也搞不清。他认为这枚假币在他的柜台抽屉里已经存了好几天。他逗趣着把它付给了我，就是想看看我会不会上当。我正准备接过来，我发誓！但他是个实诚人，把我点醒了。然后我就用五个法郎把它买下来了。他本想留在手上给那些所谓的'业余爱好者们'看看。我想这其中没有谁会比《伪币制造者》的作者更合适了。我把它买来就是为了给您看的。不过现在您已经仔细观察过了，就还给我吧！我看得出，哎！现实并不让您感兴趣。"

"感兴趣，"爱德华说道，"但也令我为难。"

"真可惜。"贝尔纳又说道。

爱德华日记

同天晚上

索弗洛妮丝卡、贝尔纳和劳拉向我询问我的小说。为什么我情不自禁讲出来了呢？我说的全是蠢话。所幸两个孩子的归来把谈话打断了。他们满脸通红，气喘吁吁，似乎跑了很远。布洛妮娅一进门就扑在她母亲身上，我感觉她要哭出来了。

"妈妈，"她大声说道，"稍微教训一下鲍里斯吧。他想要一丝不挂地躺在雪地上。"

索弗洛妮丝卡看向鲍里斯，他低着头站在门口，目光凝滞，看起来几乎充满仇恨。她似乎没有察觉到孩子脸上异样的神情，带着一种惊人的冷静开口说道：

"听着，鲍里斯，晚上不该这么做。要是你愿意的话，我们明天早上一起去那里。首先，你要试着光脚走过去……"

她温柔地抚摸着女儿的额头，而后者突然瘫倒在地，在一阵阵痉挛中蜷成一团。我们都相当担心。索弗洛妮丝卡把她抱起来，平放在一张沙发上。鲍里斯没有动弹，用一双迷茫的大眼睛看着眼前的场景。

　　我相信索弗洛妮丝卡的教育方法在理论方面非常卓越，不过也许她对于孩子们的抗拒有所误解。

　　过了一会儿，当我和她一对一独处时（布洛妮娅没有下楼吃晚餐，饭后我便上去询问她的情况），我对她说道："您表现得就好像善永远会战胜恶一样。"

　　"的确如此，"她回答我说，"我坚信善必胜出，我有信心。"

　　"可是，由于过度自信，您也会犯错……"

　　"我每一次犯错，都是因为我的自信心还不够强。今天，在让孩子们出门时，我就不禁对他们流露出一丝担忧，他们感觉到了。余下的事情全都源自于此。"

　　她握住了我的手：

　　"您看起来并不相信信念的功效……我的意思是，不相信这些信念的影响力。"

　　"的确，"我笑着说道，"我不是神秘主义者。"

　　"好吧！至于我，"她心潮澎湃地大声说道，"我全心全意地相信，没有神秘主义，人世间就不会产生任何伟大美好的事物。"

　　我们在旅客登记簿上发现了维克多·斯特鲁维乌的名字。根据旅店老板提供的情况，他在这里住了差不多一个月，直到我们抵达前两天才离开萨斯费。我倒挺想和他见见。索弗洛妮丝卡多半跟他有过来往。我得向她打听打听。

四　贝尔纳与劳拉

"我想问您，劳拉，"贝尔纳说道，"您认为世间存在任何不容置疑的事物吗？……我甚至怀疑，怀疑本身都无法被当作依托。因为说到底，起码在我看来，怀疑在我们心中从未缺席。我可以怀疑世间万物的真实性，但无法怀疑我的怀疑的真实性。我想要……如果我的表达方式太学究气，还要请您原谅。我本性并不迂腐，但我是学习哲学出身的，您无法相信这种频繁的冗长论述很快便在精神世界中烙下了何种习惯。我会改的，我向您保证。"

"为什么说这话？您想做什么？"

"我想写一个故事，关于一个人。他不管做什么决定之前，一开始都要去向每一个人打听，向每一个人请教，就和

巴奴日 [1] 一样。但在考察完各人的意见之后，每个部分都互相矛盾，他便下定决心除了自己再也不听信任何人，于是变得非常强大。"

"这是一个老年人的计划。"劳拉说道。

"我比您以为的更加成熟。几天以来，我弄来一个笔记本，和爱德华一样。我会在右半页写下一种见解，在相应的左半页写下相反的意见。比如有一天晚上，索弗洛妮丝卡告诉我们，她让鲍里斯和布洛妮娅睡觉的时候窗户大开。她为了证明这种制度而向我们讲述的一切在我们看来都无比合情合理、令人信服。但是昨天，在旅馆的吸烟室里，我听到那位刚刚抵达的德国教授持相反的论点——在我看来，必须承认，它更加合理，依据更加充分。他认为，入睡期间，重点在于尽量减少消耗，限制生命力交互的运载量，他把这些统称为'碳化'。只有这样睡眠才能真正具备恢复元气的能力。以鸟类为例，它们会把头藏在翅膀底下，任何动物都会蜷缩起来入睡，为的就是尽可能减少呼吸。他说最贴近大自然的族群也同样如此，最没有文化的农民也会把自己关在凹室之中，阿拉伯人如果被迫在户外露宿，最起码会把斗篷的风帽

---

1 巴奴日：法国作家弗朗索瓦·拉伯雷的名作《巨人传》中的一个人物，精于算计，阴险狡诈。

盖在脸上。不过，当我想到索弗洛妮丝卡和她教育的两个孩子，我觉得她也没错，对其他人有益的事情，对这两个孩子反而有害。因为，如果我理解正确的话，他们身上都携带了肺结核病菌。总之，我心想……不过我惹您厌烦了。"

"不必担心。您在想什么？"

"我忘了。"

"啊！这是在赌气。千万不要对您的想法感到害羞。"

"我在想，没有任何东西对所有人都有好处，而是仅仅针对某些人；没有任何东西对所有人都意味着真实，而是仅仅涉及那些信以为真的人；没有任何方法或者理论可以无差别地应用在每一个人身上。所以，如果为了行动我们必须做出选择，那么最起码我们拥有选择的自由。要是我们没有选择的自由，那么事情还更加简单。不过只有这一切对我来说确凿无疑（不是一概而论，而是针对我自己）才能让我最高效地运用自己的力量，发挥我的各种美德。因为我不能一边阻止自己怀疑，一边痛恨优柔寡断。蒙田那个'柔软舒适的枕头[1]'并不适合我的脑袋，因为我尚无睡意，也不愿安息。从我曾经自以为的样子引向现如今自己也许拥有的样子，其

---

[1] 蒙田在《随笔集》第三卷第十三章中写道："无知和缺乏好奇，是一个柔软、舒适、安全的枕头，让一颗俊俏的脑袋得到休息！"

中长路漫漫。有时候我害怕自己早晨起得太早。"

"您害怕?"

"不,我什么也不怕。但您知道我已经变了很多,最起码我的心境与离家出走那天已经大不相同。自从与您相遇开始,我便不再追求把我的自由放在第一位了——也许您还不完全明白,我听候您的调遣。"

"这话应该怎么理解?"

"喔!您对此心知肚明。为什么您想让我把它说出来呢?您在等着我招供吗?⋯⋯不,不,我求您了,不要掩饰您的微笑,要不然我的心就凉了。"

"看啊,我的小贝尔纳,无论如何您不是硬要说您开始爱上我了?"

"喔!不是我开始爱上您,"贝尔纳说道,"而是您开始感觉到了我的爱,也许。不过您没法阻止我。"

"我非常喜欢对您毫无戒心的感觉。要是现在必须小心翼翼才能更加靠近您,就像靠近一团易燃物一样⋯⋯不过,请您想想,不久之后我就会变得大腹便便,畸形丑陋。单单这副外表便足以把您治好了。"

"是的,如果我爱的只是您的外表。首先,我没有生病。如果爱上您是一种病,那我宁愿不被治好。"

他说这番话的时候语气严肃,近乎悲伤。爱德华或者杜维耶从来没有像他这么温柔地注视过她，却又如此恭敬，以至于她根本没法为此生气。她从膝头拿起一本刚才中断阅读的英文书，漫不经心地浏览着。她似乎根本没在听，于是贝尔纳反而不太拘束地继续说了下去：

"我以前把爱情想象成某种类似火山的东西，最起码自己生来为了体验的爱情应该属于这一种。是的，我真心认为自己只会像拜伦¹那样，用一种狂野的、充满破坏性的方式去爱。我真没有自知之明！是您，劳拉，让我认识了自己。和我自己曾经以为的样子大相径庭！我曾经扮演过一个可怕的角色，尽力让自己变得和他相似。当我想到自己在离家之前给我冒名顶替的父亲写下的那封信时，我就羞愧万分。我曾经把自己当成一个反抗者，一个法外狂徒，把阻碍其欲望的一切统统踩在脚下。但如今在您身边，我甚至连欲望都没有了。我曾憧憬自由，如同一件至宝；而我刚获得自由，便臣服于您的……啊！如果您知道脑袋里充斥着一堆文豪的语句是多么令人烦躁就好了，当我们想要表达某种真诚的感情时，它们便会不可抗拒地出现在嘴边。这种感情对我而言无比新奇，以至于无法创造出独属于它的语言。就算不是爱

---

1 乔治·戈登·拜伦（1788 — 1824）：英国著名浪漫派诗人。这里影射了他的名著《唐璜》。

情——既然这个词让您不快——那就当成仰慕吧。似乎那种自由曾在我眼中无边无际，而您的律法已经为其划定了边界。似乎在我身上骚动的、未定型的一切，都围绕着您跳起了和谐的圆舞。如果我的某种思想与您背道而驰，我便把它抛弃……劳拉，我并不请求您爱我，我只是个学生而已，我不值得您的关注，而我此刻想做的一切，就是为了稍稍配得上一点您的……（啊！丑陋的词语……）您的器重。"

他跪倒在她面前，尽管她一开始已经把椅子往后移了一点，贝尔纳的额头还是碰到了她的裙摆。他双臂后摆，姿势仿佛膜拜。不过当他感到劳拉的手掌按在自己额头上时，他便握住这只手把双唇按了上去。

"您是个什么样的孩子啊，贝尔纳！我自己也并不自由。"她一边说一边把手缩了回去，"拿着，读读这个。"

她从贴身上衣中抽出一张纸，皱巴巴的，递给了贝尔纳。

贝尔纳首先看到了署名——就像他担心的那样，是菲利克斯·杜维耶的名字。瞬间，他手里拿着信，却并没有读。他抬眼望着劳拉。她在哭。贝尔纳感到自己心里又有某种连接断开了，那是把我们每个人与他自己、与他自私的往事勾连起来的诸多隐秘羁绊之一。然后他开始读信：

我亲爱的劳拉：

以这个即将出生的婴儿之名，我发誓会像亲生父亲一样爱他，恳求你回来。不要以为会有任何指责在家中迎候你的回归。不要太过自责，因为这只会让我难受。不要拖延。我全心全意地等着你，我的灵魂依然爱你并且拜倒在你面前。

贝尔纳在劳拉面前席地而坐，眼神看着别处问道：

"您什么时候收到这封信的？"

"今天早上。"

"我还以为他什么都不知道呢。您给他写信了？"

"是的，我把一切都向他坦白了。"

"爱德华知道吗？"

"他一无所知。"

贝尔纳低着头沉默了一阵子，然后重新朝她转过身：

"那么……现在您打算怎么做？"

"您真心问我吗？……回到他身边去。我的位置在他身边。应该和我一起生活的人是他。您知道的。"

"是的。"贝尔纳说道。

一阵长时间的沉默。贝尔纳再次开口说道：

"您相信有人真的可以像爱亲生孩子一样去爱别人的孩子吗？"

"我不知道自己信不信，但我希望如此。"

"对我来说，我信。相反，我并不相信那种无比愚蠢的所谓'骨肉亲情[1]'。是的，我相信这种闻名于世的召唤只是一个神话而已。我读到过，在太平洋岛屿上的某些部落中，有收养别人孩子的习俗，而且这些孩子常常比其他亲生子嗣更受宠。我记得非常清楚，那本书里说的是'更加疼爱'。您知道我这会儿在想什么吗？……我在想那位顶替我生父的人从来没有说过任何话、做过任何事去让别人怀疑我不是他的亲儿子。我在给他写信的时候说自己一直感到有某种区别，我说了谎。相反，我明显感觉到，他向我表露出某种偏爱。因此，我对他的忘恩负义就更加可憎了。我待他很差。劳拉，我的朋友，我想请问您……您觉得我应该乞求他的原谅，回到他身边去吗？"

"不。"劳拉说道。

"为什么？如果您，您回到杜维耶身边去……"

"您刚才跟我说过，对某个人有效的办法对另一个人却无效。我觉得自己内心虚弱，而您很强大。坡菲唐迪厄先生有可能爱着您，但是，如果我信赖您在跟我的交流中对于这

---

1 骨肉亲情：直译为"血脉的召唤"，即"骨肉之情"。

个人的描述，你们不是互相谅解的料……或者最起码，还得再等等。不要垂头丧气地回到他那里去。您想要了解我的全部想法吗？您提出这个话题，不是为了他，而是为了我，是为了获得'我的器重'——您是这么称呼它的。贝尔纳，只有我感觉不到您在谋求这份器重的时候，您才会得到它。只有您保持本色，我才会爱上您。把懊悔留给我吧。它不是为您准备的，贝尔纳。"

"当我从您的嘴里听到我的名字时，我几乎爱上它了。您知道我在家里最厌恶什么吗？厌恶奢华。那么舒适，那么便利……我当时感觉自己变成了无政府主义者。现如今，我反而觉得自己正在转向保守派。有一天，我听到一个从边境过来的游客谈到自己偷漏关税的乐趣，声称'偷国家的，等于没偷任何人的'。对此我颇为愤慨，于是突然意识到了自己的转变。通过抗议，我一下子明白了'国家'的涵义。我开始热爱国家，仅仅是因为有人伤害了它。之前我从来没有考虑过这件事。他还说：'国家只是一份协议而已。'基于每个人的善意建立一份协议，这事儿多美好啊……要是这个世界上全是正直的人就好了！您看，如今要是有人问我哪种美德在我看来最为高尚，我会毫不犹豫地回答说：'正直。'喔！劳拉！我真希望，终此一生，无论遭遇何种打击，都能回报以纯洁、正直、真诚的声音。而我认识的所有人几乎都是虚伪之徒。要做到表里如一，不可言过其实……但是大家都在行骗，都在关心外表，最终再也弄不清自己到底是谁……请原谅我跟您这么讲话。我只是把自己夜间的一些思考告诉您。"

"您想到了昨天给我们展示的那枚小硬币。等到我走的时候……"

她说不下去了，泪水涌上眼眶。从她强忍泪水的挣扎中，贝尔纳看见她的双唇在颤抖。

"那么，您终归要走，劳拉……"他悲戚地说道，"等我感到您再也不在我身边的时候，我害怕自己变得一文不值，或者价值寥寥……不过，告诉我，我想问您：如果爱德华……我真不知道该怎么说才好……（这时劳拉脸红了）如果爱德华更有价值的话，您还会离开吗，还会写下那些'供词'吗？喔！您别抗议。我完全清楚您对他作何感想。"

"您这么说，是因为昨天他在讲话的时候，您发觉我在微笑，便立马以为我们的判断相同。但其实不是这样，您弄错了。说真的，我自己也不知道对他作何感想。他从来不会长时间保持不变。他无牵无挂，却没有任何东西比他的逃逸更加引人注目。您认识他的时间太短，还不足以对他进行判断。他的本性就是不断地拆解、重塑。我们以为抓住了他……他却是个普洛透斯[1]。他会表现出自己所爱之人的样子。至于他本人，为了理解他，就必须去爱他。"

"您爱他。喔！劳拉，我嫉妒的不是杜维耶，不是文森，而是爱德华。"

"为什么嫉妒？我爱杜维耶，我爱爱德华，但爱得不一样。如果我应该爱您的话，那又会是另一种爱。"

"劳拉，劳拉，您不爱杜维耶。您对他产生的是眷恋，是同情，是尊敬。这不是爱。我相信，您感到悲伤的原因（因为您很悲伤，劳拉）就在于生活把您撕裂了。爱情只想得到一个不完整的您。您把本想奉献给一个人的感情拆成了好几份。对我来说，我感觉自己无法拆分，我只能把自己完整地交托出去。"

"您太年轻了，还谈不了这些。您根本无从知晓，生活会不会像您说的那样把您'撕裂'。我只能接受您的这份……仰慕。剩下的东西都各有约束，必须去别处得到满足。"

"真的吗？您会让我提前对生活还有我自己感到憎恶的。"

"您对生活一无所知。您可以从它那里期待一切。您知

---

1 普洛透斯：古希腊神话中的海神之一，善于变化自身形态让别人难以捉住他。

道我之前的错误是什么吗？就是再也不去期待任何东西。当我以为——哎！以为自己再也没有任何东西可以期待的时候，我就放任自流了。我在波城度过了今年春天，就好像自己再也看不到来年春天一样，仿佛一切都不再重要。贝尔纳，我可以这么跟你说，如今我已经受到了惩罚：永远不要对生活绝望。"

对一个充满爱情火焰的年轻人讲这些有什么用呢？何况劳拉的这番话根本不是对贝尔纳说的。在他的同情心感召之下，她在他面前情不自禁地把自己的想法大声说了出来。她拙于伪装，不擅克制。就像她一想到爱德华便臣服于那种令她无法自制的激情，从而泄露了她的爱意一样，她又任由自己陷入某种对人的谆谆教诲中，这的确很像她父亲。不过贝尔纳痛恨各种劝告和建议，即便它们出自劳拉之口。他的微笑提醒了劳拉，后者用一种更加平静的声音说道：

"等您回到巴黎之后，您还想继续做爱德华的秘书吗？"

"是的，如果他愿意雇佣我的话。但是他什么事情都不交给我做。您知道让我觉得有趣的是什么吗？是陪他写那本书，而他一个人永远也写不出来。您昨天就跟他直截了当地说过。我认为他向我们展示的那种工作方法实在荒唐。一本好小说写起来会更加坦率。首先，必须相信我们叙述的内容——您不这样认为吗？而且直截了当地叙述就可以了。我

最开始以为自己能帮上他。如果他需要一名侦探，也许我能
够满足那些职业需求，他可以去推敲那些由我的侦探事务所
发现的各类事件……但是和一个空想家待在一起，就什么也
做不了。在他身边，我从自己身上感到了一个记者的灵魂。
如果他执着于自己的错误，我就给自己干活去。我必须赚钱
糊口。我可以为某份报纸提供服务。有时间就写点诗。"

"因为待在记者身边，您肯定会在自己身上感觉到一个
诗人的灵魂。"

"喔！别嘲笑我。我知道自己挺可笑的，别让我对此感
触太深。"

"留在爱德华身边吧。您可以帮助他，也可以让您得到
他的帮助。他是个好人。"

他们听见午餐铃声响了。贝尔纳站起身，劳拉握住他
的手：

"再说一句，您昨天给我们展示的那枚小硬币……等到
我走的时候（她僵住了，不过这次得以把话说完），为了纪
念您，您愿意把它送给我吗？"

"喏，就在这儿，拿着。"贝尔纳说道。

五　爱德华日记：与索弗洛妮丝卡交谈

人类精神方面的一切疾病几乎都会让人自以为已经痊愈，其实就像医学上的说法一样，仅仅只是被驱散而已，然后又有其他疾病取而代之。

——圣伯夫[1]（《星期一漫谈》第十九页）

爱德华日记

我开始模糊地预感到自己在这本书中所谓的"深

---

1 夏尔－奥古斯丁·圣伯夫（1804 — 1869）：法国著名文学评论家。

刻主题"。它多半是一场竞赛，一方是现实世界，另一方是我们对它的观念。表象世界加之于我们身上的方式，以及我们试图把各自独特的理解加之于外部世界的方式，构成了我们人生的大戏。客观事实的抵制促使我们把各自理想的建构转移到梦境、希望与来世之中，我们在现世受到的一切挫折都在滋养着我们对于来生的信念。现实主义者从客观事实出发，让他们的观念去适应客观事实。贝尔纳是现实主义者。我担心没法跟他和睦相处。

当索弗洛妮丝卡说我完全不具备一个神秘主义者的任何特质时，我怎么居然会对此表示赞同呢？我完全可以跟她一起承认，没有神秘主义，人类就不可能完成任何伟业。而当我跟劳拉谈到自己的著作时，对方指责我的难道不恰恰就是我的神秘主义吗？……随她们去争论吧。

索弗洛妮丝卡又跟我谈到了鲍里斯，她认为，自己终于让他彻底坦白了。那个可怜的孩子身上再也没有哪怕一点点矮树林、一点点草丛供他去躲避医生的目光了。他完全被赶出巢穴了。索弗洛妮丝卡把他精神机构中最隐秘的齿轮一一拆解，陈列在光天化日之下，就像一个钟表匠处理那些他正在清洗的钟摆组件一样。如果在此之后，小东西依然没法准点报时，那就实在别无他法了。以下便是索弗洛妮丝卡对我讲述的内容：

鲍里斯九岁左右的时候被送进了华沙的一所学校，和他的一位同班同学形影不离。某个叫作巴普蒂斯汀·克拉夫特的，比他大一两岁，正是这个人传授给他那些隐秘的手法[1]。这些孩子天真地发出惊叹，以为那是"魔术"——这便是他们为自己的恶习所取的名字。也许他们曾经读到过或者听人说起过，魔术可以让人不可思议地占有自己欲求之物，可以解除力量的限制，等等。他们真诚地以为发现了某种秘密，它可以借助虚幻的在场去抚慰实际的缺席，恣意地沉迷其中，迷醉于一种空无，他们操劳过度的想象力用大量的肉欲快感令其充满奇迹。毋庸讳言，索弗洛妮丝卡没有使用这些字眼，我原本希望她能对我如实转述鲍里斯的措辞，不过她宣称自己完全是通过一堆乱七八糟的欲盖弥彰、吞吞吐吐和模棱两可的话方才得以梳理清楚以上内容，但她向我保证内容的真实性。她还补充说：

"我在其中找到了自己寻觅良久的解释，鲍里斯身

---

1 指手淫。

上始终留着一截羊皮纸，装在一个挂在胸口的小袋子里，挨着几枚他母亲强迫他佩戴的圣牌——羊皮纸上写着几个词，都是用的大写字母，字迹稚气工整：

煤气　电话　十万卢布

"我反复询问他这几个词的涵义，却徒劳无功。当我穷追猛打时，他总是回答我说：'没有任何意义。这是魔法。'这便是我能得到的全部信息。现如今我知道了，这些令人迷惑的词语都是年轻的大魔术导师巴普蒂斯汀的笔迹，对孩子们来说，这些词就像是某种咒语，是下体极乐的'芝麻开门'，在那里肉欲的快感浸透了这些词语。鲍里斯把这张羊皮纸称作他的'护身符'。我为了让他拿给我看费了千辛万苦，为了让他解下来更是困难重重（那是我们刚刚在这里住下的时候）。因为我当时希望他摆脱这张羊皮纸，就像我现在知道他之前已经戒除了那些恶习一样。我怀着这样一种希望：他忍受的种种习惯动作和怪癖都会随着这张护身符一起消失。但他却死抱着不放，疾病也拼命抓着它，仿佛抓着最后的避难所。"

"但是您说他已经摆脱了那些习惯……"

"随即神经方面的疾病就开始发作了。毫无疑问，它诞生于鲍里斯为了获得解脱而不得不对自己施加的约束中。我从他口中得知，有一天他母亲曾撞见他正在'玩魔术'——这是他的原话。为什么她从来没有跟我提过这件事呢？……是由于害臊吗？"

　　"多半是因为她知道儿子已经改正了。"

　　"真荒唐……这导致我摸索了那么长时间。我跟您说过，我一直以为鲍里斯无比纯洁。"

　　"您还跟我说过，正是这一点让您感到为难。"

　　"您看我说得对不对吧！他母亲早该提醒我了。要是我能立马搞明白这件事，鲍里斯早就痊愈了。"

　　"您之前说这些毛病都是在那之后才开始发作的……"

　　"我是说它们都诞生于某种抗诉。按我的设想，他母亲呵斥过他、哀求过他、教训过他。然后他的父亲突然离世了。有人将鲍里斯那些隐秘手法描绘得无比罪恶，他信以为真了，认为这些举动已经受到了惩罚。他认为自己需要为父亲的死负责。他自以为有罪，该下地狱。他怕了。就在这时，就像一只被围捕的困兽，他虚弱的机体发明出这一大堆小诡计以洗刷内心的痛苦，就和招供的效果一样。"

　　"如果我理解正确的话，您认为鲍里斯继续安静地沉迷于他的'魔法'练习反而没那么有害吗？"

"我相信为了把他治愈，并不是非要恐吓他不可。父亲离世导致的生活变迁多半足以让他分心，离开华沙也足以令其免受那位朋友的影响。把他吓唬一番根本得不到任何好结果。当我得知到底发生了什么，跟他重新提起这一切并且回忆往事的时候，我便让他羞耻于自己曾经会更喜欢占有想象中的财富胜于拥有真实的好处。我告诉他，后者是一番努力之后的回报。我没有力图抹黑他的恶习，只是简简单单地将其描述成懒惰的一种表现形式——事实上我的确相信它就是这样一种形式，最狡猾、最阴险的那种……"

听到这些话，我回忆起拉罗什富科的几行文字想要告诉她。尽管可以凭记忆背诵，我还是去找来了《箴言录》——我出门旅行少不了这本小册子。我把这段话念给她听：

"在一切欲念之中，对我们而言最为陌生的，是懒惰。它是一切欲念中最强烈、最恶毒的一种，尽管它的暴烈难以察觉，造成的破坏也隐藏极深……懒惰带来的休憩是一种灵魂的隐秘魅惑，让人突然中断最热烈的追求与最坚定的决心。为了能最终赋予这种欲念真切的概念，必须承认懒惰就像某种灵魂的至福一般，对灵魂所受的所有损失予以安慰，为它代替了一切财富。"

于是索弗洛妮丝卡对我说道："您认为拉罗什富科写这段话的时候，是想要影射我们刚刚谈到的内容吗？"

"有可能，不过我不信。这些古典作家笔下充满了他们有可能蕴涵的一切阐释。他们的精确正因为从不以排他性自居而变得更加令人赞叹。"

我要她把鲍里斯那块著名的"护身符"拿给我看看。她说那东西已经不在她手上了，被她送给了一个对鲍里斯感兴趣的人，对方之前要求她把"护身符"留给自己做个纪念。

"某位斯特鲁维乌先生，是您抵达前不久我在这里遇到的。"

我告诉索弗洛妮丝卡自己在旅馆的登记簿上看到过这个名字，而且我曾经认识一位斯特鲁维乌，我很想知道是不是同一个人。根据她对我进行的描述，肯定没弄错。不过关于这个人，她没能告诉我任何满足我好奇心的话题。我仅仅得知他非常和气、非常殷勤，在她看来极其聪明，不过有些懒惰——"如果我还有胆量使用这个词语的话"，她笑着补充了一句。然后我也对她讲述了我所知道的斯特鲁维乌，而这便导致我跟她谈到了那所让我们相遇的寄宿学校，谈到了劳拉的父母（劳拉自已已经把各种隐情告诉她了），最后谈到了拉佩鲁斯老爹，谈到了他和小鲍里斯之间的亲属关系，以及我在离别时曾经向他保证把这个孩子带到他身边的事情。因为索弗洛妮丝卡之前跟我说过，她不认为鲍里斯继续和他母亲生活在一起有多合适，于是我便问道："您为什么不把他送进阿扎伊斯家的寄宿学校呢？"向她提出这个建议时，我尤其想到，鲍里斯祖父得知他近在咫尺，就住在朋友家中，只要愿意就可以随时去看他，会有多么欢天喜地。不过从孩子一方考虑，我实在没法相信小家伙住进去有什么好处。索弗洛妮丝卡跟我说她会好好考虑，毕竟我刚刚告知她的一切都令她兴致盎然。

索弗洛妮丝卡反复宣称小鲍里斯已经痊愈了，这次治疗足以证明她的方法有效。但我担心她言之过早。当然我不想说反话，而且我承认，孩子的种种习惯性举止、一行动就懊悔的怪癖以及语用方面的迟疑已经渐渐消失了。不过在我看来，疾病只是藏进了他生命中更深层的区域，就像是为了逃避医生讯问的目光一样，现如今疾病已经触及灵魂了。正如紧随手淫之后出现了种种神经方面的扰动一样，如今这些扰动又让位于不知何种不可见的忧惧。索弗洛妮丝卡看到鲍里斯追随布洛妮娅匆忙投入一种充满稚气的神秘主义，的确会感到担心。她太聪明了，不会不明白，鲍里斯如今寻找的这种全新的"灵魂至福"，与他当初通过人为手法激起的那一种终归没有太大区别，尽管对人体负担小一些、破坏性弱一些，它同样会令他放弃努力、放弃具体的落实。我跟她谈到了这一点，她回答我说，类似于鲍里斯与布洛妮娅那样的灵魂不能缺少一种充满幻想的食粮——一旦被夺走，布洛妮娅就会在绝望中毁灭，鲍里斯则会死于某种粗俗的唯物主义。

此外，她认为自己无权摧毁这些小家伙的信心，尽管她把他们的信仰视为谎言，却依然想在其中看到某些低劣本能的升华，看到某种至高的假设、某种激励和防护，谁知道呢？……她本人并不相信教会的诸多教义，但她坚信信仰的功效。她动情地谈起两个孩子的虔敬之情：他们一同阅读《启示录》[1]，他们情绪狂热，与天使对话，为各自的灵魂披上白色裹尸布。和所有女性一样，她充满矛盾。不过她说得对：我明显不是一个神秘主义者……也不是一个懒汉。我一心期

1《启示录》:《新约全书》的末卷，主要内容涉及对世界末日的预言、灾难与毁灭、最后审判以及新天地的出现与耶稣的返归。

盼着阿扎伊斯寄宿学校的氛围以及巴黎的环境能把鲍里斯打造成一个实干家，以便最终治好他对于"虚幻财富"的追求。对他而言，这才是真正的永福。我相信，索弗洛妮丝卡已经适应了把鲍里斯托付给我的念头，不过多半会陪他一起去巴黎，想要亲自监护他在阿扎伊斯家的起居，并且借此让他母亲放心，确保自己能赢得对方的赞同。

六　奥利维耶致贝尔纳的信

有些缺点，使用得法，比德行更加闪亮。

——拉罗什富科

亲爱的老友：

首先要告诉你，我已经顺利通过了会考。不过这件事无关紧要。一个出门旅行的独特机会摆在了我面前。原本我还在犹豫，不过在读过你的来信之后，我便一跃而起了。最开始我母亲略微有点抗拒，不过很快便被文森说服了，我没有想到他会如此示好。我实在没法相信，在你信里影射的那种情况中，他做事情会像个没教养的人一样。我们在这个年龄，总是具有一种令人不快的倾向，会去过于严厉地评判别人，不留余地加以谴责。有很多行为在我们看来理应受到斥责甚至称得上是卑鄙无耻，仅仅是因为我们没有充分地深入探究其中的动机。文森没有……不过这件事说来话长，而我有太多东西要跟你讲。

你要知道，给你写信的人是新杂志《先锋》的主编。经过慎重思考之后，我同意担任这一职务，罗贝尔·德·帕萨凡伯爵认为我足以胜任。统筹这份杂志的人其实是他，但他不太想让别人知道，因此封面上只出现了我的名字。我们将从十月份开始发行，为了第一期的内容，尽量给我寄点什么东西来吧。如果你的名字没有在创刊号目录中闪耀在我的名字旁边，我会感到遗憾的。在第一期里，帕萨凡想要推出一些非常放肆刺激的东西，因为他觉得一本年轻的刊物有可能遭到的最致命指责就是过分腼腆，我相当赞同他的意见。对此我们谈了很多。他让我把这些内容写下来，并且给我提供了一篇短篇小说的主题——相当有伤风化。由于这有可能引起母亲的不快，我颇有些烦恼，但管不了那么多了。就像帕萨凡说的那样：越年轻，闹出的丑闻就越没危害。

我在韦扎沃内[1]给你写信。韦扎沃内是一个小村子，位于科西嘉岛最高峰之一的半山腰处，隐藏在一片密林之中。我们落脚的旅馆离村庄相当远，常常被旅客们当成远足的出发点。我们刚到几天。最开始我们住在一间客栈里，离令人赞叹的波尔托湾[2]不远。那儿完全荒无人烟，我们早晨下海泡一泡，一整天都可以光着身子，真是棒极了。不过天气实在太热，我们不得不进山。

　　帕萨凡是一个充满魅力的旅伴，他完全不热衷于强调自己的贵族头衔，想让我直接称呼他"罗贝尔"。他为我发明了一个外号：橄榄[3]。你说，这难道没有魅力吗？他想尽办法让我忘掉他的年龄，我向你保证，他做到了。当时我母亲看到我要和他一起出行还有点害怕，因为她几乎不认识他。我也犹豫过，因为担心让她发愁。收到你的来信之前，我甚至差点就放弃了。是文森把母亲说服了，而且你的来信突然之间给了我勇气。出发之前，我们花了几天时间匆忙购物。帕萨凡非常慷慨，总想把一切都买下来送我，我只好不断制止他。但

---

1 韦扎沃内：一座位于科西嘉岛的村庄，坐落在海拔两千八百米的奥罗山的山腰处。

2 波尔托湾：位于科西嘉岛中西部海岸，景色优美。

3 橄榄在法语中念作"奥利弗"，与"奥利维耶"发音接近。

他觉得我那些破衣烂衫实在难看：衬衫、领带、袜子，我身上穿的没有一件让他中意。他反复强调，如果我要和他一起生活一阵子的话，看不到我穿着得体——也就是说让他中意，那么他会非常难受。当然，由于害怕母亲担心，买来的东西都让人送到他家去了。他自己就非常高雅考究，尤其是鉴赏水平极高，许多曾经在我看来还过得去的东西，如今已经变得面目可憎了。你想象不出他在供货商那里会多么有趣。他实在机智诙谐！我想给你提供一个大致的框架：我们一起去布伦塔诺的店里——他之前把钢笔送去修了——在他后面有一个大块头英国人想插队，被罗贝尔稍显粗暴地推开了，对方嘴里就开始叽里咕噜地不知道在说些什么。罗贝尔转过身，非常平静地说道：

"这没必要。我不懂英文。"

对方怒了，换成纯粹的法语反驳说：

"您必然听得懂，先生。"

于是罗贝尔彬彬有礼地微笑着说道：

"您很明白这没必要。"

英国人热血上涌，却再也不知道说什么才好。这真好笑。

还有一天，我们一起去奥林匹亚[1]。中场休息的时候，我们在大厅闲逛，一大堆妓女在那里徘徊。其中，有两个长相挺差的女人来跟他搭讪：

　　"宝贝，请杯啤酒吧？"

　　我俩和她们在一张桌上坐下。

　　"伙计，给两位女士来杯啤酒。"

　　"先生们呢？"

　　"我们？……喔！我们喝香槟。"他心不在焉地说道。他要了一瓶酩悦[2]，我们两个一口气喝完了。要是你看到那些可怜姑娘的脸色就好了！……我相信他厌恶妓女。他跟我透露过，自己从来不上妓院，暗示要是我去那种地方他会非常恼火。你看，这是个非常正派的人，尽管神情谈吐有些玩世不恭——就像他会说，在旅行期间，如果午餐之前没有遇到至少五个想睡的女人，那他就把这一天称为"沉闷的一天"。顺便得告诉你，我还没有重新开始[3]……你懂我的意思。

----

1 奥林匹亚：位于巴黎，是一家著名音乐厅。1893 年更名为奥林匹亚。

2 酩悦香槟（Moët）：法国最著名的香槟品牌之一，据说深得拿破仑喜爱，颇受上流人士追捧。

3 在第一章第三节中，奥利维耶曾经告诉贝尔纳自己的第一次性体验非常差。此处表示他之后没有再和异性发生过性关系。

他有一种教训人的办法，非常有趣也非常特别。有一天他跟我说：

"你看，我的小家伙，在人生中，重要的是别让人把自己带歪。一件事引出另一件事，之后我们就再也不知道该往哪儿走了。我曾经认识一个很不错的年轻人，他本该和我家厨娘的女儿结婚。有天晚上，他偶然走进了一家小珠宝店，把老板杀了。然后，他把店铺洗劫一空。再然后，他装作无事发生。你看他被引到哪儿去了。我最后一次见到他的时候，他已经变成了一个骗子。要当心。"

他总是这样。我并不讨厌。我们出发时原本打算干很多正事，结果直到现在为止除了泡海水、晒太阳和闲聊之外，几乎什么也没做。他对万事万物都有极其新颖的观点和见解。我尽全力敦促他写下一些全新的理论，是他在向我介绍海底生物时阐述的。它们具备他所谓的"个体光源"，这使得它们可以在没有阳光的情况下生活。他将其类比于圣宠之光、"天启"之光。像我这样三言两语草草叙述一番，当然什么也讲不明白，但我向你保证，当他侃侃而谈时，内容就像小说一样有趣。通常，人们都不知道他精通自然科学，但他却像故作姿态一样把这方面的知识隐藏了起来，被他称为"隐秘的珠宝"。他说只有那些来路不明的外国阔佬才喜欢把自己的首饰陈列在所有人眼皮子底下，尤其是当它们都是赝品的时候。

他善于运用各种观念、意象、人物、事物，手段令人赞叹。也就是说，他无物不用。他认为，生活的伟大艺术不是去享受，而是学会如何善用。

我写了几行诗，但还没满意到足够把它们寄给你。

再见，老兄。十月再会。到时候你会发现我也变了。每天我都会增加一点点自信心。得知你在瑞士我很高兴，不过你看，我没有任何地方需要羡慕你。

奥利维耶

贝尔纳把这封信递给爱德华，后者读完后丝毫没有显露出内心躁动的情绪。奥利维耶对罗贝尔的每一句恭维话都令他愤慨，最终引起了他的仇恨。尤其令他痛苦的是，这封信中甚至没有提到他的名字，奥利维耶似乎把他忘了。信末有三行附言，用粗杠涂掉了，他试着加以辨读，却徒劳无功。原文如下：

告诉舅舅，我一直在想他，告诉他我无法原谅他丢下我，这在我心里留着一道致命伤。

这封耀武扬威的信件完全是在怨恨的支配下写成的，而这几行字是其中仅有的真诚内容，被奥利维耶涂掉了。

爱德华一言不发地把这封令人不快的信件还给贝尔纳，贝尔纳也一言不发地把它接了过来。我说过，他们之间话不多，一旦二人单独相处，便会有某种奇特的、难以理解的束缚压在他们身上。（我不喜欢"难以理解"这个词，在这里用它仅仅是权宜之计。）不过这天晚上，当两个人回到卧室之后，尽管已经准备就寝了，贝尔纳还是鼓足勇气，哽着喉问道：

"劳拉把那封杜维耶寄给她的信拿给您看了吗？"

"我不会怀疑杜维耶不履行他的职责，"爱德华一边上床一边说道，"他人很好——也许有点软弱，但终究很不错。他会爱这个孩子的，对此我深信不疑。而且小家伙一定会比他亲生的孩子更加健壮，因为他在我眼里并不是很结实。"

贝尔纳实在太爱劳拉了，以至于无法不对爱德华的洒脱感到惊讶。不过他并未透露分毫。

"好吧！"爱德华吹灭蜡烛继续说道，"这件事曾经除了绝望似乎别无出路，看到它现在以最好的方式收场，我很高兴。不管什么人都有可能踏出错误的一步，重点在于不要固执己见……"

"当然。"贝尔纳用这句话避开了争论。

"我必须向您承认，贝尔纳，我担心和您相处也……"

"踏出了错误的一步？"

"说真的，就是这样。尽管我对您充满好感，最近几天以来我却认定，我们不是那种互相理解的人，而且……（他犹豫了片刻，推敲着字眼）和我待久了会让您误入歧途。"

在爱德华把这番话说出来以前的那段时间里，贝尔纳心里也是同样的想法。不过爱德华显然没法说出任何更加恰当的语句去重新俘获对方。反驳的本能让贝尔纳情不自禁地抗议起来：

"您不太了解我，我对自己的认识也有限。您之前没有考验过我。如果您对我没有任何不满之处，我能否恳求您再等一等？我承认我们彼此之间鲜有相似之处，但我觉得恰恰因为如此，正因为我们不是太过于相似，对我们任何一方来说才更有价值。我认为，如果我能够帮上您，主要是由于我身上的不同之处，是由于我给您带来的一些新意。如果我弄错了，您随时可以提醒我。我不是那种口出怨言或者一定要以牙还牙的人。不过，听着，我在这里对您有一个提议，也许有些愚蠢……如果我理解正确的话，小鲍里斯就要去上维德尔－阿扎伊斯的寄宿学校了。索弗洛妮丝卡不是跟您表达过担心他在那里会感到有点失落吗？如果我毛遂自荐再加上劳拉介绍的话，我能否期待可以在那里找到一个岗位呢——督学或者学监之类的？我需要糊口。至于在那里的工作，我的要求不高，解决吃住对我来说就足够了……索弗洛妮丝卡对我表示信任，鲍里斯也和我相处融洽。我可以保护他、帮助他，我可以当他的家庭教师和朋友。在此期间，我依然听候您调遣，为您效劳，随叫随到。说吧，您觉得这样如何？"

似乎是为了给"这样"二字加些分量，他又加了一句：

"对此我已经考虑两天了。"

这并不是真的。如果这个漂亮的计划不是刚编出来的，他早就该和劳拉谈过了。不过这件事里面没被他说出来的真实之处在于，自从他冒失读到爱德华的日记并且和劳拉相遇以后，他便常常想到维德尔寄宿学校。他期望结识奥利维耶的朋友阿尔芒，而奥利维耶从来没对他提起过。他更期望结识劳拉的妹妹莎拉，不过他的好奇心始终秘而不宣。出于劳拉的缘故，他对自己都矢口否认。

爱德华什么也没说。不过贝尔纳对他提出的计划让他颇为满意——如果能够确保其拥有安身之所的话。爱德华并不太想收容对方。贝尔纳吹灭了蜡烛，接着又说道：

"您不要觉得，我完全不理解您口中与您那本书有关的内容，不理解您设想中的那种冲突，在未经雕琢的现实与……"

"我没有设想，它真实存在。"爱德华打断了贝尔纳。

"恰恰如此，我把一些客观事实驱赶到您身边，让您能够与之搏斗，这难道不是好事吗？我会为您留意的。"

爱德华怀疑对方是不是有点嘲弄的意思。真相是，他感觉自己被贝尔纳侮辱了。对方说得太好了……

"我们再考虑考虑吧。"爱德华说道。

很长时间过去了。贝尔纳试着入睡却徒劳无功。奥利维耶的来信在折磨他。最后，由于他听见爱德华也在床上辗转反侧，就再也忍不住了，低声说道：

"如果您没睡着的话，我还想问您……您对帕萨凡伯爵作何感想？"

"天哪！您完全猜得到。"爱德华说道，然后稍稍过了一会儿又反问他，"那您呢？"

"我嘛，"贝尔纳残忍地说道，"我要杀了他。"

七　作者评价其笔下人物

　　抵达山巅之后，旅行者席地而坐，在重新迈步下坡前举目四顾，他在努力分辨这条自己选定的蜿蜒小道最终通向何方。夜幕降临，它似乎消逝于阴影与夜色之中。同样，一个缺乏远见的作者停笔片刻，缓了一口气，然后忧心忡忡地自问他的叙述究竟会将其带往何处。

　　我担心，爱德华把小鲍里斯托付给阿扎伊斯一家，这件事做得不谨慎。如何阻止他呢？每个人都在遵循自身的律令行动，爱德华的律令则促使他不断进行尝试。他心地善良，这毫无疑问，不过，为了他人的安宁，我倒宁愿看到他出于利益行动。因为驱使他行动的那份慷慨常常只是某种好奇心的伴生物，而这种好奇心有可能变得颇为残酷。他了解阿扎伊斯寄宿学校，他完全清楚，在那由道德与宗教组成的令人窒息的屋宇之下，呼吸的空气何其恶臭。他熟悉鲍里斯，知晓对方的温柔与脆弱。他应该预料到对方会遭受何种损伤。但他却只愿意考虑孩子不稳固的纯洁性可以在老阿扎伊斯的严格教导中得到保护、加强与支撑。他究竟把何种诡辩听进心坎了呢？显然是魔鬼给他吹的耳边风，因为这话如果来自别人，他会充耳不闻。

爱德华曾不止一次地激怒过我（例如当他谈到杜维耶的时候），甚至令我愤慨。我希望没太让人看出来，不过现在完全可以直说了。他对待劳拉的方式，即便有时颇为大方，在我眼中还是显得令人反感。

爱德华身上不讨我喜欢的地方，是他总会给自己找许多理由。为什么现如今他还在试图让自己相信，他一心谋求的是鲍里斯的福祉呢？对别人撒谎，这姑且不计较，但是欺骗自己怎么行呢！一波能把孩子淹死的激流，他能说成是在让孩子喝水吗？……我并不否认，在世间的许多角落，存在各种高贵、慷慨甚至大公无私的行为。我的意思仅仅在于，在最美好的动机背后，常常隐藏着一个狡猾的魔鬼，人们自以为从他那里夺到了些什么，他却恰恰善于从其中收取好处。

这段夏日时光令我们小说中的人物作鸟兽散，就让我们借此时机从容不迫地对他们进行一番检视吧。而且我们正好处于这篇故事的中心位置，它的步履慢了下来，似乎正在获取新的动力，以便不久之后加速移动。贝尔纳明显太过于年轻，还不足以抉择一段情节的方向。他信心十足地以为自己可以保护鲍里斯，但他充其量只能监视一二。我们已经看到了贝尔纳的改变，情欲会让他变得更多。我在一本小册子上找到了几句话，记录了我此前关于他的想法：

"类似贝尔纳在其故事开头一样极端的举动，我早就应该当心了。根据其后续一系列安排来看，我觉得他当时已经把自己在无政府主义方面的储备全都耗尽了，而如果他继续在其家庭的压迫中混日子，他也适合这么做，那么这种无政府主义多半会维持下去。从那以后，他就生活在与那个举动的对抗之中，就像是在对其进行抵制一样。他养成了抵抗与抬杠的习惯，这促使他去抵抗他自身的抵抗。我笔下的主角中多半没有哪一位比他更令我失望，因为没有哪个人让我产生过更大的期望。也许他自行其是过早了。"

不过这些内容在我看来已经不是非常准确了。我认为应该再给他一些信任。丰沛的慷慨激励着他。我在他身上感到了雄劲与勇力。他有能力表达愤怒。他有点过分注重自己的言辞，但这也是因为他能说会道。我不信任那些轻而易举就能找到表达方式的感情。

他是一个好学生，但那些全新的情感无法主动汇入已经习得的表达形式。略有创新便迫使他张口结舌。他已经读了太多书，记了太多话，从书本中学到的东西远多于现实生活的教导。

贝尔纳在爱德华身边占据了奥利维耶的位置，对于这个心血来潮的念头，我完全无法安慰自己。许多事情都安排得不好。爱德华喜欢的人是奥利维耶。为了让对方成熟起来，哪方面他会不关心呢？为了去引导、支持乃至亲自提携对方，怎么会缺少充满爱意的尊重呢？帕萨凡会让奥利维耶堕落，这是肯定的。没有任何东西比这种不择手段的伪装对他更加有害。我希望奥利维耶最好知道如何自卫，不过他天性温和，对恭维话又很敏感，一切都让他飘飘然。而且，从他写给贝尔纳信件中的某些语调里，我看出他有点自负。声色、怨怼、自负，这些东西对他的控制何其深重！我怕等到爱德华与他重逢之际，一切都为时已晚。不过他还年轻，我们有权保持期待。

至于帕萨凡……还是只字不提为好，不是吗？除了格里菲斯夫人那样的女性之外，没有什么比他那种男人流毒更深的同时却更受欢迎。我承认，在最开始，这位仁兄对我而言还相当重要。不过我很快便认识到了自己的错误。这类人物是用没有任何厚度的布料剪出来的——美国出口了很多，但绝非唯一产地——财富、头脑、颜值，看起来他们应有尽有，除了灵魂。文森当然很快便会相信了。这些人没有感到自己背负着任何过去与任何约束。他们无法无天、无人管辖、无所顾忌，自由自在，随心所欲，令小说家感到绝望，因为从他们身上只能得到毫无价值的反应。我希望很长一段时间内不要和格里菲斯夫人相见。我感到惋惜的是她把文森从我们身边夺走了。文森让我更感兴趣，但他在和格里菲斯夫人来往之后变平庸了。他被对方碾轧了一番，失去了自己的棱角。这很遗憾，他的棱角曾经相当漂亮。

如果有一天我还有机会再虚构一个故事出来，那么我只会让一些受过磨炼的人物入驻其中，生活没有把他们弄钝，反而磨得更加锐利。至于劳拉、杜维耶、拉佩鲁斯、阿扎伊斯……跟这些人有什么可做的？我根本没有招惹过他们，是我在追踪贝尔纳与爱德华的时候在路上与他们相识的。算我倒霉。从此以后，我得对他们负责。

第三卷　巴黎

Troisième partie Paris

当我们进一步获取一些可靠的新地方志时——在这种情况下，但也仅仅在这种情况下，对其中的素材进行归类、比较，仔细地加以对照，才能重新抓住总体问题，让它迈出决定性的全新一步。用其他方式处理，那就是提供两三个简单笼统的概念，进行一番匆匆游览而已。在绝大多数情况下，这会忽略特殊、个别和例外，换句话说，在总体上忽略了最有意思的内容。

——吕西安·费弗尔[1]《土地与人类演进》

---

1 吕西安·费弗尔（1878－1956）：法国著名历史学家，年鉴学派创始人之一。《土地与人类演进》发表于1922年，是其代表作之一，着重讨论了地理环境与人类活动之间的双向影响。

一 爱德华日记: 奥斯卡·莫利尼耶

回到巴黎没有带给他任何乐趣。

——福楼拜《情感教育》

爱德华日记

九月二十二日

炎热,无聊。提早一周回到巴黎。我的急性子总是让我提前出动。与其说是热心,不如说是好奇,是先睹为快的欲念。我从来不懂如何跟自己的渴望和解。

把鲍里斯带去他祖父家里。索弗洛妮丝卡前一天去做了预告，回来后告诉我拉佩鲁斯夫人已经进了养老院。谢天谢地！

按下门铃之后，我把小家伙留在楼梯口便离开了，我感觉不去旁观他们的初次见面是更加谨慎一些的选择。我害怕老人感恩戴德。之后我问过小家伙，但一无所获。再次见到索弗洛妮丝卡时，她告诉我孩子也没对她多说什么。按照事先的约定，她会在一个小时之后去找他。一位女仆为她开了门。索弗洛妮丝卡发现老人坐在一盘棋局前，孩子则在房间另一头的角落里生闷气。

"这真奇怪！"拉佩鲁斯沮丧地说道，"他之前看起来挺感兴趣，但突然就受够了。我担心他缺少了点耐心。"

让他俩单独待在一起太久是一个错误。

九月二十七日

今早，在奥戴翁剧院遇见了莫利尼耶。宝琳娜和乔治后天才回来。这两天莫利尼耶一个人待在巴黎，要是他也和我一样百无聊赖，那么他见到我后面露喜色也就不足为奇了。我们在卢森堡公园里坐了一阵，等待午饭时间，因为我们约好了一起用餐。

莫利尼耶跟我摆出一副插科打诨的语调，有时候甚至有些轻浮，多半因为他觉得这样可以取悦艺术家，绞尽脑汁地想要表现自己依旧精力旺盛。

"说到底，我是一个内心火热的人。"他向我声明。我明白他想说的意思：一个色鬼。我报以微笑，就像听到一个女人说自己有一双美腿时人们所露出的笑容一样。这个微笑意味着：请您相信我从未对此有所怀疑。直到这天之前，他在我眼里仅仅是一个法官，如今终于脱下了官袍。

一直等到我俩在福耀饭店就座之后，我才跟他提起奥利维耶。我对他说，自己最近从他的某位同学那里得到了一些关于他的消息，得知他和帕萨凡伯爵同游科西嘉去了。

"是的，那是文森的一位朋友，向文森提出把人带去。由于奥利维耶会考表现相当出色，他母亲觉得不该扫了他的兴……这位帕萨凡伯爵还是个文人。您应该认识他。"

我毫无保留地告诉他，自己既不太喜欢他的书，也不太喜欢这个人。

他反驳说："有时候同行之间互相批评得有点苛

刻。我试着读了读他新出的小说，有不少批评家大为赞赏。我没读到什么了不起的内容，不过您知道，我不是内行……"

接着，由于我表示自己担心帕萨凡有可能对奥利维耶产生的影响，他又含糊地加了几句：

"说真的，就我个人而言，我并不赞同这次旅行。不过必须考虑到，一到某个年龄阶段，孩子们就从我们身边溜走了。惯例便是这样，我们对此无计可施。宝琳娜总想挨着他们，就像所有做母亲的人一样。有时候我对她说：'你会让儿子们厌烦的。让他们安安静静待着吧。是你提的那些问题给他们带来了一些想法……'至于我，我认为监视他们太久根本毫无用处。重点在于，基础教育能够灌输给他们一些正确的原则。尤其重要的是，他们在血缘方面像谁。我亲爱的朋友，您看，遗传胜于一切。有些坏人无法被任何东西修正，这就是所谓的'命中注定'。对于这些人，就必须压得非常紧。要是跟那些天性善良的人打交道，就可以把缰头稍稍放松一点。"

我接过话头："可是您刚才跟我说，这次把奥利维耶拐走并没有得到您的首肯。"

"喔！我的首肯……我的首肯，"他一边说，一边埋头吃饭，"有时候他们根本不需要我的首肯。必须意识到，在家庭中——我指的是那些最和睦的家庭中，做决定的并不总是丈夫。您还没结婚，这些事情您不感兴趣……"

"请您原谅，"我笑着说道，"我是小说家。"

"那么您多半能够注意到，一个男人任由自己被他的太太指挥，并不总是因为个性软弱。"

为了讨好他，我承认："的确，有些男人个性坚定甚至说一不二，但被发现在家中温顺得像只绵羊。"

"您知道这是什么原因吗？"他继续说道，"丈夫向妻子让步，十次里有九次，是因为他有什么事情需要求得原谅。我亲爱的朋友，一个有德行的女性，在任何一方面都占据上风。男人一弯腰，她就跳到对方肩膀上去了。啊！我亲爱的朋友，那些可怜的丈夫有时候很值得同情。当我们年轻时，都期望找到贞洁的伴侣，殊不知为了她们的德行将要付出多少代价。"

我把肘关节撑在桌上，双手托着下巴，凝视着莫利尼耶。这个可怜人并没有意识到自己抱怨的憋屈地位与他的脊梁骨相比显得多么自然。他频繁地擦拭着额头的汗水，吃饭狼吞虎咽，但并不像美食家，反而像是一个贪吃的饿鬼，而且看起来似乎特别欣赏我们点的那瓶陈年勃艮第。感到自己得到了倾听和理解，多半还觉得自己收获了赞同，他喜出望外，便把心里话吐了出来。

"作为法官，"他继续说道，"我曾经了解不少女人委身于她们的丈夫都是违心违愿的……但要是这个灰心丧气的可怜虫到别处去偷吃，她们又怒不可遏。"

法官用过去式开始他的句子，用现在式把句子说完的时候则变成了丈夫，这无可辩驳地恢复了他的真身。在吞咽间隙，他用教训人的口吻加了一句：

"一旦我们自己胃口不好，别人的食欲就容易显得过分。"他喝下一大口酒，然后接着说道，"亲爱的朋友，这句话便为您解释了，一位丈夫是如何在家庭中丧失领导地位的。"

从他表面上时断时续的言辞中，我足以领会并且发现，他想要把自己出轨的责任归咎于他太太的德行。我心想，那些和这个提线木偶一样支离破碎的家伙，需要动用他们全部的私心去把自己身体拆分的部位组合起来，稍稍忘了自己就会散架。他不说话了。我感到有必要交代些感想，就像面对一辆跑完一段赛程的汽车，为了让其再次上路，就要往发动机里加油。我试着说道：

"幸运的是，宝琳娜挺聪明。"

他回了一句"对……"，尾音长得令人起疑，然后又说道：

"可是有很多事情她都理解不了。您知道，无论一个女人有多聪明……况且，我承认自己在那种情况下不太机灵。一开始我跟她谈到一次小小的艳遇，当时我以为，我确信，这段故事不会有什么后文。但是故事还有后续……宝琳娜的猜忌也同样如此。就像老话说的那样，我不该把跳蚤放她耳朵里 [1]。于是我就不得不掩饰、撒谎……这就是最开始舌头太长的后果。您想怎样呢？我天生就容易轻信别人……而宝琳娜却嫉妒得可怕，您想象不出我耍过多少花招。"

"这事由来已久吗？"我问道。

"啊！差不多有五年了。我以为已经让她完全放心了，但是一切又要重新来过。设想一下，前天我回到家中……再来一瓶波马尔 [2] 怎么样？"

"我不要了，您请便。"

"店里也许有半瓶装的。之后我要回去睡一会儿。这大热天实在让我难受……我刚才跟您说，前天我回到家中，打开写字台整理一些文件。我把那个人寄来的信

---

1 "把跳蚤放某人耳朵里"是法语中的一句谚语，意为"引起某人的猜疑"。
2 波马尔：法国勃艮第博纳丘的著名红葡萄酒产区。

都藏在一个抽屉里，我拉开抽屉，亲爱的朋友，设想一下我当时多么惊慌：里面空空如也。喔！当然，之前发生了什么我已经见怪不怪了。十五天前，我一位同事的女儿出嫁，宝琳娜带着乔治回巴黎参加，我自己没办法到场，您知道我当时在荷兰……而且这种庆典主要是女人们的事情。她待在这间空空荡荡的公寓里无所事事，您知道女人总会有点多心，便以整理东西为借口，开始翻找起来……喔！当然没什么恶意。我不怪她。宝琳娜一直有收拾东西的可恶需求……于是，现在她手中掌握了证据，您还想让我跟她说什么呢？要是那个小姑娘没有直呼我的名字也就算了！一个如此和睦的家庭！一想到我将遭受什么……"

这个可怜的家伙语无伦次地讲述着他的心事。他一边擦拭额头的汗水，一边用扇子扇风。我喝的酒比他喝的少得多，心里也提供不了虚情假意的同情。我对他只感到厌恶。我承认他是一家之长（但一想到他是奥利维耶的父亲就让我难受），是一个规矩、老实、拥有养老金的中产阶级。但一想到他坠入爱河，我就只觉得可笑。他那笨拙庸俗的谈吐和手势尤其令我不适。他向我表达的那些感情，在我看来都无法由他的表情和声音传达。就像一把低音提琴试图拉出中提琴的效果，他的乐器只会走调。

"您刚才跟我说乔治跟她在一起……"

"是的，她不想把他一个人留下。不过到了巴黎，他当然不会时时刻刻从背后盯着她……亲爱的朋友，要是我跟您说，在这二十六年的婚姻中，我从来没有和她发生过任何争吵，哪怕最轻微的口角也没有……当我想到即将发生什么……因为宝琳娜这两天就回来了……啊！算了，说点别的吧。对了，您对文森有何感想？摩纳哥亲王，海上旅行……呦！您不知道吗？……对，他出发前往亚速尔群岛[1]附近监督海洋探测和捕捞工作去了。啊！对他我倒是用不着担心，我向您保证！他一个人就能走出一条属于他自己的路来。"

"他身体怎么样？"

"完全康复了。他这么聪明，我相信他前途无量。帕萨凡伯爵曾经向我坦承，他认为文森是他所遇到过的最出色的人物之一。他甚至说过'最出色的一个'……不过必须考虑到言语的夸张……"

吃完午饭，他点了支雪茄，继续说道：

"我能否请问您，把奥利维耶的近况告诉您的那位

---

1 亚速尔群岛：位于北大西洋中部。

朋友到底是谁？实不相瞒，我对孩子们的交往对象一向特别上心——我认为再怎么重视都不为过。所幸孩子们天生倾向于结识那些比自己更出色的人。您看，文森与亲王，奥利维耶与帕萨凡伯爵……至于乔治，他已经在乌尔加特[1]找到了一个小同学——朝气蓬勃的阿达曼迪，他们俩会一起进维德尔－阿扎伊斯的寄宿学校就读。那是一个安静的孩子，父亲是科西嘉的参议员。不过看看需要当心什么吧！奥利维耶有个朋友，看起来家庭出身非常好，叫作贝尔纳·坡菲唐迪厄。必须跟您声明，他父亲是我的同事，是个一流的人物，也是我尤其敬重的人。不过……（这句话不要告诉外人）……我最近得知，孩子顶着他的姓氏，他却并非孩子的生父！您对此有何看法？"

"和我谈起奥利维耶的正是这位年轻的贝尔纳·坡菲唐迪厄。"我说道。

莫利尼耶猛吸了一口雪茄，眉毛挑得老高，导致他的额头皱纹密布。

"我更希望奥利维耶不要和这孩子过从太密。我得到了不少关于他的不良情报，当然它们并不令我惊奇。

---

1 乌尔加特：位于诺曼底地区，是法国北部沿海城市。

我们都知道，一个孩子诞生于这种悲惨的处境，不可能期待会有什么好事发生。这并不意味着私生子就没法拥有长处甚至德行，但这种由混乱与逆反结出的果实必然携带着无序的萌芽……是的，我亲爱的朋友，该发生的事情终究发生了。年轻的贝尔纳突然离家出走了，而他本就不该进这个家。他就像埃米尔·奥吉耶[1]说的那样'自谋生路'去了。也不知道他究竟如何谋生，在哪里谋生。这出闹剧是可怜的坡菲唐迪厄亲口告诉我的，最开始他显得极度痛苦。我总算让他想明白了，不必在心里把这事看得太重。总而言之，这个孩子的离去让很多东西恢复了秩序。"

我明言自己与贝尔纳相当熟悉，足以为他的恳切诚实提供担保（不必说，手提箱的故事当然避而不提）。不过莫利尼耶立刻予以反驳：

"那好！看来非得跟您多讲几句不可了。"

他身体前倾，低声说道：

"我的同事坡菲唐迪厄负责预审一桩极其麻烦棘手的案子，一方面是因为这桩案件本身，另一方面也是由于它有可能产生的反响和后果。这件事看起来不像真

---

1 纪尧姆·维克托·埃米尔·奥吉耶（1820—1889）：法国剧作家。

的，而且谁都希望能够不把它当真……我亲爱的朋友，内容涉及某种名副其实的卖淫之举，某种……不，我不想使用那些下流词汇，就说是一间茶社吧。其中尤其令人愤慨之处在于，大多数甚至清一色的常客都是些非常年轻的中学生。我跟您说这简直不可思议。这些孩子必然没有意识到他们行为的严重性，因为他们几乎不试图遮掩。这一切都发生在放学以后。他们吃点心、聊天，与那些女人玩乐，而那种活动则在毗邻客厅的卧房里继续。当然，那地方不是谁想进就能进的，必须有人介绍，得到接纳才行。是谁在报销这类狂欢活动的费用？是谁在支付房租？这些看起来都不难发现，但要推进调查就必须极其谨慎，以免所知太多、卷入太深，不得不去追查甚至牵连那些家中的孩子被怀疑成主要客户的体面人家。所以我竭尽全力试图约束坡菲唐迪厄的热忱之心，他就像头公牛一样在这件案子里横冲直撞，完全没有料想到他顶出的第一下牛角……（啊！对不起，我不是故意这么说的。啊！啊！啊！这真好笑，让我脱口而出了）……就有把他儿子捅穿的风险。万幸的是，假期把所有人都送走了，学生们也都散去了，我希望整件案子能够渐渐搁置，私下里警告处分一番就过去了。"

"您确定贝尔纳·坡菲唐迪厄参与进去了吗？"

"并不绝对，但……"

"是什么让您这样认为的呢？"

"首先，是他作为一个私生子的事实。您好好想想，一个像他那个年龄的孩子，若非恬不知耻，是不会从自己家里溜走的……还有，我认为坡菲唐迪厄也起了疑心，因为他的工作热情突然减退了。我该怎么说呢，他似乎在开倒车。上次我向他问起这件案子的进展情况，他显得颇为局促，对我说道：'我认为，这件事最后不会得出任何结果。'然后迅速转移了话题。可怜的坡菲唐迪厄！哎！您知道，他不该受到这样的对待。这是一个老实人，也许更加难得的是，他为人正派。啊！比方说，他女儿刚刚举行了一场美满的婚礼。我当时没办法到场，因为我身在荷兰，但宝琳娜和乔治回来参加了。我之前跟您提到过吧？是时候回去睡觉了……什么，真的吗？您想一起买单？放下吧！男子汉之间，都是朋友，一人一半吧……办不到？那好，再见。别忘了宝琳娜这两天就回来了。来看看我们。还有，别再喊我'莫利尼耶'了，叫我'奥斯卡'就行！……我早就想对您提出这个要求了。"

今晚收到劳拉的姐姐拉谢尔的一张便条：

我有几件要事与您相商。如果没有太过打扰的话，明天下午能否移步寄宿学校一叙？您会帮上我大忙的。

如果是为了和我谈劳拉的事情，她就不必等那么久了。这是她第一次给我写信。

二　爱德华日记: 在维德尔家中

爱德华日记

（续）

九月二十八日

　　我在寄宿学校底楼的大自习室门口见到了拉谢尔。两个用人正在拖地，她自己也系着围裙，手里握着一块抹布。

　　"我就知道可以信任您。"她一边说话一边向我伸手，脸上带着一种温顺的忧伤，却依然露出微笑，这种神情比美貌更加动人，"如果您不太着急的话，最好先上楼拜访一下外祖父，然后看看妈妈。要是他们得知您来了却对他们避而不见的话，会很难过的。不过请您留点时间，我必须跟您谈谈。您等会儿来这里找我，您看，我正在监工呢。"

出于某种羞涩，她从来不说"我在工作"。拉谢尔谦让了一辈子，没有任何东西比她的德行更加谨慎、更加虚心了。克己对她而言已经成了一种本能，以至于她的任何一个家人都不感谢她不间断的牺牲。这是我认识的女性中灵魂最为高尚之人。

登上三楼，走进阿扎伊斯的房间。老人已经几乎再也离不开他的扶手椅了。他让我在他旁边就座，随后几乎是立马跟我谈到了拉佩鲁斯：

"得知他如今孤身一人，我很担心，想要劝他搬到寄宿学校来住。您知道我们是老朋友了。最近我去看过他。我担心他亲爱的太太去了圣佩林医院令他深感痛苦。他的女仆告诉我，他几乎茶饭不思。我认为我们平时吃得太多，但万事万物都要讲究分寸，过犹不及。他觉得为他一个人做饭徒劳无益，不过和我们一起用餐，看到其他人吃饭，也许能够引起他的食欲。他在这里还可以跟可爱的小孙子形影不离，否则他几乎没机会见到对方，因为从瓦万街到圣奥诺雷郊区街也算出趟远门了。还有，我不太喜欢让小孩子一个人在巴黎乱跑。我认识阿纳托尔·德·拉佩鲁斯已经很久了，他总是那么古怪。这并非指责，但他骨子里有点傲气，如果不亲自付出点代价，也许不会接受我给予他的款待。所以我想请他巡监一下课堂，这几乎不会把他累倒，而且还能让他有效地打发时间，让他从自己的世界里稍微走出来一点。他数学很好，有需要的时候可以帮人复习几何或者代数。现如今他已经没有学生了，他的钢琴还有那些家具对他而言再也用不上了，他应该把房子退掉。由于搬到这里来住能给他省下一笔房租，我想到我们可以稍微收点伙食费，这样能够让他感觉更加自在，心里不必对我太过感恩戴德。您应该尽量说服他，不要拖太久，因为按他现在糟糕的生活起居，我担心他很快就会虚弱下去。还有，这两天就要开学了，有必要做到心中有数，搞清楚我们能否信赖他……就像他可以信赖我们一样。"

我答应第二天就去和拉佩鲁斯谈谈。老人立马就安心了：

"呃！说起来，您那位年轻的宠儿贝尔纳真是一个善良的小伙子。他友善地提出想给这地方帮点小忙。他表示想要监督低年级的学业，但我担心他还是年轻了一点，难以得到尊重。我和他谈了很久，觉得他极富同情心。想锻造出最杰出的基督徒就需要这种淬火的特质。这个灵魂前进的方向被他早年所受的教育引至歧途，这当然令人遗憾。他向我坦承自己没有信仰，不过他跟我说起这件事时的语气却给我带来了良好的希望。我回答他说，我希望在他身上发现造就一个勇敢的青年基督捍卫者所需要的一切素养，他必须好好思考如何发扬上帝赋予他的诸多天赋。我们一起重念了《圣经》里的寓言，我相信优良的种子并未落入贫瘠的土地。他听完我这番话显得大受感动，并且答应我会仔细思考。"

贝尔纳之前已经把他和老人的对话告诉了我。我对他的想法早已心知肚明，因此这番谈话对我来说听得相当难受。我起身准备告辞，但老人却把我递过去的手握在掌中不放：

"呃！话说回来，我见到我们的劳拉了！我知道这个可爱的孩子和您在崇山峻岭中待了整整一个月，她看起来似乎获益匪浅。得知她重新回到丈夫身边，我很高兴。她缺席这么久必然让对方开始感到煎熬了。可惜由于工作缘故他没法去那里和你们会合。"

我愈发感到不适，因为我不知道劳拉会跟他说些什么。我抽出手想要走人，但他却用一个粗暴蛮横的动作把我拉到他身边，身体前倾，在我耳边说道：

"劳拉向我透露了她的喜讯，不过小点声！……她还不希望别人知道。我把这件事告诉您，是因为我知道您了解情况，而且我们俩都守得住秘密。这个可怜的孩子跟我开口时满脸通红，而且非常局促。她真是稳重。当她在我面前跪下时，我们一起感谢上帝愿意赐福于这段婚姻。"

在我看来劳拉还是推迟透露这个秘密为好，毕竟她的孕态还没有逼迫她非这么做不可。如果她跟我商量的话，我会劝她在见到杜维耶之前什么都别说。阿扎伊斯不明就里，但他那些家人并不像他那么好骗。

老人又对几个与牧师相关的主题进行了一番演绎，然后告诉我说，他女儿见到我一定会很高兴，于是我便下楼来到了属于维德尔家的楼层。

我把上文重读了一遍。这样谈论阿扎伊斯，在我笔下变得面目可憎的恰恰是我自己。而这正是我的本意。我加上这几行适用于贝尔纳的话，万一他那要命的轻率促使他再一次窥探这本笔记时就能用上了。只要他继续和老人交往，就会明白我想表达什么意思。我很喜欢这个老人，用他的话说，我"尤其"尊敬他。不过一旦待在他身边，我就再也无法自控了，这导致我和他相处相当困难。

　　我很喜欢他的女儿，那位牧师夫人。维德尔太太颇似拉马丁[1]笔下的艾尔薇，一个老去的艾尔薇。她的谈吐并非没有魅力。她常常说话说一半，这赋予她的思想以某种诗意的朦胧。她用不确切与未完成来制造无限。她在来生中期待现世缺少的一切。这使她得以无穷无尽地扩展她的希望。她在自己狭小的地面上获取动力。与维德尔见面的次数寥寥，使她得以想象自己爱他。那位可敬的男士总是在出发的路上，忙于成百上千的关怀与操劳，忙于各类布道、会议以及探望穷人与病患。他只在过路时和你握手，却握得更加发自内心。

　　"实在太忙，今天没法闲聊了。"

　　"好吧！我们天上见！"我对他说道。但他甚至连听我说这句话的时间都没有。

　　"他连片刻空闲都没有。"维德尔太太叹了口气，"要是您知道他在肩膀上让别人压了多少东西就好了，自从……因为大家都知道他来者不拒，所有人就都对他……当他晚上回到家，有时候他累得让我几乎不敢跟

---

1 阿尔丰斯·德·拉马丁（1790—1869）：法国浪漫派诗人。"艾尔薇"出现在其著名诗集《诗意沉思》之中，代表他所爱慕的一位女性。

他说话，生怕……他把自己的全部精力都用在了别人身上，以至于再也没有任何力气去关注家人了。"

她跟我说话的时候，我便回忆起自己住在寄宿学校时维德尔先生回家的场景。我常常看到他双手抱着头，在短暂休息之后大声喘气。不过，当时我已经在想，对于这种暂时的休息，他的畏惧也许胜过期待，没有什么事情比给他点时间进行反思更加痛苦了。

当一个小个子女佣端来一个满满的托盘时，维德尔太太问我："您喝杯茶吗？"

"太太，糖用完了。"

"我已经跟您说过了，您应该去跟拉谢尔小姐要。快去……您通知那几位先生了吗？"

"贝尔纳先生和鲍里斯先生都出去了。"

"好吧！那阿尔芒先生呢？抓紧点。"

接着，还没等女佣出去，她就说道：

"这个可怜的姑娘是从斯特拉斯堡来的。她没有任何……每件事都得跟她讲……好吧！您还在等什么？"

女仆转过身，像是一条被人踩住尾巴的蛇：

"楼下有个辅导老师想要上来。他说不付钱就不走。"

维德尔夫人的面上显露出某种悲戚的烦闷：

"我重复过多少次了，结账的事情不归我管。告诉他去跟小姐说。快去！片刻清闲都没有！真不知道拉谢尔在想什么。"

"我们不等她一起喝茶吗？"

"她从来不喝……啊！这回开学真是给我们带来不少麻烦。这些毛遂自荐来的辅导老师要价实在太高，或者价格合适，但本身又能力不足。爸爸原本就对刚才那人颇为不满，但在对方面前却表现得过于软弱，现在轮到他来乘人之危了。您听到小女仆的话了。所有这些人脑子里想的只有钱……仿佛世界上没有任何东西更加重要一样……我们暂时也不知道如何替换他。普罗斯佩总是认为，只要向上帝祷告，一切都能解决……"

女仆拿着糖回来了。

"您通知阿尔芒先生了吗？"

"是的，太太，他马上就来。"

"莎拉呢？"我问道。

"她过两天才回来。她现在人在英国，住在朋友家里，就是您在我们这儿见过的那个年轻女孩的父母家里。他们非常友善，我很高兴莎拉可以稍稍……劳拉也一样。我发现她的气色好多了。离开南方之后，在瑞士小住一阵对她很有好处。您能让她下定决心真是太好了。只有可怜的阿尔芒整个假期都没有离开巴黎。"

"拉谢尔呢？"

"对，确实，她也没有。好几拨人邀请过她，但她宁愿留在巴黎。而且外祖父需要她。何况，在生活中，做事情并不总能随心所欲。每过一段时间我就不得不跟孩子们重复一遍这句话。另外也应该想想别人。您觉得我去萨斯费转转不会觉得开心吗？而普罗斯佩，当他出门旅行时，您以为是为了他自己的乐趣吗？"这时她看到儿子进来，便加了一句，"阿尔芒，你很清楚我不喜欢你不带假领子就跑到这儿来。"

"我亲爱的母亲，您曾经认真叮嘱过我，不必注重穿着。"他一边说一边向我伸手，"而且也是赶上了，因为洗衣女工每到星期二才来，而我剩余的那些领子都破了。"

我想起奥利维耶谈起他这位同学时跟我说过的话，在我看来阿尔芒充满恶意的反讽背后确实隐藏着某种深沉的忧思。阿尔芒的容貌颇为帅气，他的鼻型内收，在他单薄而苍白的双唇上方弯成钩状。他继续说道：

"您有没有通知您的贵客阁下，为了冬季的开幕演出，我们的常设剧团增添并招聘了几位了不起的名角：一位思想正统的参议员之子，以及年轻的帕萨凡伯爵——那位知名作家的弟弟？这还没算两位您已经认识的新成员，他们更加令人尊敬：鲍里斯王子与坡菲唐迪厄侯爵。还有其他几位，不过他们的头衔和品德还有待探明。"

"您看他一直没变。"可怜的母亲冲这些玩笑话微笑起来。

我实在害怕他开口提及劳拉，便缩短了拜访时间，用最快的速度下楼找拉谢尔去了。

她正卷着衣袖帮忙整理教室，不过一看见我走过来就赶紧把袖子放下了。

"向您求援实在让我极度煎熬。"她刚把我引到隔壁私人授课用的小房间里便开始说道，"我原本想去找杜维耶，他曾经向我这样表示过，但自从见到劳拉之后，我就知道再也没法这么做了……"

她的脸色非常苍白，当她说出最后几个字时，她的下巴与双唇都痉挛性地颤抖起来，一度阻止她把话说下去。由于担心让她尴尬，我把目光从她脸上移开了。她倚着之前被她关上的房门。我想握住她的手，但她却抽了回去。她终于继续说下去，声音就像被她无尽的努力挤压了一样：

"您能借我一万法郎吗？收入预计相当不错，我希望不久就能还您。"

"您几时需要？"

她没有回答。

"我手头只有一千多法郎，"我继续说道，"不过到了明早我就能把总数凑齐……如果必要的话，今晚就可以。"

"不，明天就行。不过要是您方便的话，能否现在就把一千法郎留给我……"

我把钞票从钱包里取出来递给她。

"您看一千四百法郎如何？"

她低着头说了句"好"，声音微弱得我几乎没听见。然后她跟跟跄跄地走到一张学生用的长椅边，瘫坐下来，两肘撑在面前的课桌上，把脸埋在双手中好一阵子。我以为她哭了，但当我把手放在她肩上时，她抬起头，我看到她的双眼依然干涩。

"拉谢尔，"我对她说道，"不要为求我帮这个忙而惭愧。我很高兴能够为您效劳。"

她严肃地看着我：

"让我感到难受的地方，是我不得不请您对我的外祖父和母亲守口如瓶。自从他们把寄宿学校的账目交给我之后，我就一直让他们以为……总之，他们毫不知情。求求您什么都别跟他们说。外祖父老了，妈妈又出了那么多力。"

"拉谢尔，所有这些事情都不是她在出力……是您啊。"

"她曾经出过很多力。现在她累了，轮到我了。我责无旁贷。"

她简简单单地说出了这几个简单的词。我从她的逆来顺受中没有听出任何苦楚，反而感到某种安宁。

"不过别把这件事想得太严重，"她继续说道，"仅仅是一时困难而已，因为有几个债主表现得不耐烦了。"

"我刚才听到女仆说有个辅导老师在讨薪。"

"是的，他过来和外祖父闹了一通，可惜我没办法阻拦。那是个粗野庸俗的家伙。我必须去把钱付给他。"

"您希望我替您走一趟吗？"

她犹豫了片刻，努力挤出微笑，却是徒劳：

"谢谢，但不必了。还是我去为好……但您愿意跟我一起去吗？我有点怕他。要是他看见您在，多半会什么都不敢说。"

寄宿学校的中庭高出后侧的花园几级台阶，中间隔着一排栏杆，那位教员就倚在那边，两肘撑在后面。他戴着一顶硕大的软毡帽，正在抽烟斗。当拉谢尔和他交涉时，阿尔芒跑了过来。

"拉谢尔向您敲竹杠了，"他玩世不恭地说道，"您在千钧一发之际把她拉出了苦海。又是我那个蠢猪哥哥亚历山大在殖民地欠了债。她想把这件事对我父母瞒过去。她已经拿出了自己的一半嫁妆去扩充劳拉那份，这次把剩下的全送进去了。我敢肯定这些事情她跟您一个字也没提。她的谦让真让我生气。这是尘世间最阴险的玩笑之一：每次有谁为别人牺牲，我们就可以认定这个人一定比他们更有价值……她为劳拉做的一切！对方真应该好好报答了，这个婊子……"

"阿尔芒！"我愤怒地喊道，"您无权评价您的姐姐。"

但他却用急促而尖厉的噪音继续说道：

"我评价劳拉反而是因为我自己并不比她强。我有自知之明。拉谢尔从来不评价我们。她从不评价任何人……是的，那个婊子，那个婊子……我对她作何感想，我向您保证，我还没有直截了当地告诉她……而您却遮掩、袒护这一切！您早就知道……外祖父不明就里，妈妈则尽量装傻。至于爸爸，他信赖天主，这更方便。一遇到困难，他就下跪祈祷，让拉谢尔去想办法应对。他的全部诉求，就是别看得太清楚。他四处奔波，东奔西跑，几乎从来都不着家。我明白他在家里喘不过气。至于我，这个家简直要我的命。他试图麻醉自己，见鬼！与此同时，妈妈却在写诗。喔！我没开她玩笑，我自己也写诗。但最起码，我知道自己就是个混蛋，我也从来没有试图装出其他模样。您说，这难道不令人作呕吗：外祖父对拉佩鲁斯'布施'，其实是因为他需要一位辅导老师……"这时他突然换了话题，"那头猪猡在那边敢对我姐姐说什么？要是他离开的时候不向她行礼，我就一拳打烂他的嘴……"

他冲向那个放荡不羁的家伙，我以为他准备开打。但是对方等他跑近了，便行了一个大大的脱帽礼，既夸张又充满嘲讽，然后便消失在了拱门之下。此时此刻，正门打开了——以便让牧师进来。他穿着礼服，戴着高筒帽和黑手套，像是参加完施洗或者葬礼回来。那位前任教员和他彼此打招呼客套了几句。

拉谢尔与阿尔芒靠了过来。当维德尔走到我身边跟他们会合时，拉谢尔对她父亲说道：

"一切都办妥了。"

后者吻了吻她的额头：

"我的孩子，你很清楚我常常跟你说的：上帝从不放弃那些信赖他的人。"

接着，他向我伸出手：

"您已经要走了吗？……那过几天再见吧，好吗？"

三　爱德华日记：三访拉佩鲁斯

爱德华日记

（续）

九月二十九日

拜访拉佩鲁斯。女仆犹豫着让不让我进门："先生不想见任何人。"在我的一再坚持之下，她才把我引到客厅。百叶窗都关着。我那位当年的老师深陷在一把宽大的直背靠椅里，在昏暗的光线中我差点没认出他来。他既未起身，也没有看向我，只是从侧面向我伸出他绵软的手掌，等我握过之后又垂了下去。我在他身边坐下，因此只能看见他的侧脸。他的脸部轮廓依旧严厉而僵硬，嘴唇时不时颤动一下，却不发一言。我终于起了疑心他到底有没有把我认出来。钟摆响起了四点的钟声。像是被时钟齿轮驱动一样，他慢慢转过头，用一种庄重有力，却毫无生气，仿佛来自九泉之下的声音说道：

"为什么把您放进来？我之前叮嘱过女仆，不管什么人来找我，都说拉佩鲁斯先生死了。"

我感到心痛，不仅仅是因为这些荒诞的言辞，也是由于那种语调，是一种夸张的语调，做作得难以形容，我这位老师平时对我那么自然，那么信任，现在这样实在让我习惯不了。

"那个女孩不想撒谎，"我终于回答说，"不要因为给我开门就埋怨她。再次见到您我很高兴。"

他痴傻地重复着："拉佩鲁斯先生死了。"然后重新陷入了沉默。我感到有些恼火，起身准备告辞，打算改天再来探寻这出悲伤闹剧的起因。不过这时女仆走了进来，端来一杯冒着热气的热巧克力：

"但愿先生能振作一点。今天他还滴水未进呢！"

拉佩鲁斯不耐烦地惊跳起来，就像一位演员被某个笨拙的配角破坏了演出效果一样：

"晚点吧。等这位先生离开之后。"

但是女仆刚把门带上，他就说道：

"我的朋友，行行好，给我倒杯水来，我求您了。一杯清水就行，我渴得要死。"

我在餐厅找到一个水瓶和一只玻璃杯。他把杯子倒满，一饮而尽，用那件驼绒上衣的袖子擦了擦嘴唇。

"您发烧了吗？"我问他。

我这句话立刻让他想起了自己正在扮演的那个角色应该是什么感觉。

"拉佩鲁斯先生没有发烧。他再也没有任何东西了。从星期三晚上开始，拉佩鲁斯先生的生活就停止了。"

我犹豫着是不是最好加入他这场戏：

"星期三不就是小鲍里斯过来看您那天吗？"

他向我转过头，提到鲍里斯的名字，他脸上绽放开来的一阵微笑仿佛带着昔日笑容的影子，让他终于同意放弃自己的角色：

"我的朋友，对您我完全可以直言不讳：上星期三，是我生命中剩下的最后一天。"然后他用更低沉的声音继续说道，"恰恰是我在了断之前……许给自己的最后一天。"

看到拉佩鲁斯又回到这个阴郁的话题让我感到痛苦

万分。我终于明白自己从来没把他之前对我说过的话当真，因为我早就任由自己把它们淡忘了。此刻我对此感到自责。现在我回忆起了一切，但心里却觉得惊讶，因为他一开始跟我提到的日期要更早一些。当我提醒他注意时，他用重新变得自然甚至带着些反讽的语气向我承认，他在日期方面欺骗了我，说他害怕我试图阻止他或者为此赶回巴黎，就把日子推后了几天。不过他说自己曾一连跪了好几个晚上，恳求上帝允许他能在死前见到鲍里斯。

"我甚至和他约定，"他补充道，"必要时我可以把行期延后几天……因为您曾向我保证把他给我带回来，您还记得吧？"

我握住他冰凉的手，用双掌包裹着让它回暖。他继续用一种单调的声音说道：

"所以，当我得知您无须等到假期结束就能回来，而我不必拖延行期就能重新见到那个小家伙时，我就以为……在我看来上帝考虑到了我的祈祷。我相信他是赞同我的。是的，我当时相信这一点。我没有立刻想明白他其实从始至终都在嘲弄我。"

他把手从我双掌中抽了回去，用一种更加活跃的语气说道：

"所以我原本下定决心在星期三晚上了断，而您把鲍里斯带到我身边正是星期三白天。我必须承认，当我看见他的时候，我没有体会到自己之前预期的那种喜悦。之后我反思过这件事。很显然，我无权期望这个孩子见到我会觉得开心。他母亲从来没跟他提到过我。"

他停住了，双唇颤动着，我以为他就要哭出来了。

"鲍里斯巴不得喜欢您，但您也要给他留下跟您熟悉起来的时间。"我试着劝慰道。

"小家伙离开之后，"拉佩鲁斯没听见我的话，自顾自地继续说道，"等到晚上我重新一个人待着的时候（因为您知道拉佩鲁斯夫人已经不在这里了），我对自己说：'来吧！时候到了。'有必要让您知道，我那位已故的兄弟曾经留给我两把手枪，一直被我留在身边，放在床头的一个盒子里。于是我就去找来这个盒子。我坐在靠椅上，就像此时此刻一样。我在一支手枪里装好子弹……"

他突然向我猛转过身，就像我怀疑他的话一样，重复说道："对，我装好了子弹，您可以去看看：它还装着呢。然后发生了什么呢？我也搞不明白。我把手枪对着自己的额头。我把它贴着鬓角举了很久，但我没有开枪。我做不到……到了最后一刻，说起来真是羞耻……

我没有扣动扳机的勇气。"

他越说越激动，他的目光变得更加生动，气血稍稍染红了他的双颊。他一边摇头一边注视着我：

"您如何解释这事？一件我早就下定决心的事情，几个月以来我就考虑个没完……也许正是因为这个缘故吧。也许事情想了太多，结果耗光了我的勇气……"

"就像鲍里斯归来之前，您已经耗尽了与他重逢的喜悦一样。"我对他说道。不过他还在继续往下说：

"我把手枪对着鬓角举了很久，手指勾着扳机。我稍稍按了按，但不够用力。我心想：'过会儿我会按得更用力，然后子弹就会射出来。'我感觉到金属的寒意，又想道：'过会儿我就再也感觉不到任何东西了。不过首先我会听见一阵可怕的噪声……'您想一想！离耳朵那么近！……让我收手的原因主要就是这一点：害怕噪声……这真荒唐！因为，在人死去那一刻……是的，但关于死亡，我希望它像一次沉睡，而一阵轰鸣是没法让人入睡的——它会把人惊醒……是的，我害怕的正是这一点。我怕自己没有睡着，反倒突然醒了过来。"

他似乎恢复了镇定，或者更准确地说，集中了注意力，但他的双唇一度又茫然地抖动起来。

他继续说道："这一切，都是我事后才想到的。真相是，我之所以没有自杀，是因为我当时并不自由。现在我说：我当时怕了，并非如此，不是这个原因。某种与我的意志完全无关而且比它更强有力的东西把我拦住了……就好像上帝不愿让我离开一样。您想象一下，一个木偶想要在落幕之前离开舞台……站住！结尾部分还要用你。啊！您以为您什么时候想走就能走得掉吗！我总算弄明白了，我们所谓的'个人意志'，其实就是让木偶走动起来的那些提线，由上帝亲手牵引。您不理解吗？我来给您解释。您瞧，我现在对自己说'我要举起我的右臂'，我就把它举起来了。（他确实举起了右臂。）但这是由于细绳已经被牵动了，好让我想到并且说出：'我要举起我的右臂。'……而我并不自由的证据，就在于如果我必须举起另一只胳膊，我会对您说：'我正要举起我的左臂。'……不，我看出您不明白我的意思。喔！我现在清楚地意识到，上帝在寻开心。他要我们做什么，偏偏让我们以为是我们自己想做什么，他以此为乐。这就是他的恶作剧……您以为我疯了吗？对了，您设想一下拉佩鲁斯夫人……您知道她进了一家养老院……好吧！您设想一下，她认定那是一所疯人院，以为我把她关进去是为了摆脱她，打算把她当成疯婆子……您得承认这很奇怪，在路上随便碰见什么人，都比跟自己共度一生的人更加理解你……最开始，我每天都去看她。但是她一瞧见我就说：'啊！您在这里。您还在监视我……'这些探视只会激怒她，我不得不放弃。当我们没法再为任何人带来益处的时候，您指望我们对人生还能有什么眷恋吗？"

阵阵呜咽扼住了他的嗓音。他低下头，我以为他又要再次消沉下去，但他却带着一股突如其来的锐气开口说道：

"您知道她在走之前做了什么吗？她撬开我的抽屉，把我兄弟的信件全都烧了。她一直嫉妒我兄弟，尤其是他去世之后。夜里，要是她看到我在重读他的信件，就会跟我大吵大闹。她叫嚷道：'啊！您就等着我去睡觉。您瞒着我。'甚至会说：'您还是去睡觉为好。您把双眼累坏了。'别人会说她体贴入微，但我了解她：这是出于嫉妒。她不愿意让我和他单独待在一起。"

"这是因为她爱您。没有哪种嫉妒不包含爱意。"

"好吧！但您得承认，当爱意没有带来生活的幸福，反而变成了灾难时，这实在是一件悲伤的事情……上帝多半就是这样爱我们的。"

他说得非常激动，然后突然话题一转：

"我饿了。当我想吃饭的时候，那个女仆总是给我端来一杯热巧克力。拉佩鲁斯夫人肯定跟她说过我不吃其他任何东西。您要是能去趟厨房就太好了……走廊里右手边第二扇门……看看有没有鸡蛋。我相信她跟我说过还有。"

"您想让她给您做个煎蛋吗？"

"我感觉自己可以吃两个。您手艺够好吗？因为我没法让别人把我的话听进去。"

"亲爱的朋友，"我回来的时候对他说道，"您的鸡蛋马上就好。如果您允许的话，我就留在这里看着您吃。是的，这会让我很开心。刚刚听到您说自己没法再为任何人带来益处，我感到非常难受。您似乎忘了您的孙子。您的朋友阿扎伊斯先生提议您住到寄宿学校去，跟他一起生活。他委托我向您转达他的意思。他想到现如今拉佩鲁斯夫人已经不住在这儿了，那就没有任何因素拦着您了。"

我原本预计会存在某些阻力，然而他连对方给他的新生活开出的种种条件都几乎没有打听。

他说道："尽管我没自杀，但我也和死差不多了。待在这里还是那里，对我来说根本无所谓。您可以带我过去。"

我和他约定后天过来接他，在此之前我会把两个旅行箱交给他使用，以便他能够把自己需要的衣服还有一心想要带走的东西全都装进去。

"而且，"我又加了一句，"既然您在这间公寓的租约到期之前依然保留着使用权，那您缺了什么随时可以过来找。"

他狼吞虎咽地吃下女仆端来的鸡蛋。我又为他点了一份晚餐，看到他的天性重新占据上风才彻底放下心来。

"我给您添了很多麻烦，"他反复表示，"您是个好人。"

我本想让他把那两支手枪交给我保管，毕竟他跟我说自己再也用不上了，但他不愿意留给我。

"您再也不必担心了。我那天没做的事情，我心里清楚自己永远不会去做了。不过它们是我兄弟现如今留给我的唯一纪念品，而且我还需要它们提醒我，自己只不过是上帝手中的玩物而已。"

四 开学

那天天气很热。从维德尔寄宿学校打开的窗口望出去，可以看见花园的树梢上依然飘荡着无尽的暑气。

这个开学的日子让阿扎伊斯老人得到了一个演说的机会。他得体地站在讲台边，直面一众学生。拉佩鲁斯老爹在主席台上占了个位置。学生入场时他站了起来，阿扎伊斯友好地示意他重新坐下。他那不安的目光最开始落在鲍里斯身上，由于阿扎伊斯在演说中向孩子们介绍新老师时，觉得有必要暗示一下这位老师与其中某个学生的亲属关系，这道目光就让鲍里斯感觉更加拘束了。拉佩鲁斯却苦于跟鲍里斯毫无眼神交流，他觉得对方冷淡、漠然。

鲍里斯想道："啊！但愿他能让我静静！但愿他别让我

'引人注目'！"他的同学们把他吓坏了。放学时，他不得不加入他们，而在从学校走到校舍的路上，他把他们的谈话都听进去了。出于强烈的共情之需，他本想跟他们打成一片，但他过于敏感的天性抵触这样做，话到嘴边便卡住了。他恼恨自己的拘束，竭尽全力不流露分毫，甚至为了避免受到嘲弄而努力露出笑容。但全都白干了，在别人眼里，他看起来就像个女孩。意识到这一点令他满心懊恼。

一个个小团体几乎立刻就形成了。某个叫作莱昂·盖里达尼索尔的成了核心，而且已经树立了威望。他比其他人年龄稍长，学业方面也更领先。他皮肤棕黄，黑头发，黑眼睛，个子不算太高，也不是特别魁梧，拥有人们口中的那种"胆量"，是一个真正该死的胆大包天之徒。甚至连小乔治·莫利尼耶都承认盖里达尼索尔令他"目瞪口呆"："你知道，为了让我目瞪口呆，他必须有点东西！"这天早上，他就亲眼看到对方跑到一个抱着孩子的少妇身边：

"太太，这是您的孩子吗？"（盖里达尼索尔边说边行了个大礼。）"您的孩子真丑，不过您放心，他活不长。"

乔治提到这件事依然会哈哈大笑。

乔治把这个故事跟他的朋友菲利普·阿达曼迪说了一遍，后者问道："不会吧！不是玩笑吧？"

这种肆无忌惮的言行成了他们的乐趣所在，他们想象不出还有什么比这更加诙谐。但这其实是一艘用了很久的旧船，莱昂跟在他表哥斯特鲁维乌身后拾人牙慧，而乔治并不知情。

在寄宿学校里，莫利尼耶与阿达曼迪得以和盖里达尼索尔坐在同一条长凳上：教室第五排，以免引起学监过度关注。莫利尼耶左边坐着阿达曼迪，右边是盖里达尼索尔，绰号"盖里"。长凳尽头坐着鲍里斯，他后面是帕萨凡。

贡特朗·德·帕萨凡自从父亲死后便过着悲惨的生活，其实他之前的人生也并不愉快。他早就知道自己没法指望他兄长能给予任何同情或者倚靠。他在布列塔尼过假期，是他忠心耿耿的老女仆塞拉芬妮带他去的，就住在女仆家里。他的一切才能都无从施展。他努力学习。一个隐秘的欲望激励着他——想要向他的兄长证明自己比他更强。他进入寄宿学校是他自主选择的，同样也是因为他不想住在哥哥家里，那栋巴比伦街的宅邸只会唤起他脑海中各种悲伤的记忆。塞拉芬妮不愿把他抛下，便在巴黎弄了一处住所。已故的伯爵在遗嘱中明文规定，自己的两个孩子需要给她支付一小笔年金，靠着这笔钱她得以把事情办妥。贡特朗在这套房子里有一个房间，出了学校就住在这里。他根据自己的品味对房间进行了布置。他每周与塞拉芬妮吃两顿饭，后者照顾他的生活起居，确保他不会有任何短缺。在她身边，贡特朗乐意闲聊几句，尽管他几乎对她只字不提那些心里看重的事情。在寄宿学校里，他不让自己受别人侵扰，对同学们的玩笑充耳不闻，而且常常拒绝参与他们的游戏。这也是因为他对阅读的兴趣超过任何非户外的娱乐活动。他喜欢体育——各种类型的体育项目，但他更喜欢单人运动。这也是因为他性格孤傲，不合群。每个星期天，根据不同的季节，他会去溜冰、游泳、划船或者去乡间远足。他对很多事情反感，并不试图去加以克服，也不去设法开拓自己的精神世界，而是予以巩固。也许他并不像他自己想的、像他试图变的那么单纯。我们曾经看到他在父亲临终的床前守灵。但他并不喜欢神秘的事情，一旦他变得不像自己，就会不高兴。他之所以在班上名列前茅，不是因为才思敏捷，而是由于用功。鲍里斯只要搞清楚怎么谋取，本可以在贡特朗身边得到保护。但吸引鲍里斯的是他邻座的乔治。至于乔治，他只关心盖里，而盖里对谁都不在意。

乔治有些重要的消息要向菲利普·阿达曼迪传达，不过他认定不使用书面方式更加谨慎。

开学这天早晨，他在开课前一刻钟就抵达学校门口，白等了一阵。当他在门口来回踱步时，他听到莱昂·盖里达尼索尔机智地诘问那个少妇。之后这两个淘气鬼便借此攀谈起来，然后乔治欣喜地发现他们马上就要成为寄宿学校的同学了。

到了放学的时候，乔治与菲菲终于碰面了。他们和其他几个寄宿生一起往宿舍走，不过稍微拉开了点距离，方便他们无拘无束地讲讲话。

"你把这东西也藏起来吧。"乔治率先开口，用手指着菲菲依然明晃晃穿在扣眼里的黄丝带说道。

"为什么？"菲利普问道，注意到乔治已经不戴自己那根了。

"会被抓起来的。我的小兄弟，我本想在上课之前把这事告诉你，你只需要到得早点就行了。我为了通知你专门在门口等着。"

"但我不知道啊。"菲菲说道。

"我不知道，我不知道。"乔治模仿对方的腔调重复道，"我没能在乌尔加特和你碰面，你当时就该想到我也许有事情跟你说。"

这两个孩子一直在操心如何胜对方一头。菲菲靠着家境与父亲的财产占了些上风，但乔治靠着自己的大胆与玩世不恭取得了巨大的优势。菲菲为了不落人后，不得不稍微加把劲。他不是个坏孩子，但性格懦弱。

菲菲说道："那好吧！有什么事情就说出来。"

莱昂·盖里达尼索尔靠过来听他们讲话。乔治被他偷听也不觉得嫌厌，对方早前语出惊人，乔治也有存货准备吓唬吓唬他。于是乔治操着云淡风轻的语气对菲菲说道：

"小甜甜被关起来了。"

"小甜甜！"菲菲惊叫起来，乔治的沉着冷静反而令他惶恐不安。由于莱昂显得很感兴趣，菲菲便问乔治：

"可以告诉他吗？"

"当然！"乔治耸了耸肩。于是菲菲指着乔治对盖里说道：

"那是他的相好。"然后又问乔治：

"你怎么知道的？"

"我遇到了热耳曼妮，是她告诉我的。"

他告诉菲菲，十二天前，在他途经巴黎时，想去重温那间之前被莫利尼耶检察官指认为"寻欢场所"的公寓，他发现大门紧闭。他在附近一带闲逛，没过多久就碰到了热尔曼妮——菲菲的姘头。她告诉他：警察在假期伊始展开了一次搜查。而这些女人和孩子们不知道的是，坡菲唐迪厄为了这次搜查可谓煞费苦心，一直等到这些犯了罪的未成年人散出去之后才动手，就是不想把他们一网成擒，避免这件丑事牵连他们的父母。

"好吧！老兄……"菲菲不做任何评论连连重复道，"好吧！老兄……"以为乔治跟他幸免于难了。

"这让你脊背发凉吧，嗯？"乔治冷笑着说道。他自己当时也吓坏了，不过他认为这事根本没必要透露，尤其是在盖里达尼索尔面前。

根据这段对话，有人可能会把这些孩子看得比他们实际上更加堕落。我确信，他们这么讲话主要是为了挣脱束缚，在他们的境遇中混入了不少夸大的成分。无所谓了，盖里达尼索尔在听他们说，一边听一边要他们讲下去。等到晚上他把这番谈话告诉他表哥斯特鲁维乌的时候，后者一定会觉得很有趣。

当天晚上，贝尔纳重新见到了爱德华。

"开学都顺利吧？"

"不错。"随即他便不做声了。于是爱德华说道：

"贝尔纳先生，如果您没有谈话的心情，别指望我会逼您。我反感各种盘问。不过请允许我提醒您，您之前提出为我效劳，我有权期待从您这里得到一些消息……"

"您想知道什么？"贝尔纳不情不愿地说道，"您想知道阿扎伊斯老爹宣读了一篇庄严的演说，他在其中建议孩子们'用青春的热忱共同奋发前行……'吗？我把这几个词都记住了，因为他重复了三遍。阿尔芒认定老人家把它们用进了自己的每一篇讲稿里。我跟他坐在教室最后一排的长凳上，注视着孩子们鱼贯而入，就像诺亚在方舟里盯着那些动物一样。其中什么类型都有：反刍类的、厚皮类的、软体类的，还有其他无脊椎动物。演讲结束之后，他们开始互相交谈。阿尔芒和我注意到，他们十句话里有六句都是这样开头的：'我敢打赌你不……'"

"剩下六句呢？"

"这样：'至于我嘛，我……'"

"恐怕观察得不差，还有其他什么？"

"有些人在我眼里拥有某种伪造的性格。"

"您是指什么？"爱德华问道。

"我尤其想到其中一个人，坐在小帕萨凡旁边。小帕萨凡在我看来仅仅是个乖孩子而已。他的同座，我观察了很久，似乎用古人的'Ne quid nimis[1]'作为生活原则。您难道不觉得，以他的年龄，这句格言颇为荒谬吗？他的衣服都做得太小，领带打得很紧，连鞋带都刚够系个结。我跟他稍微聊了几句，他就抓紧时间告诉我，他发现精力的浪费无处不在，然后就像副歌里的叠句一样反复说道：'不要花费无用的努力。'"

"该死的节约！"爱德华说道，"在艺术领域，这会导致

---

1 原文为拉丁语，直译为"任何东西都不要过度"，即"适可而止"。

冗余。"

"为什么?"

"因为他们丢了什么都害怕。还有其他什么吗?关于阿尔芒您一句都没跟我提。"

"这位倒是个稀奇的怪人。说真的,他并不怎么讨我喜欢。我不喜欢虚情假意的人。他不笨,这毫无疑问,但他的头脑完全用来搞破坏了,而且他表现得最热衷于做的事情就是摧毁他自己。他身上的每一种优点:慷慨、高贵或者温柔,他都视为耻辱。他应该去参加点体育运动,到户外透口气。整天待在室内导致他变得尖刻。他似乎想要引起我的注意,我也不避着他,但实在不适应他的思路。"

"您难道不认为,在他的挖苦讽刺后面隐藏着某种过度的敏感,也许还有某种强烈的痛苦吗?奥利维耶是这么认为的。"

"有可能。我也这么想过。我跟他还不太熟。我余下的想法并不成熟。我还需要多加思考,我会跟您汇报的,不过得过一阵子。今天晚上我有事离开,请您原谅。我这两天要考试,还有,还是向您坦承为好……我心里难过。"

五　贝尔纳在考试结束后与奥利维耶重逢

> 如果我没有弄错的话，唯有每件物品开出的花朵值得摘取……

> ——费奈隆

奥利维耶在前一天晚上回到巴黎，起床时精神已经完全恢复了。天气炎热，晴空万里。等到他出门的时候，他刚刚刮过胡子，洗了澡，衣着考究，清醒地意识到自身的力量、青春与俊美。帕萨凡还在酣睡之中。

奥利维耶匆忙赶往索邦大学。贝尔纳参加笔试的时间正是今天上午。奥利维耶怎么知道的？也许他并不知情，是去打听情况的。他步履匆匆。自从那天夜里贝尔纳去他房间寻求庇护以来，他就再没见过他这位朋友。在那之后发生了多少变故啊！谁知道他在朋友面前炫耀自己的心情是不是比跟他重逢更加迫切呢？贝尔纳太不注重着装风度，实在令他恼火！不过这种品味有时候是生活优渥的副产品。奥利维耶得以体验，多亏了帕萨凡伯爵。

这天早上贝尔纳参加的是笔试。他直到中午才会出来。奥利维耶在中庭里等他。他认出了几个同学，和他们握了握手，然后就走开了。他的着装令其稍感拘束。让他变得更加局促的是，当贝尔纳终于得到解脱，走进中庭，一边向他伸手一边嚷道：

"真帅气！"

奥利维耶原本以为自己再也不会脸红了，这时却脸红起来。尽管他的语气非常真诚，但从这几个词里怎么会听不出其中的讽刺意味呢？贝尔纳依然穿着离家出走那天晚上披的外套。他没料到自己会遇见奥利维耶。他拉着对方问东问西，重逢的乐趣突如其来。尽管他最开始面对朋友过分讲究的着装露出了一点微笑，却不含任何恶意。他心地善良，并不刻毒。

"和我一起吃中饭怎么样？对，下午一点半还得去考拉丁语。今天早上是法文。"

"满意吗？"

"是的，我挺满意。不过我不知道自己写的东西符不符合主考官的口味。内容涉及如何评价拉封丹[1]的四行诗句：

> 帕尔纳斯[2]的蝴蝶，
>
> 好似善良的柏拉图把我们的诸多奇观比作蜜蜂一样，
>
> 我是轻盈之物，飞向一切主题，
>
> 在一朵朵花间穿梭，在一个个对象间游走。

"说几句吧，你会怎么处理？"

奥利维耶无法抵挡出风头的欲望：

"我会说，拉封丹在描绘自己的时候，画出了一幅肖像：关于艺术家，关于那种赞同单单摘取世界的外部、表层和所开花朵的人。然后我就直接摆出另一幅肖像：关于学者，关于研究员，关于那些深入挖掘之人。最终证明，在学者寻觅之时，艺术家已有所得。深入挖掘之人深陷其中，深陷其中之人双目失明。真相即表象，奥秘即形式，人类拥有的最深

---

1 让·德·拉封丹（1621 — 1695）：法国著名作家，寓言诗人。其作品经后人整理为《拉封丹寓言》。

2 帕尔纳斯：古希腊神话中文艺女神居住的神山，后世借以指代"诗歌"。

邃之物就是他的皮肤。¹"

最后这句话，奥利维耶是从帕萨凡那里借来的，帕萨凡本人则是有一天听保罗·安布瓦斯在沙龙中演讲时拾人牙慧的。对帕萨凡而言，一切尚未付梓之物都可以占为己有，他称之为"空中的思想"，也就是别人的思想。

奥利维耶语调中某种说不清道不明的东西提醒贝尔纳这句话并非对方原创。奥利维耶的声音颇为拘谨，贝尔纳几乎要问："这是谁说的？"不过，除了不愿得罪他的朋友之外，他也害怕听到帕萨凡这个对方目前为止一直避而不提的名字。贝尔纳只是带着一种奇怪的坚持盯着他朋友不放，而奥利维耶又一次脸红了。

听到多愁善感的奥利维耶发表这些与自己对他的认知完全背道而驰的观点，贝尔纳的震惊几乎立马让位于某种激愤，就像飓风一样，突如其来、出其不意、无法抗拒。让他生气的不仅仅是这些观点，尽管这些观点在他看来的确颇为荒谬。甚至说到底这些观点也许并没那么荒谬，在他那本收集对立观点的小本子上，他完全可以将其记录在自己的思路对面。如果它们确实是奥利维耶自己的想法，那贝尔纳既不

---

1 出自纪德之友保罗·瓦莱里笔下。瓦莱里全名"安布瓦斯·保罗·图桑·于勒·瓦莱里"，在给纪德写信时经常署名"保罗·安布瓦斯"。

会对人也不会对这些观点耿耿于怀，但他觉得这番话后面还藏着某个人，所以他的怒气其实是冲帕萨凡发的。

"人们用来毒害法兰西的，就是这类观点！"贝尔纳用低沉而激越的嗓音叫嚷道。他说话气势汹汹，想要凌驾于帕萨凡之上。他说出的话也令他自己感到惊讶，就好像他的语句在先，思想在后。然而他上午答卷时遵循的恰恰就是这种思路，只不过出于谨慎，他不愿意在自己的言语中，尤其是在和奥利维耶谈话时卖弄他所谓的那些"伟大情感"。这些情感一旦被表达出来，在他看来就没那么真诚了。因此奥利维耶从来没有听他朋友谈到过"法兰西"的利益，这下子轮到他感到惊奇。他睁大了双眼，甚至连微笑都不打算保持。他再也认不出他的贝尔纳了。他傻乎乎地重复念叨着：

"法兰西……"接着，由于贝尔纳明显不是开玩笑，为了推卸责任，奥利维耶说道，"但是老兄，这么想的人并不是我，是拉封丹。"

贝尔纳几乎变得咄咄逼人起来。

"果然！"他叫嚣道，"我就知道这不是你的想法。不过，老兄，这也不是拉封丹的想法。如果他只凭这份轻浮，绝不可能成为我们敬仰的艺术家，何况他到了晚年自己也为此感到后悔和抱歉。这恰恰是我今天早上在论文中陈述的内容，我还添了不少引文来充实我的论据，你知道我的记忆力相当不错。不过我很快就把拉封丹撇开了，质疑某些肤浅之辈可能想要从其诗句中寻获的内容。我花了大段篇幅斥责那种无忧无虑、嬉皮笑脸、讽刺挖苦的精神气质，斥责那种有时候会导致我们在国外声名扫地的所谓'法兰西精神'。我提出，在其中应该看出一种法兰西的怪相，它甚至连微笑都算不上。而真正的法兰西精神应该充满审视、逻辑、爱意以及耐心的深入洞察。如果拉封丹没有被这种精神激励过，也许他还能写出各种故事，却绝对写不出那些寓言以及那封令人赞叹的长信（我表示对这封信很熟悉），那几行让我们进行评论的诗句就是从信中截取出来的。是的，老兄，我一路冲杀到底，这也许会让我名落孙山。但我不在乎，我不吐不快。"

奥利维耶并不特别坚持自己刚刚发表的意见。他之前只是屈服于出风头的需求，于是仿佛漫不经心地引述了一句他认为足以惊呆朋友的话。如今对方咄咄逼人，他只能退避三舍。他有一个重大弱点：他对贝尔纳友情的需要远远超过对方对他的需要。贝尔纳的声明挫伤了他，凌辱了他。他恨自己之前说得太快，如果他让贝尔纳先讲，他一定会亦步亦趋，但现在为时已晚了。可他怎么会预料到，贝尔纳这么喜欢批评质疑，居然会对那些帕萨凡告诉他只需微笑置之的感情和思想表现出一副捍卫者的模样呢？他实在没有微笑的兴致，只感到屈辱。他既不能收回自己的话，而贝尔纳真切的情绪树立在他面前，他又无法反驳，于是只求自卫与逃避：

"总之，如果这些都是你写在作文里的，那就不像你说的那样是在针对我……我更喜欢这样。"

他说出这番话仿佛怒气冲冲的，完全不是他原本想要的语气。

"但我现在是对你说的。"贝尔纳说道。

这句话击中了奥利维耶的心脏。贝尔纳这么讲多半没有恶意，但还能怎么理解呢？奥利维耶收声了。一道深渊在他和贝尔纳之间形成了。他试图寻找几个话题让自己能够从深渊的一边跳到另一边，重建联系，却不抱希望。"他难道不明白我的心痛吗？"他心里这样想，于是心痛又加重了。也许他还不需要强忍眼泪，但心里觉得确实有些事让他想哭。这同样属于他自己的过错：如果这次会面带给他的预期没那么快乐，就不会显得这么悲凉。这就和他两个月以前兴冲冲地去见爱德华的情形完全一样。他心里想道，自己总是这样。他真想把贝尔纳甩了，随便跑到哪里去，忘记帕萨凡、爱德华……突然，意料之外的遭遇打断了他的愁绪。

他们正沿着圣米歇尔大街[1]的坡道往上走，在他们身前

---

1 圣米歇尔大街：位于索邦大学门口。

几步远的地方，奥利维耶瞥见了他的弟弟乔治。他抓住贝尔纳的胳膊，立即背转过去，赶忙把贝尔纳拖走。

"你觉得他看见我们了吗？家人还不知道我回来了。"

小乔治并不是一个人，同行的还有莱昂·盖里达尼索尔和菲利普·阿达曼迪。三个孩子正聊得起劲，不过乔治的谈兴并不妨碍他"东张西望"，就像他自己说的那样。为了听听他们在说什么，让我们暂时离开奥利维耶和贝尔纳吧，况且我们的这两位朋友已经进了一家餐馆，目前正忙着吃饭而不是说话，这令奥利维耶如释重负。

"好吧，那你去吧。"菲菲对乔治说道。

"喔！他怕了！他怕了！"乔治反击道，竭尽所能地在嗓音中加入足以刺激菲利普的轻蔑讥讽。盖里达尼索尔则高高在上地说道：

"我的羔羊们，如果你们不愿意，还是赶紧说出来为好。我去找几个比你们更有胆量的家伙并不麻烦。好了，把它还给我。"

他朝乔治转过身，后者手中紧握着一枚小硬币。

"就是敢，我去！"乔治叫嚷起来，突然来了劲头，"跟我来。"（他们正站在一家烟草店门口。）

"不，"莱昂说道，"我们在街角等你。来吧，菲菲。"

片刻之后，乔治从店里出来，手里拿着一包所谓的"豪华"香烟，发给朋友们。

"怎么样？"菲菲焦急地问道。

"什么怎么样？"乔治故意装出一副冷淡的模样反问道，就好像他刚刚做的事情突然变得十分自然，已经不值一提一样。不过菲菲还在坚持：

"你用出去了吗？"

"当然！"

"人家什么都没说吗？"

乔治耸了耸肩：

"你想让别人对我说什么？"

"零钱找给你了吗？"

这次乔治甚至不屑回答这个问题。不过由于对方依然带着点怀疑和胆怯，而且还在坚持，乔治便把零钱从口袋里挑了出来："自己看。"菲利普一数，七个法郎都在里面。他其实想问："你最起码确定这些都是真的吧？"但他忍住了。

乔治之前花一法郎买了这枚假币。当时说定找回的零钱大家平分。他递给盖里达尼索尔三法郎。至于菲菲，他一分钱也没有给，最多给根香烟，让他当个教训。

受这旗开得胜的激励，菲菲现在也很想一试身手。他求莱昂也卖他一枚。不过莱昂觉得菲菲畏畏缩缩，为了把对方彻底鼓动起来，他假意对其先前的怯懦表示鄙夷，而且装出一副赌气的模样："他之前就该快点决定，没他我们也一样干。"另外，莱昂认为在初次冒险之后紧接着就进行第二次尝试不太谨慎。而且，现在时间已经太迟了，他的表兄斯特鲁维乌在等他吃午饭。

盖里达尼索尔并没有笨到不知道怎么把他那些钱币亲自推销出去，不过他遵从表兄的指示，正在努力寻找同伙的支持。他将汇报自己的任务已经圆满完成。

"那些出身体面人家的孩子，你知道，我们需要的正是这批人，因为事后万一事情败露，那些家长会去出面摆平。"（跟盖里这么说话的是他的临时监护人斯特鲁维乌表兄，他们正在共进午餐。）"只不过，用这种把硬币逐一脱手的方式，出货实在太慢了。我总共有五十二盒，每盒二十枚。每盒应该卖二十法郎。但是你明白，不能随便卖给什么人。最好能够搞个组织，不提供担保就不能加入。必须让那些孩子受到牵连并且交出一些能够掌控他们父母的东西。在把那些硬币放出去之前，你要尽力让他们想明白这一点。喔！不用吓唬他们。永远不要吓唬孩子。你跟我说过，莫利尼耶的父亲是个法官？很好。阿达曼迪的父亲呢？"

"参议员。"

"这更好。你已经相当成熟了，足以理解任何家庭都有点秘密，一旦被发觉当事人就会胆战心惊。必须让孩子们出去寻找猎物，让他们有事做。平常他们在家里总是那么烦闷！而且，这能让他们学着去观察、去寻找。事情很简单：什么都不带来的人，就什么也得不到。等到有些家长得知别人掌握了他们的把柄，就会出高价封口。当然，我们并不想去敲诈勒索。大家都是正派人。我们只是打算把他们握在手里而已，用他们的沉默换我们的沉默。他们不开口，他们让别人不开口，那我们也不开口。为他们的健康干杯。"

斯特鲁维乌斟满两杯酒，他们碰杯共饮。

他继续说道："在公民之间创造出一些联系不但很好，甚至必不可少。很多稳固的社会就是这样形成的。大家互相牵制，就是这样！我们掌握那些小家伙，他们把控各自的父母，他们的父母又拿捏我们。这很完美。你懂吗？"

莱昂一清二楚。他冷笑着。

"小乔治……"他开口说道。

"什么？小乔治……"

"乔治·莫利尼耶，我相信他已经到位了。他偷了奥林匹亚歌舞厅的某位小姐寄给他父亲的几封信。"

"你读了吗？"

"他拿给我看了。他和阿达曼迪聊的时候我在边上听了一下。我相信他很愿意让我听到其中的内容——总之他没避着我。为此我之前铺垫了一些手段，用你的办法给他们上了道菜，取得他们的信任。乔治对菲菲说道（想要吓住对方）：'我父亲有个情妇。'菲菲为了不落于人后，反击说：'我爸爸有两个。'这真蠢，根本没什么值得惊讶的。不过我靠了上去，向乔治询问：'你从哪儿知道的？'他回答说：'我看了信。'我装出不相信的样子，对他说：'真搞笑……'总之，我步步紧逼，最后他告诉我那些信件就在他手边，他从一个厚厚的活页夹里把它们取出来，然后给我展示了一番。"

"你读了吗？"

"没时间。我仅仅看到它们都出自同一种笔迹，其中有一封写给'我亲爱的大宝宝'。"

"落款呢？"

"'你的小白鼠'。我问乔治：'你怎么弄来的？'他嬉笑着从裤袋里掏出一大串钥匙，跟我说：'开每个抽屉的都有。'"

"菲菲先生怎么说？"

"什么都没说。我相信他心里挺嫉妒。"

"乔治把那些信给你了吗？"

"如果有必要的话，我知道怎么驱使他。我不想跟他要。如果菲菲也参与进来，他会主动拿出来的。这两个人互不相让。"

"这就是所谓的'竞争'。你在寄宿学校里没发现其他人吗？"

"我会去找。"

"我想再提醒你一下……寄宿生里应该有个小鲍里斯，别去打扰他。"他停顿了一会儿，然后用更低的声音加了一句，"眼下别去打扰他。"

此刻奥利维耶和贝尔纳已经在马路边上的一家餐馆就座了。在他朋友温暖的微笑面前，奥利维耶的心痛就像阳光下的冰凌般消融了。贝尔纳避免提及帕萨凡的名字，在某种隐秘直觉的提醒之下，奥利维耶感觉到了。但这个名字就挂在他嘴边，无论如何他都非说不可。

"是的，我们回来得比我跟家人说的时间更早。今晚《阿耳戈英雄》[1]杂志举办宴会。帕萨凡坚持要去参加。他希望我们这份新刊物能够和它的老前辈和睦相处而不是把它们当成对手……你应该过来，你知道……你应该把爱德华也带过来……也许不是去参加宴会，因为需要得到邀请，但可以等到它结束之后。宴会在先贤祠饭店二楼大厅内举办。《阿

1《阿耳戈英雄》：杂志名源于古希腊神话中的典故，特指追随伊阿宋乘坐巨舰"阿耳戈"号出海寻找金羊毛的五十五位英雄人物。

耳戈英雄》的主要撰稿人都会到场，其中有好几位会跟《先锋》合作。我们的创刊号已经差不多准备好了，不过，告诉我……为什么你什么都没寄给我？"

"因为我没有任何准备好的稿子。"贝尔纳回答道，语气有点冷淡。

奥利维耶的声音变得近乎哀求：

"在目录上，我已经把你的名字写在我旁边了……如果需要的话，可以稍微等一等……随便什么东西，但总得写点什么……你之前几乎已经答应我们……"

伤害奥利维耶让贝尔纳感到为难，但他还是硬着心肠说道：

"听着，老兄，我还是跟你直说吧，我恐怕跟帕萨凡处不来。"

"但主编是我！他让我拥有绝对自主权。"

"还有，恰恰是把'随便什么东西'寄给你这一点令我不快。我不想写'随便什么东西'。"

"我刚才说'随便什么东西'，是因为我恰恰知道不管你写什么东西，都相当出色……恰恰是因为它永远不会是'随便什么东西'。"

奥利维耶不知道讲什么才好。他说话结结巴巴。如果他再也感觉不到自己的朋友靠在他身旁，这份杂志也就不再令他感兴趣了。这个一同亮相的梦想，曾经多么美好啊！

"还有，老兄，虽然我已经开始洞悉自己不想做什么，却还没有弄清楚自己想做什么。我甚至不知道自己到底会不会投身写作。"

这段声明令奥利维耶深感沮丧。而贝尔纳却继续说道：

"能让我一蹴而就的东西都对我毫无诱惑力。正因为我能写出优美文辞，所以我厌恶它们。这并不意味着我喜欢艰涩本身，不过我确实觉得，现如今的文人们几乎不费什么力气。对写一本小说而言，我对别人的生活还认知不足，我自己也还没有足够的经历。韵诗令我厌倦，亚历山大体[1]已经彻底过时，自由诗体尚未定型。现如今唯一令我满意的诗人，就是兰波[2]。"

"这正是我在宣言里陈述的内容。"

"那我就没必要再重复一遍了。不，老兄，不，我还不知道自己会不会投身写作。在我看来，写作有时候会对生活造成阻碍，行动比文字更能让人自我表达。"

---

1 亚历山大体：法国韵诗中最常见的传统诗体，每行诗节由十二个音步组成，在十九世纪末自由诗体诞生之后迅速没落。

2 阿尔蒂尔·兰波（1854 — 1891）：法国传奇诗人。少年时代才华横溢，放荡不羁，1873年起放弃写诗，在世界各地漫游、经商，最终因病逝世，享年三十七岁。

"艺术作品是经久的行动。"奥利维耶惶恐地试着说道。但贝尔纳置若罔闻：

"我对兰波最敬仰的地方，就是他更爱生活。"

"他把他的生活糟蹋掉了。"

"你怎么知道的？"

"喔！这个嘛，老兄……"

"我们没法从外部去评判别人的生活。说到底，就算他失败了，他却经历过厄运、苦难与病痛……我羡慕他这样的生活，是的，即便加上他那可耻的结局[1]，我对他生活的羡慕仍然高过……"

贝尔纳的话还没说完，他正准备点出一个当代名人，但他在数量过多的名字之间犹豫了。他耸了耸肩继续说道：

"我在自己身上隐约感到种种非凡的抱负，种种心底的波涛、情感的起伏、难以理解的躁动，我并不想要试着去理解它们，甚至不想进行观察，担心妨碍它们登场。不久之前，我不断分析自己，我当时有过这种经常自问自答的习惯。现在，即便我想这么做，却再也干不来了。这种癖好突然就不了了之了，我甚至都没有意识到。我认为，这种独

---

[1] 据说兰波在东非地区贩卖军火，最后染上了腿部恶疾，截肢后治疗无效去世。

白，这种教授口中的'内在对话'，包含着某种二重性，自从我开始爱上自己之外的另一个人，比爱自己更深的时候，我就再也不能维持这种二重性了。"

"你想说的是劳拉吧，"奥利维耶说道，"你一直那么爱她吗？"

"不，"贝尔纳答道，"我越来越爱她。我认为爱情的本质就是无法保持不变，不进则退，这就是它和友情的区别。"

"但是友情也会变淡的。"奥利维耶伤感地说道。

"我认为友情没有那么大的余地。"

"唉……如果我问你件事情，你不会生气吧？"

"看吧。"

"因为我不想惹你生气。"

"如果你把你那些问题藏着掖着，我会更生气。"

"我想知道，你对劳拉有没有产生……欲望？"

贝尔纳突然变得非常严肃。

"也就因为是你……"他开口说道，"好吧！老兄，这件事在我身上非常奇怪，自从我认识她以后，我就再也没有任何欲望了。你还记得吧，我曾经一度可以同时对街头遇见的二十个女人身心荡漾（这也导致我谁都不选），现在，对于除她之外其他形态的美，我相信自己再也不会动情了，永远不会了。我再也不会爱上别人的额头、别人的双唇、别人的目光了。不过我对她产生的是崇拜之情，在她身边任何肉体方面的想法在我看来都是亵渎。我相信我之前对自己有误会，我的本性其实非常贞洁。多亏了劳拉，我的各种本能都得到了升华。我在自己体内感到一系列从未运用过的强大力量。我想要把它们利用起来。

"我羡慕加尔都西会[1]的修士，用戒律驯服他的傲气，我羡慕那种有人会对他说'我信任你'的人，我羡慕军人……或者更准确地说，不，我不羡慕任何人，但我内心的骚动在压迫我，我渴望将其制服。它就像我体内的蒸汽，可以嘶嘶作响地向外逃散（这就是诗），推动一个个活塞和齿轮，或者让机器爆炸。你知道有时候我觉得最适合自我表达的是什么行为吗？那就是……喔！我知道自己不会自杀的。不过我极其理解德米特里·卡拉马佐夫[2]，当他询问他弟弟是否理解有些人自杀可以是由于热情，由于单纯的生命力过度……由于爆炸。"

他整个人散发出一种奇异的光彩。他表达得真好啊！奥

---

[1] 加尔都西会：一个封闭的天主教教会，由一群隐修者组成，很少和外界接触。

[2] 德米特里·卡拉马佐夫：陀思妥耶夫斯基的名著《卡拉马佐夫兄弟》中的主角之一，是卡拉马佐夫三兄弟中的大哥。他在小说第一部分询问他的弟弟阿廖沙："你明白有些人可以出于欢乐而自杀吗？"

利维耶心醉神迷地盯着他。

"我也一样，"他胆怯地呢喃道，"我明白有人会自杀，但那是在品尝过无比强烈的快乐之后，以至于随后的整个人生都变得黯淡无光。这样的快乐会让人想到：这足够了，我满足了，我再也不……"

但贝尔纳没在听。奥利维耶住口了。空谈何益呢？他的整片天空再次阴沉下来。贝尔纳掏出怀表：

"我该走了。那么，你说，今晚……几点？"

"喔！我想十点就够早了。你来吗？"

"来。我会尽量把爱德华带去。不过你知道，他不太喜欢帕萨凡，而且文人聚会令他厌烦。这完全是为了去见你。喂，我考完拉丁语之后没法和你碰头吗？"

奥利维耶没有立即作答。他绝望地想到自己已经答应帕萨凡四点钟去《先锋》杂志未来的印刷厂见面。为了脱身他什么代价不愿付出呢！

"我很愿意，但我有事。"

表面上他没有透露丝毫自己心中的痛苦。贝尔纳回答说：

"可惜了。"

两个朋友就此分开了。

奥利维耶只字未提自己原本打算跟贝尔纳说的话。他担心把对方惹怒了。他对自己也不满意。他早上还那么活泼潇洒，现在却在闷头走路。帕萨凡的友谊，当初曾令他骄傲，现在却让他为难，因为他感到贝尔纳的指责沉甸甸地压在上面。今晚，在宴会中，如果再次见到他的朋友，众目睽睽之下，他没法跟他交流。除非事先彼此取得谅解，否则这场宴会不可能有什么趣味。而出于虚荣，他还同时拉来了爱德华舅舅，这个念头真不恰当啊！在帕萨凡身边，被一群长辈、同事还有《先锋》杂志未来的撰稿人围在中间，他必须卖弄一番，爱德华对他误会肯定会更深，多半会永远误会下去……要是最起码能在宴会前见到对方就好了！立刻就去见他。奥利维耶会扑上去搂住对方，也许还会痛哭流涕。他会跟爱德华坦承一切……从现在到下午四点，他还有时间。快点，来辆汽车。

他把地址告诉司机。他抵达门口，心脏怦怦直跳，他按响门铃……爱德华外出了。

可怜的奥利维耶！他为什么躲着父母而不直接回家呢？那样他就会在母亲身边碰到他的舅舅爱德华。

六 爱德华日记: 莫利尼耶夫人

爱德华日记

　　当小说家铺陈某个人物却不考虑周围的压力时，他就是在欺骗我们。森林塑造树木。对于每一棵树来说，留给它的空间何其有限！多少嫩芽萎缩！每一棵树都在见缝插针地抽枝。神秘莫测的枝条应该归功于窒息的环境。除了往高处别无出路。我既不明白宝琳娜如何设法不长出神秘的枝条，也不理解她还在等待哪些压力。在此之前，她从未和我进行过如此私密的谈话。我承认，自己从未臆测过她在幸福的表象之下隐藏的所有挫折和委屈。不过我意识到，她必须拥有一个无比平庸的灵魂才不会对莫利尼耶感到失望。从我前天和他的谈话中，我已经能够测出他的限度。宝琳娜当时怎么会嫁给他呢！……哎！最可悲的贫乏是性格方面的贫乏，它藏得很深，只有处久了才会暴露。

宝琳娜尽心尽力掩饰奥斯卡的缺陷和弱点，在所有人眼中隐瞒它们，尤其是在孩子们面前。她绞尽脑汁让孩子们尊敬他们的父亲，这的确不容易做到，但她的实际操作让我都蒙住了。她谈到丈夫时不带丝毫轻蔑，却包含着某种意味深长的宽容。她哀叹对方对孩子们再无权威可言。而当我对看见奥利维耶和帕萨凡走到一起表示遗憾时，我意识到这件事如果由她做主，科西嘉之旅就不会发生。

"我不赞成这次出行。"她对我说道，"这位帕萨凡先生，说真的，并不怎么讨我喜欢。不过还能怎样呢？明知自己无法阻拦，那我宁可心甘情愿地接受。至于奥斯卡，他总是让步，他对我也一贯让步。但当我认为自己必须反对孩子们的某些计划，去阻拦他们、跟他们硬顶的时候，我却得不到他的任何支持。文森也插手其中。从那时起我还能拿什么去反对奥利维耶，而不至于丧失他的信任呢？我最看重的就是这份信任。"

她正在缝补一双旧袜子，我估计是奥利维耶不打算再穿的。她停下活计给针眼穿线，接着用愈发低沉的声调说道，仿佛更加信赖也更加悲伤：

"他的信任……如果最起码我依然确定自己拥有它的话就好了！但不是这样，我失去它了……"

我大胆提出异议，却并没什么信心，这使得她微笑起来。她把手里的活计放下，继续说道：

"您瞧，我知道他人在巴黎。今天早上乔治遇见他了，乔治随口说了一句，我假装没听到，因为看到他告发自己的哥哥并不让我欢喜。但说到底我是知道的。奥利维耶在躲我。等到我再次见到他，他会以为自己不得不撒谎，而我只好假装相信他，就像他父亲每次躲着我的时候我也假装相信他一样。"

"这是由于担心您会难过。"

"他这么做让我更难过。我器量并不小，有很多小过失我都容忍了，一直装聋作哑。"

"您现在说的是谁？"

"喔！既有父亲也有儿子们。"

"假装看不见这些过错，您同样在对他们撒谎。"

"但您想让我怎么做呢？我不抱怨就已经很不错了，但我实在无法表示赞同！不，您看，我心想，迟早都得失控，最温柔的爱意也对此无能为力。有什么好说的呢？这份爱既碍事又讨人厌，我终于把它藏起来了。"

"现在您在说您的儿子们。"

"您为什么这么说？您认为我再也不会爱奥斯卡了吗？有时候我也这么想，但我会告诉自己，我没有给他更多的爱，是因为担心自己受太多苦。还有……对，您的话应该有道理，如果涉及奥利维耶，那我宁愿自己受苦。"

"文森呢？"

"我跟您讲的每一句关于奥利维耶的话，几年之前都可以用在文森身上。"

"我可怜的朋友……过不了多久，这些话又可以用在乔治身上了。"

"不过慢慢就听之任之了。我对生活并没有多少要求，我在学着提出更少的要求……一直在变少，"然后她温和地加了一句，"对自己的要求一直在变多。"

"有这种想法就几乎已经是个基督徒了。"我接过话头，现在轮到我微笑了。

"有时候我也这么想。不过，要做基督徒，拥有这些还不够。"

"要想拥有这些，光是基督徒也同样不够。"

"我常常想，让我跟您直说吧，既然他们的父亲不做，那您可以替他跟孩子们谈谈。"

"文森离得很远。"

"对他来说已经太迟了。我现在心里想的是奥利维耶。我原本希望他跟您走的。"

这句话让我突然想到，如果我之前没有轻率地迎接那场意外，到底会发生什么。某种恶劣的情绪压在我心头，最开始我什么话都说不出来，然后，由于眼泪涌上双眸，我便想给自己的狼狈找个明面上的动机：

"对他也一样，我恐怕已经太迟了。"我哀叹道。

宝琳娜握住我的手，高声说道：

"您真善良。"

看到她误会了我的意思，我感到颇为尴尬。但我没法指出她的错误，便想最起码能把这个令我过于局促的话题换掉。

"那乔治呢？"我问道。

"比起其他两个孩子他更让我操心。"她说道，"我不能说自己正在对他失去控制力，因为他从不相信或者服从别人。"

她迟疑了片刻，很显然接下来的话令她感到为难。

"今年夏天发生了一桩严重的事情，"她终于继续往下说道，"这事跟您描述起来对我来说相当难受，何况我对这个问题依然有些怀疑……一张一百法郎的钞票从我平时藏钱的衣柜里不翼而飞了。我担心怀疑错了对象，就没有责难任何人。在宅子里为我们服务的女仆非常年轻，在我看来诚实可靠。我在乔治面前提到自己丢了这笔钱——我还是跟您承认为好，我确实怀疑他。但他既不慌张，也不脸红……我便对自己的猜疑感到羞愧，我想要说服自己是我之前弄错了，我把账目重新点了一遍。哎！毋庸置疑：少了一百法郎。我犹豫着要不要质问他，但最后什么都没做。我担心他在偷窃之外又加上了撒谎的罪名，这份担忧把我拦住了。我错了吗？……是的，现如今我又责怪自己当时不够坚决，也许我是害怕自己不得不过于严厉，或者做不到足够严厉。结果我再一次当作不知道，但我向您保证，我心里真的非常难受。我任由时光流逝，我心想已经太迟了，惩罚离过错太远了。而且又能怎么惩罚他呢？我什么都没做，也为此感到自责……但我能怎么办呢？

"我曾想把他送到英国去，甚至想要征求您的意见，但我当时不知道您人在哪儿……最起码我并没有对他隐瞒自己的不安与担忧，我相信他感觉到了，因为您知道他心地善良。如果这事真是他干的，相比我对他的指责，我更指望他自我批评。我确信他不会再犯。他在学校里有一个非常阔绰的同学，对方多半在引着他去花钱。而我大概没把衣柜关上……再强调一遍，我不确定就是他干的。宅子里来来往往的人很多……"

我实在佩服她无比巧妙地提出这些能够为孩子辩护的内容。

"我希望他会把拿走的钱放回原处。"我说道。

"我也这么想。既然他没这么做，我想这就是他没犯事的证据。我还觉得他不敢偷钱。"

"您跟他父亲说过吗？"

她迟疑了片刻。

"不，"她终于说道，"我宁愿他一无所知。"

她多半听到了隔壁有声音，便走过去看，确认里面没人，然后重新在我身边坐下：

"奥斯卡跟我说您那天和他一起吃午饭了。他对您大加赞赏，我想您应该主要在听他讲吧。（她在说这话的时候凄然微笑。）如果他跟您透露了什么隐情，我不想妨碍……况且我对他私生活的了解比他以为的详细得多……不过，自从我回来之后，我不明白他有什么心事。他表现得非常温柔，我甚至想说：非常谦卑……几乎令我感到局促。他好像怕我，但他完全错了。很久以来我就清楚他维持的那些男女关系……

甚至知道对方是谁。他以为我不知情，想方设法瞒着我，但那些手段实在太明显，越是隐瞒，泄露得就越多。每次他要出门，都装出一副日理万机、闷闷不乐、忧心忡忡的模样，而我知道他是跑出去寻欢作乐的。我真想对他说：'我的朋友，我不拦着你，你怕我嫉妒吗？'我要是有心情，一定会笑出来的。我唯一担心的，就是孩子们会发觉什么。他总是那么漫不经心、笨头笨脑！有时候，他自己都没感觉到，我还不得不帮他，好像我在容忍他的把戏一样。我向您保证，我最后几乎把这事当成了消遣。我为他想出一堆借口，把他乱放的信件放回他的大衣口袋。"

"正是如此，"我对她说道，"他担心您无意中发现了一些信件。"

"他这么跟您说的吗？"

"正是这个原因导致他如此胆怯。"

"您觉得我会费劲去看吗？"

某种受伤的自尊心让她把腰板挺得笔直，我不得不加了一句：

"并不是那些他疏忽大意忘记放哪儿的信件，而是一些被他收在抽屉里的信，他说再也找不到了。他认为是您拿的。"

听到这番话，我看到宝琳娜的脸色白了，刚刚从她脑中闪过的那种可怕的猜疑突然占据了我的思路。我后悔失言，但木已成舟。她把目光从我身上移开，呢喃道：

"但愿是我就好了！"

她显得备受煎熬。

"怎么办？"她反复念叨着，"怎么办？"然后重新抬眼看着我，"那您呢，您没法跟他谈谈吗？"

尽管她和我一样避免提到乔治的名字，但很显然她心里想的是他。

"我试试吧，我考虑一下。"我边说边站起身。在她陪我走到门厅的过程中，她说道：

"什么都不要告诉奥斯卡，我求您了。让他继续怀疑我好了，继续相信他相信的东西吧……这样更好。有空再来看我。"

七 奥利维耶探访阿尔芒·维德尔

　　没有遇见爱德华舅舅，奥利维耶深感遗憾，他无法忍受这份孤独，便想把他追寻友情的心转向阿尔芒。他朝维德尔寄宿学校走去。

　　阿尔芒把他接进自己的房间。一道仆人用的后楼梯通向那里。那是一个狭窄的小房间，窗户开向内院，邻栋的厨房和厕所也对着那里。一面弯曲的铅质反光镜在高处收集阳光再折射向低处，光线无比黯淡。室内空气不流通，弥漫着一股难闻的气味。

　　"不过都习惯了，"阿尔芒说道，"你知道我父母把最好的房间都留给那些自费寄宿生了。这很自然。我把去年占的那间屋子让给了一位子爵，就是您那位大名鼎鼎的朋友帕萨凡的弟弟。那间屋子非常豪华，不过处在拉谢尔那间的监视之下。这里有一大堆房间，但并不是每一间都独门独户。所以可怜的莎拉今天早上从英国回来之后，想进她的新寝室，就不得不穿过父母的房间（这对她很不方便）或者从我这儿走。但说真的，我这间屋子最开始只不过是个茅房或者杂物间而已。

"不过住在这里，我至少拥有随意进出的好处，不会被任何人窥探。相比仆人们住的阁楼，我更喜欢这间屋子。说真的，我相当喜欢身居陋室，我父亲会把它称为'爱好苦修'，并向你解释说，有损于身体的东西为灵魂的拯救做好了准备。再说，他从没进过这间屋子。你知道，相比儿子的住处，他有其他事情操心。我父亲真了不起。针对生活中的各种要事，他总能背出一大把安慰的话来，相当动听！可惜他从没时间聊天……你看我陈列的这些绘画收藏，早上观赏乐趣更多。这是一幅彩色版画，出自保罗·乌切罗[1]的一位学生之手，是给兽医用的。这位艺术家付出了令人惊叹的努力进行综合概括，把上天用来净化马类灵魂的所有病痛全都集中到一匹马身上，你会注意到它目光中的灵性……那是一幅

---

1 保罗·乌切罗（1397 — 1475）：意大利著名画家。绘有《圣乔治和龙》《圣罗马诺之战》等。

象征人生各个年龄段的绘画，从摇篮直到坟墓。构图不是非常有力，但主要的价值在于立意。再远一点，你可以欣赏一张照片，拍的是提香[1]笔下的交际花，我把它挂在床头，为了带给我一些淫念。这扇门是莎拉那间屋子的。"

这地方污浊不堪的景象令奥利维耶深感痛苦。床铺凌乱，盥洗台上的水盆也没有放空。

"是的，我自己收拾房间。"阿尔芒说道，以此回应对方忧心忡忡的目光，"你看，这里是我的书桌。你想象不出这间屋子的气氛给我带来了什么灵感：

　　　　一间珍贵的陋室之氛围……

"甚至我的最新诗作《夜壶》的思路也归功于此。"

奥利维耶来找阿尔芒，原本是打算和他谈谈自己的杂志并谋求合作，这下再也不敢提了。不过阿尔芒自己把话题引了过来：

"《夜壶》，嘿！多好的题目！……加上波德莱尔的题词：

---

1 提香·韦切利奥（约 1489 — 1576）：意大利文艺复兴时期著名画家，代表作有《乌比诺的维纳斯》《爱神节》等。

你是等待泪水的墓瓶吗？¹

"我在这里重新用上了陶匠造物的古老比喻（但永远朝气蓬勃），他把每个人都加工成一个瓶瓶罐罐，不知用来装什么东西。在抒情冲动之中，我把自己比作上述那种夜壶，这个想法是在呼吸这个房间的气味时自然而然产生的，就像我之前跟你说的那样。我对全诗的开篇部分尤其满意：

任何四十岁没得痔疮的人……

"为了让读者安心，最开始我用的是'任何五十岁……'，但这样会让我错失头韵²。至于'痔疮'，这必然是法语中最优美的词：……哪怕撇开它的涵义不谈。"他冷笑着补充道。

奥利维耶哑口无言，心弦紧绷。阿尔芒继续说道：

"毋庸讳言，夜壶受到你这样满满的香料罐拜访格外受宠若惊。"

---

1 出自波德莱尔《恶之花》中的诗篇《谎言之爱》。
2 "任何四十岁……"（Quiconque à quarante ans…）"quiconque"和"quarante"压头韵"qu"。"任何五十岁……"（Quiconque à cinquante ans…）则不存在这一音韵效果。

"除此之外你什么都没写吗？"最后奥利维耶绝望地问道。

"我之前打算把我这篇《夜壶》投给你那份名满天下的杂志，不过从你刚刚'除此之外'的口气听来，我看出它讨你欢心的机会不大。面对这种情况，诗人永远有办法得出结论：'我不会为了讨好别人而写作。'然后自以为写出了一部杰作。不过我没必要瞒着你，我认为自己的诗作糟糕透顶。而且，我只写完第一行而已。当我说'写完'的时候，这依旧是一种话术，因为是我刚刚为了向你致敬才把它编出来的，就在刚才……不，不过说真的，你真想发表点我写的东西吗？你希望我予以协助吗？所以你不认为我不能写出点像样的东西来吗？你能在我苍白的额头上辨认出显露天才的烙印吗？

"我知道照镜子看不太清楚，当我像那喀索斯[1]一样对着镜子凝视自己的时候，我只看到一个失败者的头颅。话说回来，也许是光线不足的缘故……不，我亲爱的奥利维耶，不，这个夏天我什么都没写，如果指望我给你的杂志供稿，你可能等不到了。不过关于我已经谈得够多了……在科西嘉

---

1 那喀索斯：古希腊神话中的美少年，一天从水面看到了自己面容的倒影，结果爱上了自己，最终憔悴而亡，化作水仙花。那喀索斯也由此成为"自恋"的代名词。

一切顺利吧？你好好享受旅行的乐趣了吗？收获了不少吧？你在繁重的工作之后得到充分休息了吧？你好好……"

奥利维耶再也忍不住了：

"闭嘴吧你，我的老伙计，别笑话我了。要是你以为我觉得这话好玩……"

"好吧，那我呢！"阿尔芒叫嚷起来，"不，我亲爱的朋友，都一样！我也没那么蠢！我知道自己跟你讲的话呆头呆脑，这点智力我还是有的。"

"那你说话就不能严肃点吗？"

"既然你喜欢严肃的类型，那我们就认真说话吧。我的大姐拉谢尔快失明了。她的视力最近这段时间衰退严重，这两年她不戴眼镜都没法看书。我最开始以为她只需要换副镜片，但完全不够。在我的恳求之下，她去请教了一位专家。看起来似乎是因为视网膜的感光性变弱了。你知道这两件事情完全不一样：前者是晶状体的调节缺陷，用镜片就可以补救。但是即便镜片把视觉图像拉远或者拉近，视网膜的感光度不足，图像就只能模糊不清地传到脑中。我表述得清楚吗？你跟拉谢尔不怎么熟，因此不要以为我在试图让你同情她的命运。那我为什么要跟你描述这一切呢？这是因为，想起她的情况，我就察觉到，观念和图像一样，也可以在大脑中得到不同清晰度的呈现。一个思维迟钝的人只会接收到各种模糊的知觉，而恰恰由于这一点，他无法清晰意识到自己的迟钝。只有当他意识到自己愚笨时才会开始为此感到痛苦，但他为了产生这种意识，就必须变得更加聪明。现在想象一下这个怪物吧：一个蠢货聪明到足以清晰地认识自身的愚钝。"

"当然！那就再也不是什么蠢货了。"

"是蠢货，我亲爱的朋友，相信我。再说我了解他，因为这个蠢货就是我自己。"

奥利维耶耸了耸肩。阿尔芒继续说道：

"一个真正的蠢货意识不到超出他自身之外的观念。至于我，我意识到了'之外'，但我依然是个蠢货，因为这个'之外'，我知道自己永远没法达到……"

"但是，我可怜的老伙计，"奥利维耶满腔同情地说道，"我们生来就可以变得更好。我相信最伟大的智者恰恰就是那些被自身的限度折磨得最苦的人。"

阿尔芒把奥利维耶亲热地搭在他胳膊上的手掌推开。

"其他人会感觉到自己拥有什么，"他说道，"而我只感觉到自己缺什么。缺钱，缺力量，缺思想，缺爱。永远是缺陷，我总在这里面打转。"

他走到盥洗台旁边，用脸盆里的脏水沾湿一把梳子，把他的头发胡乱贴在额头上。

"我之前跟你说我什么都没写，不过最近这几天我在构思一篇文章，可以将其命名为'论不足'。不过我自己必然不足以写出这篇文章。我本想在其中论述……但我让你厌烦了。"

"继续说下去，你开玩笑的时候才让我生厌，现在你让我非常感兴趣。"

"我本想透过自然界中的一切去寻找一个极限点，一旦低于这个点那就无物存在。举个例子你就明白了：报纸上报道过一个工人触电身亡的故事。他漫不经心地摸到了输电线，电压不是太高，但他身上似乎有汗。他的死因被归结于这层潮湿的表皮——导致电流得以笼罩他全身。但凡他身上干燥一点，事故就不会发生。但要是把汗珠一滴一滴地加上去……再加一滴，那就完蛋。"

"我不明白。"奥利维耶说道。

"这是因为我例子选得不好。我总是选不好例子。再举一个吧：六个落水者挤在一艘救生艇里。十天来暴风雨令他们在海上迷失。三人死亡，两人获救，第六个人奄奄一息。人们依然希望把他救活，但他的身体机能已经抵达极限点了。"

"是的，我明白，"奥利维耶说道，"早一个小时就有可能把他救回来。"

"一个小时，太多了吧！我在推算那个最终的一刹那：

还来得及……还来得及……再也来不及了！这是一个狭窄的尖刺，我的心神便徘徊其间。这条存在与乌有之间的分界线，我全神贯注地将其在每个地方标注出来。抵抗的限度……你看，比如说，抵抗我父亲口中的'诱惑'。我们还在坚持，魔鬼拉紧的绳线已经绷得快断了……再稍稍加一把力，绳子断开：我们下地狱。你现在明白了吧？稍微少一点点，就是乌有。上帝也许没有创世。什么都可能不存在……'世界的面貌本会改变'，帕斯卡[1]说过。

"但是光想'如果克娄巴特拉[2]的鼻子短一点的话'并不让我满足。我坚持不懈地追问：更短……短多少？因为说到底，完全可以短很少很少，不是吗？……渐变，渐变，然后猛地发生突变……Natura non fecit saltus[3]，真好笑！对我而言，我就像横穿沙漠的阿拉伯人，就快渴死了。我已经抵达那个精确的节点，你知道，一滴水就可以让我得救……或者一滴眼泪……"

他的嗓音哽咽，悲怆的音调令奥利维耶感到惊讶和慌乱。阿尔芒更加和缓、近乎温柔地继续说道：

---

1 布莱瑟·帕斯卡（1623 — 1662）：法国思想家。引文出自《思想录》。
2 克娄巴特拉（前69 — 前30）：埃及托勒密王朝末代女法老，俗称"埃及艳后"。先后以姿色征服过恺撒与安东尼。
3 拉丁语，意为"自然界不制造突变"，语出德国哲学家莱布尼茨。

"你还记得吧：'我曾为你抛洒多少泪水……'¹"

奥利维耶当然记得帕斯卡的这句话，甚至对他朋友不确切的引文感到不舒服。他忍不住纠正说："我曾为你抛洒多少热血……"

阿尔芒的兴致立刻低落下去。他耸了耸肩：

"我们能怎么办呢？总有些人轻而易举地被接纳……你现在明白始终感觉自己'处于极限'是怎么回事了吧？我总是缺少一个节点。"

阿尔芒重新笑了起来。奥利维耶觉得这是因为害怕哭出来所做的掩饰。他本想说几句话，告诉阿尔芒自己是如何被对方这番话打动的，还有在这恼人的反讽之下所感受到的焦虑苦恼。但他和帕萨凡约定见面的时间已经快到了。他掏出怀表说道：

"我该走了，今晚有空吗？"

"什么事？"

"来先贤祠饭店找我。《阿耳戈英雄》杂志在那里办宴会。你可以在结束的时候过来。到时候那里会有一大堆人，多少有点名气，带着点醉意。贝尔纳·坡菲唐迪厄已经答应

---

1 语出帕斯卡《思想录》："我在奄奄一息时念着你，我曾为你抛洒多少热血。"

我会过去。应该会挺有趣。"

"我没刮胡子。"阿尔芒郁郁寡欢地说道,"而且你想让我去一堆名人中间干什么?不过,你知道吗,莎拉今天早上从英国回来了,去请她吧!我确信她会很感兴趣的。你允许我用你的名义去邀请她吗?贝尔纳可以把她带过去。"

"我的老伙计,行啊。"奥利维耶说道。

八 《阿耳戈英雄》宴

之前约好了，等贝尔纳和爱德华一起吃完晚餐之后，临近十点钟过来接莎拉。经由阿尔芒通知，莎拉愉快地接受了这个提议。九点半左右，她在母亲陪同下回到了自己的卧室。她进卧室得穿过父母的屋子，不过还有另一扇门，看起来似乎被封住了，其实连通着莎拉和阿尔芒的房间。而我们之前已经提到过，阿尔芒那间房一打开就是一道仆人用的后楼梯。

莎拉在母亲面前装出一副就寝的模样，请求对方让她安心睡觉。不过等到她一人独处时，她就立刻跑到梳妆台前，把嘴唇和脸蛋涂得光彩照人。梳妆台挡着那扇封住的门，桌子并不太重，莎拉自己就能悄无声息地把它搬开。她推开了暗门。

　　莎拉担心遇见她弟弟，害怕被对方嘲笑。其实阿尔芒支持姐姐的各种大胆行径。有人会说他乐在其中，其实只是出于一时纵容，因为这是为了事后更加严厉地批判对方。因此莎拉也不知道他的这些纵容最后是不是让这个喜欢评头论足的家伙占了便宜。

　　阿尔芒的房间空无一人。莎拉在一把低矮的小椅子上坐下，在等待中沉思。出于某种带有预防性质的抗议，莎拉养成了对于一切家庭美德的轻蔑。家庭的束缚让她的精神紧绷，加剧了她的反抗本能。她在英国小住期间，已经把胆量练起来了。和那位年轻的英国寄宿生阿伯丁小姐一样，她也决心争取属于她的自由，给予自己一切许可，勇敢尝试一切。她感觉自己已经做好准备面对一切轻视与非难，足以应对任何挑战。她在主动勾搭奥利维耶的过程中已经战胜了自己天生的羞涩与根深蒂固的廉耻心。她的两个姐姐正是她的前车之鉴，她把拉谢尔虔诚的逆来顺受视为受骗，只从劳拉的婚姻中看出这是一次惨淡的交易，一路通向奴役。她认为，她之前受到的教育，她投身、选择的教育，让她很难做到所谓的"夫唱妇随"。她完全看不出自己未来的配偶能在哪方面胜她一头。难道她不是像男性一样通过了各种考试吗？难道她不是对于任何话题都发表过意见和看法吗？尤其是在男女平等方面。甚至在她看来，在日常生活的行为操守上，在商业甚至——如果有必要的话——在政治领域，女人常常显得比许多男人更有见地……

楼梯上有脚步声。她侧耳倾听，然后轻轻把门打开。

贝尔纳和莎拉彼此之间还没见过面。走廊里没有光，黑暗中他们几乎认不出对方。

"莎拉·维德尔小姐吗？"贝尔纳低声问道。

莎拉毫不做作地握住他的胳膊。

"爱德华在街角的汽车里等我们。他怕遇见您父母，所以没下车。至于我就无所谓了，您知道我住在这里。"

贝尔纳事先特意给正门留了条缝，免得引起门房注意。没过多久，汽车便把他们三个送到了先贤祠饭店门口。爱德华在给司机付钱的时候，他们刚好听到十点的钟声响起。

宴会已经结束。碗碟都被撤走了，不过桌上依然堆满了咖啡杯、酒瓶和酒杯。每个人都在吸烟，空气令人窒息。戴布鲁斯夫人——《阿耳戈英雄》杂志主编的妻子——想要呼吸点新鲜空气。她那尖锐刺耳的嗓音穿透了一段段私人谈话。有人推开窗户。但是居斯蒂尼想要插进来做一段演讲，"为了音质着想"几乎立刻让人把窗关上了。他站起身，用一把勺子敲他的玻璃杯，却没有引起任何人注意。《阿耳戈英雄》的主编被大家称作"戴布鲁斯主席"，直到他出面干涉，众人才终于稍稍安静下来。居斯蒂尼的嗓音化作一层层烦腻蔓延开来。层出不穷的意象掩盖了他思想的平庸。他在表达时用夸张代替机智，而且找到办法对每个人都进行了一番莫名其妙的恭维。演讲第一次停顿时，人群中爆发出殷勤的掌声，爱德华、贝尔纳和莎拉便在此刻进入会场。有些人拍个不停，多半带着点讽刺意味，好像期望演说就此结束一样，却徒劳无功，居斯蒂尼滔滔不绝，什么都浇不了他口才的冷水。现在，他用自己华丽的辞藻竭力称赞帕萨凡伯爵，把《单杠》比作新《伊利亚特》[1]。众人为帕萨凡的健康举杯痛饮。爱德华手里没有杯子，贝尔纳和莎拉也没有，这让他们免于此举。

居斯蒂尼的演讲结束于对新杂志的一番祝愿，并恭维其未来的主编，"年轻而才华横溢的莫利尼耶，缪斯的宠儿，桂冠不会让他高贵而纯洁的额头久候"。

奥利维耶站在门口，以便第一时间迎接他的朋友们。居斯蒂尼浮夸的颂词显然令他无地自容，但他无法回避随之而来的小小喝彩。

三位新来者之前晚饭吃得过于清淡，很难与这场聚会合

1《伊利亚特》：荷马史诗的一部分，欧洲文学的基石之一。

拍。在这类集会中，迟到者要么很难理解其他人的兴奋，要么就理解得过了头。他们在不适合进行判断的时候做出判断，在不经意间给出毫不留情的批评意见。至少爱德华和贝尔纳的情况就是这样。至于莎拉，对她而言，这个环境里一切都是新的，她只想着增长见闻，只操心自己的一颦一笑是否合乎规矩。

贝尔纳谁也不认识。奥利维耶抓着他的胳膊，想把他介绍给帕萨凡和戴布鲁斯。他拒绝了。但是帕萨凡却强行打开局面，走上前朝贝尔纳伸出一只手，令对方无法体面地回绝：

"我听人谈起您很久了，就好像自己已经认识您了一样。"

"彼此彼此。"贝尔纳的语气冻结了帕萨凡彬彬有礼的态度。随即他又走到爱德华身边。

尽管爱德华经常出远门，在巴黎也离群索居，但他还是认得几个宾客，丝毫不觉得拘束。其实他只是冷淡而已，他不怎么讨喜，不过受到同行们尊重，却自愿被人当成是傲慢。他更愿意听别人讲话而不是自己说。

"您的外甥令我期待您的光临。"帕萨凡用一种温和的、近乎卑微的声音开口说道，"我为此欢欣鼓舞，恰恰是因为……"

爱德华充满嘲讽的眼神打断了帕萨凡接下去的话。帕萨凡擅长笼络，惯于奉承别人，但需要在自己眼前感受到一面殷切的镜子才能容光焕发。不过他并不像那些长期失去自信的人那样自甘堕落，他恢复了镇定，昂起头，眼中满是桀骜。如果爱德华不乐意参与进来，他自有克制之法。

"我想向您请教……"他继续说道，仿佛在延续之前的思路一般，"您的另一位外甥——我的朋友文森，我跟他的交情尤其好，您有他的消息吗？"

"不。"爱德华干巴巴地回答说。

这个"不"字再次令帕萨凡无言以对，他不太确定自己是否应该将其视为某种充满挑衅的否认，还是仅仅单纯在回答他的问题。不过他的困惑只持续了一瞬，爱德华几乎立刻补充了一句话，无意间给对方解了围：

"我只是从他父亲那里听说他在和摩纳哥亲王一起旅行。"

"我之前确实请求过一位朋友把他引荐给亲王。我很高兴能够想出这样的消遣活动，让他稍稍排解一下他和杜维耶夫人不幸的艳遇……奥利维耶告诉我，您和这位夫人相识。文森在这件事里有自暴自弃的风险。"

轻蔑、鄙夷、屈尊俯就，这些都是帕萨凡的拿手好戏，不过他只需要赢下这一局，让爱德华对自己保持尊重就行。爱德华在寻找辛辣的反击，但他格外缺乏急智，这多半就是他对社交界兴趣寥寥的原因：他完全不具备那些出风头必不可少的素质。不过他的双眉皱了起来。帕萨凡鼻子很灵，但凡有谁要对他说什么令人不快的话，他便会有所预感然后顾左右而言他。他甚至连气都没换就突然变了一种语气：

"那位陪您一起过来的迷人女孩是谁？"他微笑着问道。

爱德华说："是莎拉·维德尔小姐，正是我朋友杜维耶夫人的妹妹。"

由于没有更好的说辞，他就把"我朋友"这几个字磨得像一支利箭，却未能射中目标，帕萨凡任其旁落：

"您要是能代为引荐就太好了。"

他在说最后这几个词以及之前那句话时都相当大声，以便让莎拉也能听到。由于她把头朝他们转了过来，爱德华就没法逃避了。

"莎拉，帕萨凡伯爵渴望和您结识。"他带着不自然的笑容说道。

帕萨凡让人拿来三只新酒杯，亲自倒满茴香酒。四个人一起为奥利维耶的健康干杯。酒瓶几乎倒空了，瓶底残留着一些晶体，由于莎拉觉得新奇，帕萨凡便努力用吸管把它拨下来。这时跑过来一个奇怪的傻子，脸上涂着白粉，眼睛乌黑发亮，头发紧贴在额头上，就像一顶人造革圆帽，他尽力咀嚼着每一个音节：

"您搞不定。把瓶子给我，我弄碎它。"

他抓住酒瓶，一下子在窗台上砸碎，把瓶底送给莎拉。

"用这些锋利的小小多面体，这位可爱的小姐不费吹灰之力便能在它的胃里穿孔。"

"这个小丑是谁？"莎拉问帕萨凡，帕萨凡示意她坐下，自己则坐在她身旁。

"是阿尔弗雷德·雅里[1]，《愚比王》的作者。《阿耳戈英雄》封他为天才，因为观众同他的剧作唱反调。但这仍然是许久以来剧场里最稀奇的作品。"

"我很喜欢《愚比王》，"莎拉说道，"遇到雅里真是太高兴了。听说他总是醉醺醺的。"

"今晚就要醉。我看到他晚宴时喝了两大杯满满的纯苦艾酒。他看起来倒是无妨。您想来根烟吗？不想被别人的烟味呛死就必须自己抽。"

他侧过身去为她点火，她嘴里嚼着几颗糖晶。

"只不过是些冰糖而已，"她略显失望地说道，"我原本希望它会非常浓烈呢。"

在和帕萨凡闲聊时，莎拉冲着待在她附近的贝尔纳露出

---

1 阿尔弗雷德·雅里（1873—1907）：法国著名剧作家，在日常生活中严重酗酒、放浪形骸。其戏剧内容怪诞，形式夸张，对后世的荒诞派戏剧产生了重大影响。《愚比王》是其代表作，内容惊世骇俗，1896年12月10日首映遭到了观众大量投诉，第二场就遭到禁演。纪德本人旁观过《愚比王》的彩排以及首映。

微笑。她那双欢快的眼睛里闪烁着奇异的光芒。贝尔纳之前在黑暗中未能细看，此时惊讶地发现她与劳拉极为相似，同样的前额，同样的嘴唇……莎拉的面部轮廓确实少了劳拉天使般的风姿，而她的双眸却激起他心中不可名状的骚动。贝尔纳感到有些拘束，便转身朝向奥利维耶：

"给我介绍一下你的朋友贝凯尔吧。"

他曾经在卢森堡公园遇到过贝凯尔，不过从没跟他聊过。贝凯尔在这个刚刚被奥利维耶领进来的圈子里有点不自在，他天性羞涩，很难放得开，每次他朋友把他介绍成《前卫》杂志的主要编纂者之一时，他就满脸通红。实际上，在我们故事的开头他跟奥利维耶谈起的那首寓言诗，即将刊登在新杂志紧随宣言之后的头面位置。

"刊登在我之前为你保留的位置，"奥利维耶对贝尔纳说道，"我笃定它会让你喜欢的！远超这一期中的其他篇目，而且无比新颖！"

相比于听别人赞扬自己，奥利维耶更喜欢赞扬他的朋友们。当贝尔纳走过来时，吕西安·贝凯尔赶忙站起身，手里正端着咖啡杯，情急之下笨拙地把半杯咖啡泼在了自己的衬衣上。这时雅里机械的声音从他身侧传来：

"小贝凯尔要中毒了，因为我在他杯子里下了毒。"

雅里捉弄羞涩的贝凯尔，以令其狼狈为乐。不过贝凯尔并不怕雅里。他耸了耸肩，平静地把咖啡喝完。

"这人是谁？"贝尔纳问道。

"什么！你不认识《愚比王》的作者吗？"

"不可能吧！那是雅里吗？我把他当成了仆人。"

"喔！还是不一样的。"奥利维耶说话带了点火气，因为他为他的这群大人物感到骄傲，"好好看看，你不觉得他不同寻常吗？"

"他为了表现得不凡把能做的都做了。"贝尔纳说道。他只欣赏不做作的性格，不过对于《愚比王》倒是十分看重。

雅里身穿马戏团的传统小丑服饰，在他身上，一切都显得矫揉造作，尤其是他的说话方式——一个音节一个音节地发音、臆造生僻字、怪模怪样地错读另一些字，引起《阿耳戈英雄》中的好几位争相模仿，但只有雅里本人能够真正掌握这种没有质地、没有温度、没有顿挫、没有起伏的声音。

"等你认识他了，我向你保证你会认为他很有魅力。"奥利维耶说道。

"我宁愿不跟他结识。他看起来很凶。"

"这是他摆出的派头。帕萨凡认为他心底里非常温和。不过他今晚喝得太多了。请你相信，他没喝一滴水，甚至没喝葡萄酒，喝的全是苦艾酒和高度烧酒。帕萨凡担心他干出什么怪事。"

帕萨凡的名字不由自主地在他唇边重现，他越想回避，念头就越是顽固。

看到自己如此难以自控，他被激怒了，就像被自己追捕一样，他转场了：

"你应该去和杜梅尔稍微聊几句。我担心，自己抢了他《先锋》主编的位置，导致他对我恨之入骨。但这不是我的错。我除了接受别无他法。你应该尽量开解他、安慰他……帕萨……有人告诉我他对我怀恨在心。"

他又踉跄了一下，不过这一次没有摔倒。

"我希望他已经把原稿拿回去了。我不喜欢他写的东西。"贝凯尔说道，然后转身朝向坡菲唐迪厄，"不过，您，先生，我想……"

"喔！别喊我'先生'……我很清楚自己挂了一个笨重而可笑的姓氏……如果要写作的话，我打算取个笔名。"

"您为什么没给我们任何稿件呢？"

"因为我没有任何准备好的稿子。"

奥利维耶留下两个朋友在那里谈话，自己来到爱德华身边：

"您能来真好！我急着想见您。不过我原本希望在除这里之外的任何地方和您见面……今天下午，我去按过您家的门铃。有人告诉过您吗？可惜当时没有遇到您，要是我知道去哪里找您的话……"

回想起曾几何时自己在爱德华面前慌乱得哑然无言，他满心欢喜自己如今表达得如此轻松。哎，他的流畅自如只是由于酒劲以及话题的平庸——爱德华悲伤地意识到了这一点。

"我当时在您母亲那里。"

"这是我回来以后才知道的。"奥利维耶说道，爱德华对他以"您"相称令他感到沮丧。他犹豫着是否要跟对方明说。

"您以后就准备在这个圈子里生活吗？"爱德华盯着他问道。

"喔！我不会任人摆布。"

"您确定吗？"

爱德华说出这句话的语调如此严肃、如此温和、如此亲切……以至于奥利维耶感到自己的信心动摇了。

"您觉得我不该和这些人来往吗？"

"也许不是所有人，但显然包括其中某些人。"

奥利维耶把这个复数视为单数。他相信爱德华就是在针对帕萨凡。在他内心的天空中，这就像一道炫目而令人疼痛的闪电，穿透自今早以来严重积压在他心头的乌云。他太爱贝尔纳和爱德华了，以至于无法受他们小觑。在爱德华身边，他激发的是自己最优秀的一面。而在帕萨凡身边，则是最拙劣的一面。此时他自己也承认了，甚至他难道不是始终心知肚明吗？他盲目地接近帕萨凡，这不是他自愿的吗？他近乎发狂地矢口否认伯爵为他做过的一切，他对这些事情的感激全都变成了怨念。他眼下看到的情况令他彻底对伯爵产生了恨意：

帕萨凡倚着莎拉，手臂绕着她的腰身，显得愈发急迫。关于他和奥利维耶的关系，他听到了一些风言风语，便试图混淆视听。为了更加引人注目，他打算让莎拉坐他腿上。莎拉此前一直没怎么反抗，不过她的眼睛一直在寻找贝尔纳的目光，当两人四目相对时，她笑了起来，仿佛在对他说：

"看看别人敢对我做什么。"

不过帕萨凡担心进展太快。他缺乏实践。

"要是我能让她再喝一点的话，倒可以冒冒险。"帕萨凡心想，同时闲着的那只手伸向一小瓶柑香酒。

在边上观察帕萨凡的奥利维耶抢先一步抓住酒瓶，只为把它从帕萨凡手中夺过来。不过他立刻意识到自己可以借酒精恢复一点勇气，恢复那份他感到正在衰退的勇气，而他需要这份勇气向爱德华发出已到嘴边的倾诉：

"这完全取决于您……"

奥利维耶斟满酒杯，一饮而尽。这时候他听到在人群中穿梭的雅里从贝凯尔身后经过时低声说道：

"现在，我们要弄死小贝凯尔啦。"

贝凯尔突然转过身：

"声音大点，再说一遍。"

雅里已经走远了，他等到绕着餐桌走完一圈之后，用假声重复道：

"现在，我们要弄死小贝凯尔啦。"

然后他从口袋里掏出一把《阿耳戈英雄》杂志同人们经常看他耍弄的粗大手枪，举枪瞄准。

雅里向来有神枪手的美名。当时反对声四起。在他那种醉醺醺的状态下，谁都不知道他会不会假戏真做。但小贝凯尔想要表现出自己无所畏惧，他站上一把椅子，双手交叉在背后，摆出了一个拿破仑的姿势。他的样子有点滑稽，响起一阵哄笑，但很快便被掌声淹没了。

帕萨凡赶紧对莎拉说道：

"这事情有可能不好收场。他完全喝醉了。藏到桌子底下去。"

戴布鲁斯想把雅里拉住，但雅里挣脱了出来，也站在一把椅子上（贝尔纳注意到他穿着一双小巧的舞鞋），正对贝凯尔，伸出胳膊瞄准对方。

"关灯！关灯！"戴布鲁斯喊道。

爱德华待在门边，便按下了开关。

莎拉听从帕萨凡的指令站了起来。当大家都身处黑暗中时，她立刻朝贝尔纳紧贴过去，拉着他一起钻到餐桌下面。

　　枪响了。手枪里装的仅仅是空包弹。不过大家还是听到一声疼痛的喊叫：是居斯蒂尼，弹塞击中了他的眼睛。

　　等到灯光恢复时，大家都对贝凯尔表示钦佩：他始终站在椅子上，一动不动地保持着刚才的姿势，脸色几乎没怎么变白。

　　不过主席夫人的歇斯底里发作了。大家都围过来献殷勤。

　　"激动成这样真蠢啊！"

　　由于桌上没有水，雅里便从他的椅子底座上跳下来，用烈酒沾湿一块手绢替她按摩太阳穴以示歉意。

　　贝尔纳在桌子底下只待了短短一瞬，却足以让他感觉到莎拉炽热的双唇充满肉欲地紧压在他嘴上。奥利维耶也跟着他们钻进了桌底，既是出于友谊，也是由于嫉妒……醉意激化了他身上的这种可怕的情绪，他熟悉这种被晾在一边的感觉。等到他从桌子底下钻出来的时候，他的头还有点发晕。这时他听到杜梅尔在叫嚣：

　　"看看莫利尼耶！他像娘们儿一样胆小。"

　　这话过分了。奥利维耶不由自主地挥掌向杜梅尔冲了过去。他看起来就像在梦里发飙一样。杜梅尔躲开了。奥利维耶的手掌什么都没有碰到，如在梦中。

混乱的场景比比皆是：有些人在忙着照顾主席夫人，她依然在声嘶力竭地指手画脚；还有些人围着杜梅尔，他大声嚷嚷着："他没打中我！他没打中我……"另有一批人则在苦口婆心地抚慰奥利维耶，他怒气冲冲，随时准备再冲上去干架。

无论打中没有，杜梅尔都必须认为自己挨了耳光。这是居斯蒂尼揉着眼睛竭力让他想明白的意思，是尊严问题。不过杜梅尔实在不怎么关心居斯蒂尼关于尊严的训诫。只听他还在固执地唠叨着：

"没打中……没打中……"

"让他自己静静吧，"戴布鲁斯说道，"没法强迫别人不情不愿地去打架。"

但奥利维耶却高声扬言，如果杜梅尔觉得不满足，他已经准备好再赏对方一个耳光，而且决心和对方决斗，并请求贝尔纳和贝凯尔同意做他的见证人。这两个人其实对这种"事关名誉"的纠纷一窍不通，但奥利维耶不敢麻烦爱德华。他的领带松了，头发汗津津地披在额头上，双手痉挛般抖动着。

爱德华握住他的胳膊：

"去弄点水擦一下脸吧。你看起来像个疯子。"

爱德华带他去了盥洗室。

一走出餐厅，奥利维耶便意识到自己到底醉得有多厉害。当他感觉到爱德华的手掌挽着他的胳膊时，他以为自己刚才晕过去了，毫无抵抗地被人扶了出来。爱德华在跟他说话，从中他除了听出对方在以"你"相称外，其他一句也没听懂。就像一片厚厚的积雨云消散成雨，他觉得自己的心突然融为热泪。

　　爱德华敷在他额头上的一块湿毛巾使他从酒醉中清醒过来。到底发生了什么？他保留着一段模糊的意识，自己的所作所为就像一个孩子，像一头野兽。他觉得自己既可笑又可耻……于是，他由于痛苦和柔情而浑身颤抖，扑进爱德华怀中，紧紧贴着他，泪眼蒙眬地说道：

　　"带我走吧。"

　　爱德华自己也大为感动。

　　"你父母呢？"他问道。

　　"他们不知道我回来了。"

　　当他们穿过咖啡馆准备出门时，奥利维耶告诉他的同伴自己需要写张便条：

　　"今晚投到邮局去，明早第一时间就能送到。"

　　他坐在咖啡馆的一张桌子边上写道：

我亲爱的乔治：

是的，是我在给你写信，想请你帮我办一件小事。告诉你我人在巴黎等于什么也没跟你说，因为我相信你今早已经在索邦附近瞥见我了。我之前暂住在帕萨凡伯爵家（奥利维耶写下地址），我的行李还留在他家里，但我宁愿不回他那儿去，其中的原因说来话长，你也不会有多少兴趣。我能求的人只有你，把上述那些行李给我带回来。你愿意帮我这个忙，对吧？日后必有回报。有一个大箱子是锁着的，至于房间里的其他物品，请你亲自放到我的手提箱内，然后一起运到爱德华舅舅那里。车钱我来付。所幸明天是星期天，你收到这张字条之后就可以去把事情办了。我信任你，嗯？

你的兄长

奥利维耶

又及：我知道你办法多，毫不怀疑你会把这一切处理得非常妥当。不过千万注意，如果和帕萨凡直接打交道，要对他非常冷淡。明早见。

那些没有听到杜梅尔出言不逊的人，肯定无法理解奥利维耶突如其来的袭击。他看起来似乎失去了理智。要是他能够保持冷静的话，贝尔纳一定会称赞他。贝尔纳并不喜欢杜梅尔，但他认为奥利维耶的举动像个疯子，似乎所有的错都被归到了奥利维耶身上。贝尔纳听到别人对奥利维耶的苛责感到颇为痛心。他走到贝凯尔身边，跟对方订了个约：无论这场纠纷有多荒诞，他们俩都必须行为得体。他们约好第二天早上九点去纠缠他们的当事人。

他的两位朋友离开之后，贝尔纳再也没有任何理由也没有任何欲望留在那里了。他用目光寻找莎拉，当他看到对方坐在帕萨凡腿上的时候，内心顿时充满了熊熊怒火。那两个人似乎都喝醉了，不过莎拉看到贝尔纳走过来便站了起来。

"走吧。"说着她便搂住了对方的胳膊。

她想步行回家，路程不远，途中他们都一言不发。到了寄宿学校，灯光都灭了。他们担心引起别人注意，便一路摸黑来到后楼梯边上，然后点亮一根火柴。阿尔芒还醒着。当他听到他们上楼时，他出门站在楼梯口，手里提着一盏灯。

"你把灯拿着，"他对贝尔纳说道（他们从昨天开始便以"你"相称了），"给莎拉照一下路，她屋子里没蜡烛……把你的火柴给我，我去点我房间的蜡烛。"

贝尔纳陪莎拉进了第二间房。他们一进门，阿尔芒就在他们背后俯下身，呼出一大口气把灯吹灭了，然后嘲弄道：

"晚安！不过别弄出声音。父母睡在隔壁。"

然后他便突然退后，关上了他们身后的门，拉上了锁。

九　奥利维耶试图自杀

阿尔芒和衣而卧。他知道自己难以入睡。他等待着夜的尽头。他在沉思，在倾听。整栋房子都在休息，城市、整个自然界都没有一点声响。

当反光镜从高处狭窄的天空把一缕微光折射进他的卧室，让他得以辨认房间的丑陋时，他便立即起床了。他走向昨夜自己反锁的那扇门，轻轻推开一条缝……

莎拉卧室的窗帘没有拉上。黎明映白了玻璃。阿尔芒走向他姐姐和贝尔纳安眠的床榻。一条被单半掩着他们相拥的躯体。他们真美啊！阿尔芒长久地凝视着他们。他想要化作他们的睡眠，化作他们的亲吻。一开始他微笑着，接着，在床脚被踢开的被褥之间，他突然跪下了。他这样双手合十能向哪一位神灵祈祷呢？一种无以名状的情绪扣住了他的心弦。他的双唇在颤抖……他在枕头底下瞥见一块沾血的手帕，他站起身，抓住手帕，随身带走，把他呜咽中的双唇按在那块琥珀色的小斑点上。

不过走到门口时他又回转身。他想把贝尔纳叫醒。后者必须趁寄宿学校的人起床之前回到自己的房间。听到阿尔芒弄出的轻微声响，贝尔纳睁开眼睛。阿尔芒溜走了，让门开着。他离开房间，走下楼梯，想随便找个地方躲起来——他在场会让贝尔纳尴尬，他不想遇到对方。

没过多久，他从自习室窗口看到贝尔纳像小偷一样贴着墙走了过去……

贝尔纳没睡多久。但是这一夜，他品尝到了比休憩更舒适的遗忘，一种身心的激奋与颓丧。他滑入全新的日子，对自己感到陌生，像一尊神灵般散乱、轻盈，感到新颖、安宁和战栗。他任由莎拉继续睡着，悄悄从她怀中脱身。什么？竟然没有新的一吻，没有最后一眼回眸，一个至情的拥抱吗？他这样离去是由于冷漠吗？我不知道。他自己也不知道。他竭尽全力什么都不想，为不得不把这前所未有的一夜归入他过往的事迹而感到为难。不，这是一个补编，一个附录，在全书正文部分无法拥有它的位置——在这本书中，关于他人生的故事，就仿佛什么都没有发生过一样，将继续下去——不是，将重新开始。

他回到跟小鲍里斯合住的房间。后者睡得正香。这孩子！贝尔纳把床铺弄乱，揉皱被单，当成障眼法。他用大量清水冲淋自己。不过看到鲍里斯时，他感觉自己又被带回了萨斯费。他想起当时劳拉对他说过的话："我只能接受您的这份仰慕。剩下的东西都各有约束，必须在别处得到满足。"这句话曾令他反感，现在似乎依然在耳边回响。他已经不再去想它了，但今晨他的记忆却异常清晰活跃。他的大脑情不自禁地敏捷运转起来，令人不可思议。贝尔纳推开那些关于劳拉的画面，想要压制这些记忆，为了阻止自己联想，他抓起一本教科书，强迫自己复习备考。不过室内令人窒息。他下楼去花园里用功。他想到街上去，行走、奔跑、出逃、透口气。他盯着大门，门卫一把它打开，他便溜走了。

他带着书抵达卢森堡公园，在一张长椅上坐下。他的思维在细心地纺纱，但丝线却颇为脆弱，在上面一划就断了。一旦他想要用功，在他和书本之间便会有各种昨夜的冒失记忆徘徊——不是关于那些快乐的瞬间，而是一些平庸可笑的细节，牵制、损伤、凌辱了他的自尊心。从此以后他就再也不会表现得那么没经验了。

快到九点钟的时候，他起身去找吕西安·贝凯尔。两个人一起去爱德华家。

爱德华住在帕西[1]，一栋大楼的顶层。他的卧室通向一间宽敞的工作室。当奥利维耶黎明起身时，爱德华最开始并没有担心什么。

"我到沙发上去休息一会儿。"奥利维耶说道。由于爱德华怕他着凉，便让奥利维耶拿上被子。没过多久，爱德华也起床了。很显然他刚刚在不知不觉间又睡着了，因为现在他惊讶地发现天光大亮了。他想知道奥利维耶安顿得怎么样，想去再看他一眼，也许某种冥冥中的预感在指引他……

工作室空荡荡的。被子都留在沙发脚边，未曾铺开。一种难闻的煤气味令他警惕。一个充当浴室的小房间面朝工作室，味道显然是从那里飘出来的。他赶忙跑过去，但一开始却没能把门推开，有什么东西挡在后面——那是奥利维耶的身体，倒在浴缸边上，一丝不挂，浑身冰冷，面无血色，狰狞地沾满了呕吐物。

煤气是从热水器里泄漏的，爱德华立刻关上阀门。发生什么了？是意外吗？还是中风？……他不能相信。浴缸是空的。他把这个垂死之人抱在怀中，抬回工作室，平放在一块地毯上，正对着大开的窗户。他跪在地上，温柔地弯下腰进行听诊。奥利维耶依然在呼吸，不过气若游丝。于是，爱

---

1 帕西：位于巴黎十六区，是巴黎的传统富人区之一。

德华不顾一切地尽力挽救这条奄奄一息的生命。他有节奏地举起对方瘫软的双臂，压紧肋部，按压胸口，把他记忆中应对窒息的手法统统试了一遍，苦于不能多管齐下。奥利维耶双眼紧闭。他的眼皮被爱德华用手指撑开，然后又垂在无神的眼珠上。不过心脏还在跳。爱德华寻找了一番白兰地和嗅盐，却一无所获。他烧了些热水，擦洗了对方的上半身和脸部，然后把这具失去活力的躯体平放在沙发上，盖好被子。他想去请医生，但又不敢走远。有个女仆每天早上来做家务，不过要到九点钟才来。他一听到对方进来，便派她去找社区里的江湖郎中，但又立刻把她叫了回来，担心惹上法院调查。

在此期间，奥利维耶倒是渐渐恢复了生机。爱德华紧挨着沙发坐在上首。他凝视着这张封闭的面孔，无法解开其中的谜语。为什么？为什么？晚上喝醉了酒也许会轻率行事，但清晨的决定必然掷地有声。他不再揣摩，等着奥利维耶能够跟他倾诉的时刻到来。在那之前他寸步不离。他握着奥利维耶的一只手，在这种接触中积聚他的疑问、他的思考、他的整个生命。他似乎终于感到奥利维耶的手掌对他的紧握产生了微弱的回应……于是他俯下身，把自己的双唇印在对方的额头，那里紧皱着深广而神秘的痛苦。

有人按门铃。爱德华起身去开门。是贝尔纳和吕西安·贝凯尔。爱德华把他们拦在门厅，告知他们情况，然后把贝尔纳拉到一边，问他是否知道奥利维耶曾有晕眩或者发病的倾向。贝尔纳猛然回忆起他俩昨天的对话，尤其是奥利维耶的某些用词，当时他没好好听，现在却振聋发聩。

"跟他谈到自杀的人是我，"他对爱德华说道，"我问他是否明白有人可能会由于单纯的生命力过度而自杀，就像德米特里·卡拉马佐夫说的那样'由于热情'。我完全沉浸在自己的思路之中，只关心自己说的那些话，不过现在我想起他的回答了。"

"那他怎么回答的？"爱德华坚持追问，因为贝尔纳点到即止，似乎不想多谈。

"他认为，有人自杀仅仅是在抵达了某种快乐的顶峰之后，从此他只能走下坡路。"

两个人互相看了一眼，再没有补充一句话。他们都恍然大悟。爱德华终于把目光移开，贝尔纳则后悔自己多嘴。他们走到贝凯尔身边。

贝凯尔说道："麻烦之处在于，别人会以为他是为了临阵脱逃才想自杀的。"

爱德华早就不考虑决斗的事了。

他说道："就装作无事发生好了。去找杜梅尔，要求他带你们跟他的见证人联系。要是这桩蠢事无法自行解决，你们再和对方的见证人解释吧。杜梅尔看起来并不想推进这事。"

"我们什么都不会告诉他的。"吕西安说道，"把退缩的耻辱全都留给他。因为我确定他会躲闪。"

贝尔纳提出能否见一见奥利维耶。不过爱德华希望他们能让他安静地休息。

贝尔纳和吕西安正准备告辞，小乔治到了。他从帕萨凡家过来，不过并没能取回他哥哥的行李。

"伯爵先生出去了，"他得到了这样的答复，"他没有给我们留下指令。"

然后仆人就给他吃了闭门羹。

爱德华的语调以及另外两位神态间的严肃令乔治感到不安。他察觉有异，便出声询问。爱德华不得不把一切都告诉了他。

"不过什么都不要和你父母说。"

乔治涉入一桩秘事，不禁喜出望外。

"我会守口如瓶的。"他说道。这天早上他本就闲来无事，便提出陪贝尔纳和吕西安一起去杜梅尔家。

三位访客离开之后，爱德华叫来女仆。他的卧室隔壁是一间客房，他让女仆把房间收拾出来，以便安置奥利维耶。然后他悄无声息地走进工作室。奥利维耶在休息。爱德华在他身边坐下，拿起一本书，但还没翻开便把它丢在了一边，转而静观他的朋友安眠。

十　奥利维耶康复·爱德华日记

对灵魂呈现的事物，任何一件都不简单；

灵魂对任何主体呈现也从不简单。

——帕斯卡

"我相信他见到你会很高兴。"第二天，爱德华对贝尔纳说道，"今天早上他问我您昨天来过没有。当时他大概听到了您的声音，我却以为他失去了意识……现在他依然双眼紧闭，但并没有入睡。他什么都不说，常常把手贴在额头，以此表达他的痛苦。我一跟他讲话，他就皱眉头，不过如果我离开，他又会把我叫回来，让我坐在他旁边……不，他已经不在工作室了。我把他安置在我卧室隔壁的房间，这样我会客时不会打扰他。"

他们走进房间。

"我来打听你的消息。"贝尔纳非常温柔地说道。

奥利维耶听到他朋友的声音，顿时容光焕发起来，几乎露出了微笑。

"我在等你。"

"等我累着你了就走。"

"留下。"

不过在说出这个词时，奥利维耶把一根手指立在唇边，要求大家别跟他说话。贝尔纳三天内就要去参加口试，出行时总是带着一本教材，其中把考试内容的每一份苦都浓缩成了灵丹妙药。他在朋友上首坐定，专心致志地读书。奥利维耶的脸朝墙那边转过去，看起来似乎睡着了。爱德华回到自己的房间，时不时地会看到他出现在连通两个房间的那扇敞开的门边。每隔两个小时，他就让奥利维耶喝一碗牛奶，不过是从今天早上才开始的。昨天一整天，病人的肠胃都无法承受任何食物。

时间过了许久。贝尔纳起身告辞。奥利维耶转过身，朝对方伸出手，竭力露出微笑：

"明天来吗？"

在最后一刻，奥利维耶把贝尔纳叫了回来，示意对方俯下身，仿佛担心自己的声音没法被人听见一样，低声说道：

"不，你以为我傻了吧！"

然后，仿佛为了抢先一步驳倒贝尔纳的反对意见一样，他又一次把手指竖在了唇边：

"不，不……以后我会跟你解释的。"

第二天，爱德华收到了一封劳拉的来信，等贝尔纳抵达时，便把信递给他看：

我亲爱的朋友：

我在仓促间给您写信，是为了尽力避免一件荒唐的麻烦事。如果这封信能够尽早送到您手中的话，我确信您一定会助我一臂之力。

菲利克斯即将出发前往巴黎。他打算过来见您，企图从您那里得到一些我拒绝给予他的解释，想从您那儿获悉那个他意欲与之决斗之人的名讳。我已经竭尽全力加以阻拦，但他的决心坚定不移，不管我怎么跟他说，只会让他的念头更加根深蒂固。也许只有您能够劝阻他。他对您很信任，我希望他会听您的。您想想，他从来没有亲手握过手枪和佩剑。一想到他会为了我拿生命冒险，我就无法忍受。而我尤其担心——我几乎不敢承认——他会贻笑大方。

自从我回来以后，菲利克斯对我十分殷勤、温存、体贴。但我没法对他装出能给予比自己心里更多的爱意。他为此感到难受。我认为这是一种欲望，去强行获取我的尊重和仰慕，这就导致他要使用这种在您看来考虑不周的手段，但他却每天都在琢磨。自从我回来以后，执念就产生了。他肯定原谅我了，却与另一位不共戴天。

我恳求您接待他就像接待我一样热情。这是您可以给予我的最让我感动的友谊之明证。请原谅我没有早些给您写信，向您再次重申我心中的每一份感激之情，感谢您的尽心尽力以及在我们暂居瑞士期间慷慨给予我的种种照顾。关于那段时光的记忆令我感到温暖，并帮助我忍受这人生。

您永远忧心忡忡也永远信赖您的朋友
劳拉

"您打算怎么办？"贝尔纳把信还回去的时候问道。

"您想让我怎么办？"爱德华略有些不悦地回答说。他完全不是被贝尔纳的问题激怒的，而是因为他自己早就提过这个问题了："如果他来了，我会尽我所能地接待他。如果他向我征求意见，我就尽我所能地劝阻他。努力说服他相信，没有什么做法比镇之以静更好。有些人跟可怜的杜维耶类似，他们总是试图错误地彰显自己。如果您认识他的话，您也会有同感，相信我。劳拉生来就是当主角的。我们每一个人都在根据自己的尺码承演一出惨剧，接收各自的悲剧份额。我们又能怎样呢？劳拉的惨剧，就是嫁给了一个无关紧要的配角。对此我们实在无计可施。"

"杜维耶的惨剧，就是迎娶了一个无论他会做什么都始终比他优越的人。"贝尔纳接着说道。

"无论他会做什么……"爱德华附和道，"而且无论劳拉会怎么做。妙就妙在，由于悔恨自己的过错，由于内疚，劳拉想要在他面前卑躬屈膝，但他却立刻跪伏得比她更低。两个人的所作所为只会让他愈发渺小，令她愈发伟岸。"

"我对他十分同情。"贝尔纳说道，"不过为什么您不承认他在这种跪伏中也会高大起来呢？"

"因为他缺乏抒情性。"爱德华不容置疑地说道。

"您想说什么？"

"他永远不会在其正在体验的处境中忘掉自己，因此他永远体验不到任何崇高感。不要在这方面对我逼问得太紧。

我有自己的想法，但它们抵触测量工具，而且我并不太想进行测量。保罗－安布瓦斯总是习惯说，他不同意考虑任何无法用数字计算之物，我认为他在'考虑'[1]这个词上面玩了文字游戏，因为'按照这种说法'，就必然把上帝省略了。他的目的和欲求正在于此……您瞧，我认为我所谓的抒情性就是人类同意让自己被上帝击败的那种状态。"

"难道这不就是'狂热'[2]一词的含义吗？"

"也许是'灵感'一词吧。是的，我想说的就是这个意思。杜维耶是一个没有能力唤起灵感的人。我赞同保罗－安布瓦斯，他有理由认为灵感对艺术的危害最大。我心甘情愿地认为，只有能支配抒情状态才可以成为艺术家。不过重点在于，为了支配它，就必须首先去体验它。"

"难道您不认为这种神游状态可以从身体层面进行解释吗，通过……"

"漂亮的推论！"爱德华打断了贝尔纳，"类似的考虑，要想言之凿凿，只会令傻子为难。显然没有哪种神秘的情绪起伏会缺少物质方面的后盾。然后呢？精神为了显现，根本

---

1 考虑：法语"tenir compte"作为词组意为"考虑、重视"，但如果拆分开来，"tenir"一词意为"掌握、拥有"，"compte"一词意为"数字、计算"，因此从文字游戏的角度可以理解成"掌握数字"。
2 狂热：法语"enthousiasme"有"狂热崇拜"以及"热情、热忱"之意。

摆脱不了物质。这就是造成肉身的奥秘。"

"相反，物质完全不需要精神。"

"对此我们无从知晓。"爱德华笑着说道。

贝尔纳听到对方侃侃而谈，感到非常欢喜。爱德华平时少言寡语，他今天表现出来的谈兴源自奥利维耶的在场。贝尔纳心知肚明。

他心想："爱德华跟我讲话，就仿佛已经在跟奥利维耶讲话一样。应该给他当秘书的人是奥利维耶。等到奥利维耶康复了，我就立即退出，另谋出路。"

他想到这些，心中并不觉得辛酸，因为他脑子里挂念的全是莎拉。他昨天晚上跟对方私会过，今天晚上还准备去找她。

"我们扯远了。"贝尔纳也笑着说道，"您打算跟杜维耶提文森吗？"

"当然不提。有什么用？"

"杜维耶不知道该怀疑谁，您不觉得这会毒害他吗？"

"您也许说得有道理。但这话应该对劳拉去说。我要是说出来就会出卖她……何况我也不知道他人在何处。"

"文森吗？……帕萨凡肯定知道。"

一阵门铃声打断了他们的谈话。莫利尼耶夫人过来打探儿子的消息。爱德华在工作室跟她碰头。

爱德华日记

　　宝琳娜来访。我手足无措,不知如何把实情相告,但我没法向她隐瞒她儿子的病情。不过我认定跟她描述这种难以理解的自杀未遂毫无用处,便仅仅跟她提到某种急性肝炎,而这的确是那种举动导致的最明显后果。

　　"得知奥利维耶在您家里已经让我放心了,"宝琳娜对我说道,"我对他的照顾不会比您更周到,因为我很清楚您对他的爱和我不相上下。"

　　在说出最后几个词的时候,她带着一种异样的坚持注视着我。我能否想到她在这缕目光中包含的用意呢?在宝琳娜面前,我感到了人们常说的那种"内疚",只能期期艾艾,不知所云。必须指出,这两天的感情过于饱满,使我完全丧失了自制力。我的慌乱一定非常明显,因为她又加了一句:

　　"您的脸红就很有说服力……我可怜的朋友,别以为我会责备您。您不爱他的话我才会那么做……我能去看看他吗?"

　　我把她领到奥利维耶身边。贝尔纳听到我们过去,已经走开了。

　　"他真美啊!"她俯在床头低声说道,然后朝我转过头，"之后您代我抱抱他，我怕把他吵醒。"

宝琳娜显然是一位非凡的女性。我不是今天才这么认为。不过我未曾预料到她会如此体贴入微。尽管如此，在我看来，透过她言辞的真挚以及她在嗓音中掺杂的某种诙谐语调，还是能够分辨出一丝不自然（也许是因为我在尽力遮掩自身的拘谨）。我想起她在之前谈话中提到过的一句话："明知自己无法阻拦，那我宁可心甘情愿地接受。"很显然，宝琳娜在努力做到心甘情愿。而当我们重新回到工作室时，她就像在回答我的心事一样继续说道：

"我刚刚没有义愤填膺，而是担心这反而会得罪了您。人们总想独占某些思想方面的自由，但我不能心里不觉得，却装模作样地对您大加斥责。生活在教导我。我很清楚男孩子的纯洁是多么脆弱，哪怕它看起来得到过最周到的保护。而且，我不认为最贞洁的少年日后就能成为最优秀的丈夫，"她惨笑着加了一句，"哎，甚至连最忠实的丈夫也做不到。总之，他们父亲给出的榜样让我希望儿子们拥有其他美德。不过我害怕他们骄奢淫逸或者结交一些有损名誉的人。奥利维耶容易受到引诱。您要用心阻止他。我相信您能让他有出息。他只看重您……"

诸如此类的言论令我羞愧难当。

"您过奖了。"

我能想到的全部言辞，就是这句最平庸的套话。她文雅地接着说道：

"奥利维耶会让您变得更好。通过爱，什么不能从自己身上得到呢？"

"奥斯卡知道他在我这儿吗？"为了让我们的谈话氛围轻松一点，我问道。

"他甚至不知道奥利维耶在巴黎。我跟您说过，他对儿子们不太关心。这就是我指望您去跟乔治谈谈的原因。您跟他聊过了吗？"

"不，还没有。"

宝琳娜的脸色突然沉了下来：

"我的不安与日俱增。他摆出一副镇定自若的模样，从中我只看到了漫不经心、恬不知耻和自以为是。他的学业挺好，教授们都对他挺满意，我的担心不知源自何处……"

突然间，她失了分寸，激动得让我几乎认不出她来了：

"您知道我的生活变成什么样了吗？我缩减了自己的幸福，年复一年，我不得不将其一降再降，把自己的期盼一一斩断。我退让、忍受，假装想不通、看不见……但是说到底，人总得抓住点什么——但等到连这点东西都从您手中逃脱的时候呢！……晚上，他在灯下用功，就坐在我身边。有时候他从书本里抬起头，我在他目光中遭遇的不是温情，而是挑衅。这实在不是我应得的……有时候我觉得自己对他的满腔爱意都突然化成了仇恨。我情愿从来没有生过孩子。"

她的声音在颤抖。我握住她的手：

"我保证，奥利维耶会报答您的。"

她竭力恢复镇定：

"是的，我这么说简直疯了，就好像我不曾生过三个儿子似的。当我想起其中一个，我眼里就再也没有别人了……您肯定会觉得我缺少理智……但有些时候，单凭理性真的不够。"

"但我对您最钦佩的一点就是您的理性。"我淡然地说道，希望让她冷静下来。由于她依然保持沉默，我又加了一句：

"那天您和我谈到奥斯卡的时候多么明智……"

宝琳娜突然站起身。她盯着我，耸了耸肩。

"一个女人表现得越隐忍，往往就显得越理智。"她叫嚷起来，仿佛恼羞成怒。

这种想法令我生气，正因为它一语中的。为了不让对方察觉丝毫异样，我立即开口说道：

"关于那些信件，没有任何新消息吗？"

"新消息？新消息！……在奥斯卡跟我之间您还想要什么新消息？"

"他在等一个解释。"

"我也在等一个解释。终其一生人们都在等待各种解释。"

我有点不快，接着说道："总之，奥斯卡感觉自己身处于一个虚伪的处境之中。"

"不过，我的朋友，您很清楚，没有任何东西比虚伪的处境存续更久。如何试着解决它们是你们小说家的事情。在生活中，没有任何变化，一切都在延续。人们身陷不确定之中，至死都不知道在坚持什么。在此期间，生命在继续，一切都仿佛无事发生。人们对此逆来顺受，就像对其余一切逆来顺受一样……就像对万事万物逆来顺受一样。好了，告辞。"

我从她的嗓音里辨别出某种全新的音色，它的回响令我感到痛苦，带着侵略性，迫使我想到（也许并不是当时，而是在我回忆这段谈话的时候），对于我和奥利维耶的关系，宝琳娜逆来顺受起来不如她嘴上说的那么容易，不如她忍受其余一切那么容易。我想要相信她没有明确地发出责难，相信她在某些方面甚至感到庆幸，正如她让我听出来的意思那样。不过，也许她自己不承认，却仍然让人感觉到她的醋意。

一个归根结底对她没那么重要的话题，她一听到就突然爆发反抗，我觉得这是唯一的解释。可以这么说，一开始她把对她本人而言更具价值的东西交给我，这耗尽了她所储备的善意，而且突然发现自己已被掠夺一空。由此，她那些激烈到近乎夸张的言辞便泄露出了她的妒意，事后回想起来一定会令她感到惊愕。

扪心自问，一个拒绝忍气吞声的女性，她究竟会处于何种状态呢？我的意思是一个"正派的女性"……就好像人们口中的"正派"二字，用到女性身上，并不是一向意味着"屈从"！

傍晚时分，奥利维耶明显开始好转。不过生命力的恢复随之把忧思也带了回来。我尽力让他放心。

他的决斗？——杜梅尔已经逃往乡间，我们可没法追着他跑。

杂志？——贝凯尔在负责。

留在帕萨凡家的行李？——这个问题最棘手。我不得不承认，乔治没能把行李带回来，不过我保证第二天会亲自出马。我看他似乎担心帕萨凡会把那些行李当成抵押品扣下来，对此我一秒钟也不会容忍。

昨天，我写完这几页笔记，在工作室里待了一阵，这时我听到奥利维耶在喊我。我赶紧冲了过去。

"如果我不是那么虚弱的话，迎过来的人应该是我。"他对我说道，"我之前想要起床，但我一站起来头就发晕，我担心会跌倒。不，不，我没有觉得更加难受，恰恰相反……不过我需要和你谈谈。你必须答应我一件事……答应我永远不要试图弄清楚前天我为什么想自杀。我相信现在连我自己都不再搞得懂了。我很想直言相告，真的！但我做不到……但你千万不要认为这是由于我生命中存在某种神秘的东西，某种你不了解的东西，"接着他用更加低沉的声音说道，"也不要以为是由于羞耻……"

尽管我们身处黑暗之中，他依然把额头埋在我怀里。

"如果我感到羞耻，那也是那天的那场宴会，是我的醉态、我的狂怒、我的泪水，是夏天的这几个月……是苦苦地等候你。"

然后他宣称，他再也不同意把这一切之中的一丝一毫当成自己的一部分了，它们都是自己曾想杀死的东西，都是他已经消灭的、已经从他的生命中被抹去的东西。

哪怕在他此刻的躁动之中，我依然感觉到他身体的虚弱。我一言不发地摇着他，就像摇一个孩子。他需要休息。他的缄默让我期待他睡意来袭，不过最后我还是听到他在嘴里呢喃着：

"在你身边，我幸福得无法入眠。"

他到天明才放我离开。

十一 帕萨凡接待爱德华，随后会见斯特鲁维乌

这天早上，贝尔纳早早地过来了。奥利维耶还在睡觉。贝尔纳和前几天一样，拿着一本书在朋友床头坐下，这让爱德华可以暂时停止看护，像他之前答应好的那样上帕萨凡家走一趟。这一大早肯定可以见到他。

阳光灿烂，烈风扫清了枝头的残叶，一切都显得澄澈、蔚蓝。爱德华三天未曾出门。无限的喜悦令他心花怒放，甚至在他看来，他整个人就像一个拆开的空包裹，漂浮在一片浑然一体的海面上，一片神圣的善意之洋中。爱意与晴朗的天气令我们飘飘欲仙。

爱德华知道，要把奥利维耶的行李搬回来非得用上一辆汽车不可。不过他并不急着叫车，他找到了步行的乐趣。面

对整个自然界，他感到一种仁慈的心态，这导致他很难去面对帕萨凡。他心知自己理应厌恶对方，不过，当他在脑海中把所有那些不满重新过了一遍后，却再也感觉不到刺痛了。这个昨天他还依然憎恨的竞争对手，刚刚已经被他取而代之，取代得如此彻底，以至于没办法再仇视下去了——至少，今天早上他做不到。而且另一方面，由于他认为这种转变不应被透露分毫，否则有可能泄露他的幸福感，那么与其让自己看上去无力应付，他宁愿逃避这次会面。说到这件事，见鬼，上门的为什么偏偏是他爱德华呢？他用什么名义去拜访巴比伦街并索要奥利维耶的行李呢？他边走边想，自己接受这个任务实在有欠考虑，让人以为奥利维耶已经选择搬到他家去住了，而这恰恰是他想要隐瞒的……现在退缩太迟了，他已经答应奥利维耶了。最起码，必须对帕萨凡表现得非常冷淡、非常坚决。一辆出租车驶过，他叫住了。

爱德华并不怎么了解帕萨凡。他忽视了对方性格中的一个特点：帕萨凡从来不会被人乘虚而入，他不能容忍受人愚弄。为了不承认自己的失败，他总是装作一副听天由命的模样，这样无论在他身上发生什么，他都可以宣称如其所愿。当他意识到奥利维耶已经弃他而去，他唯一担心的就是如何藏住一腔怒火。他没有试图一路追上去，去冒成为笑柄的风险，而是直挺挺地待在原地，强迫自己耸耸肩膀不屑一顾。

他的情感从来没有强烈到失去掌控。有些人为此沾沾自喜，不肯承认这种自控力常常靠的不是强有力的个性，而是某种性情方面的贫乏。我尽量避免泛化，就当我说的这番话只针对帕萨凡好了。所以这位仁兄不难说服自己相信，恰好他已经受够了奥利维耶，在夏天的这两个月里，这段奇遇对他的吸引力已经被消耗一空了，反而有对他的生活造成困扰的风险。总之，他高估了这个孩子的俊美、风度以及精神方面的种种潜能，而把一本杂志的主编之职交给一个如此年轻、如此缺乏经验之辈，对于这其中的种种不便，是时候睁开眼睛看一看了。经过仔细斟酌，由斯特鲁维乌给他做事要合适得多——当然是指当杂志主编。他刚刚给对方写了封信，召其今天上午见面。

再补充几句，帕萨凡其实弄错了奥利维耶背弃他的原因。他以为是自己对莎拉表现得过分殷勤而激起了对方的醋意。这个念头迎合了他自命不凡的本性，令他洋洋得意。他的愤恨也由此平息了。

所以帕萨凡当时正在等候斯特鲁维乌。由于他之前已经吩咐过，人一到就立即引见，结果爱德华沾了这条指令的光，未经通报便出现在帕萨凡面前。

帕萨凡完全没有让他的惊讶之情透露分毫。所幸对他来说，他要扮演的角色正合他的本性，难不倒他的思路。爱德华刚说明自己的来访动机，他便说道：

"您告诉我的这些事情真令我开怀。那么，是真的吗？您确实愿意亲自照顾他吗？不会太麻烦您吧？……奥利维耶是个可爱的孩子，不过他待在我这里已经开始让我感到烦不胜烦了。我不敢让他感觉到这一点，他那么乖巧……而且我知道他不喜欢回他父母家去……父母嘛，一旦离开了，对吧……不过，我想起来了，他母亲不是您同父异母的姐姐吗？……或者某些类似的亲属关系？从前奥利维耶肯定跟我解释过。那么他住在您那里就再自然不过了。谁也不会见笑的（他说这话倒是没有搞错）。您知道，他出现在我家里更麻烦一些。这也是我希望他离开的原因之一……虽然我几乎没有操心公共舆论的习惯。不，这更多是为他的利益着想……"

会谈的开局不错，不过帕萨凡抵抗不了一种乐趣：他想把自己的阴险之毒往爱德华的幸福中洒上几滴。他始终留有存货，谁也不知道会发生什么……

爱德华感到自己的耐心正在消逝。不过他突然想起文森——帕萨凡应该有他的消息。当然，他早已下定决心，如果杜维耶向他打听文森的事情，他一定绝口不提。但为了避而不答，他觉得自己了解实情很有好处，这样可以强化他的抵抗力。他抓住了这个转移注意力的借口。

"文森没给我写过信，"帕萨凡说道，"不过我收到了一封格里菲斯夫人的信件。您知道，她就是那位接替者，她跟我谈了很多他的事情。拿着，就是这封信……毕竟，我看不出为什么您不能知悉内情。"

他把信递给对方，爱德华开始读信：

我亲爱的：

亲王的游艇把我们留在达喀尔[1]便飘然而去了。等到它运送的这封信抵达您手中时，谁知道我们身在何处呢？也许在卡萨芒斯[2]的沿海地区，文森想去那里采集植物标本，而我想去打猎。我也搞不太清楚究竟是我领着他还是他领着我，或者，更确切地说，莫不是冒险之魔同时纠缠着我们两个人。我们在船上结识了烦闷之魔，正是他为我们进行了一番引荐……啊！亲爱的，必须在游艇上生活才能学会如何体悟烦闷。狂风大作的时候，生活倒还过得去，我们与船身共同起伏。不过从特

---

1 达喀尔：非洲西海岸名城，当时法国在西非的殖民重镇，1960 年塞内加尔独立后成为该国首都。
2 卡萨芒斯：法国位于非洲西海岸的一块旧殖民地，即今塞内加尔西南部与冈比亚之间的一块区域。

内里费岛¹开始，就再也没有一丝微风，海面上再也没有一道波纹了。

　　……我的绝望之巨镜²

　　您知道从那以后我在忙什么吗？对文森泄愤。是的，我亲爱的，爱情对我们来说显得过于乏味，我们便决定互相仇恨。说真的，这由来已久，是的，从我们上船就开始了。一开始只是生气，是一种暗中的敌意，却免不了短兵相接。要是天气晴朗，就变得更加凶狠。啊！现在我终于知道对某个人用情到底是什么滋味……

信的内容还有很多。

"我不需要继续看下去了，"爱德华一边说一边把信还给帕萨凡，"他什么时候回来？"

"格里菲斯夫人没有提到回程的事情。"

爱德华没有对这封信表现出更大的兴趣，这让帕萨凡感

---

1 特内里费岛：属于靠近非洲西海岸的加那利群岛，是群岛中面积最大的岛屿，隶属于西班牙。

2 语出波德莱尔《恶之花》中的《音乐》一诗末节："在无边的深渊之上/把我摇晃。时而，平淡的安宁/我的绝望之巨镜！"

觉受到了侮辱。既然他允许对方看信，那他就必然把对方的这种冷漠视为一种冒犯。他可以主动拒绝别人的赠予，但很难容忍自己提供的东西受到轻视。这封信曾令他喜不自胜。他对莉莉安和文森都抱有好感，甚至向自己证明，他可以对二人有所助力，施以援手——不过他们不需要，他的情感便迅速降温了。和他分别之后，他的这两个朋友没有朝幸福扬帆启航，这促使他想道：干得漂亮。

至于爱德华，晨间的至福过于真挚，以至于面对这些癫狂情感的写照心中很难不感到拘束。他把信还回去时绝对没有任何矫揉造作。

帕萨凡必须立刻夺回先手：

"啊！我还想跟您说一声，您知道我曾经打算让奥利维耶主编一份杂志吧？当然，这事儿再也不可能了。"

"自不待言。"爱德华回击道。帕萨凡无意中替他消除了一大顾虑。后者从爱德华的语气中意识到自己被对方占了便宜，但他没花时间表示不满：

"奥利维耶留下的行李都在他住的那间屋子里。您多半叫了出租车吧？把东西搬过去吧。对了，他身体怎样？"

"非常好。"

帕萨凡站起身，爱德华也随之起立。二人在最冷淡的辞别中分开了。

爱德华的拜访令帕萨凡伯爵感到极其烦闷。

"哎哟！"看见斯特鲁维乌进来，他长舒了一口气。

尽管斯特鲁维乌对他不服软，帕萨凡与其相处起来却觉得颇为自得，或者更准确地说，游刃有余。当然，他知道对手的厉害，不过他相信自己有能力，而且以证明这一点自鸣得意。

"我亲爱的斯特鲁维乌，请坐，"他一边说一边把一把扶手椅朝他推过去，"见到您我真的很高兴。"

"伯爵先生有命，我在此以效全劳。"

斯特鲁维乌愿意跟他装出一副奴才的放肆样子，不过帕萨凡早就习惯对方的作风了。

"直入主题吧。就像俗话里讲的，是时候打开天窗说亮话了¹。您已经从事过许多职业……今天我想给您提供一个货真价实的独裁者的位置。不过我们得赶紧补充一句，只涉及文学方面。"

"可惜了，"然后，当帕萨凡把香烟盒递给对方的时候，斯特鲁维乌说道，"如果您允许的话，我更想……"

"绝对不允许。抽上您那些糟糕透顶的走私雪茄，整个房间都要被您熏臭了。我从来不明白抽这玩意儿能得到什么

---

1 原文为法国谚语，直译为"从家具底下钻出来"。

乐趣。"

"哦！我不能说自己有多迷恋，但它可以让旁边的人不舒服。"

"总是和别人作对吗？"

"不过不必把我当成傻瓜。"

斯特鲁维乌没有直截了当地回答帕萨凡的提议，他认为先解释一番表明自己的立场比较得体，之后走一步看一步。他继续说道：

"博爱从来都不是我的强项。"

"我知道，我知道。"帕萨凡说道。

"自私也不是。这一点您恐怕还不太清楚……有些人想让我们以为，能让人逃离自私的，只有一种更加丑恶的利他主义！至于我，我认为如果有什么东西比人更加可鄙，更加卑贱，那就是很多人。没有任何推理能够说服我相信，增加卑劣的单体可以带来一个卓越的整体。我一上轻轨或者火车，必定期待一场严重的事故，把每一个活着的垃圾压成肉泥——喔！当然包括我在内。走进一家剧场，就必定渴望吊灯垮塌或者炸弹爆炸。如果没有给自己留下什么更好的机会，即使我被一起炸飞，我也会主动在外套底下带着炸弹。您说什么？"

"不，什么都没说。您继续吧，我听着。您不是那种需要等着反对意见的鞭策才能开讲的演说家。"

"在我看来您似乎想要敬我一杯您无价的波尔图甜酒。"

帕萨凡笑了。

"就把酒瓶留在您手边吧，"他边说边把酒瓶递过去，"请您喝光它，不过话别停。"

斯特鲁维乌斟满杯中酒，惬意地躺在一把深深的扶手椅上，开始说道：

"我不知道自己是不是拥有一副所谓的'铁石心肠'。我有太多愤恨、太多憎恶，以至于无法想象自己竟这样，不过对我来说无所谓。的确，很久以来，我就在心脏这个器官中压制有可能令其感动的一切。不过我并不是没有能力仰慕，并不是不能提供某种荒诞的忠心，因为生而为人，我蔑视自己、仇视自己，就像对别人一样。我总是到处听人反复指出，文学、艺术、科学，最终都是为了人类的福祉而努力，这就足以让我对这些内容作呕。不过没有任何东西能阻止我反转这个命题，到那时我才松一口气。是的，我乐于设想，完全相反，卑躬屈膝的人类在努力建造某种残酷的纪念碑，一个贝尔纳·帕里西[1]，烧死妻儿还有他自己，只为得到一个漂亮餐盘的釉面。（这件事我们已经听烦了！）我喜欢

---

1 贝尔纳·帕里西（1510 — 1590）：法国瓷器大师。据说在探索瓷器工艺期间由于生活贫困，曾烧毁家具和地板给他的瓷窑生火，晚年由于新教信仰被捕，1590 年死于巴士底狱。

把问题反转过来。您要我如何做呢？我的思想必须在头朝下时才能维持最佳平衡。一位基督徒为了让我经常接触到的所有面目可憎之辈忘恩负义的获救而牺牲自己，如果我无法容忍这样的念头，那么一想到这群乌合之众为了产生一位基督而渐渐腐烂，我就感觉到些许满足甚至某种安宁……尽管我更喜欢别的东西，因为基督的一切教诲只会让人进一步深陷泥淖。

"不幸来自凶残之辈的自私。一以贯之的凶残则产生伟大的事物。在保护穷者、弱者、伤者、佝偻病者的时候，我们便走入了歧途。这就是我为何痛恨教导我们如此行事的宗教。那些博爱之人企图在凝视大自然（动物界和植物界）的过程中汲取崇高的和平，这种和平的根源却是：在蛮荒状态下，只有那些苗壮的生物才能繁衍昌盛，余下的一切都是废品，只能充当肥料。但是大家都不能看到这一点，都不愿承认这一点。"

"恰恰相反，恰恰相反，我很愿意承认这一点。继续说。"

"您说这是不是可耻、可怜……人类下了那么大功夫去获取马匹、牲畜、飞禽、谷物和花卉的优良品种，唯独对他自己，却依然在医药中寻求减轻自身的病痛，在布施中寻求姑息，在宗教中寻求安慰，在酒醉中寻求忘却。而他应该去推敲的事情，是改良人种。但是任何筛选都意味着把不合适的人淘汰，而这恰恰是我们这个基督教社会所无法解决的。它甚至无法肩负起阉割退化者的责任，而这些人恰恰繁衍能力最强。我们需要的不是医院，而是育种场。"

"当然，您很让我中意，斯特鲁维乌。"

"伯爵先生，我担心您至今为止对我都有误会。您把我当成了一个怀疑主义者，而我却是理想主义者、神秘主义者。怀疑主义从来没有带来过任何有价值的东西。何况谁都知道它会引向何方……是宽容！我把怀疑主义者看成一群没有理想也没有想象力的家伙，看成一群笨蛋……我也没有忽略，为了产生这种茁壮的人类而消灭的所有纤弱、多愁善感的细腻。不过再也不会有任何人为这些纤弱感到遗憾了，因为那些纤弱者也随之被消灭了。您别弄错，我有所谓的'文化'，也知道某些古希腊人已经隐约瞥见了我的理想——最起码我乐意这样去设想。记得色列斯¹的女儿科瑞²当初进地狱时对幽魂充满同情，等到她嫁给普路托³，成了冥后，荷马对她的称呼就只剩下'无情的普罗塞尔平娜'了。看看《奥

---

1 色列斯：古罗马神话中的谷物女神，对应古希腊神话中的谷物女神得墨忒尔，冥后普西芬尼的母亲。
2 科瑞：冥后普西芬尼（罗马人称其为"普罗塞尔平娜"）的别称，"κόρη"一词在古希腊语中意为"少女"。
3 普路托：古罗马神话中的冥王，对应古希腊神话中的冥王哈得斯。

德赛》第六曲吧。'无情的'，这正是自认为有德行的人必不可少的品质。"

"很高兴看到您又回到了文学领域……假设我们之前扯远了的话。那么我请问您，有德行的斯特鲁维乌，您是否同意成为一本杂志无情的主编呢？"

"说真的，我亲爱的伯爵，我必须向您承认，在一切令人作呕的人类排泄物中，文学是最令我反胃的一种。我在其中只看到了恭维和吹捧。我终于起了疑心，它到底还能成为别的什么东西，最起码在它还没有把过去打理干净的时候。我们依托各种人云亦云的情感生活，而读者也自以为有所体会，因为他对任何印刷品都深信不疑。作者在这方面投机，就像是把希望寄托在被他当成艺术之基石的种种陈规上一样。这些感情就像游戏币一样发出失真的声响，却正常流通。既然人人都知道'劣币驱逐良币'，那么给公众支付真钞的人反而看起来像给我们缴纳了一堆废纸。在这个人人作假的世界里，老实人倒有一副江湖骗子的模样。我要提醒您：如果由我来统筹一份杂志，是为了戳破羊皮袋，是为了废止一切美丽的情感，是为了停用这些期票：文字。"

"天哪，我真想知道您会怎么做。"

"交给我来做，您以后会看到的。我反复考虑过这件事。"

"您不会被任何人理解的，也不会有任何人追随您。"

"那就这样吧！最伶俐的年轻人现在已经对诗歌的通胀产生了反感。他们知道，隐藏在那些精巧的韵律和浮夸的抒情老调背后的都是空谈。要是有人提出要进行破坏，始终可以找到臂助。您想要我们建立一个以推翻一切作为唯一目标的流派吗？……这会让您畏惧吗？"

"不……只要别人不来践踏我的花园。"

"在此期间，我们有很多事情要忙……时机有利。我认识一些人，就等着一个集结信号，都是年轻人……是的，这让你心动，我知道，不过我要提醒您，他们不好骗……我常常扪心自问，绘画究竟借助哪种奇迹走到了前面，而文学落到了后面？在绘画中一贯受人重视的东西，例如'主题'，如今已然威信扫地！一个优美的主题！这简直让人发笑。画家们甚至再也不敢冒险画一幅肖像，除非规避任何相似性。如果我们把这件事办好，而且您可以在这方面信任我的话，那么不出两年，今后的诗人如果被人理解了自己想表达什么，一定会自认为受到了侮辱。是的，伯爵先生，您想赌一把吗？任何见解、任何意义都将被视为反诗意之物。我提议把无逻辑性作为努力工作的助力。《清洁工》——对于一本杂志来说，这个标题多漂亮啊！"

帕萨凡听在耳里，没有反驳。

"在您的同伙里面，"他停顿了一下，接着说道，"您算上您年轻的侄子[1]了吗？"

"小莱昂信念坚定。他对这些了如指掌。教导他真是一种乐趣。暑假之前，他觉得在班上名列前茅以及拿下各类奖项都颇为可笑。开学以来，他什么都没干，我不知道他在打什么主意，不过我信任他，尤其不想烦他。"

"您会把他带到我这儿来吗？"

"我相信伯爵先生是在开玩笑……那么，这本杂志？"

"我们以后再谈。我需要把您的计划考虑清楚。在此期间，您需要替我找一个秘书，之前那个已经不能让我满意了。"

"我明天就可以把小考博－拉弗勒尔给您派过来，我一会儿要去见他，他大概可以胜任您的工作。"

"'清洁工'一类的吗？"

"有点儿。"

"Ex uno[2]……"

"不，不要根据他去判断其他人。这位是温和派，是为您精挑细选的。"

---

1 系帕萨凡口误，莱昂·盖里达尼索尔其实是斯特鲁维乌的表弟。

2 "ex uno"：原文为拉丁语谚语，完整的说法是"ex uno plures"，意为"举一反三、见微知著"。

斯特鲁维乌站起身。

"对了，"帕萨凡接着说道，"我相信还没把我那本书送给您。很抱歉初版的样书我已经没有了……"

"既然我不打算把它转卖，那就没有任何关系了。"

"只是由于印得更好。"

"喔！既然我同样不打算念它……再见了。衷心对您相告：唯愿为您效劳。很荣幸向您致意。"

十二　爱德华日记: 爱德华接待杜维耶, 与坡菲唐迪厄会面

爱德华日记

　　为奥利维耶取回了他的行李。从帕萨凡家回来之后立即开始工作。安宁而清醒的振奋。感到前所未有的喜悦。写了三十页《伪币制造者》,没有犹豫,没有涂改。就像一道闪电突然划破漆黑的夜景,整部作品的剧情从阴影中一跃而出,和我过去尽心竭力徒劳臆造之物大不相同。迄今为止我写过的那些著作在我看来就像公园里的水池,轮廓清晰,也许可谓完美,但受到束缚的水体却了无生机。现在,我想让它顺着自身的坡度流淌,时

急时缓，纵横交错，拒绝预先进行布置。

X君坚持认为，一个好小说家必须在开始动笔之前就知道全书如何收尾，对我来说，我任由自己的故事随意发展。我认为，生活给我们提供的一切，作为终点都可以被看成一个新的起点。"可堪延续……"我想用这几个词结束我的《伪币制造者》。

杜维耶来访。这明显是一个非常正派的小伙子。

由于我夸大了内心的同情，我不得不忍受一系列令人相当难堪的情感流露。在跟他交谈时，我反复想到拉罗什富科的这句话："我对恻隐之心很不敏感，希望自己完全没有这种感情……我认为应该满足于冷眼旁观，同时小心翼翼地避免产生同情心。"不过我的同情心真实存在，无可否认，我感动得竟至落泪。说真的，在我看来，我的眼泪给予对方的安慰更胜我的言辞。我甚至相信，当他看到我流泪时，他就立刻把自己的悲伤抛在脑后了。

我早已下定决心绝不向他透露勾引者的姓名，不过令我惊讶的是，他并没有问起。我相信，一旦他不再感受到劳拉目光的注视，他的醋意便减退了。无论如何，他一路奔波到我身边确实消耗了一点他的毅力。

他的情况存在一些不合逻辑之处：他为那个人抛弃

了劳拉而愤慨。我提醒他注意，如果没有被抛弃，劳拉也不会回到他身边。他决心将孩子视如己出。但又有谁知道，少了这个勾引者，他能体验到为人父的乐趣吗？我避免让他注意到这一点，因为回想起自身的缺陷，他的醋意便会激增。不过这属于自尊心的范畴，并不让我感兴趣。

奥赛罗的嫉妒是可以被理解的：自己的妻子和别人寻欢作乐的画面令其不得安宁。但是杜维耶这种人要想去嫉妒，就必须设想自己理应如此。

出于某种把他稍许薄弱的人格复杂化的隐秘需要，他多半怀有这种激情。幸福对他来说本该自然而然，但他需要自我欣赏，他看重的是被他弄到手的东西，而不是自然得来之物。所以我尽力向他描绘简单的幸福比痛苦更值得赞赏，而且难以触及。一直等到他恢复平静才放他离开。

诸种性格之间的前后不一。小说或戏剧中的人物从头到尾的行为举止都和我们预料中的完全一致……有人提议我们赞赏这种稳定性，但我却从中看出了这些人物的不自然和做作。

我并不认为前后不一就是自然的确切标志，因为我们遇到过很多装出来的前后不一，尤其是在女人中间。另外，我可以欣赏极少数人身上所谓的"一以贯之的精神"。不过，大多数时候，这种人格的一致是通过某种虚夸的坚持获得的，而非依托于本性。一个人的内心越丰富，可能性增长越多，他就越有活力做出改变，就越不愿意让过去决定未来。人们给我们提供的榜样，"justum et tenacem propositi virum[1]"，常常呈现的只是一片岩石遍布、无法耕种的土壤。

我还认识另一种人：他们孜孜不倦地锤炼着某种有意为之的个性，他们最关心的是，一旦选定了某种习惯之后，就决不放弃，始终保持警惕，不允许自己松手。（我想到了 X 君，他拒绝了我倒给他的一杯 1904 年的蒙哈榭[2]。"我只爱波尔多。"他说道。但当我把它说成一瓶波尔多的时候，在他眼里蒙哈榭立马变成美酒了。）

在我更年轻的时候，我曾经下过一些自以为道德高尚的决心。相比我自己到底是什么人，当时我更关心如何成为自己想要成为的人。现在，我几乎认为心猿意马

---

1 原文为拉丁语，意为"一个公正、坚定、目标明确的人"。
2 蒙哈榭：法国中部勃艮第地区的顶级葡萄酒产区之一。勃艮第是与波尔多齐名的著名葡萄酒产地。

才是不衰老的秘诀。

奥利维耶问我正在忙什么工作。我不禁和他谈起我的书，他看起来挺感兴趣，我甚至把刚刚写下的几页念给他听了。我害怕他发表评论，我了解青年人的强硬以及在接受不同观点时感到的困难。不过他诚惶诚恐地提出的几条意见在我看来都极有见地，令我当即有所获益。

我借助他、通过他来感受和呼吸。

他放心不下那份本该由他主编的杂志，尤其是帕萨凡吩咐他写的那个故事，他现在根本不赞同。我对他说帕萨凡已经做了新的安排，目录肯定会有所改动，他可以把原稿撤回。

接待预审法官坡菲唐迪厄先生意料之外的来访。他擦着额头间的汗水，呼吸粗重，在我看来，与其说是因为爬了七层楼而气喘吁吁，不如说是由于尴尬。他手里握着帽子，在我提出邀请后方才坐下。此人仪表堂堂，身材匀称，风度无可辩驳。

"我相信，您是莫利尼耶院长的内弟。"他对我说道，"冒昧前来拜访您是为了他的儿子乔治。您多半能够原谅这一举措，它一开始在您眼中可能有些冒失，但我希望，我对这位同事的友情与敬意足以为您阐明个中因由。"

他略作停顿。我知道自己那个口风不严的女仆正待在隔壁，担心她会听到，便站起身，把门帘放下。坡菲唐迪厄对我报以微笑。

"作为预审法官，"他继续说道，"我需要处理一件令我感到无比棘手的案件。您年轻的侄子之前已经被牵连进了一桩意外事件——这些话天知地知你知我知——一桩相当骇人听闻的事件，鉴于他年纪轻轻并诚实纯真，我当然想要相信他受到了愚弄。但是我得承认，之前我不得不煞费苦心，以便限定范围，同时不妨碍司法机关的关切。如今再犯……赶紧补充一句，性质完全不同……我不能说小乔治还能轻松幸免。我甚至怀疑，全力令其幸免是否符合孩子的利益，尽管我出于友谊很想让您姐夫免于这桩丑闻。不过我尝试过了，但我手下有一批警探，您知道，他们过分热心，我没办法一直阻拦。是的，如果您愿意的话，我现在还有办法，但明天就回天乏术了。这就是我想到您应该和您侄子谈谈，告诉他到底招惹了什么的原因……"

坡菲唐迪厄的来访——为什么不承认呢——最开始让我极度不安，不过等我认识到，他既不是以敌人也不是以法官的身份到来时，我反倒觉得有趣了。他继续往下说，我愈发兴致盎然：

"一段时间以来，有不少假币流通。我已经收到了这方面的报告。我还没有成功发现它们的来源。但我知道，年轻的乔治——我愿意相信他完全出于无心——正是使用和散布这些假币的人员之一。有好几个人涉足这桩无耻的交易，年龄都和您的侄子相仿。我毫不怀疑有人在滥用他们的无知，而这些缺乏判断力的孩子落入了几个年龄更大的犯罪分子手中，扮演了受骗者的角色。我们早就可以逮捕这些未成年的轻罪犯人了，也不难让他们供认这些假币的来源。不过我非常清楚，一旦超过某个限度，案件就会脱离我们的掌控，也就是说……换句话说，一经审讯就不能回头了，我们就不得不了解一些有时候宁愿不知道的事情。在这种情况下，我打算不借助这些未成年人的口供就发现真正的罪犯。因此我下令不要去追究他们。但这只是一道临时性的命令而已，希望令侄不要逼我将其撤销。他要是知道我们盯得很紧，倒是一件好事。您吓唬吓唬他也未尝不可，他已经走入歧途了……"

我保证自己会尽力提醒他，不过坡菲唐迪厄看起来似乎没听见。他眼神迷离，一连重复了两遍"走上所谓的'歧途'"，然后便住口了。

我不知道他沉默了多久。还没等他把想法明确表达出来，我似乎已经看出了他的心事，在他说出口之前便听见了他要说的话：

"先生，我自己也是做父亲的……"

他之前诉说的一切全都消失了，在我们之间只剩下了贝尔纳。其余的都是借口，他过来就是为了和我谈谈贝尔纳。

如果说一诉衷肠令我不适，夸张的情感令我厌烦，那么，没有任何东西能比这种克制的情绪更加打动我。他竭力压抑自己，但用力过猛，以至于嘴唇和双手都在发抖。他说不下去了，突然以手掩面，整个上半身都因哭泣而摇晃起来。

他结结巴巴地说道："您看到了，您看到了，先生，一个孩子可以让我们变得非常悲惨。"

他何必拐弯抹角呢？我自己也极受触动。

"如果贝尔纳看见您，"我大声说道，"他的心会化开的，我敢担保。"

但我还是感到非常尴尬。贝尔纳几乎从不跟我谈起他父亲。我接受他的离家出走，随即便把这类奔逃视为理所当然，从中只看到对孩子最大的益处。而且在贝尔纳的情况里，还要加上他私生子的身份……不过，眼前在他这位养父身上流露出来的感情，由于不受控制而变得愈发强烈，由于不受丝毫强迫而变得愈发诚恳。面对这份爱意、这份悲痛，我不得不扪心自问贝尔纳的出走是否合理。我感觉自己再也没有心情对贝尔纳表示赞同了。

我对坡菲唐迪厄说道："如果您认为我能对您有点用处，如果您认为我应该跟他谈谈，尽管使唤我。他心地善良。"

"我知道，我知道……是的，您能做很多事。我知道今年夏天他跟您待在一起。我的警察做得不错……我还知道他今天正在参加口试。我知道他现在应该人在索邦，特意选了这个时间过来看您。我怕遇到他。"

有那么一阵子，我的情绪低落了下去，因为我注意到，他的每一句话里几乎都会出现"知道"这个动词。相比去操心他跟我讲话的内容，我立马变得更加关注这种有可能具备职业特征的习惯。

他告诉我自己还"知道"贝尔纳的笔试考得非常出色。有一名考官刚好是他朋友，出于好意让他读到了儿子的法语作文，而且在对方看来文章是第一流的。他谈起贝尔纳时的赞赏之情颇为克制，这让我怀疑，也许归根到底，他莫非并不相信自己不是贝尔纳真正的父亲。

"主啊！"他又补充了几句，"千万别和他说这事儿！他的性子那么骄傲，那么多疑！……要是他感觉到，自从他出走之后，我就不断地想着他、盯着他……不过您还是可以告诉他，您见到我了。（他每说完一句话都要费力地喘口气。）——只有您一个人可以跟他说的内容，就是我不怨他，（随后用更微弱的声音说道）说我从来没有停止爱他……像儿子一样。是的，我完全清楚您了解内情……您还可以对他说……（他的眼神没有看着我，在一种极度困窘的状态下艰难地说道）他母亲已经离开我了……是的，今年夏天一去不返了。如果他愿意回来的话，我……"

他没能把话说完。

一个魁梧健壮、积极向上、在人生中颇有建树、事业有成的男子，突然抛下全部礼节，在一个外人面前敞开心扉，真情流露，让我这个当事人看到了无比震撼的一幕。趁此机会，我得以再次确认，相比熟人的一诉衷肠，我更容易被陌生人的肺腑之言打动。改天我会争取把这一点解释清楚。

坡菲唐迪厄并未向我隐瞒他最开始对我抱有的成见。贝尔纳离家出走来我这里，他之前难以理解，现在依然难以理解。这就是早先阻止他争取和我见面的原因。我根本不敢跟他提我那只手提箱的故事，只谈到他儿子对奥利维耶的友情，正是基于这层关系，我们之间迅速熟络了起来。

"这些年轻人，"坡菲唐迪厄继续说道，"不知道自己在冒什么危险便纵身冲入人世。对于危险缺乏认知赋予了他们勇气，多半是这样。不过我们这些做父亲的都知道，总在为他们担惊受怕。我们的关心会惹怒他们，最好不要让他们看得太多。我知道这种关心非常令人厌烦并且有时颇为笨拙。与其对孩子们不断唠叨火会把人烫伤，还不如让他们自己被稍微烫一烫。经验的教导比一味劝告更加可靠。我一向给予贝尔纳尽可能多的自由，哎！最后导致他以为我对他不太上心。我担心他误会了，由此导致他离家出走。即便到了现在，我依然认为还是放手任他去做为好，同时远远地关注他，不让他有所察觉。感谢上帝，我掌握着这方面的手段。（显然坡菲唐迪厄在这方面把自尊心挣回来了，他对自己的警务组织表现得尤其自豪，这是他第三次跟我提到。）我认为自己应该避免在这个孩子眼中降低其主动性隐含的种种风险。我是不是应该向您承认，这种不屈服的举动，尽管对我造成了伤痛，却让我对他更加眷恋呢？我能够从中看出勇气与价值的明证……"

现如今，他感觉自信了，这位杰出的男士便滔滔不绝起来。我尽力把话题引向自己更感兴趣的方面，直截了当地询问对方，是否见过他最开始跟我提到的那些假币。我很想知道它们与贝尔纳向我们展示过的那枚玻璃硬币是否类似。我一和他谈起这件事，坡菲唐迪厄就变了脸色。他的眼皮半闭，眼珠深处燃起一团异样的火光，双鬓前皱纹突出，嘴唇紧闭，注意力的集中把他的整个面部轮廓都拉高了。关于他之前跟我诉说的一切，都再也不成问题了。法官侵占了父亲的角色，对他来说除了本职工作外什么都不存在了。他急忙向我连连提问，一一记录，还说要往萨斯费派一名探员，抄录旅馆登记簿上的旅客名单。

　　"虽然，"他补充了一句，"很可能这枚假币是通过一名过路的投机者落到您的杂货商手里的，那地方他只是途经而已。"

　　对此我反驳说，萨斯费位于道路尽头，无法轻而易举地在一天之内往返。他对最后这条情报表现得特别满意，就此与我告别，走之前向我热情致谢，神情若有所思、喜出望外，再也没有重新提到乔治和贝尔纳。

十三　贝尔纳和天使

　　这天早上，贝尔纳定然体会到，对于像他这么慷慨的人来说，没有什么快乐比取悦另一个人更加强烈了。而这种喜悦却与他无缘。他刚刚以优异的成绩通过会考，身边却找不到任何人去传达这个好消息，只能沉甸甸地压在自己心头。贝尔纳很清楚，对此感到最满意的应该是他父亲。他甚至一度犹豫要不要立刻跑去告诉对方，但自尊心拦住了他。爱德华？奥利维耶？那实在是把一张文凭看得太重了。他已经是业士[1]了。真是前进了一大步！但现在困难才刚刚开始。

　　在索邦大学的院子里，他看到一位同学，和他一样也被

---

[1] 业士：即顺利通过法国高考并取得文凭的学生。

录取了，茕茕孑立，独自哭泣。这个同学身上戴着奠物。贝尔纳知道他刚刚丧母。一种强烈的同情心促使他走向这个遗孤。他靠近了，接着，出于一种荒唐的腼腆，他又走开了。那位同学看到他走近然后走远，为自己的眼泪感到羞耻。他重视贝尔纳，把对方的举动当成了轻蔑，为此感到痛苦。

贝尔纳走进卢森堡公园，在一张长椅上坐下，那里正是他那天傍晚为了借宿跑来找奥利维耶的地方。空气近乎温和，碧空穿过参天大树光秃秃的枝条向他露出笑容，令人怀疑是否真的在向冬天迈进。咕咕直叫的鸟群也上了当。不过贝尔纳的眼中并没有这座公园，他看到自己面前一片生活的汪洋正在延展。人们总说海上有路，不过未经开辟，贝尔纳不知道究竟哪一条属于他自己。

他沉思了片刻，这时他看到一位天使向他靠过来，一路滑行，脚步轻盈得让人感觉可以踏浪而行。贝尔纳从未见过天使，但当天使对他说"来吧"时，他都没有犹豫片刻，便温顺地站起身，跟上了对方。他并不比身处梦境更加惊讶。后来他试图回忆天使有没有握住他的手，但事实上他们根本没有任何接触，甚至保持着一点距离。他们一同回到贝尔纳之前抛下遗孤的那个院子，下定决心和对方谈谈，但现如今院子里早已空无一人。

贝尔纳在天使的陪伴下走向索邦大学的小教堂，天使先进，贝尔纳之前还从没进去过。这里有其他天使巡游，不过贝尔纳的眼睛不足以窥见他们。一片从未感受过的安宁笼罩着他。天使走到主祭坛旁边，当贝尔纳看到对方跪下时，自己也在他身侧一同跪下了。他没有信仰过任何神明，因此不会祷告，但他心中涌入了一种充满爱意的需求，去奉献和牺牲。他献出了自己。他的情绪迷离，以至于没有任何词汇可以描述，不过管风琴声却突然响起。

"你也把自己献给了劳拉，"天使说道。贝尔纳感到脸颊上有泪簌簌而下，"来吧，跟上我。"

贝尔纳在天使的引领下，差点撞上自己的一个老同学，对方也刚刚通过了口试。贝尔纳一直把他当成一个懒惰的笨蛋，没想到他也被录取了。那个懒货没有注意到贝尔纳。贝尔纳看到他把买蜡烛[1]的钱塞到教堂执事手中，耸了耸肩便走了出去。

等他回到了街上，他发现天使已经离开了。他走进一家烟草店，就是一个星期之前乔治冒险使用假币的那个铺子，在那之后他又用出去不少。贝尔纳买了一包香烟抽起来。天使为什么离开他呢？贝尔纳和他之间已经无话可说了吗？……正午的钟声响了。贝尔纳饿了。回寄宿学校吗？还

---

1 在西方文化中，去教堂点蜡烛是祈祷的一种形式，代表感激、还愿等。

是去找奥利维耶一起分享爱德华的午餐？他确定自己口袋里还有足够的钱，便走进了一家餐馆。当他用餐完毕，耳边听到一阵温柔的低语：

"是时候付账了。"

贝尔纳转过头，天使又一次出现在他身边。

"必须要做出决定，"他说道，"以前你的生活全凭机遇。你想让自己被偶然性支配吗？你想要为某种东西效力，重点在于搞清楚它到底是什么。"

"教导我，指引我。"贝尔纳说道。

天使带着贝尔纳走进一间人满为患的大厅。大厅尽头有一个主席台，台上放着一张桌子，上面铺着紫红色的桌布。一个依然年轻的男子坐在桌子后面正在讲话。

他说道："这是一种巨大的疯狂，非要声称有所发现。我们除了承袭之外一无所有。趁着年轻，我们每一个人都应该明白，我们依存于一段过去，而这段过去又让我们承担了各种义务。我们的全部未来都经由过去得以划定。"

等到他发挥完这个主题之后，另一位演讲者接替了他的位置，首先对前者表示赞同，继而对那些声称生活无需教理学说或者根据自身的睿智引领自己前进的自负之辈加以抨击。

他说道："一种学说被遗赠给我们，它已然历经许多个世纪。这当然是最好的，也是唯一的。我们每一个人都应该去证实它。这是我们的祖师传给我们的，是我们这个国家所具备的，每当我们的祖国背弃它，就不得不为这种错误支付高昂的代价。要想成为一个合格的法国人，就必须认识它；要想获得成功，就必须赞同它。"

在第二位演讲者之后，又继之以第三位，他对前两位精湛描绘了他所谓的"纲领理论"表示感谢，继而确立这份纲领的目标就是法国的复兴，这有赖于党派中每一位成员的努力。他自称行动派，断言一切理论都将在实践中找到其目的和证据，每一个优秀的法国人都应该成为斗士。

"哎！"他又补充了几句，"可惜许多力量都隔绝了、耗散了！如果这些力量都井然有序，如果各行各业都遵纪守法，如果每个人都加入进来的话，那我们国家的强盛、百业的辉煌、个人的价值怎么会不实现呢！"

在他滔滔不绝之际，几个年轻人开始在听众中穿梭，散发入会表——只需在上面签名即可。

于是天使说道："你想要献出自己，还等什么？"

贝尔纳握住一张别人递给他的传单，正文部分是这样开头的："我郑重承诺……"他读了一遍，然后看向天使，发现对方正在微笑。接着他又望向整个会场，在那群年轻人里认出刚才在索邦教堂中为了感谢自己考试成功而点蜡烛的新业士。忽然，他在稍远处瞥见了自己的长兄，自从离家出走以来这还是初次照面。贝尔纳一直不喜欢他，对父亲看上去给予对方的重视略有些嫉妒。他神经紧张地把传单揉成一团。

"你觉得我应该签名吗？"

"是的，当然，如果你怀疑自己的话。"天使说道。

"我再无怀疑。"贝尔纳说道，把纸团抛向远处。

其间演讲者还在继续侃侃而谈。贝尔纳重新开始听讲时，对方正在传授一种永不自误的确凿手段，那就是彻底放弃由自己进行判断，永远信赖上位者的判断。

"这些上位者到底是谁？"贝尔纳问道。忽然，一股强烈的怒气占据了他的心扉。

"如果你到讲台上去，"他对天使说道，"如果你和他角力，多半可以把他击倒……"

但天使微笑着说道：

"我想跟你斗。今晚怎么样？"

"好。"贝尔纳说道。

他们离开会场，来到宽阔的大街上。拥挤的人群看上去全都是有钱人，一个个都显得信心满满，对他人漠不关心，但神色间无不心事重重。

"这就是幸福的景象吗？"贝尔纳问道，心中泪水沉沉。

接着天使把贝尔纳带到了贫民窟，那里的苦难是贝尔纳此前未曾料想到的。夜色降临了。他们长久徘徊在高大肮脏的房屋之间，那里寄居着疾病、卖淫、耻辱、罪行与饥饿。直到这时贝尔纳才握住天使的手掌。天使背对着他掩面而泣。

这天晚上贝尔纳没有吃饭。等到他回到寄宿学校时，他没有像前几夜那样去找莎拉，而是径直走向那间他和鲍里斯共用的卧室。

鲍里斯已经躺下了，但还没有睡着。他在烛光下重读当天早晨收到的信，是布洛妮娅寄来的。

"我担心，"他的女友在信中说道，"自己再也见不到你了。我在回波兰的路上受了风寒，一直在咳嗽。尽管医生瞒着我，但我感觉自己活不长了。"

听到贝尔纳走过来，鲍里斯便把信藏在枕头下面，匆忙吹灭蜡烛。

贝尔纳在黑暗中前行。天使跟他一起走进卧室，尽管夜色并没有那么昏暗，但鲍里斯只看见了贝尔纳一人。

"睡了吗？"贝尔纳低声问道。由于鲍里斯没有回答，贝尔纳便以为他睡着了。

"那么，现在，就剩我们两个一对一了。"贝尔纳对天使说道。

整整一夜，直到黎明，他们都在搏斗。

鲍里斯隐约看见贝尔纳一直在晃动。他以为这是对方的一种祈祷方式，便小心翼翼不去打断。但他很想和贝尔纳谈谈，因为他感到了一种强烈的痛苦。起床之后，他在床脚跪下，本想祈祷一番，却只能默默流泪：

"喔！布洛妮娅，你看得见天使，你应该让我睁开眼睛，而你却离我而去！没有你，布洛妮娅，我将变成什么人？我到底会变成什么人？"

贝尔纳和天使都忙得无暇顾及鲍里斯。他们一直斗到黎明。天使抽身时彼此依旧难分高下。

之后，贝尔纳从房间里出来，在走廊中与拉谢尔擦身而过。

"我要和您谈谈。"她对贝尔纳说道。她的嗓音如此悲切，以至于贝尔纳立刻明白了对方想跟他说什么。他低着头一言不发，出于对拉谢尔强烈的同情，他突然对莎拉憎恨起来，并对自己与其品尝的肉体享乐充满了厌恶。

十四　贝尔纳在爱德华家

　　早上十点左右，贝尔纳带着一只手提包来到爱德华家，包中足以装下他仅有的几件外套、内衣和书籍。他已经向阿扎伊斯老人以及维德尔夫人辞行，但并没有试图再见莎拉一面。

　　贝尔纳神情严肃。他与天使之间的搏斗令他成熟了。他与昔日那个以为只需胆量就可以横行于世的无忧无虑的手提箱窃贼再也没有相似之处了。他开始明白，鲁莽的代价常常是他人的幸福。

　　"我来您身边寻求庇护，"他对爱德华说道，"我又流离失所了。"

　　"您为什么离开维德尔家呢？"

"出于一些隐秘的原因……请恕我不能相告。"

爱德华在宴会那天晚上便注意到了贝尔纳和莎拉，足够让他大致理解贝尔纳的缄默了。

"足够了，"他微笑着说道，"我工作室里的沙发夜间交给您使用。不过我得先告诉您，您父亲昨天来和我谈过。"爱德华把他认为足以打动对方的一部分谈话内容转告给贝尔纳。"今晚您应该留宿的地方不是我家，而是他家。他在等您。"

贝尔纳一言不发。

"我会好好考虑。"他最后说道，"在此期间，能否让我把行李留在这里？我能见见奥利维耶吗？"

"天气这么好，我鼓励他去外面呼吸点新鲜空气。我本想陪他一起去，因为他依然非常虚弱，但他更想要一个人出去。不过他出门已有一个钟头了，不久就该回来了。等等他吧……不过，我想……您考试的结果如何？"

"我被录取了，这不是什么要紧事。对我来说最重要的，就是现在我要做什么。您知道阻止我回父亲家去最主要的原因是什么吗？那就是我不想花他的钱。您多半觉得我拒绝这个机会颇为荒唐，但这是我对自己发过的誓，绝不用他的钱。我要向自己证明，我是一个言出必行的人，是一个可以被信赖的人，这对我来说很重要。"

"我看其中主要是自傲。"

"您爱怎么称呼都可以：自傲、自负、自满……对于激励我的这种情感，您无法在我眼中将其抹黑。不过，现在我想要知道的是，为人处世是否一定要把目光锁定在一个目标上呢？"

"您解释一下。"

"这个问题我争辩了整整一夜。我在体内感到的力量应该用于何处？如何把自己身上最优秀的部分提炼出来？是让自己朝一个目标前进吗？但这个目标如何选择？在尚未达到之前，又如何辨认呢？"

"无目的地活着，就是把自己交给机遇支配。"

"我恐怕您没有理解清楚我的意思。当哥伦布发现美洲时，他知道自己在向哪里航行吗[1]？他的目标就是向前，一往无前。他的目标就是他自己，一直投射在他身前……"

"我常常想，"爱德华打断了贝尔纳的话，"在艺术领域，尤其是在文学方面，只有那些纵身冲向未知之人才有价值。要想发现一片新大陆，只有一开始长时间看不到任何一条海岸线才行。但我们的作家们却畏惧远洋，他们只是一群待在岸边的人。"

"昨天，从考场出来，"贝尔纳自顾自地继续说道，"不

---

1 哥伦布在 1492 年发现美洲，但他却以为自己抵达了亚洲。

知道受哪个妖魔蛊惑，我走进了一间正在举行公共集会的大厅。里面正在讨论国家的荣耀、为祖国效忠，还有一大堆让我怦然心动的事情。我差点就在入会单上签名了，在其中以荣誉起誓，投身于一项在我看来注定美好高贵的事业。"

"我很高兴您没有签名。不过阻止您这么做的原因是什么？"

"多半是某种隐秘的直觉……"贝尔纳沉思片刻，继而笑着补充道，"我想主要是因为那些会员的脑袋。首先就是我长兄的脑袋，我在会场中把他认出来了。在我看来，所有这些年轻人都被世间最美好的感情驱动。他们心甘情愿地放弃了自身的主动性，因为这无法引他们走得太远；放弃了自身的判断力，因为其能力不足；放弃了精神的独立性，因为它很快便会陷入绝境。我同时想到，能够在公民中拥有一大批愿意如用人般提供服务的善意，这对国家来说是有好处的，但我自己的意志却让我永远无法成为其中的一员。于是我扪心自问，既然我认为活着不能没有规矩，而我又接受不了别人的规矩，那么，到底如何建立一套自己的规矩呢？"

"答案在我看来很简单：在自己身上找出这套规矩，把自我成长作为目标。"

"是的……我也这么想。不过并没有取得更多进展。要是我确实更喜欢自己身上最好的一面，那就会让它比其余部分先行一步。但我甚至没法认清自己身上最好的一面究竟是什么……我跟您说，我争辩了一整夜。天快亮的时候，我已疲惫至极，以至于想要提前应征入伍。"

"逃避问题并非解决之道。"

"我也这么想，而且这个问题虽然延后了，等到服完兵役再对自己提只会变得更加严重。所以我过来找您，听取您的意见。"

"我没有什么意见给您。您只能从自己身上找到这个忠告。只有经历生活，才能学会应该如何生活。"

"如果在决定如何生活之前，我活得很苦呢？"

"这同样能够给您教诲。只要是向上的坡，顺着走上去就没错。"

"您在开玩笑吧？……不，我相信自己明白您的意思，我接受这句格言。不过就像您说的，在自我成长的同时，我需要养活自己。如果在报纸上刊登一则显眼的广告：'前途远大的青年，愿意从事随便什么工作。'您觉得怎么样？"

爱德华笑了起来。

"没有任何东西比'随便什么工作'更难得到。不如说得明确一点。"

"我想进那种大报社旗下众多小部门中的某一个。喔！我愿意接受一个低级岗位：校对、监印……我哪知道？我的待遇要求很低！"

他说话时有些迟疑。事实上，他期待一个秘书的职位，但他害怕跟爱德华提，因为他们都对彼此感到失望。无论如何，如果之前给爱德华当秘书的那次尝试遭到了惨败，这并不是他贝尔纳的错。

爱德华说道："也许我可以让您进《大报》，我认识他们社长。"

在贝尔纳与爱德华交谈之际，莎拉也在和拉谢尔进行一场让人极度难堪的争辩。莎拉恍然大悟，贝尔纳的突然离去是拉谢尔的告诫所造成的。她对姐姐大为光火，指责对方妨碍自己身边的一切乐趣。拉谢尔的实例足以让道德变得面目可憎，她无权将其强加到别人身上。

这些指责令拉谢尔感到慌乱，因为她一直在做出牺牲。她脸色苍白、嘴唇发颤地抗议说：

"我不能任由你堕落。"

但莎拉抽泣着咆哮道：

"我无法相信你的天堂。我不想得救。"

她决定立刻启程回英国去，在那里她的朋友会收留她。因为，"无论如何，她都是自由的，想要去过自认为合适的生活。"这场可悲的争吵令拉谢尔心碎。

十五 爱德华日记：四访拉佩鲁斯，与乔治交谈

　　爱德华特意赶在学生回来之前抵达寄宿学校。开学之后他还没见过拉佩鲁斯，而他一开始就想和对方谈谈。这位垂垂老矣的钢琴教师尽其所能地履行其学监的新职务，换句话说，干得一塌糊涂。最开始他想尽力得到爱戴，但他缺乏威望，孩子们便乘机加以利用。他们把他的宽容当成软弱，便格外放纵起来。拉佩鲁斯力图严惩，但为时已晚。他的那些告诫、威胁、申斥最终让学生们对他心怀不满。要是他抬高嗓门，他们便报以冷笑。如果他用拳头响亮地拍打课桌，他们就假装受了惊吓大喊大叫。他们模仿他，叫他"拉佩尔老爹"。各种关于他的漫画沿着座位传递，把他这个如此宽厚的老人描绘得无比凶残，配备了一支巨大的手枪（这支手枪

是盖里达尼索尔、乔治和菲菲有一次在老人卧室里冒失搜检时发现的），正在对学生大肆屠戮。又或者，他拜倒在这些学生面前，双手合十，哀求大家"发发慈悲，安静一点"，就像他最开始几天做的那样。此时的他，恍若一群凶猛的猎犬中间一只陷入绝境的可怜老鹿。爱德华对此一无所知。

爱德华日记

拉佩鲁斯在一楼的一间小教室里接待了我，据我所知，那是整个寄宿学校里最不舒适的一间屋子。一应用具包括：四条长凳紧贴着四张课桌，对着一面黑板，还有一张藤椅，拉佩鲁斯非要我坐在上面。他蜷在一条长凳上，竭力把自己过长的双腿伸到课桌底下，却是徒劳，之后便完全斜躺下来。

"不，不，我非常好，我向您保证。"

而他的语调和面部表情却像在说：

"我难受死了，我希望这一目了然。但我喜欢这样，我越难受，您就越少听到我的抱怨。"

我尽量说着玩笑话，却没法引他发笑。他装出一副拘泥于礼数的态度，似乎一本正经，以便保持我们之间的距离，并让我领会这一点："我待在这里多亏了您。"

不过他表示对一切都很满意，此外对我的各种问题避而不答，对我的一再坚持感到恼火。然而，当我问起他的卧室在哪里时，他突然大声说道：

"离厨房有点太远了。"由于我感到惊奇，他又说道，"有时候，夜里我需要吃点东西……当我失眠的时候。"

我本就离他很近，这时又往他身边挪近了一些，把手轻柔地搭在他胳膊上。他用更加自然的语调继续说道：

"我必须告诉您，我的睡眠质量很差。就算有时候终于睡着了，我也没有丧失自己正在睡觉的感觉。这不是真正的睡眠，不是吗？一个真正睡着的人是感觉不到自己在睡觉的，只有在睡醒的时候，他才意识到之前睡着了。"

然后，他朝我靠过来，带着一种婆婆妈妈的坚持继续说道：

"有时候我试图相信自己产生了错觉，当我不认为自己睡着的时候，我其实真的睡着了。但我没有真正睡着的证据便是：如果我想把眼睛重新睁开，我就把它重新睁开了。通常我不想这么做。您明白，我这么做没有任何好处，不是吗？何必向自己证明我没有睡着呢？我始终怀着入睡的希望，同时说服自己相信我已经睡着了……"

他靠得更近了，用更加低沉的嗓音说道：

"此外，总有什么东西在打扰我。别说出去……我不是在抱怨，因为根本无计可施。而一件无法改变的事情，抱怨也毫无用处，不是吗……您想象一下，挨着我的床，在墙壁里头，恰好和我脑袋一样高的地方，总有什么东西发出声响。"

他说着说着便激动起来。我建议他带我去他卧室转转。

"对！对！"说着他便立即站起身，"也许您能告诉我那是什么……至于我，我是搞不懂了。跟我来。"

我们上了两层楼，然后穿过一条相当长的走廊。以前我从来没有来过房子的这个部分。

拉佩鲁斯的卧室正对着街道。房间很小，但颇为体面。我注意到，在他的床头柜上，一本祈祷书旁边，放着他坚持要带过来的手枪盒。他抓住我的胳膊，把床推开了一点：

"在那儿。过来……贴着墙……您听见了吗？"

我聚精会神地侧耳倾听了好一阵。不过，尽管内心意愿无比强烈，却什么都分辨不出来。拉佩鲁斯有些气恼。一辆卡车驶过，整间房子都晃动起来，玻璃窗也咔咔作响。

我希望让他安心，便说道："白天的这个钟点，那些刺激您的细小杂音都被街道上的喧嚣声盖住了……"

　　"对您来说是盖住了，因为您不知道怎么把它和其他噪音区分开来。"他情绪激动地叫嚷道，"至于我，我还是听得到，不是吗！无论如何我依然听得到。有时候我简直烦透了，打算告诉阿扎伊斯或者房东……喔！我并不奢望能让它停掉……不过最起码我想知道到底是怎么回事。"

　　他似乎思索了片刻，然后继续说道：

　　"就像是某种啃东西的声音。为了不再听到这种声音，我把一切办法都试遍了：我把床从墙边移开，在耳朵里塞棉花，我猜测水管从那地方经过，便把我的手表挂在那里（您看，我在那儿钉了一颗小钉子），以便手表的滴答声能够压制另一种噪音……但这样却令我更加疲惫，因为我不得不花大力气专门分辨那种声音。这真荒唐，不是吗？但是既然我知道这声音依然在那里，那我宁愿听个清楚……喔！我不应该跟您谈这些东西。您看，我只是个老头子而已。"

　　他坐在床边，迷茫地待在那里。在拉佩鲁斯身上，年龄带来的阴险退化对于智力的影响并没有深层性格那么大。看到一个曾经无比坚定的极傲之人如今陷入稚气的绝望中，我心想，虫子已经钻进果核了。我试图把他从绝望中拉出来，便跟他谈起了鲍里斯。

"是的，他的寝室就在我旁边。"他抬起头说道，"我指给您看，跟我来。"

他先我一步进了走廊，打开相邻的房门。

"您看到的另一张床属于年轻的贝尔纳·坡菲唐迪厄。"（我断定不必让他知道贝尔纳恰好从这天开始就不在这里睡了。）他继续说道，"鲍里斯很满意这个同伴，我相信他和对方处得很好。不过您知道，他跟我话不多，非常内向……我担心这个孩子的内心有点冷漠。"

他说得很伤心，以至于我有责任予以反驳并且担保他的孙子情感丰富。

拉佩鲁斯接着说道："在这种情况下，他可以稍微多表露一点。所以，您看，早上，当他和其他同学一起去上学时，我倚在窗口看着他走过去。他心里知道……哎！他从来不回个头！"

我想要劝他说，鲍里斯多半是害怕在同学面前出丑，畏惧他们的嘲笑。不过就在这时候，一阵阵叫嚷声从院子里传来。

"听啊！听啊！他们回来了。"

我看着他，他全身都开始颤抖起来。

"这些小淘气让您害怕吗？"我问道。

"不，不，"他含糊地说道，"您怎么会这么想……"接着，他语速飞快地说道，"我得下去了。课间休息只有几分钟时间，您知道我要监督他们学习。告辞，告辞。"

他甚至没和我握手便冲进了走廊。片刻之后我听到他在楼梯上踉跄的脚步声。我丝毫不想在学生面前露面，便待在原地聆听了片刻。可以听到他们的叫声、笑声和歌声。接着一阵钟声响起，骤然恢复了宁静。

我去见了阿扎伊斯，从他那里得到允许，批准乔治离开课堂过来跟我谈谈。乔治跟我见面的地方就是拉佩鲁斯一开始接待我的那间小教室。

乔治一出现在我面前，就认为应该摆出一副嘲弄的神情——这是他掩饰拘谨的方式。不过我可不敢保证他是我们两个中间最拘束的那个人。他严阵以待，因为他多半是等着被训。在我看来，他试图尽快收集各种能够拿来和我对抗的武器，因为，甚至在我还没开口之前，他就问起我奥利维耶的消息，那种讥笑的语气让我真想抽他耳光。他胜了我一筹。他的语调，他那嘲讽的目光，还有嘴角充满嘲弄意味的皱纹，似乎都在说："还有，您知道，我不怕您。"我一下子便失了自信，只想着千万别露怯。我之前准备好的一番说辞突然之间让我感觉已经不合时宜了。我缺乏扮演审查官必不可少的威望。说到底，乔治实在让我觉得太好笑了。

"我不是来骂你的，"我终于对他说道，"我只想给你个警告。"（我情不自禁地微笑起来。）

"首先请告诉我，是不是妈妈派您来的？"

"是，却又不是。我和你母亲谈起过你，但已经是好几天以前了。昨天，关于你的问题，我和一个非常重要的人进行了一场非常重要的谈话。你不认识他，但他专程过来找我就是为了跟我谈你的事情。他是一位预审法官。我现在过来便是受他之托……你知道预审法官是什么吗？"

乔治的脸唰的一下就白了，他的心脏几乎瞬间停止了跳动了。他依然耸了耸肩，但声音却有点发颤：

"那么，把坡菲唐迪厄老爹对您讲的内容说出来吧。"

这个小家伙的放肆令我不知所措。最简便的做法多半就是单刀直入，偏偏我的性子抵触最简单的事情，反而对拐弯抹角缺乏抵抗力。于是我做出了一个出于本能但随即在我看来颇为荒唐的举动——为了解释它的成因，我可以说自己与宝琳娜最近的那次对话大大锻炼了我。从中得出的一些感想，我立刻以对话的形式加入了我的小说，完全适合我笔下的某些人物。我很少直接利用现实生活带给我的素材，不过这一次，乔治的冒险确实对我有用，似乎我的书原本就在等他，他的冒险在我的书中恰好找到了属于它的位置，连细枝末节都几乎不必改动。不过，我并不正面展现这一冒险（我是指他在家里小偷小摸），而是通过对话隐约透露它的经过及其后果。我把这些内容记录在了一本笔记本上，恰好被我放在口袋里。至于假币的故事，按照坡菲唐迪厄告诉我的内容，在我看来反而对我没有任何用处。这大概就是我没有立刻和乔治明确谈到这个话题的原因，而这原本是我此行的第一目标。我迂回了一番。

我对他说道："我希望你首先念念这几行字。你就明白个中缘由了。"我把笔记本翻到有可能让他感兴趣的那一页，递给他。

我再重复一遍：这个举动现如今在我看来颇为荒唐。不过，恰好在我的小说里，我觉得应该通过类似的阅读方式给我笔下最年轻的主人公提个醒。了解乔治的反应对我来说很重要。我希望自己能够从中获益……哪怕是关于自己书写内容的质量。

我把相关片段抄录下来：

在这个孩子身上笼罩着一整片黑暗区域，那正是奥迪贝尔充满爱意的好奇心关注的对象。年轻的于多尔夫曾经偷过东西，知道这一点并不能令他满足。他希望于多尔夫向他讲述自己究竟是如何走到那一步的，以及第一次偷盗时有过何种感受。但就算孩子信任他，多半也不会跟他说。而奥迪贝尔也不敢质问，担心引出各种不诚实的辩解。

某天晚上，奥迪贝尔和伊德博朗一起吃饭，他和对方谈起了于多尔夫的情况，但没有指名道姓。另外，为了让对方认不出来，他还把实际情况进行了一番调整。

伊德博朗说道："您难道没有注意到，我们人生中最具决定性的行动——我的意思是说，那些最有可能决定我们整个未来的行动——常常都是无意识的吗？"

奥迪贝尔回答说："我乐意相信这一点。那是一列火车，我们几乎不假思索便登了上去，也不考虑它到底开往何处，甚至常常等到下车已经太迟的时候才发觉火车已经把我们运走了。"

"也许我们提到的那个孩子根本不想下车？"

"他多半还不打算下车。眼下他就任由自己被火车运走。沿途的风景令他开怀，至于目的地对他来说并不重要。"

"您准备教训他吗？"

"当然不！这毫无用处。他已经听腻了，都听恶心了。"

"他为什么偷东西？"

"我也不知道确切原因。肯定不是出于现实需要。而是为了获得某些好处，为了不落后于那些比他更有钱的同学……我哪知道？出于天生的癖好和偷窃的单纯乐趣。"

"这是最糟糕的。"

"当然！因为他会反复再犯。"

"他聪明吗？"

"很长一段时间内我都觉得他没有他的哥哥们聪明。不过现如今我怀疑自己莫非弄错了，怀疑我那令人恼火的印象是不是来源于他还尚未认清从自己身上能够得到什么。他的好奇心在此之前误入歧途；或者更准确地说，他的好奇心还处于胚胎状态，还处在鲁莽冒失的阶段。"

"您打算跟他说吗？"

"我打算让他去权衡一下得失——一边是偷窃

带来的蝇头小利，另一边是他的下作勾当反而令他失去的东西：亲友的信任、尊重，包括我的尊重……所有那些无法用数字计算之物，只有经过巨大的努力让其失而复得，才能认识到其中的价值。有些人为此耗尽了他们的一生。我会告诉他那些由于他过于年轻而无法认识到的内容：从此之后，在他身边发生任何可疑、蹊跷的事情，各种怀疑永远会落在他身上。他也许会看到自己蒙受不白之冤，却无法为自己辩护。他之前的所作所为代表了他自己。他成了人们所说的那种'焦头烂额的人'。最后，我想跟他说……不过我担心他提出异议。"

"您想跟他说什么？"

"就是他已经成了一个先例，而如果第一次行窃还需要某种决心的话，之后便习以为常了。之后发生的一切不过是草草了事而已……我想跟他说，人们在不经意间做出的第一个举动，往往无可挽回地勾画出我们的面目，并且开始描绘某种特质，此后我们耗尽一切努力也永远无法将其抹除。我想……但我没法跟他说。"

"为什么不把我们今晚的谈话写下来呢？您可以拿给他看。"

"这是个好主意，"奥迪贝尔说道，"为什么不呢？"

在乔治阅读这个片段时，我的目光始终没有离开他。但他的表情并没有透露出任何潜在的想法。

"我还要继续念下去吗？"他一边问，一边准备翻开下一页。

"不用了，谈话到此为止。"

"可惜了。"

他把笔记本还给我，用一种近乎欢快的语气说道：

"我倒想知道于多尔夫读完之后怎么回答。"

"我自己恰好也在等着弄清楚这一点。"

"于多尔夫是个好笑的名字。您不能另取一个吗？"

"这无关紧要。"

"他会怎么回答也无关紧要。之后他变成什么样了？"

"我还不清楚。这取决于你。我们会看到的。"

"那么，如果我理解正确的话，我应该帮助您把这本书续写下去。不过您得承认……"

他停住了，似乎在表达自己的想法时遇到了某种困难。

为了鼓励他，我说了一句："承认什么？"

"承认您会上当。"他终于说道，"如果于多尔夫……"

他再次停住了。我以为自己明白他想说什么，便帮他把话说完了：

"如果他变成了一个诚实的孩子？……不，我的小家伙。"突然，泪水涌上了我的眼眶。我把手按在他的肩膀上。但他挣脱了出去：

"因为说到底，如果他没有偷过东西，您就不会写这些。"

这时我才明白自己错在哪里。说到底，把我的心思占据了那么长时间，乔治对此感到颇为得意。他觉得自己引人注目。我已经把坡菲唐迪厄给忘了，是乔治提醒了我。

"您那位预审法官跟您说了什么？"

"他委托我提醒你，他知道你在使用假币……"

乔治又一次变了脸色。他明白抵赖毫无用处，但还是含糊其词地抗议说：

"我不是一个人。"

"还有，如果你不立刻停止这种不正当交易，"我继续说道，"他就不得不逮捕你和你的同伴了。"

起初乔治的脸色变得非常苍白，这时脸颊又烧得通红。他凝视着前方，紧蹙的双眉在他的额头下方挖出了两道皱纹。

"告辞。"我一边向他伸手一边说道,"我建议你也去提醒一下你的同伴。至于你,你要记在心里。"

他沉默地握住我的手,然后头也不回地回了教室。

我把拿给乔治看的那几页《伪币制造者》重读了一遍,发觉写得相当糟糕。我把乔治读过的原稿抄录在这里,但整个章节需要重写。显而易见,还是跟孩子直说更好。我必须找到打动他的办法。当然,按他现在这种情况,于多尔夫(我会把这个名字改掉,乔治说得对)很难改过自新。不过我打算把他引回正路,无论乔治怎么想,这才是最有意思的地方,因为这也是最困难的地方。(在这里我开始像杜维耶那样思考了!)把那些草草了事的故事留给现实主义小说家吧。

一回到教室,乔治就把爱德华的警告传达给了他的两位朋友。这孩子对爱德华关于他小偷小摸的言论全都无动于衷,不过,对那些可能会让他们惹上麻烦的假币,必须尽快脱手。他们每个人都在他那里留了几枚,他打算下次出门便一起用出去。盖里达尼索尔把这些假币收拢起来,匆忙丢进了坑里。当天晚上他便通知了斯特鲁维乌,后者随即采取了措施。

十六　阿尔芒探望奥利维耶

　　当天傍晚，当爱德华在和他的外甥乔治交谈时，奥利维耶在贝尔纳离去之后接待了阿尔芒。

　　阿尔芒·维德尔已经变得让人认不出来了。他刚刚刮了胡子，一脸微笑，昂首挺胸，穿着一身新西装，腰身收得太紧，也许有点可笑——他自己也感觉到了，而且毫不隐瞒。

　　"我早就应该来看你了，但我要干的事情实在太多了！……你知道我现在是帕萨凡的秘书吗？或者，如果你喜欢的话，就是他办的那份杂志的主编。我不会要求你参与合作，因为在我看来帕萨凡对你相当恼火。另外，这份杂志坚决左倾。这就是它一开始就撤掉了贝凯尔以及他那几首田园诗的原因……"

"算它倒霉。"奥利维耶说道。

"这就是为什么它反而欢迎我的《夜壶》。随便说一句，如果你允许的话，这首诗会题赠给你。"

"算我倒霉。"

"帕萨凡甚至想要把我这篇天才诗作刊登在创刊号的开篇处。这与我天生的谦逊格格不入，他的赞美令我的谦逊受到了严峻的考验。如果我确定不会让你康复期的耳朵受累的话，我就跟你讲讲自己与《单杠》的著名作者第一次会面时的情景——在此之前我对他的了解全都来自你。"

"除了听你讲话，我没有任何更合适的事情要做了。"

"抽烟不会妨碍你吧？"

"为了让你安心，我自己也抽一根。"

阿尔芒点燃一支烟开始说道："必须告诉你，你的背叛让我们亲爱的伯爵陷入了困境。这么说不是恭维你，要换上一位德才兼备、资质出众之人可不容易，正是这些品质让你成了一位……"

"总之……"奥利维耶把话头打断了，对方令人无法忍受的嘲弄让他恼火。

"总之，帕萨凡需要一位秘书。他刚好认识一个叫作斯特鲁维乌的，而我也恰好认识这个人，因为他是一个寄宿学校里的家伙的叔叔和监护人，那人刚好认识让·考博 - 拉弗勒尔，你也认识。"

"我不认识。"奥利维耶说道。

"好吧！老兄，你应该认识他。这是个了不起的家伙，简直棒极了——是一个憔悴的、一脸皱纹的、化过妆的婴儿，靠开胃酒维生，他喝醉了就能写出迷人的诗句。你在创刊号上会看到。斯特鲁维乌打算把他派到帕萨凡那儿继任你的职位。你可以想象他走进巴比伦街那栋宅邸时的模样。必须告诉你，考博－拉弗勒尔穿着一件污迹斑斑的外套，任由一头亚麻色的头发披在肩膀上，看起来已经有一个礼拜没洗澡了。帕萨凡总想着掌控局面，直言考博－拉弗勒尔让他非常满意。考博－拉弗勒尔善于装出一副温柔、讨喜、羞涩的模样。只要他愿意,就可以和邦维勒[1]笔下的格林古尔如出一辙。总之，帕萨凡表现得大受吸引，几乎就要雇佣他了。必须告诉你，拉弗勒尔身无分文……他是这样起身告辞的：'在离开您之前，我觉得还是提醒您一下为好，伯爵先生，我有一些缺点。''我们谁没缺点呢？''还有一些恶习。我抽鸦片。''没关系，'帕萨凡说道，他不会被这点小事困扰，'我给你提供上等货。'拉弗勒尔接着说道：'是，不过我抽完

---

1 邦维勒（1823－1891）：法国诗人、剧作家。1866 年创作历史戏剧《格林古尔》。

鸦片就完全丧失了拼写方面的基本概念。'帕萨凡以为是个玩笑，强笑着向他伸出手。拉弗勒尔继续说道：'我还抽大麻。''我自己有时候也抽。'帕萨凡说道。'是，但在大麻的控制之下，我就忍不住要偷东西。'帕萨凡这才开始意识到对方在嘲讽自己。而拉弗勒尔已经启动了，来势愈发猛烈：'我还喝乙醚，到时候就会把一切都撕掉，把一切都砸掉。'然后他便抓起一个水晶花瓶，假装要往壁炉里扔。帕萨凡把瓶子从他手里夺过来说道：'谢谢您提醒我。'"

"然后就把对方扫地出门了？"

"他在窗口监视拉弗勒尔离开时有没有在他的地窖里塞一颗炸弹。"

奥利维耶沉默片刻，然后问道："但为什么你那位拉弗勒尔要这样做呢？根据你对我说的内容，他很需要这个职位。"

"老兄，不得不承认，有些人就是觉得需要违背自身的利益行事。还有，你想让我跟你直说吗：拉弗勒尔……帕萨凡的奢靡令他厌恶，包括他的优雅、他的殷勤、他的优越感、他装模作样的高傲。是的，这一切都让他恶心。我补充一句，我完全理解这种感觉……说到底，你的帕萨凡实在令人作呕。"

"你为什么说'你的帕萨凡'？你很清楚我再也不会见他了。还有，既然你觉得他这么讨厌，为什么从他那里接受这个职位呢？"

"因为我恰恰喜欢让我厌恶的东西……首先就是我自己清白的[1]，或者肮脏的个体。还有，说到底，考博－拉弗勒尔是个害羞的人，如果他没有感到拘束的话，那些话他一个字都不会说。"

"喔！这可真想不到……"

"一定是这样。他感到拘束，又厌恶这种拘束感来自一个自己骨子里瞧不起的人。他硬充好汉就是为了掩饰这种拘束。"

"我觉得这很蠢。"

"老兄，并不是所有人都和你一样聪明。"

"这话你上次已经跟我说过了。"

"记性真好！"

奥利维耶表明决心自己决不屈服。

他说道："我尽力忘掉你那些玩笑。不过，上次你总算严肃认真地跟我说了些话。你跟我说的那些东西我忘不了。"

阿尔芒的目光有些慌乱，他强笑着说道：

---

1 "自己清白的"（propre）：在法语中"propre"一词一方面指"自己的、固有的"，另一方面还指"干净的、清洁的"。在正常句法中，"mon propre individu"通常的意思是"我自己的个体"，但阿尔芒在此借用了"propre"的第二种意思，即"我清白的个体"，从而与"肮脏的"（sale）形成对照。

"喔！老兄，上次我跟你说是因为你想要我这么做。你想要一曲小调，于是为了让你高兴，我便用一个螺旋状的灵魂还有帕斯卡式的痛苦弹奏我的悲歌……你到底想要什么？只有当我开玩笑时我才真心诚意。"

"你永远没法让我相信，因为你之前跟我说话的时候不真诚。现在你在演戏。"

"喔！天真的人啊，你表现出了天使般的灵魂！仿佛我们有任何一个人不在演戏一样，或多或少出于真心或者有意为之。老兄，生活不过是一出戏。而你我之间的区别，就在于我知道自己在演戏，而……"

"而……"奥利维耶咄咄逼人地重复了一遍。

"而我父亲，比方说——免得谈到你——当他扮演牧师时入木三分。而不管我说什么或者做什么，总有一部分自我留在后面，看着另一部分自我受到牵连，观察它、嘲笑它、为它唏嘘或者鼓掌。当一个人被这样一分为二时，你还能怎样让他真诚呢？我甚至连这个词语需要表达什么意思都理解不了，对此完全束手无策：如果我悲伤，我就觉得自己滑稽可笑，令我发笑；如果我快乐，我就会开各种愚蠢的玩笑，让我想哭。"

"你也让我想哭，我可怜的老朋友。我没想到你病得这么重。"

阿尔芒耸了耸肩，用一种迥异的语调说道：

"为了安慰你，你想知道我们创刊号的编排吗？其中有我那篇《夜壶》，考博－拉弗勒尔的四首谣曲，雅里的对话，我们那位寄宿生小盖里达尼索尔的几首散文诗。还有《烙铁》——一篇笼统的长篇批评文章，明确表达杂志的各种倾向，我们有好几个人在共同撰写这篇杰作。"

奥利维耶不知道该说什么，笨拙地推论道：

"没有任何杰作会是合作的产物。"

阿尔芒大笑起来：

"但是，我亲爱的，我说'杰作'就是为了开玩笑的。严格说来，它甚至连作品都称不上。首先，要搞清楚'杰作'是什么意思。《烙铁》恰恰负责澄清这个问题。有一大堆作品人们之所以放心大胆地加以赞美，就是因为所有人都在这么做，至今为止没有任何人想说或者敢说它们愚不可及。比如说，在这一期卷首，我们打算印一幅《蒙娜丽莎》，在她脸上贴一副胡须 [1]。老兄，你看，这效果令人震惊。"

"这意味着你觉得《蒙娜丽莎》也很蠢吗？"

---

1 纪德在这里借用了艺术史中的实例。1919年，著名艺术家马塞尔·杜尚创作了一幅画作，名为《L.H.O.O.Q.》，画中是一张达·芬奇《蒙娜丽莎》的复制品，杜尚在蒙娜丽莎脸上加了几缕胡须，1920年刊登在达达主义杂志《391》上。

"完全不是，我亲爱的。（虽然我不觉得它有多了不起。）你没明白我的意思。愚蠢的是人们对它的赞美。面对所谓'杰作'，人们习惯于脱帽致敬。《烙铁》（这也是杂志的名称）的目的就是让这种崇敬变得滑稽可笑，令其信誉扫地……还有一个好办法，就是提议读者去赞美一个完全缺乏常识的作家的愚蠢作品（比如我的《夜壶》）。"

"这一切帕萨凡都赞成吗？"

"他觉得非常有趣。"

"我看自己抽身而退是做对了。"

"抽身而退……老兄，或早或晚，愿或不愿，终究会走到这一步的。这明智的思考自然而然地引导我与你辞别。"

"再待一会儿，小丑……你刚才说你父亲扮演牧师，这话从何说起？你不认为他信仰坚定吗？"

"我的父亲大人安排生活的方式让他没权利也没办法不活成那样。是的，他是一位坚定的专业人士，是一个传播信仰的人。他不断灌输信仰，这是他存在的理由，是他承担的角色，是他必须推进到底的事业。要想搞清楚在他所谓的'内心深处'到底发生了什么？那去直接问他就不得体了，你明白的。我相信他自己从来没扪心自问过。他的办法是让自己永远没时间反省。他在他的生活中塞满了成堆的义务，如果他的信心松动，这些义务就会丧失全部意义。于是这些义务发觉需要他的信仰，并且加以维系。他以为自己相信，因为他继续按照他相信的模样行动，他丧失了不信的自由。如果他的信心动摇，老兄，这会是一场灾难！一次崩塌！试想一下，我们全家一下子就失去了收入来源。老兄，需要考虑到这个事实：爸爸的信仰，是我们的谋生手段。我们都靠着爸爸的信仰过活。所以你问我爸爸到底是否真有信仰，你得承认，你这么问不是太讲究。"

"我以为你们主要是靠寄宿学校的收入维持生计。"

"这也多少算是真的。不过打断我的抒情效果也不是太讲究。"

"那你呢，你再也不信任何东西了吗？"奥利维耶悲伤地问道，因为他很喜欢阿尔芒，对他的卑鄙感到痛苦。

"'Jubes renovare dolorem[1]……'你似乎忘记了，我亲爱的朋友，我父母一直想让我当牧师。他们为此鼓励我、灌输各种虔诚的训诫，让我的信仰得以扩展，如果我胆敢这么说的话……但必须认识到，我没有这种天命。很遗憾。也许我原本可以成为一个了不起的传道者。我的天命，是撰写《夜壶》。"

"我可怜的老兄，如果你知道我有多么同情你就好了！"

---

1 原文为拉丁语，意为"你要我重新体验痛苦"，语出维吉尔《埃涅阿斯纪》。

"你总有一副我父亲嘴里的'好心肠'……我不想再滥用它更长时间了。"

他拿起帽子，都快要走出去了，突然回身说道：

"你不问我莎拉的消息吗？"

"因为你能告诉我的，我已经从贝尔纳那里得知了。"

"他告诉你他已经离开寄宿学校了吗？"

"他跟我说是你姐姐拉谢尔请他离开的。"

阿尔芒一只手握着门把，另一只手拿着手杖抵住掀起的门帘。手杖戳进了帘子上的一个破洞，把洞口撑大了。

"随你怎么解释。"他说道，面部表情非常严肃，"我坚信，拉谢尔是这个世界上我唯一喜爱和尊敬的人。我尊敬她是因为她道德高尚。而我举手投足总是冒犯她的德行。关于贝尔纳和莎拉的事情，她毫不知情。是我把一切都告诉了她……而眼科医生叮嘱她别哭！这真滑稽。"

"我应该认为你现在是真诚的吗？"

"是的，我相信自己身上最真诚的东西，就是厌恶、痛恨一切所谓的'德行'。不必非要弄懂。你不知道幼年的清教徒教育会对我们造成什么后果。它在你心里留下一种永远无法平复的愤恨……要是由我自己判断的话。"他冷笑着把话说完，"对了，你必须告诉我这里长了什么。"

他脱下帽子，走到窗户边上。

"你看，就在嘴唇边上，在里头。"

他靠向奥利维耶，用一根手指把嘴唇翻开。

"我什么都没看见。"

"应该能看见，在那边，在角上。"

奥利维耶发现连合处有一个白斑。他有点担心。

"是口腔溃疡。"他说道，为了让阿尔芒安心。

阿尔芒耸了耸肩：

"别说蠢话。你是一个严肃的人。首先，'口腔溃疡'是阳性的[1]。其次，口腔溃疡是软的，过一阵就消了。而这个是硬的，每周都在变大，让我嘴里带着一股怪味。"

"长出来很久了吗？"

"从我注意到它已经有一个多月了。不过，就像那些'杰作'里说的那样：'我的病痛由来已久……'[2]"

"好吧！老兄，如果你不放心，应该去看医生。"

"你以为我需要你的建议吗！"

"那医生怎么说？"

"我不需要你的建议来告诉我应该去看医生。但我依然

1　口腔溃疡（un aphte）在法语中是一个阳性名词，而上文奥利维耶口误使用了阴性名词的搭配（une aphte）。

2　语出拉辛的著名剧作《费德尔》。

没去看医生，因为如果它就是我以为的那种病，那我宁愿不弄清楚。"

"这很愚蠢。"

"这当然很蠢！而且如此符合人性，我亲爱的朋友，如此符合人性……"

"愚蠢之处在于不好好治病。"

"还有，等到开始治病时心里会想：'太迟了！'考博－拉弗勒尔在他的一首你以后会读到的诗里对此进行了精彩表述：

　　必须承认事实；

　　因为，在这个卑微的尘世，舞蹈

　　常常先于歌唱。

"真是一切都可以搞成文学。"

"你说'一切都可以'，不过，老兄，这已经不容易了。好吧，告辞……啊！我还想告诉你：我收到了亚历山大的消息……是的，你很清楚，我的长兄，他溜到非洲去了，一开始做了些糟糕的买卖，把拉谢尔寄给他的钱全败光了。现如今他在卡萨芒斯的沿海地区立了业。他写信告诉我说他生意兴隆，不久就可以直接还清全部借款。"

"什么生意？"

"谁知道呢？橡胶、象牙，也许还有黑奴……一大堆小玩意儿。他要我到他那里去。"

"你会去吗？"

"要不是不久之后得服兵役的话，我明天就走。亚历山大是个跟我一类的蠢货。我相信自己会跟他相处得很融洽……嘿，你想看吗？我随身带着他的信。"

他从口袋里掏出一个信封，从中抽出好几页信纸，选了一张递给奥利维耶：

"没必要全念。从这儿开始吧。"

奥利维耶读道：

两周以来，我在茅屋里收留了一个怪人，和他一起生活。本地的阳光一定把他的脑壳烧焦了。一开始我以为是谵妄，实则完全是精神错乱。这个奇怪的小伙子大约三十岁，孔武高大，相当英俊。根据他的举止、措辞，还有那双过于细腻、从未干过任何粗活的双手来看，他必然出身于所谓的"体面人家"。他以为自己被魔鬼附身了，或者说，如果我正确理解他的言论，他以为自己就是魔鬼。他肯定遇上了什么意外，因为，在睡梦中或者他常常陷入的那种半睡半醒状态下（此时他会自问自答，就好像我不在他旁边一样），他不断提到一双双被切断的手掌。由于他当时躁动不安，一双骇人的眼睛转个不停，我便小心翼翼地把所有武器都从他身边拿开了。

余下的时间，他都是一个善良的小伙子，一个讨人喜欢的同伴——在孤单了好几个月之后，你可以相信，我很欣赏这一点——而且协助我照看我经营的买卖。他对自己过去的生活只字不提，因此我也无从探究他到底是谁。他对昆虫和植物尤其感兴趣，他的某些言辞中隐约透露出他拥有卓越的文化素养。他似乎也很喜欢跟我待在一起，从来不提离开的事情。我决定他想待多久就让他待上多久。我恰好希望拥有一位助手，总而言之，他的到来恰逢其时。

有一个长相奇丑的黑人陪在他身边，跟他一起从卡萨芒斯溯流而上。我和这个黑人稍微聊了几句，提到了一位同行的女性，如果我理解正确的话，应该是在他们的小船倾覆那天在河里淹死了。如果说我那位同伴促成了这场溺亡，我不会感到惊讶。在这地方，如果想要摆脱什么人，可选的方法很多，没有任何人会刨根问底。如果有一天我了解得更多了，我会给你写信的——或者等到你过来跟我会合之后亲口跟你说。

是的，我知道……你的兵役问题……可惜了！我等着。因为你要相信，如果你想见我，就必须下定决心过来。至于我，我回国的欲望愈发淡漠。我在这里过着自己喜欢的生活，就像量身定制的西装一样合适。我的生意蒸蒸日上，文明世界的假领子在我看来就像一具枷锁，再也无法忍受。

随信附上一张新的汇票，你可以随意取用。之前那张是给拉谢尔的。这张留给你……

"剩下的没什么意思。"阿尔芒说道。

奥利维耶一言不发地把信还了回去。他没有想到信中谈到的凶手就是他的兄长。文森已经很久没有音信了。他父母一直以为他在美国。说真的，奥利维耶对他并不十分关心。

十七　强者协会

　　直到索弗洛妮丝卡夫人来寄宿学校探访时，鲍里斯才得知布洛妮娅的死讯，但已经是一个月之后了。自从收到他女友寄来的那封凄恻的来信，鲍里斯就失去了对方的音讯。他在课间休息时总待在维德尔太太的会客厅，当他看见索弗洛妮丝卡夫人穿着一身重孝走进来时，在对方开口之前便明白了一切。房间里只有他们两个人。索弗洛妮丝卡把鲍里斯搂在怀里，两人的泪水交织在了一起。她只能一味重复着："我可怜的小家伙……我可怜的小家伙……"仿佛鲍里斯特别值得同情，似乎在这个孩子无限的悲伤面前忘记了自己作为母亲的痛苦。

　　维德尔夫人之前得到了通知，这时赶了过来。鲍里斯依然在抽泣，走远了几步，让两位女士交谈。他原本希望大家都别提布洛妮娅。维德尔夫人并不认识她，谈起她来就像把她当成了一个普普通通的孩子一样。甚至维德尔夫人提出的问题在鲍里斯看来也显得平平无奇。他希望索弗洛妮丝卡不要回答，看到对方展露哀思便感到痛苦。他把自己的悲伤折好，当成宝贝珍藏了起来。

当布洛妮娅临终前几天向她母亲提问时，她想到的必定是鲍里斯：

"妈妈，我太想知道了……告诉我，大家说的那种'淳朴温柔的爱情'，到底是什么意思啊？"

这些刺痛心扉的话，鲍里斯希望只有自己一个人懂。

维德尔夫人提供了一些茶水，有一杯是给鲍里斯的。这时课间休息结束了，他匆忙一饮而尽，然后与索弗洛妮丝卡告别。对方第二天就要动身回波兰，那里还有很多事情要她去处理。

对鲍里斯来说，整个世界都荒芜了。他母亲离他太远，永远不在身边。他的祖父年纪太大。甚至贝尔纳也走了，而他刚刚在对方身边获得了一点自信。一个像他这么温柔的灵魂需要有个人可以接受他奉献的高贵与纯洁。他不够自负，不能为此感到满足。他太爱布洛妮娅了，以至于无法期望重新找回那种随她一同失去的恋爱动机。他希望看到的那些天使，从此以后少了她，如何去相信呢？甚至他的天堂现如今都变得空荡荡了。

鲍里斯像投身地狱般回到教室。他原本多半可以把贡特朗·德·帕萨凡当成朋友，那是一个善良的男孩子，而且两人刚好同龄。不过什么都不能让贡特朗从他的作业中分心。菲利普·阿达曼迪也不淘气，巴不得和鲍里斯交好，但他完全被盖里达尼索尔牵着走，乃至再也不敢体验哪怕一种个人感情。他紧跟对方的步伐，盖里达尼索尔则加快脚步。盖里达尼索尔没法忍受鲍里斯。鲍里斯悦耳的嗓音、优雅的举止、少女般的神情，这一切都令他恼火，让他生气。可以这么说，他一看见对方就体会到一种发自本能的反感，而在兽群中，这会让强者抛弃弱者。也许他听取了自己表兄的教导，让他的仇恨有点理论化，因为他把仇恨当成了一种斥责。他有理由对这份仇恨感到自得。他心知肚明鲍里斯对他表露出来的轻视非常敏感，却以此取乐，还假装跟乔治和菲菲一起谋划，唯一的目的就是观赏鲍里斯的目光被某种惶惶不安的疑问填满。

"喔！他还是挺想知道的，"乔治说道，"要告诉他吗？"

"没必要，他不懂。"

"他不懂。""他不敢。""他不会。"他们持续不断地把这些套话丢在鲍里斯脸上。鲍里斯为自己受到排挤感到痛苦至极。事实上，他不太明白别人为什么给他取了一个丢人的绰号："啥都不是"，或者要是搞明白了就会怒火中烧。为了能够证明自己不是他们所以为的懦夫，有什么代价是他付不出的呢！

"我没法忍受鲍里斯，"盖里达尼索尔对斯特鲁维乌说道，"为什么你要我让他安静待着？他根本忍受不了别人让他安静待着。他整天盯住我旁边。有一天他让我们笑话了一通，因为他以为'一个一丝不挂的女人'¹的意思是'一个长胡子的女人'。乔治嘲笑了他。等鲍里斯搞清楚自己弄错了的时候，我感觉他就快哭出来了。"

然后盖里达尼索尔又缠着他表兄问了好多问题，最终斯特鲁维乌把鲍里斯的护身符交给了对方，并且告知了使用方法。

没过几天，鲍里斯进教室时，在他的课桌上发现了这张几乎被他淡忘的纸条。他早就从记忆中移除了与这童年时代的"魔法"有关的一切，那些东西现如今都让他觉得羞耻。一开始他甚至没认出来，因为这是张被精心设计的咒语：

---

1 一个一丝不挂的女人：法语"poil"一词是"汗毛"的意思，因此这个俚语可以直译为"全身上下只有汗毛的女人"，也就是"一丝不挂的女人"。

煤气 电话 十万卢布

盖里达尼索尔特意描了一圈红黑双色的宽边，还画了几个淫邪的小魔怪当点缀，说实话画得还不错。这一切赋予这张纸条一种充满幻想的氛围，盖里达尼索尔则认为，这种"地狱般"的氛围足以吓坏鲍里斯。

也许这不过是场游戏而已，却取得了出乎意料的成功。鲍里斯脸红得厉害，一言不发，左顾右盼，却没有看到躲在门后观察自己的盖里达尼索尔。鲍里斯不会怀疑到对方，但也无法理解这张护身符是怎么出现在这里的，看起来就像是从天堂落下的，或者更像是从地狱里涌出来的。面对这些学生之间的恶作剧，鲍里斯这个年纪原本完全可以一笑了之，但这触动了一段慌乱的往事。鲍里斯抓住护身符，塞进上衣。之后一整天，那些"施法"的回忆让他不得安宁。傍晚之前，他一直在抵抗这种邪恶的怂恿，但一回到卧室，由于再也没有任何东西支援他战斗，他便沉沦了。

他觉得自己堕落了，觉得自己已经身陷离天堂很远的地方了，但他却以堕落为乐，甚至把沉沦本身当成了属于他的一种快感。

不过，尽管内心悲痛，精神无依，但他骨子里依然保存着柔情，他那些同学对他表现出的轻蔑令他深感痛苦。为了得到些许重视，他愿意冒险去做任何危险、荒谬的事情。

机会很快就出现了。

自从他们放弃假币买卖之后，盖里达尼索尔、乔治和菲菲并没有闲下多久。他们早先从事的那些荒唐小把戏不过是些插曲而已。盖里达尼索尔的想象力很快便给出了某种更加复杂的东西。

强者协会存在的目的一开始就是为了获得不接纳鲍里斯的乐趣。不过，盖里达尼索尔很快就觉得让他加入进来反而更加恶毒，这样可以让他遵守某些义务，之后就能引他做出一些骇人听闻的举动。这个念头一生出来，就像在一家企业中常常发生的那样，盖里达尼索尔心心念念的都是如何把事情做成，远多于考虑事情本身。这看起来没什么，却可以解释很多罪行。毕竟盖里达尼索尔性格残忍，但他觉得起码得在菲菲那儿好好地隐藏这份凶狠。菲菲一点也不凶残，自始至终他都深信这一切不过是场游戏而已。

任何协会都需要一条座右铭。盖里达尼索尔心中早有腹案，便提议说："强者视死如归。"这句座右铭被采用了，被归在西塞罗[1]名下。至于会徽，乔治提出在右臂纹身，但菲菲

---

1 马库斯·图利乌斯·西塞罗（前 106 — 前 43）：古罗马著名政治家、演说家。

怕疼，断言只有去港口才找得到好纹身师。盖里达尼索尔也反对，认为纹身会留下一个擦不掉的痕迹，之后有可能让他们感到不便。说到底，会徽并不是最紧要的，入会者只要庄严宣誓即可。

之前涉及假币买卖的时候需要抵押，乔治就把他父亲的那些信拿了出来。不过大家都不再想这事了——所幸这些孩子都没什么恒心。总之，关于"入会条件"和"所需资质"，他们几乎什么都没敲定。何必呢，既然他们三个都"够格"，而鲍里斯"不够格"。相反，他们宣布"退缩者将被当成叛徒，永久开除出会"。盖里达尼索尔一心想着让鲍里斯加入，对这一点异常坚持。

必须认识到，要是少了鲍里斯，游戏就索然无味了，协会的道德也就无用武之地了。为了笼络这孩子，乔治比盖里达尼索尔更能胜任，后者有可能引起对方怀疑；至于菲菲，他不够奸诈，而且宁愿不受牵连。

也许，在这个恶劣的故事里，在我看来最可怕的，就是乔治装模作样的友谊。他假装出突然喜欢上了鲍里斯，而在此之前他对其根本不屑一顾。不过我最终怀疑乔治莫非陷入了这场游戏，怀疑他装出来的那些情感莫非弄假成真了，甚至怀疑在鲍里斯回应之际，那些感情就已经变成了真的。乔治倚着鲍里斯，看上去非常亲切，受盖里达尼索尔指使，他和鲍里斯说着话……鲍里斯只要得到一点点尊重和关爱就会兴奋得直吼，乔治刚开口，他就被拿下了。

于是盖里达尼索尔向菲菲和乔治透露了他制定的计划，内容是发明一种"考验"，接受考验的成员通过抽签选定。同时，为了让菲菲彻底放心，他表示有办法让签只被鲍里斯抽到。考验的目的就是为了证实鲍里斯的勇气。

至于这场考验的内容到底是什么，盖里达尼索尔没有明说。他觉得菲菲会提出异议。

"啊！这不行，我不干。"不久，当盖里达尼索尔开始暗示拉佩尔老爹的那支手枪完全可以派上用场的时候，菲菲果然反对。

"你真笨！这只是开个玩笑。"乔治迅速回击，他已经心动了。

"还有，你知道，"盖里达尼索尔又补充了一句，"如果你觉得装傻有意思，那就直说。我们不需要你。"

盖里达尼索尔知道用这种论调对付菲菲屡试不爽，而且他已经准备好了保证书，每一位会员都必须在上面签名：

"不过必须立刻做出决定。因为等到签名之后就太晚了。"

"好吧！你别生气。"菲菲说道，"把那张纸递给我。"他签名了。

"至于我，我的小家伙，我是很愿意的。"乔治说道，他的手臂温情地挽着鲍里斯的脖子，"不愿意让你参与的人是盖里达尼索尔。"

"为什么？"

"因为他不信任你。他说你顶不住。"

"他怎么知道的？"

"你一遇到考验就会溜走。"

"走着瞧。"

"你真敢抽签？"

"当然！"

"但你知道需要做出什么保证吗？"

鲍里斯并不知道，但他想知道。于是对方便跟他解释了一番。"强者视死如归"的用意我们可以拭目以待。

鲍里斯感觉脑中涌动着惊涛骇浪，不过他硬挺着，隐藏内心的慌乱。

"你真的签名了吗？"

"拿着，看看。"乔治把保证书递给对方，鲍里斯可以在上面看到三个名字。

"是不是……"鲍里斯胆怯地说道。

"是不是什么？"乔治打断了对方，语气粗暴得令鲍里斯不敢再说下去。乔治很清楚对方想问什么，那就是其他人是否同样受到约束，是否可以确保他们不会临阵脱逃。

"不，没有什么。"鲍里斯说道。不过从这一刻起，他就开始怀疑他们，开始感觉到他们有所保留而且不够坦诚。"算了。"他随即想道，"管他们逃不逃，我会向他们证明自己比他们更有良心。"然后，他目不转睛地盯着乔治说道：

"告诉盖里可以相信我。"

"那你签名吗？"

喔！这已经没必要了，他们已经得到了他的许诺。他只是说了一句：

"如你所愿。"然后在这张该死的纸片上——三位"强者"的签名下方，用大写的工笔字体写下了自己的名字。

乔治得意洋洋地把这张单子还给其他两位。他们一致认为鲍里斯的行为非常勇敢。三个人凑在一起商议。

"当然！不给手枪装弹。何况我们也没子弹。"菲菲依然有些恐慌，因为他听人说过，有时候过于激动的情绪足以置人于死地。他断言自己的父亲曾经引述过一个模拟处刑的事例……不过乔治把他撵开了：

"你父亲是南方人。"

不，盖里达尼索尔不会给手枪装弹。他不需要这么做。拉佩鲁斯并没有把自己曾经装在里面的子弹取出来。

盖里达尼索尔确认过，但他偏偏不告诉其他人。

他们把四个名字放在一顶帽子里：四张外形相似的小纸条，被折成一个样子。盖里达尼索尔负责"抽签"，他提前准备了第五张纸条，上面写着鲍里斯的名字，然后把纸条握在手里。接着，仿佛全凭偶然一般，抽出来的正是这一张。鲍里斯怀疑他在作弊，但什么也没说。反对有什么用呢？他知道自己已经完了。他没有做出任何举动捍卫自己，甚至就算抽到了别人，他也会主动提出代替对方，因为他实在深感绝望。

　　"我可怜的老兄，你运气不好。"乔治觉得自己应该这么说。他的语调听起来那么虚伪，以至于鲍里斯看他的眼神十分悲戚。

　　"意料之中。"鲍里斯说道。

　　然后他们便准备做一次预演。由于存在被人发现的风险，他们决定先不用真枪。等到最后关头"玩真的"，再把手枪从盒子里取出来。不能有任何东西引起别人警惕。

　　于是，他们那天仅仅约好了时间和地点。他们用粉笔在地板上圈出了地点——就在教室讲台右边墙角处，那里有一扇门，原本开在入口的拱顶下面，现在已经被封死了。至于时间，就选在上自习的时候。这件事必须在全班同学的眼皮子底下发生，把他们惊个目瞪口呆。

　　等到教室里的人全都走光之后，他们便排练了一番，见证人只有那三个阴谋分子。不过这次演练并没有多大意义，只不过可以确认，从鲍里斯的座位走到粉笔画出来的位置，刚好十二步。

"如果你不怯场，你一步都不会多走的。"乔治说道。

"我不会怯场。"鲍里斯说道。这种持续不断的怀疑侮辱了他。这个小家伙的坚定已经开始让余下三位叹为观止了。菲菲觉得不如见好就收，但盖里达尼索尔坚决要把这个玩笑推进到底。

"好了，明天见！"他说道，唯独在嘴角露出一种怪异的微笑。

"抱一下吧！"菲菲热情洋溢地大叫起来。他想起那些英勇骑士之间的拥抱，突然把鲍里斯搂在怀里，在鲍里斯脸上稚气地亲了两大口，鲍里斯不禁泪水盈眶。乔治和盖里都没有仿效菲菲，在乔治看来菲菲的姿势不太庄重，至于盖里，他根本不在乎！

十八　鲍里斯自杀

第二天傍晚，钟声让学生们在寄宿学校集合。

鲍里斯、盖里达尼索尔、乔治和菲利普坐在同一条长凳上。盖里达尼索尔取出手表，放在他和鲍里斯中间。表上指着五点三十五分。自习从五点钟开始，一直持续到六点。按照约定，鲍里斯必须在五点五十五分了结，刚好在学生们散场之前。这样更好，之后可以溜得更快。没过多久，盖里达尼索尔便用半高的声音对鲍里斯说道：

"老兄，你只有一刻钟了……"眼睛也没有看向鲍里斯，他觉得这样能让自己的话更具致命性。

鲍里斯想起不久之前读过的一本小说，其中有一帮匪徒，在即将杀死一个女人的时候，要求对方进行祷告，以便说服她做好准备去死。就像一个外国人在即将离开一国边境时才准备自己的护照一样，鲍里斯在心中脑中搜寻着祈祷文，却一无所获。但他感到那么疲惫又那么紧张，导致他并没有过分担忧。他努力进行思考，却无法思考任何东西。手枪压在他的口袋里，无须伸手便感觉得到。

"只有十分钟了。"

乔治坐在盖里达尼索尔左边，他用余光关注着这一幕，却假装没看见。他自习得非常投入。教室里从来没有这么安静过。拉佩鲁斯几乎认不出他这帮孩子了，第一次得以喘上一口气。不过菲菲并不安生，盖里达尼索尔让他害怕，他不确定这场游戏会不会惨淡收场。他心口涨得难受，时不时便听见自己发出一声长叹。最后，他再也忍不住了，从面前的历史笔记本上撕下半页纸——因为他需要准备一场考试，但一行行文字在他眼中混成了一团，事件与年代在他脑袋里全都乱了套——是一张纸的下半部分，飞快地在上面写道：最起码你确定手枪没装弹吧？然后把纸条递给乔治，后者又将其传给盖里。但盖里看完只是耸了耸肩，甚至都没看菲菲一眼，然后把纸条揉成一小团，用手指一弹，正好落在粉笔标出的位置。之后他便微笑起来，对自己瞄得如此精准颇为满意。这份微笑最开始是自发的，却一直坚持到了这个场景结束，就像印在他脸上一样。

"还有五分钟。"

这句话几乎是大声说出来的，甚至连菲菲也听到了。一种无法忍受的焦虑占据了他的心神。尽管自习就快结束了，他还是假装急需外出，又或者是真的肚子疼。他举起手，打了几个响指，就像学生们为了请求老师允许通常会做的那样。不过，没等拉佩鲁斯回答，他就从长凳上冲了出去。为了出门，他必须从教师讲台前经过。他几乎一路小跑，却踉踉跄跄。

菲利普前脚刚出去，鲍里斯便站了起来。小帕萨凡正在鲍里斯后座勤奋苦学，这时把眼睛抬了起来。事后他告诉塞拉芬妮，当时鲍里斯的脸色"白得可怕"——不过遇到这种情况大家都这么说。何况，他几乎立刻就不看了，重新埋首于学业。后来他非常自责，流着泪说，要是能够看明白之后会发生什么的话，一定会予以阻拦。但他当时什么都没料到。

鲍里斯一路走到那个标出的位置。他步履缓慢，目光坚定，就像个木头人，或者说更像一个梦游者。他右手握着枪，不过藏在外衣口袋里，不到最后一刻不取出来。那个决定命运的位置——我之前已经说了——在讲台右边，靠着一扇封死的门，形成了一个隐蔽的死角，导致老师从讲台那边必须俯过身才能看到他。

拉佩鲁斯俯过身，一开始他不明白自己的孙子在做什么，尽管对方举手投足间异乎寻常的庄重足以令他担心。他尽力摆出权威，用最大的声音说道：

"鲍里斯先生，请您立刻回到您的……"

但他突然认出了那支手枪。鲍里斯已经用它对准了自己的太阳穴。拉佩鲁斯明白了，旋即感到毛骨悚然，仿佛血液都在血管中冻住了一样。他想站起来，想朝鲍里斯跑过去，拦住他，想叫喊……但从他唇间只发出一种嘶哑的喘气声。他待在原地，全身瘫软，剧烈地颤抖着。

枪响了。鲍里斯没有立刻倒下。他的身子支撑了片刻，仿佛挂在墙角一般，然后脑袋垂落在肩膀上，带倒了身躯。一切轰然垮塌。

等到不久之后警方进行调查时，他们惊讶地发现鲍里斯身边的手枪找不到了——我的意思是说：他倒地的那个位置周围，因为大家几乎立刻就把这具小小的尸体搬到了一张床上。在随之而来的混乱中，盖里达尼索尔依然待在他的座位上，乔治则从长凳上一跃而起，成功偷走了武器，没有引起任何人注意。他先趁着其他人朝鲍里斯俯身之际一脚把手枪踢到身后，然后迅速握住，藏进外衣，接着偷偷递给盖里达尼索尔。所有人的注意力都集中于一点，没人留心盖里达尼索尔，他可以神不知鬼不觉地跑去拉佩鲁斯的房间，把武器放回原处。这样，等到以后搜查时，警察就会发现手枪还在盒子里，要是盖里达尼索尔想到把弹壳取出的话，那么大家就会怀疑这把枪到底有没有被拿出来，鲍里斯用的是不是它。盖里肯定是有点失去冷静了。对于这一时的疏忽，他事后的自责远多于懊悔自身的罪过。但正是这个疏忽救了他的命。因为，当他重新下楼混入人群，看到大家把鲍里斯的尸体抬走时，他突然明显哆嗦起来，一阵歇斯底里。维德尔夫人和拉谢尔赶了过来，都想要从中看出某种极端情绪的标志。大家宁可做出各种猜测，也不会设想一个如此年轻的生灵毫无人性。当盖里达尼索尔宣称自己无罪时，人们都信以为真。菲菲那张经由乔治转交给他的小纸条，当时被他一指弹飞，之后从一张长椅下面被找到了。这张皱巴巴的小纸条也有利于他。当然，参与一场如此残酷的游戏，他依然有罪，就像乔治和菲菲一样。但他坚称，如果他相信武器里装了子弹，他是不会参与的。只有乔治一个人始终确信盖里应负全责。

乔治还没坏透，他对盖里达尼索尔的仰慕终于让位给了厌恶。这天晚上，他一回到父母家中，便投入了母亲怀中。于是宝琳娜产生了一种感谢上帝的冲动，正是他借助了这出可怕的惨剧才把她儿子送回了她身边。

爱德华日记

恰恰由于自己并不打算解释什么，所以在缺少充分动机的情况下我不愿意对任何事件予以呈现。这就是为什么我不想把小鲍里斯的自杀用到我的《伪币制造者》里去。我实在百思不得其解。而且我并不喜欢那些"社会新闻"。它们尽是些不容置辩、无法否认、粗暴唐突、过分真切的东西……我同意用现实来支撑我的想法，仿佛一条证据，但我完全不愿意让现实走在我的思想前面。我不喜欢感到意外。鲍里斯的自杀在我看来就像某种失礼的行为，因为我没有预料到。

无论拉佩鲁斯怎么想，在任何自杀行为中都掺杂了一点懦弱。他多半会觉得自己的孙子比他更有勇气。要是这个孩子能够预见到他那种可怕的行为给维德尔一家带来了何种灾难的话，那么他就不可原谅。阿扎伊斯不得不解散了寄宿学校，他说这是"暂时的"。但拉谢尔担心破产。已经有四家人把孩子领回去了。我无法劝阻宝琳娜把乔治接回自己身边，尤其是同学之死令这个小家伙深受触动，似乎打算改过自新。这场伤逝引起了何其巨大的间接影响！甚至奥利维耶也显得大受触动。阿尔芒尽管一副玩世不恭的模样，也担心家人有可能陷入债务危机，便把帕萨凡乐意留给他的时间贡献给了寄宿学校。因为拉佩鲁斯老爹已经变得明显不符合于大家曾经对他的期许了。

我害怕再见到他。他在学校三楼那个属于他的小房间里接待了我。他立刻抓住我的胳膊，带着一副神秘的表情，几乎微笑着，这让我非常惊讶，因为在我原本预料之中只有泪水。

"那种噪声，您知道……就是那天我跟您说起过的那种噪声……"

"怎么？"

"它停了。结束了。我再也听不到了。我白花了注意力……"

就像参与一场孩子的游戏一样，我对他说道：

"我打赌，现在您后悔再也听不到这声音了。"

"喔！不，不……这是一次充分的安息！我多么需要安静啊……您知道我怎么想的吗？那就是在人生中我们没法知道什么是真正的安静。即便我们的血液也在我们体内制造一种持续不断的噪音，我们再也无从分辨，因为从童年时代开始便对其习以为常了……不过我还认为，在生活中，有些东西、有些和弦是我们无法听到的……因为这种噪声把它们遮住了。是的，我认为只有等到死后才能真正听见。"

"您曾经跟我说您不相信……"

"不相信灵魂不灭？我跟您说过这个吗？……是的，您应该是对的。不过您明白，这话反过来我也同样不信。"

由于我一声不吭，他便摇了摇头，用一种教训人的语气继续说道：

"您有没有注意到，在这个世界上，上帝总是一声不吭？说话的只有魔鬼。或者至少……至少……"他继续说道，"无论我们如何专注，能够听到的永远是魔鬼的声音。我们没有倾听上帝之声的耳朵。上帝的话语！您有没有偶尔想过它也许是什么？……喔！我对您说的自然不是在人类语言中铸造的那种东西……您还记得《福音书》的开头吧：'太初有道[1]。'我常常想，上帝的话语就是完整的创世，但魔鬼把它夺占了。现如今魔鬼的噪音掩盖了上帝之声。喔！告诉我，您难道不相信，盖棺定论的话仍将留给上帝去说吗？如果死后时间不复

---

1 语出《圣经·新约·约翰福音》第一章第一节。和合本译作"太初有道"，法语表述为："Au commencement était la Parole." 其中 "Parole" 的本意就是 "话语"，此处用大写字母 "P" 表示一种神圣的、终极的话语。

存在，如果我们立刻踏入永恒，您认为到时候我们可以聆听上帝吗……直接听见？"

某种强烈的情绪开始令他浑身发颤，仿佛就要由于癫痫而摔倒一样。突然间，他又被一阵抽泣侵袭：

"不！不！"他迷茫地高叫着，"魔鬼和上帝一体两面，他们串通一气。我们努力相信世间的一切罪恶都来自魔鬼，但这是因为要不然我们在自己身上就找不出力气去原谅上帝。上帝玩弄我们，就像一只猫捉弄被它折磨的老鼠一样……在这之后他还要求我们对他心怀感激。感激什么？什么？……"

接着，他朝我靠过来：

"您知道什么事情他做得最可怕吗？……就是为了拯救我们牺牲了他的亲儿子。他的儿子！他的儿子！……残酷，这是上帝的诸多特性之首。"

他扑倒在床上，转头对着墙壁。又过了片刻，痉挛性的颤抖令他心神不宁。之后，等到他似乎睡着了我才离开他。

他没有跟我提鲍里斯一个字。但我认为应该从这种神秘的绝望中看出一种关于其内心痛苦的间接表达，这种痛苦太过惊人，以至于无法加以直视。

我从奥利维耶那里得知，贝尔纳已经回到他父亲家中。说真的，这是他能够做出的最正确的举动。他在偶然间遇到了小卡鲁，从他那里听说老法官身体不好，贝尔纳完全听从了自己的心声。明晚我们还会见面，因为坡菲唐迪厄邀请我和莫利尼耶、宝琳娜还有两个孩子共进晚餐。我很渴望认识卡鲁。

A·GIDE:

纪德肖像，法国画家路易·若绘于 1927 年

安德烈·纪德年表

1869.11.22 — 1951.02.19

幼年纪德，摄于 1874 年

1869 年 | 出生

　　11 月 22 日，诞生于巴黎美第奇街 19 号，家中独子。父亲保罗·纪德是巴黎大学法学院"罗马法"教授，来自法国南部小城于泽斯；母亲朱丽叶·隆多出生于北部鲁昂的工业巨头家族。

　　幼年时代经常去他母亲位于诺曼底拉罗克的庄园以及舅舅亨利·隆多位于库沃维尔的宅邸中消夏。前者成了《背德者》中"莫里尼埃尔"的原型，后者则是《窄门》中"封格斯玛尔"的来源。

　　除此之外，也经常去祖母位于于泽斯的家中短住。法国南部的风光，尤其是南北之间的强烈对比给他留下了深刻印象。

1876 年 | 7 岁

　　开始跟随格克林小姐学习钢琴。

1877 年 | 8 岁

　　进入阿尔萨斯学校¹，插班三年级，数周后因"不良习惯"被学校开除。

阿尔萨斯学校：位于巴黎的一所著名世俗化私立学校，建立于 1874 年，涵盖小学与初中教育。

1878 年｜9 岁

在母亲的哀求与医生的威胁之下，"不良
习惯"暂时得到"治愈"，重新进入阿尔萨斯
学校，复读三年级。

Madeleine Gide
玛德莱娜·纪德
1867 — 1938

纪德的表姐，后来成为他的妻子。

1880 年｜11 岁

10 月 28 日，父亲突然去世，享年 48 岁。

11 月，退学，前往鲁昂。在舅舅家暂住，
与表姐玛德莱娜´交好。此后很长一段时间，
由于健康原因，没有接受正常的学校教育，以
家教私人授课为主。

1881 年｜12 岁

陪母亲前往蒙彼利埃，短暂入学初中一年级。

1882 年｜13 岁

先后在法国各地进行了一系列治疗。

10 月，进入阿尔萨斯学校初中二年级，10
月底，由于头痛再次退学。

11 月，在鲁昂发现舅妈马蒂尔德·隆多出
轨，见证了表姐玛德莱娜的悲痛，意识到对玛
德莱娜的爱意。这一插曲后来被写进了《窄门》。

1883 年 | 14 岁

年初，与母亲以及母亲的教廷教师兼好友安娜·夏克勒顿一同前往蔚蓝海岸度假。

7 月，现场观看了安东·鲁宾斯坦的音乐会。

1884 年 | 15 岁

5 月 14 日，安娜·夏克勒顿去世。深受安娜孤独逝世触动，《窄门》结尾阿丽莎之死的灵感便来源于此。在构思《窄门》之初，曾设想："我从安娜之死获得灵感，打算写一个故事，题目大概可叫《论安然死去》，后来则成了《窄门》。"

1885 年 | 16 岁

6 月 1 日，参加了维克多·雨果棺椁送入先贤祠的隆重典礼。

同年，被准许进入他父亲曾经的书房，随意浏览其中的著作。其间，在与玛德莱娜的通信中大量交流宗教问题，内心充满虔诚，反复研读《圣经》，向往禁欲主义，与宗教人士交往，显示出神秘主义倾向。

1887 年 | 18 岁

重新进入阿尔萨斯学校修辞班，与同学皮埃尔·路伊斯成为好友。

青年纪德，由阿尔贝·德马雷摄于 1889 年

1888 年 | 19 岁

　　7 月，第一次高考失败。

　　11 月，进入亨利四世中学哲学班，结识
莱昂·勃鲁姆。

André Léon Blum
安德烈·莱昂·勃鲁姆
1872 — 1950

法国政治家、作家、文学评论
家，曾三度出任法国总理。西班
牙内战期间，纪德曾对勃鲁姆领
导的法国政府表示抗议。

1889 年 | 20 岁

　　2 月 15 日，人生中第一次在杂志上发表
作品《六行诗：雨的颜色》。

　　9 月，第二次高考通过，独自前往布列塔
尼旅行并开始为《安德烈·瓦尔特手记》做准备。

　　同年秋季，频繁出入各种文学沙龙，决定
终止学业，投身写作。

1890 年 | 21 岁

1 月 8 日，在皮埃尔·路伊斯陪同下，前往布鲁塞尔医院探望保罗·魏尔伦[1]。

3 月 1 日，舅舅去世，与表姐玛德莱娜共同守灵，下定决心与其结婚。

前往蒙彼利埃看望叔叔夏尔·纪德，在当地结识保罗·瓦莱里[2]。

1891 年 | 22 岁

1 月 1 日，《安德烈·瓦尔特手记》首版。

1 月 8 日，玛德莱娜收到《安德烈·瓦尔特手记》的第一本样书，但拒绝了求婚。

2 月，被介绍给斯特凡·马拉美[3]，此后成为马拉美罗马街星期二沙龙上的常客，并认识了一大批象征派诗人。

7 月，前往比利时游历，结识了比利时诗人梅特林克[4]，写下《论那喀索斯》与《安德烈·瓦尔特诗篇》。

11 月 29 日，在巴黎与奥斯卡·王尔德[5]相识，二人来往密切。

1892 年 | 23 岁

1月1日，《论那喀索斯》发表。

3月至5月，前往慕尼黑短住，阅读莱辛及歌德的作品。

8月，在亨利·德·雷尼埃[1] 陪同下漫游布列塔尼。回到拉罗克，开始撰写《乌里安之旅》，年底完成。求婚再次遭拒。

11月15日至22日，前往南锡服兵役，由于健康原因迅速退伍。

1893 年 | 24 岁

请求画家莫里斯·德尼[2] 为《乌里安之旅》绘制作品插图。5月，《乌里安之旅》出版。秋季发表《爱的尝试》。

8月，与母亲一起前往塞维利亚过圣周。

10月18日，在画家保罗·阿尔贝·洛朗[3] 陪同下从马赛出发前往突尼斯。在苏塞感染结核病，之后，前往比斯克拉过冬，与阿特曼、梅丽安相恋。

《乌里安之旅》1893 年初版插图

1894 年 | 25 岁

2 月 7 日，母亲前往比斯克拉，与梅丽安的关系被终结。与洛朗从突尼斯经马耳他、意大利回国，开始构思《人间食粮》及《帕吕德》。

5 月 23 日，抵达佛罗伦萨，与王尔德重逢。

6 月 26 日，抵达日内瓦，在瑞士暂住。

10 月至 12 月，旅居拉布莱维纳，即《田园交响曲》的故事发生地。

1895 年 | 26 岁

1 月 22 日，抵达阿尔及尔，在布里达遇到了王尔德和阿尔弗雷德·道格拉斯[1]。

同月，在阿尔及利亚投入《人间食粮》的创作。

4 月中旬，返法。

5 月，《帕吕德》发表。

5 月 31 日，母亲去世，继承了拉罗克的庄园。

6 月 17 日，与玛德莱娜订婚。

10 月 8 日，与玛德莱娜结婚，开始蜜月旅行，途经瑞士和意大利。

12 月，在佛罗伦萨结识邓南遮[2]。这一旅行路线在《背德者》中得到了重现。

1896 年 | 27 岁

3 月，与妻子抵达突尼斯，后前往比斯克拉。

4 月，返法。

5 月 17 日，当选为拉罗克镇长。

王尔德与道格拉斯，摄于 1893 年

/
Alfred Douglas
阿尔弗雷德·道格拉斯
1870 — 1945

王尔德的男友。1895 年其父指控王尔德有伤风化，最终导致王尔德入狱。

2
Gabriele d'Annunzio
加布里埃尔·邓南遮
1863 — 1938

意大利诗人。

1897 年 | 28 岁

3 月，与妻子在巴黎哈斯帕耶大道定居，开始与《僻地》杂志合作。

5 月，《人间食粮》出版，与弗朗西斯·雅姆¹发生论战，发表《关于文学与道德的几点想法》。

6 月，前往贝内瓦尔看望刚出狱的王尔德。

7 月，与亨利·盖翁²相恋。

12 月，与妻子再次出发前往瑞士旅行。

1898 年 | 29 岁

抵达意大利，开始系统阅读尼采与陀思妥耶夫斯基的作品。

5 月中旬，经德国返回巴黎。关于《梵蒂冈地窖》最早的笔记大致可以追溯至这一年。

1899 年 | 30 岁

3 月，与妻子重返北非。

4 月底，回到巴黎。与保罗·克洛代尔³开始通信。

1

Francis Jammes

弗朗西斯·雅姆

1868 — 1938

法国诗人。

2

Henri Ghéon

亨利·盖翁

1875 — 1944

法国作家。12 岁便与纪德相识，纪德同性恋方面的同路人，《背德者》的题献对象。

盖翁与纪德，摄于 1914 年

3

Paul Claudel

保罗·克洛代尔

1868 — 1955

法国诗人、剧作家。当时担任法国驻中国（清朝）的外交官。

1900 年 | 31 岁

　　3 月 29 日，在布鲁塞尔进行了题为"论文学之影响"的演讲。与雅姆、维尔哈伦¹见面。

　　夏季，出售位于拉罗克的地产，开始撰写《背德者》。

　　10 月至 11 月，再次漫游阿尔及利亚。

1901 年 | 32 岁

　　1 月底，经西西里岛穿越意大利回到法国。

　　4 月，《冈多尔王》出版。专注于《背德者》的写作。

1902 年 | 33 岁

　　5 月，《背德者》出版。

　　年底，与雅克·科波²开始通信。

1903 年 | 34 岁

　　7 月，《扫罗》出版。

　　8 月，在德国魏玛进行了题为"论公众之重要性"的演讲。

　　11 月至 12 月，与妻子重游阿尔及利亚。

1904 年 | 35 岁

　　1 月，返法。在索伦托结识德国作家卡尔·沃尔莫勒³。经介绍在巴黎结识德裔加拿大作家弗雷德里克·菲利普·格罗夫⁴。

　　3 月，在布鲁塞尔进行了题为"论戏剧之演变"的演讲。

1905 年 ｜ 36 岁

6 月,开始撰写《窄路》(即后来的《窄门》),阅读克洛代尔、司汤达、兰波及洛特雷阿蒙。

1906 年 ｜ 37 岁

1 月 27 日,前往维也纳现场观看《冈多尔王》的演出。

1908 年 ｜ 39 岁

深入阅读陀思妥耶夫斯基,发表《从书信角度看陀思妥耶夫斯基》。

9 月,为科波朗诵《窄门》。

10 月 15 日,《窄门》修改完毕。

11 月,与众多友人合作创办《新法兰西杂志》,发行内部试刊号。与里尔克见面。

Rainer Maria Rilke
莱纳·玛利亚·里尔克
1875 — 1926

奥地利著名诗人。

1909 年 ｜ 40 岁

2 月 1 日,《新法兰西杂志》正式发行第一期,并开始连载《窄门》,出任杂志主编直至 1914 年。

4 月,旅居罗马,动笔撰写《梵蒂冈地窖》。

6 月,《窄门》正式出版。

1910 年 ｜ 41 岁

2 月,出版《奥斯卡·王尔德》。

5 月,开始构思《盲女日记》(即后来的《田园交响曲》)。

《窄门》1935 年版扉页

Gaston Gallimard
加斯通·伽利玛
1881 — 1975

法国著名图书出版人。

2
Joseph Conrad
约瑟夫·康拉德
1857 — 1924

波兰裔英国作家。

3
Marcel Proust
马塞尔·普鲁斯特
1871 — 1922

法国作家。

4
Henry James
亨利·詹姆斯
1843 — 1916

美国作家。

5
Roger Martin du Gard
罗杰·马丁·杜·加尔
1881 — 1958

法国作家。1937年诺贝尔文学奖得主。

1911 年 | 42 岁

6 月，在加斯通·伽利玛的支持下，《新法兰西杂志》出版社成立。

7 月，在伦敦结识约瑟夫·康拉德。

1912 年 | 43 岁

3 月，在佛罗伦萨继续创作《梵蒂冈地窖》。

5 月，为科波朗诵《梵蒂冈地窖》。

年底，读完普鲁斯特的《在斯万家这边》，认为内容附庸风雅，拒绝在《新法兰西杂志》上刊载。

12 月，在英国短住，与亨利·詹姆斯见面。

1913 年 | 44 岁

4 月，在《新法兰西杂志》上列举了个人最喜爱的十部法国小说。

7 月，力主《新法兰西杂志》接受罗杰·马丁·杜·加尔的小说《让·巴洛瓦》。

11 月，与杜·加尔结识，成为一生挚友。

同年，科波创建老鸽棚剧院，开始在舞台上提倡全新的戏剧艺术理念。

1914 年 | 45 岁

《梵蒂冈地窖》出版，因小说内容与克洛代尔决裂。从英文转译泰戈尔的《吉檀迦利》，成为该诗集的首个法语译本，发表于《新法兰西杂志》。

8 月，第一次世界大战爆发，《新法兰西杂志》停刊，文学创作基本中断。在战争期间，纪德开始思考法德文化之间的互补性，展望欧洲文化一体化，并在战后为此积极呼吁奔走。

1916 年 | 47 岁

产生精神危机，一度考虑皈依天主教。最终出于对教条的反感没有选择改宗天主教。在自我反思期间，开始撰写自传体作品《如果种子不死》。

6 月，玛德莱娜误拆了一封盖翁的来信，性取向内情暴露。

1917 年 | 48 岁

2 月，完成康拉德《飓风》的法译本。与马克·阿莱格雷相恋。

8 月，与其同游瑞士。

阿莱格雷与纪德，摄于 1920 年

/

Marc Allégret
马克·阿莱格雷
1900 — 1973

法国导演，与纪德共同拍摄过《刚果之行》（1927）、《与安德烈·纪德在一起》（1952）。

Maria Van Rysselberghe
玛利亚·范·里赛尔贝格
1866 — 1959

比利时女作家。泰奥·范·里赛尔贝格的妻子，伊丽莎白·范·里赛尔贝格的母亲。与纪德交往密切，被纪德在日记中称为"小夫人"。

Jacques Rivière
雅克·里维埃尔
1886 — 1925

法国作家。

《田园交响曲》
1919 年初版扉页

1918 年 | 49 岁

2 月，开始修改《盲女日记》（即后来的《田园交响曲》）。

5 月，给玛德莱娜留了一封信，表示已无法与她继续生活下去，在阿莱格雷的陪同下前往英国游历。

11 月，完成《田园交响曲》。

同期，得知玛德莱娜销毁了二人之间长达三十年的所有信件。

同年，密友比利时女作家玛利亚·范·里赛尔贝格 ¹ 开始编写《小夫人手记》（系统记录纪德的私人生活，成为理解纪德人生的重要文本）。

1919 年 | 50 岁

10 月，《田园交响曲》发表。

同年，《新法兰西杂志》复刊，主编换成了雅克·里维埃尔 ²。《新法兰西杂志》出版社更名为伽利玛出版社。

1921 年 | 52 岁

4 月，研读弗洛伊德。

5 月，拜访普鲁斯特。

1922 年 | 53 岁

2 月至 3 月，在老鸽棚剧院进行了关于陀思妥耶夫斯基的系列演讲。

6 月 16 日，《扫罗》在老鸽棚剧院首演，由雅克·科波编导。

8 月，与里赛尔贝格一家前往蔚蓝海岸度假。

1923 年 | 54 岁

1 月，与伊丽莎白·范·里赛尔贝格前往意大利旅游。

3 月，与友人游历摩洛哥。

4 月 18 日，与伊丽莎白的私生女卡特琳娜·范·里赛尔贝格出生，秘而不宣。在玛德莱娜去世后才正式认养女儿，改名卡特琳娜·纪德。

6 月，《陀思妥耶夫斯基》出版。下半年专注于《伪币制造者》的写作。

纪德与女儿卡特琳娜，摄于 1940 年

1924 年 | 55 岁

《如果种子不死》出版。

纪德位于巴黎的故居门牌

Walter Benjamin
瓦尔特·本雅明
1892 — 1940

德国文学批评家。

André Malraux
安德烈·马尔罗
1901 — 1976

法国作家。

1925 年 | 56 岁

7 月，与马克·阿莱格雷离开巴黎，前往刚果和乍得旅行。

11 月，《伪币制造者》出版。

1926 年 | 57 岁

8 月，将写作《伪币制造者》过程中的创作日记汇总为《伪币制造者日记》发表。

11 月，开始在《新法兰西杂志》上连载刚果与乍得旅行日记。

1927 年 | 58 岁

6 月，《刚果之旅》出版，激烈抨击殖民制度，在媒体与议会中引起重大争议。

10 月 15 日，发表长文《赤道非洲的困境》。

1928 年 | 59 岁

2 月，在柏林与瓦尔特·本雅明[1]见面。

3 月，《回到乍得》出版。

1930 年 | 61 岁

3 月，《新法兰西杂志》发表新版《安德烈·瓦尔特手记》序言和《人间食粮》德译本序言。

11 月，游历突尼斯。

1931 年 | 62 岁

2 月，《俄狄浦斯》出版。在马尔罗[2]的推动下，开始编纂《作品全集》。

5月，为圣－埃克苏佩里¹的《夜航》撰写序言。

10月，开始与皮托耶夫²筹备《俄狄浦斯》的舞台演出。

1932 年 | 63 岁

5月，前往达姆施塔特观看《俄狄浦斯》以及《浪子回头》的演出。

1933 年 | 64 岁

2月，前往威斯巴登，为斯特拉文斯基³《普西芬尼》提供脚本，斯特拉文斯基配乐，科波导演。

6月，前往洛桑与当地学生一起将《梵蒂冈地窖》改编成戏剧。

1934 年 | 65 岁

1月，与马尔罗奔赴柏林，呼吁第三帝国政府释放国会大厦纵火案被捕的德国共产党员。

2月，在锡拉库萨小住，阅读卡夫卡的《审判》。

4月30日《普西芬尼》在巴黎歌剧院首演，5月文本出版。

8月，加入反法西斯作家同盟警惕委员会。

¹
Antoine de Saint-Exupéry
安托万·德·圣－埃克苏佩里
1900 — 1944
法国作家。

²
Georges Pitoëff
乔治·皮托耶夫
1884 — 1939
法国导演。

³
Igor Fiodorovitch Stravinsky
伊戈尔·费奥多罗维奇·斯特拉文斯基
1882 — 1971
美国作曲家，原籍俄国。

马尔罗（左一）与纪德
摄于 20 世纪 30 年代

Boris Leonidovich Pasternak
鲍里斯·列昂尼多维奇·帕斯捷尔纳克
1890 — 1960

苏联作家。

Nikolai Alexeevich Ostrovsky
尼古拉·阿列克谢耶维奇·奥斯
特洛夫斯基
1904 — 1936

苏联作家。

1935 年 | 66 岁

6 月，邀请帕斯捷尔纳克[1]等作家参加国际保卫文化大会。

6 月 21 日，主持第一节国际保卫文化大会并致开幕词。

11 月，《新粮》出版。

à Sacha Guitry
en connie et attendu souvenir

LES NOUVELLES
NOURRITURES *d. vâ Gire.*

《新粮》1935 年初版扉页签名

1936 年 | 67 岁

2 月，游历塞内加尔。

6 月至 8 月，受苏联政府邀请访苏。6 月 20 日，在莫斯科红场高尔基葬礼上发言。

8 月，在索契面会奥斯特洛夫斯基[2]。

11 月，《访苏归来》发表。

12 月，西班牙内战爆发，对法国政府的不干预政策表示抗议。

纪德访苏，摄于 1936 年

1938 年 | 69 岁

4 月 17 日，玛德莱娜去世。

8 月，开始撰写《她留在你心里》。

1939 年 | 70 岁

1 月，前往埃及，完成《她留在你心里》。

4 月，从埃及前往希腊。《作品全集》全十五卷出版完毕。

6 月，前往西班牙马拉加，拜访弗朗索瓦·莫里亚克¹。

1940 年 | 71 岁

6 月，法国遭到德国入侵，开始支持戴高乐的自由法国运动。

1941 年 | 72 岁

3 月 30 日，由于主编德里厄·拉罗歇尔²的投降倾向，与《新法兰西杂志》决裂。

5 月 21 日，由尼斯抵抗者联盟组织，进行关于亨利·米肖³的讲座。

7 月，发表《发现亨利·米肖》。

1
François Mauriac
弗朗索瓦·莫里亚克
1885 — 1970

法国作家。

2
Pierre Drieu La Rochelle
皮埃尔·德里厄·拉罗歇尔
1893 — 1945

法国作家。在法国沦陷期间采取了与纳粹合作的态度，1945 年自杀。

3
Henri Michaux
亨利·米肖
1899 — 1984

法国诗人、画家。生于比利时。

《哈姆雷特》法译本
1946 年版书封

1942 年 | 73 岁

　　5 月，动身前往突尼斯。

　　8 月，完成莎士比亚《哈姆雷特》的法译本。

　　同年，《人间食粮》与《新粮》首次出版合订本。

1943 年 | 74 岁

　　《虚构的访谈》出版。

　　5 月，前往阿尔及利亚。

　　6 月 25 日，在阿尔及尔与戴高乐共进晚餐，激发了写作《忒修斯》的灵感。

Jean Delannoy
让·德拉努瓦
1908 — 2008

法国电影导演。

1946 年 | 77 岁

　　1 月，《忒修斯》在纽约出版。

　　4 月 12 日，在贝鲁特进行"文学记忆与当前问题"的演讲。

　　9 月，让·德拉努瓦执导的电影《田园交响曲》上映，参与首映式。

　　10 月，《归来》出版。

1946 年《田园交响曲》电影剧照

1947 年 | 78 岁

　　4 月,《她留在你心里》出版。

　　6 月,被授予牛津大学荣誉博士学位。

　　10 月,改编自卡夫卡的《审判》在巴黎马里尼剧院上演。

　　11 月 13 日,获得诺贝尔文学奖,但并未出席颁奖典礼,仅仅给瑞典皇家科学院寄了一封感谢信,在信中对好友瓦莱里未能在生前获得这一奖项表示遗憾。

纪德在牛津大学,摄于 1947 年

1948 年 | 79 岁

　　1 月,《安德烈·纪德——弗朗西斯·雅姆通信集》出版。

　　7 月,《梵蒂冈地窖》三幕剧脚本出版。

1949 年 | 80 岁

　　1 月至 4 月,与让·阿莫鲁什录制《纪德谈话录》,在法国广播电台播放。

　　6 月 12 日,停止写日记。

　　7 月,在阿维尼翁戏剧节上观看《俄狄浦斯》的演出。亲自编订的《法兰西诗歌选》出版。

　　11 月,《安德烈·纪德——保罗·克洛代尔通信集》出版。

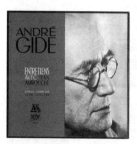

《纪德谈话录》专辑封面

Jean Amrouche
让·阿莫鲁什
1906 — 1962

法国作家。主持过与一系列著名作家的访谈节目。

1950 年纪录片
《与安德烈·纪德在一起》剧照

1950 年 | 81 岁

　　马克·阿莱格雷完成纪录片《与安
德烈·纪德在一起》。

　　6 月，在那不勒斯发表演讲，谈论
对意大利的印象。

　　7 月，开始写作其人生中最后一部
作品《但愿如此或大局已定》。

　　10 月，《梵蒂冈地窖》在法兰西喜
剧院上演。

1951 年 | 82 岁

　　2 月 19 日，在巴黎家中逝世，享年
82 岁。

　　2 月 22 日，根据玛德莱娜·纪德亲
属的要求，在库沃维尔举行了宗教葬礼，
安葬于玛德莱娜的墓地旁边。

1952 年

　　1 月，《但愿如此或大局已定》出版。

　　同年，纪德的全部作品均被梵蒂冈
列为禁书。

Croyez ceux qui cherchent la vérité, doutez de ceux qui la trouvent.

去相信正在寻找真理的人，去怀疑已经寻获真理的人。

——《但愿如此或大局已定》

译者 | 张博

　　资深法国文学译者、研究者，法国国际文学批评家协会（L'AICL）会员。

　　主要从事十九、二十世纪法国文学研究，研究对象包括安德烈·纪德、阿尔贝·加缪、勒内·夏尔等。《Agora 法兰西文艺访谈录》丛书主编。

　　译有《孤独与团结：加缪访谈录》《即兴记忆：克洛岱尔访谈录》《愤怒与神秘：勒内·夏尔诗选》等。

　　全新译作《窄门》《田园交响曲》《背德者》《伪币制造者》入选"作家榜经典名著"。

译 著

作家榜®经典名著

★ ★ ★ ★ ★ ★ ★ ★ ★

读经典名著，认准作家榜

作家榜是中国知名文化品牌，母公司大星文化总部位于中国上海市。自 2006 年创立至今，作家榜始终致力于"推广全球经典，促进全民阅读"，曾连续 13 年发布作家富豪榜系列榜单，源源不断将不同领域的写作者推向公众视野，引发海内外媒体对华语文学的空前关注。

旗下图书品牌"作家榜经典名著"，精选经典中的经典，由优秀诗人、作家、学者参与翻译，世界各地艺术家、插画师参与插图创作，策划发行了数百部有口皆碑、畅销全网的中外名著，成功助力无数中国家庭爱上阅读。如今，"集齐作家榜经典名著"已成为越来越多阅读爱好者的共同心愿。

作家榜除了让经典名著图书在新一代读者中流行起来，2023年还推出了备受青睐的"作家榜文创"系列产品，通过持续创新让经典名著 IP 融入到人们的日常生活中。

名著就读作家榜
京东官方旗舰店

名著就读作家榜
天猫官方旗舰店

名著就读作家榜
当当官方旗舰店

名著就读作家榜
拼多多旗舰店

策　划　｜ **作家榜**®
出　品　｜

出 品 人　｜　吴怀尧
产品经理　｜　彭韵禧
美术编辑　｜　董亚茹　李柳燕
封面绘制　｜　李梦琳
内文插图　｜　［俄］Dudnikova Eugeniya
特约校对　｜　方其乐
特约印制　｜　朱　毓

版权所有　｜　大星文化
官方电话　｜　021-60839180

名著就读作家榜
抖音扫码关注我

作家榜官方微博
经典好书免费送

下载好芳法课堂
跟着王芳学知识

图书在版编目（CIP）数据

伪币制造者 / (法) 安德烈·纪德著；张博译. --
杭州：浙江文艺出版社，2024.9
（作家榜经典名著）
ISBN 978-7-5339-7600-2

Ⅰ．①伪… Ⅱ．①安… ②张… Ⅲ．①长篇小说—法
国—现代 Ⅳ．①I565.45

中国国家版本馆CIP数据核字（2024）第085058号

责任编辑：汪心怡

伪币制造者

［法］安德烈·纪德 著　张博 译

全案策划

大星（上海）文化传媒有限公司

出版发行

浙江文艺出版社

杭州市环城北路177号　邮编 310003

浙江省新华书店集团有限公司 经销

上海盛通时代印刷有限公司 印刷

2024年9月第1版　2024年9月第1次印刷
889毫米×1194毫米　32开本　17.75印张　12插页
印数：1—7000　字数：323千字
书号：ISBN 978-7-5339-7600-2
定价：59.90元